¿PUEDO SOÑAR CONTIGO?

Blue Jeans

¿PUEDO SOÑAR CONTIGO?

🌐 Planeta

Obra editada en colaboración con Editorial Planeta — España

Ilustraciones de interior: © Anastasiya Zalevska / Shutterstock

© 2013, Francisco de Paula Fernández
© 2013, Editorial Planeta, S.A. — Barcelona, España

Derechos reservados

© 2014, Editorial Planeta Mexicana, S.A. de C.V.
Bajo el sello editorial PLANETA M.R.
Avenida Presidente Masarik núm. 111, 2o. piso
Colonia Chapultepec Morales
C.P. 11570, México, D.F.
www.editorialplaneta.com.mx

Primera edición impresa en España: febrero de 2013
ISBN 978-84-08-12469-6

Primera edición impresa en México: mayo de 2014
ISBN: 978-607-07-2142-7

Impreso en los talleres de Impresora y Editora Infagon, S.A. de C.V.
Escobillería número 3, colonia Paseos de Churubusco, México, D.F.
Impreso en México –Printed in Mexico

PRÓLOGO

Se sobresalta y echa un vistazo a su alrededor. Las cortinas se mecen adelante y atrás impulsadas por una suave brisa que entra por la ventana. Todo parece tranquilo en la habitación. Allí no hay nadie más.

Entonces, ¿sólo ha sido un sueño?

Se frota los ojos con fuerza y, a media luz, comprueba que realmente se encuentra a solas. Sí, no hay duda. El dormitorio está vacío.

Un sueño, un estúpido sueño... Era tan real. Tan auténtico. ¿Por qué sueña con cosas inalcanzables? Su subconsciente le ha vuelto a jugar una mala pasada. Una más para la colección. Al menos esta vez la escena era dulce, amable. Pero saber que jamás se hará realidad la altera.

—¡Hip! —suelta, en voz alta—. ¡Hip! Maldito hi... ¡Hip!

Le ocurre con frecuencia. Cada vez más a menudo. Los nervios, le ha dicho el doctor. Vive con demasiada tensión. Y es que siempre que hay algo que no puede controlar o le sobrepasa, le entra un incesante hipo.

—Tienes que relajarte.

—¿Sabe? No es tan fácil.

—Claro que no lo es. Pero para eso estoy yo aquí, para enseñarte. Cierra los ojos.

Sin oponerse, obedece al señor que tiene delante. Oscuridad.

—¿Y ahora?

—Ahora, imagina que estás en una playa... Relájate... Poco a poco te vas a ir sintiendo mejor. En calma. ¿Ya ves la playa?

—No.

—Concéntrate. Imagina una bonita playa desierta. No hay nadie en ella. Sólo estás tú. La arena suave roza tus pies descalzos... El mar... Las olas muriendo en la orilla... ¿Escuchas las olas?

—No. Sólo a usted.

—Está bien. Sigamos... No abras los ojos. Debes oír y ver las olas del mar...

—No hay ningún mar, ni tampoco olas. Nada de nada. Sólo veo negro.

—Claro. Porque tienes los ojos cerrados y no te estás concentrando. Debes relajarte e imaginar que estás en la playa.

—Es que no me gusta la playa.

El doctor resopla, algo desesperado. Sin embargo, su labor es seguir insistiendo. Le pide una vez más que continúe con los ojos cerrados y se dirige hacia la mesa donde está la computadora. Abre la carpeta en la que guarda la discografía completa de Café del Mar. Elige al azar uno de sus temas y pulsa el *Play*.

—¿Escuchas? —le pregunta, susurrando—. Esta música es para que te relajes.

—¿No tiene algo más movidito? Me duermo.

—Eso es que te estás relajando.

—Qué sueño.

—No te duermas. Aún nos queda media hora de sesión. Olvidémonos del mar y la playa. Ahora imagina que estás en un lago. Las montañas alrededor. El cielo azul. Todo está muy tranquilo. No hay ni un solo ruido. Sólo la música que...

—¿Hay pájaros?

—¿Quieres que haya?

—Sí. Me gustaría.

—Muy bien. ¿Qué pájaros quieres visualizar?

—Mmm... ¿Pueden ser buitres?

—No. No hay buitres en el lago.

—¿Y cuervos? Me gusta oír graznar a los cuervos. ¿Sabe? En mis sueños a veces aparecen cuervos.

El doctor se pasa una mano por su pelo rizado y se muerde el labio para no perder la calma. Segundos después responde pausado, con una sonrisa.

—No hay cuervos.

—¿Tampoco? Vaya mierda de lago —sentencia, y abre los ojos de nuevo—. ¡Hip!

—Debes relajarte. Cierra los ojos.

—No sirve de nada que cie... ¡Hip!

—Tienes hipo. Eso es por los nervios... ¿En qué estás pensando ahora mismo?

—En él.

—¿En ese chico del que no me quieres decir el nombre?

—Sí.

—¿Por qué no quieres hablarme de él?

No va a contarle que es porque él también lo conoce. Simplemente, le responde «porque no». Se niega a decirle más sobre el tema. Cierra los ojos otra vez y se acomoda en aquel sillón en el que ya acumula varias sesiones.

—¡Hip!... Doctor, ¿y si seguimos hablando del lago ese?

Se levanta de la cama y camina hasta donde dejó la laptop antes de echarse la siesta. El hipo no desaparece.

Se sienta frente a la computadora y la enciende. Mientras se inicia el sistema, el odio hacia él le va invadiendo por dentro. Hoy los ha vuelto a ver juntos. Si tuviera el valor suficiente, lo haría desaparecer.

Introduce la contraseña y aparece en su pantalla el Windows Vista.

¡Dios, cómo lo odia!

Entra en Twitter y busca su cuenta. Mierda, lo ha bloqueado. Es la sexta vez que lo hace. Tendrá que elaborar otro perfil. No pasa nada, ya está acostumbrada.

No tarda nada, en menos de dos minutos ya tiene un usuario nuevo al que llama «Odioalostramposos». Con una sonrisa malévola, regresa a la cuenta de aquel estúpido y le escribe un mensaje, pulsando las teclas con rabia.

Eres la persona más miserable que existe. No escaparás de mí. Algún día te daré tu merecido. No dejaré que duermas tranquilo, Bruno Corradini.

MIÉRCOLES

CAPÍTULO 1

El bostezo de Raúl saca una sonrisa a Valeria, que apoya la cabeza en su hombro y coge un puñado de palomitas del cubo. Aquella película no le está gustando demasiado, pero le está sirviendo para desconectarse. Los exámenes finales de junio se acercan a gran velocidad. En cinco días comienza la tortura. ¡Y debe aprobar todas las asignaturas de primero de Bachillerato! La idea de ir al cine no ha sido mala, aunque se han equivocado con lo que han ido a ver.

Un beso con sabor a sal y más bostezos. Ahora compartidos.

Alba mira de reojo a la pareja y sonríe. Se alegra de que sigan juntos. Y pensar que por su culpa casi rompen. Nunca debería haberle hecho caso a Elísabet. Afortunadamente, todo se arregló entre ellos y desde aquel día de marzo en el que Raúl le pidió disculpas a su chica en la plaza Mayor, no ha habido más sobresaltos provocados por Eli. Es como si hubiera desaparecido de la Tierra.

A lo largo de aquellos dos últimos meses Alba ha intentado por todos los medios que los Incomprendidos sean de nuevo un grupo unido. Un club de amigos inseparables que se ayudan entre ellos. De alguna manera se lo debía. Lo de ir esa noche al cine lo ha propuesto ella.

—Chicos, ¿por qué no lo dejamos ya por hoy?

—Hay mucho que estudiar. Y no voy nada bien —responde Ester, resoplando, y tacha el resultado final que acaba de obtener en aquel problema.

Alba se acerca hasta ella y la abraza por detrás. Ester se encoge al sentir las manos de su amiga. Últimamente, está muy cariñosa.

—No te preocupes. Seguro que apruebas todo.

—Ya veremos.

—Que sí. No vas tan mal. ¿Qué te preocupa?

—Matemáticas... Las odio. Son como una pesadilla.

—¡Pues para eso está Bruno! —exclama Alba, alegremente—. ¡Para echarte una mano! ¡Como siempre!

El aludido levanta la cabeza al escuchar su nombre y mira hacia las dos chicas. Ambas están observándolo. Son tan diferentes, pero al mismo tiempo, tan parecidas. Ester continúa preciosa, con su flequillo recto en forma de cortinilla. Como el primer día que la vio. Aquel día en el que se enamoró perdidamente de ella. Y Alba ya no tiene ese horrible pelo corto azul. Una media melena rubia se desliza por sus hombros y sus ojos claros lucen más vivos que nunca.

—¿Qué tengo que hacer? —pregunta él algo desconcertado.

—Ayudarla con mate. Tú eres el genio de los números. Y ya lo has hecho otras veces, ¿no?

—Ah. Claro, claro. Lo que necesites.

La sonrisa de Bruno coincide con la de Ester. Por poco tiempo. Cuando están en el grupo les cuesta mirarse a los ojos. Llevan varias semanas compartiendo un gran secreto.

—Bueno, pero dejemos de hablar ya de estudios y de exámenes. ¡Estoy cansada! ¿Por qué no nos vamos todos al cine?

—Me parece una idea genial —indica Valeria, cerrando una carpeta de arillos en la que guarda sus apuntes.

Raúl, que está sentado a su lado, la imita. También él quiere desconectarse de libros y hojas llenas de cifras y letras.

—Por mí está bien —señala, estirándose.

—¡Genial! ¡Llamo a Meri por si quiere venir con nosotros! —grita Alba, sacando el celular del bolsillo de su pantalón.

Responde al tercer timbrazo. La pelirroja es la única que a veces falta a las nuevas reuniones del Club de los Incomprendidos. Las retomaron hace ya unas semanas. Alba fue la responsable de que eso sucediera, a fuerza de insistir una y otra vez en que un grupo así de amigos no podía distanciarse tanto como lo había hecho.

Tres tardes por semana se ven en la cafetería Constanza. E incluso han reescrito aquellas normas que establecieron en su día. Ahora son mayores y ya no tienen esa necesidad de buscar a otros chicos que los comprendan. Pero son un grupo de jóvenes que se entienden, se conocen bien y han compartido infinidad de emociones y experiencias de todo tipo. Mejor juntos que cada uno por su lado.

—¿No vienes entonces?... —pregunta, algo decepcionada, cuando María contesta al otro lado de la línea. Y escucha atentamente su explicación—. Ah. Muy bien. Está bien... Comprendo. Bueno... Si cambias de opinión, ya sabes. A las ocho. En Callao... Muy bien... Sí, Meri. Un besito.

Y cuelga el teléfono. El resto está contemplándola. Alba abre los brazos resignada y les cuenta que ha dicho que no puede acompañarlos porque va a ir con su papá a no sé qué sitio. Valeria respira aliviada. Desde que su madre se casó con el padre de Meri su relación se ha ido estropeando poco a poco. Hay algo que ha dejado de funcionar entre ellas. ¡Ahora son hermanastras! Y eso ha traído consigo cierta tensión. Su amistad no es la misma que antes.

—Pues bueno, se acabó el estudio por hoy. ¡Vamos al cine!

Durante la media hora que lleva allí sentada, en ningún momento Ester se ha sentido cómoda. Apenas se ha enterado de qué trata la película. No debe ser demasiado buena porque escucha bostezos a izquierda y derecha. Bruno come palomitas ruidosamente a su lado. Con él comparte un secreto desde hace unas semanas. Nunca imaginó que las cosas se desarrollarían así y cambiarían tanto en tan poco tiempo.

El celular vibra dentro de su pantalón de mezclilla. Es un mensaje de WhatsApp.

Hola. ¿Te gustaría hablar conmigo esta noche por Skype?

Sería la sexta vez en varios días. La conversación de ayer fue divertida. Cómo sospechar que aquel chico conseguiría hacerla reír. Lo piensa unos segundos y responde.

Hola. Estoy en el cine. Llegaré tarde a casa. Si me esperas despierto...

Bruno mira disimuladamente a la chica sentada a su izquierda. Sonríe con el celular en la mano. ¿Quién le habrá escrito? ¿Un chico? Siente curiosidad. ¿Y celos? No, no puede sentir celos. Tose y se centra de nuevo en la gran pantalla, aunque desde ese instante le cuesta seguir el hilo de la película. Su mente se lo impide.

Te esperaré lo que haga falta. Me la paso muy bien contigo. ¿Sabes? Me gustas.

Un escalofrío recorre el cuerpo de Ester cuando lee aquellas palabras en su celular. ¿Y a ella? ¿Le gusta él? No sabe qué responderle, por eso, simplemente, contesta con un emoticono sonriente y guarda el teléfono.

—¡Hip!

Se ha escuchado en toda la sala, como un trueno en medio del mar en calma. Aquel hipo ha arrancado algunas risas entre los espectadores y ha avergonzado a una persona en particular. Val se tapa la boca con las dos manos. ¡Le tenía que ocurrir a ella, justo en ese momento de silencio absoluto! Sus cuatro amigos se han girado y la observan. Colorada como un tomate, se deja caer en su asiento y cruza los brazos.

—Eso es que te comes las palomitas demasiado rápido —le susurra Raúl, apretando su rodilla cariñosamente.

—Demonios. Soy una tonta.

—No te preocupes, le puede pasar a cualquiera.

Valeria sabe que no. Que algo así sólo le puede suceder a gente como ella. Una boba sin remedio, incapaz de controlar su propio hipo y de pasar desapercibida en medio de una sala de cine.

—¿Estás bien? —le pregunta Alba en voz baja, inclinándose junto a ella.

—Bueno...

—Tranquila. A mí me da hipo muchas veces cuando estoy nerviosa —reconoce su amiga, guiñándole un ojo—. Y lo que hago para quitármelo es beber pequeños sorbos mientras cuento hasta diez entre sorbito y sorbito.

Nunca había probado ese método. Normalmente se le quita solo. Tiene que intentar aguantar y... «¡Hip!». Menos mal que esa vez no se ha escuchado. Valeria niega con la cabeza y decide probar el consejo que le ha dado su amiga. Agarra su Coca-Cola Light y comienza a dar pequeños tragos y a contar para sí. Cuando llega a diez, se detiene. Respira hondo y mira a Alba. Ésta le hace un gesto de conformidad con el pulgar. Bien, parece que el hipo se ha marchado.

—¿Ves cómo funciona?

—Sí. Muchas gra... ¡Hip!

El hipo de Val irrumpe con gran magnitud en la oscuridad de la sala 7, mientras en pantalla los dos protagonistas de aquella aburrida película se besan por primera vez. Las risas ahora son más prolongadas. Incluso alguien suelta alguna gracia que provoca carcajadas en el resto de los espectadores.

La chica no lo soporta más. Se levanta de su asiento, avergonzada, y, con las manos cubriéndose el rostro, huye de allí. Raúl amaga con salir tras ella, pero Alba le pide que no lo haga, que espere cinco minutos, que Valeria querrá estar sola ahora. El joven asiente y se acomoda en su sitio. Saca el celular y le escribe a su novia.

Algo así le puede pasar a cualquiera. Aunque tú no eres cualquiera, eres la mejor. Eres única. Te quiamo.

Desde noviembre juntos. Con sus idas y venidas. Con problemas, con risas y sonrisas, con mentiras, con terceros..., con todo lo que supone una relación de dos personas jóvenes que siguen madurando día tras día, en lo personal, en pareja. Con todo eso y muchísimo más, la quiere. Y sabe que ella también lo quiere. Aunque el otro haya vuelto. Aunque el otro también la quiera. Aunque no pueda evitar preguntarse, cada vez que se va a la cama, si realmente Val, su Val, estará pensando en él.

Alba está convencida de que Raúl está dándole vueltas en la cabeza a aquel tema que tanto le preocupa. No le gusta ver a su amigo así, pero ella no puede hacer nada. Debe ser fuerte, apretar los dientes y confiar en su novia. Suspira y mira a Bruno, que come palomitas. Le sonríe y es correspondida. Bruno... El bueno de Bruno. Su corazón se acelera y palpita a toda velocidad. Su querido Bruno... E, imitando a la protagonista de la película y dejándose llevar por todo lo que siente, se lanza sobre él y le planta un enorme beso en los labios. Uno más de todos los que se han dado en esos últimos dos meses. Y de los que si fuera por ella le estaría dando toda la vida.

Capítulo 2

—¿No querías ir con tus amigos al cine?

—No. Prefiero estar aquí contigo.

—Pero les dijiste que te ibas con tu papá. ¡Les mentiste! ¡Muy mal!

—No es la primera vez. Ya lo sabes.

Paloma arruga la frente y tuerce el labio, en una divertida mueca. Luego, sonríe y le da a Meri un beso en la mejilla, seguido de otro pequeño en la boca. Se tumba en la cama detrás de ella y le coge la mano para acariciarla.

—Nos hemos convertido en pequeñas mentirosas. Como la serie.

—Mmm. En realidad, tú tienes cierto aire a... —indica María, y se queda pensativa un instante.

—¡Mejor no me digas nada! ¡No me gustan las comparaciones!

—La que iba a hacer era buena.

—¿Sí?

—Claro. Te pareces un poco a...

—¡No, no, no! ¡Mejor no me lo digas! —grita Paloma, dándose la vuelta y colocando la almohada sobre su cabeza.

—Tú eres como...

—¡Que no me digas nada, por favor!

—Eres... tan guapa como Hanna, tan lista como Spencer, tan romántica como Emily... y tan carismática como Aria.

La jovencita rubia aparta la almohada, se sienta en el colchón junto a su chica y la contempla fijamente.

—¿Crees de verdad que soy todo eso?

—Sí. Por supuesto que lo creo.

—¡Oh! Eso es que me quieres mucho, ¿verdad?

—¿No se nota?

Se le nota muchísimo. Está enamorada de ella. De esa quinceañera que ha puesto su vida patas arriba y que se ha convertido en lo mejor que le ha pasado nunca.

Las dos se abrazan emocionadas, mezclando sentimientos. Y se besan cálidamente, despacio. Casi en cámara lenta, saboreando los labios de la otra.

—Mi papá no vuelve de su viaje hasta la semana que viene y mi mamá tardará una hora en llegar a casa —comenta Paloma, rozando con las yemas de los dedos la piel suave de Meri.

Hace unas semanas que ya no usa anteojos. Se ha empezado a acostumbrar a usar lentes de contacto y ve la vida de otro color. Se siente un patito menos feo. Sobre todo porque ella la mira de una manera que nunca antes había experimentado. Paloma logra cada vez que están juntas que se sienta especial, única. Es una sensación incomparable. Aunque al mismo tiempo le produce miedo. Se ha habituado tanto a ella que le preocupa que se canse, que quiera a alguien mejor o que descubra que lo que le gustan son los hombres. Que ese amor, por una razón u otra, desaparezca de la noche a la mañana. Sin avisar, tal como llegó.

—Y con eso, ¿qué quieres decir?

—Que... tenemos mucho tiempo para... nosotras solas —dice Paloma, levantándose.

Con sensualidad, sin dejar de observar a Meri ni un segundo, cruza los brazos y se quita la camiseta. La voltea y la lanza contra el suelo. Su novia abre los ojos como platos.

—Pero... ¿qué quieres que...?

—Shhh. Llevamos más de dos meses juntas. ¿No crees que ya es hora de avanzar un poquito más?

—Yo... No lo sé.

Hasta ese momento, nunca había visto a Paloma con tan poca ropa. Casi nunca pueden estar solas, ni disfrutar de momentos de intimidad. Sin embargo, en el fondo, eso sólo es una excusa. A Meri lo que le da miedo es cruzar la frontera que separa un beso de algo más. La idea de que ella la vea desnuda le horroriza. Se morirá. Tiene tantos complejos con su cuerpo... En cambio, ella es perfecta.

—¿Te gusta? —le pregunta, tras desabrocharse el pantalón y dejar a la vista de su chica el borde de una tanga blanca y roja.

Sin quitarse el pantalón, se acerca hasta la pelirroja, se inclina y la besa apasionadamente. Meri apenas puede respirar. Le sorprende la situación y que aquella chica, tan inocente e ingenua en muchas ocasiones, se esté soltando hasta esos límites.

—Para —susurra incómoda, echándose a un lado y retocándose el pelo—. No vaya a ser que regrese tu mamá antes de tiempo.

—No va a volver hasta dentro de una hora. Ya te lo he dicho.

—¿Y si lo hace?

—¡Pues le contamos lo nuestro!

—¡Estás loca! ¿Cómo vamos a contarle lo nuestro?

—Algún día tendremos que salir del armario —contesta Paloma rascándose la barbilla, nerviosa—. Quiero poder quererte en cualquier parte.

—Y yo. Pero no es tan sencillo.

—¡Claro que no lo es! ¡Ya sabes cómo son mis padres, además! —exclama, sentándose de nuevo en la cama al lado de María—. Los tuyos son más flexibles. No tendrás tantos problemas como yo.

En eso tiene razón. Los padres de ella son muy tradicionales y estrictos y sabe que habrá mucha tensión cuando les confiese su homosexualidad.

—No sé qué decirte, Paloma —comenta muy seria.

—Dime lo que piensas. Sólo quiero oír lo que sientes. Nada más.

—Ya lo sabes. Te lo repito todos los días. Te quiero...

—Y si me quieres tanto, ¿qué te pasa? ¿Por qué te has asustado cuando me he quitado la camiseta y me he desabrochado el pantalón?

—No me he asustado.

—Sí lo has hecho. ¿Crees que no me he dado cuenta?

—Te equivocas.

—Entonces, ¿qué pasa? ¿No te gusta mi cuerpo?

—El... que no me gusta... es el mío.

Tartamudea cuando habla. Desvía su mirada, que se pierde en una de las paredes de la habitación.

—¡Qué dices! ¡Si tienes un cuerpo muy bonito! —la contradice Paloma.

—¿Cómo lo sabes? No lo has visto desnudo... —responde sin mirarla a la cara.

—¿Y qué? Lo he visto con ropa.

—No es lo mismo.

—Oye... ¡No me gusta que pienses así!... Mírame, guapa —le ordena sonriente—. Vamos, pelirrojita. Mírame.

María titubea, pero finalmente le hace caso y contempla a la otra chica. Ésta, por sorpresa, se lleva las manos a la espalda y desabrocha su sostén, que se le queda colgando en una mano.

—¿Qué haces?

—¿Ves? ¡Son muy pequeñas! —exclama, riéndose nerviosa—. No llego ni a la noventa.

—¡Tápate, por favor!

—¿Y me asusta enseñártelas? No. ¿Por qué? Porque tengo plena confianza en ti... y te quiero.

Tanta sinceridad en aquella exhibición ruboriza a Meri, que no sabe cómo actuar. Está hipnotizada por el cuerpo desnudo y perfecto de su chica.

—Yo también te quiero, pero...

—Pero nada. No tengas miedo. Quítate la camiseta.

—No... No puedo.

—No pasa nada. No temas, de verdad. Confía en mí.

Son unos segundos de confusión e indecisión para María. Quiere quitársela, pero su vergüenza no se lo permite. ¿Por qué se paraliza? ¡Es su novia! La persona con quien comparte todo, a la que desea y ama. ¿Por qué no es capaz de hacerlo? ¿Por qué no...?

Pero no tiene tiempo de hacerse preguntas. Sin esperarlo, Paloma se le echa encima, sujeta su camiseta y la estira hacia arriba. Meri reacciona con rapidez e impi-

de que siga subiéndosela. Sin embargo, aquella jovencita es más fuerte de lo que imaginaba y logra que su om-
bligo quede al aire.

—Déjalo, por favor.

—Es por ti. Sólo quiero ayudarte...

—Así no me ayudas.

—Sí lo hago. Te ayudo a superar tus miedos. Es por
ti, amor... —Y tras decir esto, sujeta la camiseta por el
cuello y da un gran tirón. Tan fuerte, que la tela se rasga.

Meri se da cuenta, la parte superior de la camiseta
ha cedido y su sostén blanco queda a la vista. Paloma,
inmediatamente, suelta la tela al comprobar que la ha
roto.

—Lo siento mucho —murmura la joven, sintiéndose culpable por lo que acaba de suceder—. No quería
rompértela. De verdad.

Es un momento muy extraño. A Meri le cuesta arti-
cular palabra. Tiene ganas de llorar. Durante varios segundos sólo mira el desgarro de la camiseta.

—Pelirrojita, di algo, por favor. No quiero que te
enfades conmigo y me dejes de hablar. ¡Ha sido sin querer! ¡Te lo juro!

Pese a las súplicas de Paloma, María permanece en
silencio. Un par de minutos después, se levanta de la
cama y se dirige hacia la silla en la que está la chaqueta
con la que ha ido hasta allí. Se cubre con ella y se abro-
cha todos los botones. Entonces, sí mira a su chica, que
se ha vuelto a poner su camiseta.

—Me voy a casa. Luego te llamo o te escribo.

—Lo siento. Perdóname.

—No importa —responde, enseñando una tímida sonrisa.

Abre la puerta de la habitación y cuando está a punto de marcharse, oye cómo Paloma corre hasta ella y la abraza por detrás con todas sus fuerzas. Meri se da la vuelta y recibe el beso más intenso que le han dado en toda su vida. Y sin explicarse el porqué, se deja llevar. Sus manos se pierden en su espalda, apretando los dedos contra su piel, sin dejar libres sus labios ni un solo instante. Es como si la tensión vivida antes se liberara en cada rincón de su cuerpo. No tarda en deshacerse de la chaqueta. Y en seguida, de la camiseta. De una, de otra. Y luego del sostén. Y del pantalón.

Pasión adolescente, sin complejos. Sin réplicas. Sin miedos. Todo desaparece. Todo se evapora.

Las dos se dejan caer en la alfombra de la habitación sobrepasadas por el deseo, por la intensidad, por el amor. Por la inmensidad de sentirse más unidas en ese momento de lo que jamás lo hayan estado hasta ahora.

Capítulo 3

Lleva unos minutos sentada en las escaleras de los cines de Callao. Valeria no para de maldecir su torpeza y de cabecear negativamente. Esta vez se ha superado. ¡Ha hecho el ridículo delante de más de cien personas!

Tiene la impresión de que todos los que pasan por delante la observan y se burlan de ella en voz baja. Y no les faltaría razón. ¿Cómo puede ser tan torpe?

Hace un poco de frío, aunque continúe con las mejillas muy calientes. Eso tampoco cambia. Se las cubre con las manos y resopla desesperada.

Y Raúl, ¿dónde se ha metido? Se supone que debería estar a su lado para consolarla. El mensaje de WhatsApp ha estado bien, pero preferiría un beso o un abrazo. Quizá se está volviendo demasiado exigente. A su novio no puede pedirle más de lo que hace por ella.

—¿Me estabas esperando?

Aquella voz...

Valeria se aparta las manos de la cara, alza la mirada y lo ve. Sonriente. Con el pelo más corto de lo que lo tenía la primera vez que se encontraron. Con la guitarra en la mano. César, sin pedir permiso, se sienta junto a ella.

—No, no te estaba esperando.

—Pues apunta este encuentro en nuestra lista de citas casuales. ¿Cuántas van desde que volví de Inglaterra? ¿Nueve?

—Esto no es una cita. Y tampoco creo que sea una casualidad —protesta la chica, no demasiado amable.

—Esta vez te prometo que sí. Estaba allí sentado tomando un Caramel Macchiato —dice César señalando los ventanales del Starbucks de enfrente—. Y te vi. No pareces muy contenta. ¿Qué te ocurre?

—No es asunto tuyo.

—¿Quieres que me vaya?

—Sería lo mejor. Raúl está en el cine y...

—¿Y te deja sola aquí fuera? —le interrumpe extrañado—. ¿Discutieron?

—No discutimos.

—¿Fue por mí?

—Te lo repito. No hemos discutido —indica muy seria.

El joven sonríe con descaro, algo que molesta aún más a Valeria. Aquel juego está llegando demasiado lejos.

—¿Sabes que en Bristol no podía dejar de pensar en ti?

—Eso ya me lo has dicho varias veces.

—Vaya. Estoy pecando de poco original. No es la mejor forma de conquistar a una chica.

—Yo ya estoy conquistada, César. Tengo novio.

—Un novio que te abandona en la calle mientras ve tranquilamente una película. ¿Ése es el tipo de novio que quieres? Te mereces algo más.

Cuando termina de hablar apoya la barbilla en las manos y la interroga con la mirada. Siempre tiene una respuesta para todo. Desde la primera vez que habló con él le deslumbró su capacidad para ello. Nunca se queda en blanco. Tal vez César sea la persona más inteligente y creativa que conoce.

—No saques conclusiones que no son —contesta Val a la defensiva.

—A las pruebas me remito.

—Esas pruebas no son reales. Te falta información.

—Estás en la calle. Tu novio dentro. ¿Qué más hay que saber?

—A veces las cosas no son como parecen.

—No me vas a convencer. Raúl te ha dejado tirada. No es normal que...

—Estoy aquí porque me ha dado un estúpido ataque de hipo, ¿contento?

El motivo es ridículo, pero es la única verdad. La carcajada del joven no tarda en aparecer y a continuación un golpecito cariñoso con el codo en su costado. Las mejillas de la chica echan humo.

—Eso ha sido por las palomitas —apunta el joven, cuando deja de reír—. Te las habrás comido demasiado rápido.

—No sé. Estas cosas sólo me pasan a mí.

Y termina contándole el episodio completo en el interior del cine. No sabe el motivo por el que lo hace, pero se siente bien. Pronto se suelta y desaparece la vergüenza inicial. Está cómoda, tanto que terminan riéndose juntos cuando le relata su precipitada huida de la sala.

—Y ya no tienes hipo.

—¡Es verdad! —exclama la chica sorprendida—. Ni me había dado cuenta.

Un soplo de viento despeina a Valeria, que se apresura a colocar el mechón de pelo rebelde en su sitio. Tímidamente tropieza con los ojos de César, que también la está observando. Se conectan un instante, apenas un par de segundos, que se hacen larguísimos. Es ella la que aparta primero la mirada. Otra vez las mejillas coloradas y calientes.

—¿Has pensado ya en mi propuesta? —pregunta el joven rompiendo el silencio, con más solemnidad de la que acostumbra.

—No, César. No he pensando en nada de eso.

—Voy a continuar insistiendo. Me quedan cartas por jugar.

—No es una buena idea.

—Renunciar a lo que quieres sin luchar sí que no sería una buena idea.

—César... No puede ser. Lo sabes. Estoy enamorada de Raúl. No es posible que haya algo entre tú y yo.

El joven vuelve a sonreír tras escuchar la sentencia de Valeria y se pone de pie. Se cuelga la guitarra en el hombro y baja los escalones.

—Me voy a tocar un rato a la estación. ¿Vienes?

—No, me quedo aquí. Raúl no tardará en salir.

—Más le vale.

Última mirada, última sonrisa. Ella contempla cómo aquel chico tan especial se da la vuelta y camina con paso firme hacia el metro de Callao. No tarda en desaparecer por las escaleras.

Una inexplicable sensación preocupa a Valeria. En sus ocho encuentros anteriores ha sucedido lo mismo y se siente culpable por ello. Quiere a su novio. Es el chico de su vida, de cada uno de sus sueños, por quien daría todo. Pero desde hace cincuenta y cinco días, aquel tipo descarado ha puesto en jaque su corazón.

Aquella propuesta... una propuesta que llegó después de la misma canción con la que César empezaría esa noche su repertorio, al ritmo de su guitarra.

Cincuenta y cinco días antes, un día lluvioso de principios de abril...

Una pareja llega empapada a los tornos del metro de La Latina.

—¡Deberíamos haber traído el paraguas! ¡Mira mi pelo!

—¡Te lo dije, boba!

—¡Bobo tú, que decías que no llovía tanto!

—No llovía tanto cuando estábamos saliendo de tu casa, pero deberías haber traído el paraguas de todas formas.

—¡Eres...!

—¿Qué soy?

—¡Un baboso!

—Y tú una...

La discusión entre ambos se interrumpe con un beso en los labios y un abrazo resbaladizo. Valeria y Raúl cruzan al otro lado de la línea cinco y se dirigen hacia el andén por la escalera eléctrica. De fondo escuchan el sonido de una guitarra y un tema de los Beatles, *Strawberry fields forever*. La voz desgarrada que lo interpreta no pasa desapercibida para la chica, que se detiene al pie de la escalera.

—¿Qué te ocurre?

—Nada.

Miente. Se ha puesto muy nerviosa. Sabe que cuando doble la esquina del pasillo lo encontrará allí. Hacía mucho tiempo que no sabía de él. Desapareció sin dejar rastro. No había vuelto a ver a César desde aquel día en el metro. Aquel día en el que su novio le gritó por primera vez que la quería.

—No te creo. Estás roja como un jitomate.

—¿Y qué hay de raro en eso? ¡Me pongo colorada a menudo!

—Pero esta vez ha sido de repente y sin motivo. Además, ¿por qué nos hemos quedado aquí parados?

La canción de los Beatles continúa sonando y Valeria no tiene ninguna duda de quién se esconde detrás de aquella guitarra. Agarra con fuerza la mano de su novio y, armándose de valor, comienzan a andar de nuevo. Doblan la esquina y lo ve al fondo del pasillo.

Un joven con el pelo largo y castaño, ataviado con una chamarra de mezclilla y unos pantalones gastados, interpreta el tema de los cuatro de Liverpool con gran brillantez. Cuando la chica confirma sus sospechas, se altera aún más. Sigue siendo un tipo muy atractivo, con un halo especial. Una persona que siempre destacará del resto del mundo y que no encaja en el frío ambiente de la estación. No se atreve a mirarlo a la cara... Está desbordada de sentimientos. Confusa. ¿Se acordará de ella? Ella sí que lo recuerda perfectamente. ¡Cómo iba a olvidarlo! Pero han transcurrido varios meses. A lo mejor pasa desapercibida y ni siquiera sabe quién es. Reza para que así sea.

Los chicos caminan en dirección a César, que parece que no se ha percatado de su presencia. Sin embargo, como si todo hubiera estado planeado, la canción acaba justo en el instante en que la pareja pasa por delante del músico. En seguida, sus ojos descubren a Valeria y una inmensa sonrisa de satisfacción se dibuja en su rostro.

—Hola, cuánto tiempo. Tenía muchas ganas de verte.

Raúl es el primero que se vuelve, sorprendido al oír las palabras del joven que sostiene la guitarra. Inmediatamente, mira a Valeria, a la que le gustaría ser invisible.

—Hola —responde escueta.

—Te queda bien el pelo mojado. Estás muy guapa —comenta alegre, y se fija en el otro chico—. Perdona, no sé si Val te ha hablado de mí alguna vez. Me llamo César.

Los dos jóvenes se estrechan la mano. Su novia nunca le ha contado nada de aquel músico callejero, pero sí le suena de haberlo visto alguna vez, en alguna parte. ¿Dónde?

—Yo soy Raúl —responde, mientras trata de hacer memoria y encontrar el porqué de que le resulte tan familiar—. No, creo que no me ha hablado nunca de ti.

La situación es muy incómoda para la chica, a la que le encantaría desaparecer rápidamente de allí. Aunque no le haya hablado de él, creía que su novio podría reconocerlo de aquella tarde en que lo vieron juntos en el metro improvisando un rap. Incluso le dieron una moneda cuando terminó su actuación.

—Lo entiendo. Hace mucho que no nos vemos. He

estado fuera varios meses. En Bristol, tomando un curso. Apenas hace unos días que regresé a España.

—Ah. Muy interesante —apunta irónico Raúl, a quien aquel tipo no le agrada nada. Se ha tomado demasiadas confianzas.

Valeria permanece en silencio, inquieta, en medio de aquella tensión que puede cortarse con unas tijeras.

—Aquello es muy bonito. Pero estaba deseando volver.

—¿Y eso? ¿No estabas bien allí?

—Sí, muy bien. Pero extrañaba a la persona de quien estoy enamorado.

—¿Tu novia?

—Más bien... es la tuya.

Aquella respuesta deja boquiabiertos a Val y a Raúl, que se miran confundidos uno al otro.

—Perdona, ¿cómo dices?

—Tu novia y yo somos viejos amigos. Y en estos meses fuera, he descubierto que me gustaba más de lo que yo mismo pensaba.

—¿Te estás burlando de nosotros?

El tono que usa Raúl es amenazante. Suelta la mano de Valeria y da un paso hacia delante, acercándose a César.

—Para nada. No es mi intención burlarme de nadie.

—Eres muy descarado, ¿sabes?

—Simplemente, es amor, amigo.

—No soy tu amigo. Y no puedes soltarle a alguien algo así de buenas a primeras y menos estando delante su pareja.

—No pude resistirme. Tenía muchas ganas de verla

y de decirle lo que siento. Mejor delante de ti que actuando a tu espalda, ¿no?

—Yo soy su novio. No tienes derecho a esto.

—Uno no puede controlar de quién se enamora —contesta César con tranquilidad—. De todas maneras, es ella la que debe elegir con quién sale o no sale. ¿No crees?

Los ojos de los dos chicos buscan rápida e irremediablemente a Valeria. Ésta se sobresalta y titubea antes de responder.

—Mi novio... eres tú, Raúl.

—¿Y lo quieres?

—Claro. Muchísimo. Estoy muy enamorada de él.

César esboza una sonrisa, apoya la guitarra en el suelo y se recoge el pelo en una coleta mientras continúa hablando.

—No esperaba otra respuesta de ti, Val. Sin embargo, no voy a rendirme tan pronto. Te voy a hacer una propuesta.

—Déjanos en paz —replica Raúl, cogiendo de nuevo la mano de su chica—. Olvídate de nosotros.

—Te propongo estar contigo para siempre. Durante dos meses te preguntaré varias veces si has cambiado de opinión. Si dentro de sesenta días sigues pensando lo mismo, desapareceré para siempre. Tengo dos meses para enamorarte. ¿Qué me dices?

—¡Que estás loco! —exclama Raúl, anticipándose a su novia.

Y tirando de la mano de Valeria se alejan caminando deprisa hacia el andén de la línea cinco.

—¡Piensa en mi propuesta! —grita César, recuperando su guitarra.

Mientras suenan los primeros acordes de un tema de Nirvana, Raúl y Valeria suben al tren en dirección Alameda de Osuna. En aquel instante comenzaron las dudas. Aunque ni uno ni otro sabían entonces hasta qué punto llegarían.

Capítulo 4

La película fue muy mala. Prácticamente, no entendió nada. Lo mejor, la hamburguesa de después con sus amigos, aunque el besuqueo constante entre Alba y Bruno no le gustó. Pese a que llevan ya unas cuantas semanas juntos, Ester no se acostumbra a verlos tan acaramelados.

Y pensar que... mejor no darle muchas vueltas.

Son más de las once de la noche y mañana hay clase. Se le ha hecho demasiado tarde. Se acerca hasta su computadora y la enciende. ¿Estará conectado como le dijo? Hace unos minutos le escribió un WhatsApp pero no le ha contestado. Aquel chico es realmente extraño. Siempre lo ha pensado, a pesar de que desde que hablan a menudo ha cambiado la impresión que tenía sobre él. Repasa los últimos mensajes en su celular y lee otra vez el que dice que le gusta. ¡Le gusta! ¿Será verdad? No se confía. Su vida amorosa ha sido un desastre. ¿Por qué ahora iba a ser diferente? Además, no está segura de lo que siente su corazón. ¡Qué lío!

Entra en Skype y lo ve entre sus amigos disponibles. También está Bruno conectado, pero no es a él a quien escribe.

37

—Buenas noches, Félix. ¿Estás despierto?

La respuesta viene en forma de petición de videollamada. Le da a aceptar y en unos pocos segundos aparece un chico con el pelo corto y castaño. Posee cierto aire a Alex Goot tras sus anteojos de montura negra. Sus ojos azules se ven más claros con el fondo oscuro que se extiende en la pantalla. Tiene un hoyuelo en la mejilla izquierda y una cicatriz en la barbilla. Se percibe un intento de barba, sin mucho éxito de momento. No es muy guapo, pero resulta interesante.

—Hola, Ester —dice el joven, colocándose los audífonos. Su voz es profunda y firme.

La chica lo imita y también conecta sus auriculares a la computadora. Su media sonrisa le atrae. Le da cierto misterio.

—Gracias por quedarte despierto.

—No te preocupes, estaba estudiando.

—Como siempre —comenta Ester, haciendo un gesto con la cabeza de «lo debí haber imaginado»—. ¿Alguna vez has sacado menos de un nueve?

Félix Nájera es el número uno de su clase. Un nerd de los de verdad. De esos que son voluntarios para todo y para quienes un nueve es una mala calificación.

—Claro. Tres veces.

—¡Tres veces! ¡Dios! ¿Y pudiste dormir? —pregunta Ester irónica.

—Si te soy sincero..., no.

—Ah... Estaba bromeando.

—Yo también.

La media sonrisa de Félix regresa a su rostro. No, no bromeaba. Sólo tres veces en los cinco años que lleva en la escuela no sacó calificación sobresaliente. La primera, en el examen final de Español de tercero de secundaria; la segunda, en Educación Física, el año pasado; y la tercera, en el examen del segundo trimestre de Matemáticas. Y ninguna de esas noches pudo pegar ojo.

—¿No sientes demasiada presión con todo eso?

—¿Qué quieres decir?

—Pues que tener que sacar siempre diez en cada examen debe de ser agotador para tu cabeza.

—Sí, lo es. Pero es lo que tengo que hacer y lo hago.

—¿Es por tus padres?

—No, ellos me dicen que no estudie tanto.

Es la primera vez que escucha algo así. Unos padres que le piden a su hijo que no estudie tanto. Eso significa que lo de Félix debe de rayar la obsesión.

—Entonces, ¿qué te obliga a sacar esas calificaciones tan altas?

—Yo mismo —dice, ajustándose los anteojos—. Soy yo mismo el que me exijo no bajar la guardia en los estudios.

—Es impresionante que tengas esa fuerza de voluntad. Te admiro.

Aquel comentario parece que pone nervioso al chico, que desvía la mirada de la cámara hacia un lado. Aunque en seguida vuelve a fijarse en Ester.

—Bueno, dejemos de hablar de mí y hablemos de nosotros. ¿Qué piensas sobre lo que te dije antes?

—¿Lo del WhatsApp?

—Sí. Eso.

—Pues...

—No confías de mí —se aventura a decir Félix, sin esperar la respuesta de Ester.

—No es eso. Lo que pasa es que...

—Te han hecho daño y ahora no te atreves a salir con nadie.

—Tampoco es así, exactamente.

—¿Y qué es? Cuéntamelo, por favor.

—La verdad es que... me han hecho daño, sí. No te lo voy a negar —indica, recordando la historia con Rodrigo, su exentrenador de voleibol—. Pero... bueno, es difícil de explicar.

La explicación, a decir verdad, es inconfesable y más bien sencilla. Se resume en un nombre y un apellido: Bruno Corradini. ¿Qué siente por él? ¿Por qué cada día revive aquella noche en su mente? Aquella noche de marzo que una vez tras otra se introduce en su cabeza y hasta el momento ha sido incapaz de olvidar.

—Bruno, me gustas; ¿quieres ser mi novio?

El chico no puede creer lo que acaba de oír. Aquellas palabras son las mismas con las que ha soñado desde que conoce a Ester. ¿No será un sueño de verdad? No, ella está allí, delante de él, con los ojos iluminados, agitada, sin aliento. Tan guapa como siempre y con ese flequillo tan característico.

—¿Me lo estás... diciendo... en serio?

Es todo lo que logra pronunciar. Tiene la sensación de encontrarse en una nube. En una dimensión paralela en la que surge lo imposible.

—Sí. Totalmente en serio. Sé que no me he portado demasiado bien contigo...

—No digas eso.

—Es la verdad. Tú me has apoyado siempre. Has estado a mi lado cuando lo he necesitado. Y me he dado cuenta de que me gustas más que como amigo. Quiero que seamos una pareja.

Ester se emociona cuando habla y no es capaz de aguantar algunas lágrimas. Él ha sido muy importante desde que llegó a la ciudad. ¿Cómo no se dio cuenta antes?

—Esto es una gran sorpresa.

—Lo sé. Y perdona por atreverme a lanzarme de esta manera. Te estoy poniendo en un compromiso. Pero... tenía que decírtelo.

La chica llora mientras habla. Él la observa ensimismado. Es increíble que aquello esté ocurriendo. Se acerca hasta su amiga y la abraza con delicadeza. Ella apoya la cabeza en su hombro y cierra los ojos. Así permanecen unos segundos. Quietos. En silencio. No existe nada más en ese instante para ninguno de los dos. Sólo hay una forma de acabar con aquel abrazo eterno, un beso. Ester es la que da el primer paso, la que busca la boca de Bruno. El joven se deja llevar y sus labios se unen en la noche de Madrid. Es amor. Un amor que no entiende de trucos, simplemente es magia.

—¿Qué es eso? —pregunta ella con una sonrisa, separándose unos centímetros de él, al sentir un cosquilleo.

—Eso es... mi celular.

—Contesta.

—No, da igual.

—Sí, contesta. No vaya a ser que sea importante.

Bruno acaba aceptando y saca su teléfono del bolsillo de la chamarra. Da un respingo cuando comprueba que quien lo llama es Alba.

—¿Sí?

—¡Hola! ¿Me extrañas?

El chico le indica a Ester que es su amiga la que está al otro lado del celular. Una terrible sensación de culpa la invade de pronto. Hace sólo unas horas hablaron de Bruno. Ella le dijo que no le gustaba, que no le importaba que se declarara, que salieran juntos. Y sin embargo..., acaba de besarlo, de pedirle que sea su novio.

¿Qué ha hecho?

Ella, que se supone que es una buena persona, una buena amiga..., ha vuelto a traicionar a alguien. Alba no se lo perdonará jamás. ¿Y Bruno? ¿Le gusta tanto como para inmiscuirse entre él y la chica del pelo azul?

Mientras lo ve hablar por teléfono con Alba, se va sintiendo cada vez peor. ¿No debería ser aquél el mejor momento de su vida?

—¿Qué tal salió la grabación del corto?

—Muy bien. ¡Ya hemos terminado!

—Genial.

—Sí, tengo ganas de ver el montaje que hará Raúl. ¡La escena final es loquísima!

Ester observa su sonrisa mientras conversa con Alba. Ellos harían una gran pareja. Y ella..., ella ha vuelto a meter la pata. ¡En qué demonios estaría pensando! Ha tenido su oportunidad durante mucho tiempo. Desde aquella carta. Y dejó pasar la oportunidad. No lo merece. Bruno merece a alguien mejor que ella.

—Oye, Alba, ¿te importa que hablemos mañana?

—Sí, claro..., pero...

—Pero ¿qué?

—Ay. No quería decirte nada por teléfono... Preferiría contártelo en persona... Tengo que explicarte algo.

—¿Qué es lo que me tienes que decir?

En ese instante, Ester contempla a su amigo, que le sonríe, y sin despedirse ni explicarle el motivo, sale corriendo lo más rápido que sus piernas le permiten. En unos segundos desaparece de la vista de Bruno, que asiste atónito a su huida.

—Me gustas. Me gustas mucho. Y quiero que seamos novios.

Capítulo 5

No hay nadie en casa. Su madre debe de haber ido a cenar fuera con su nuevo marido, el padre de Meri. Cuando Valeria se enteró de la relación entre Mara y Ernesto no imaginó que todo iría tan deprisa. En menos de tres meses, el hombre se ha trasladado de Barcelona a Madrid, se han casado —en una ceremonia muy particular— y están viviendo juntos. Demasiados cambios en tan poco tiempo.

—¿Quieres algo de beber? —le pregunta la chica a Raúl, caminando hacia la cocina.

—No, gracias.

La respuesta de su novio es fría. Le ha afectado todo lo que le ha contado Val al salir del cine mientras se comían la hamburguesa. Que César haya vuelto a aparecer no le resulta agradable. Es más, le molesta muchísimo.

La joven regresa con una lata de Coca-Cola Light, se sienta junto a él en el sofá, da un pequeño sorbo y lo besa en la boca. Sin embargo, Raúl no está de humor.

—¿Qué te pasa?

—Ya sabes lo que me pasa.

—Lo de siempre —comenta resignada.

—Sí, lo de siempre.

Valeria resopla y da otro trago al refresco. Cruza las piernas y luego, los brazos. Aquella situación ya la han vivido otras veces. Ninguno de los dos está cómodo.

—Yo no puedo hacer nada más —señala ella tras una pequeña pausa sin decir nada—. Con quien estoy es contigo. Y a quien quiero es a ti.

—Pues parece que él no se ha dado cuenta.

—Pero yo no le hago caso.

—Algo de caso le harás cuando sigue apareciendo una y otra vez para preguntarte si quieres cambiar de novio.

—Mi novio eres tú. ¡Y por supuesto que no te quiero cambiar por nadie!

Las palabras de Valeria no sirven para calmar a Raúl, que se levanta del sofá. Está nervioso. Lleva cincuenta y cinco días en tensión. Desde aquella lluviosa tarde de abril en la que tropezaron con César en la estación de la línea cinco. ¿Qué derecho tenía a decirle a su novia que también él la quería?

—Me voy a casa —indica el joven, poniéndose de pie—. Estoy cansado.

—No te vayas, por favor. Quédate un rato y hablamos del tema.

—Es que no hay nada más de lo que hablar, Val. Ese tipo no parará hasta que consiga lo que quiere.

—Sí parará. Dijo dos meses...

—No le creo.

—Yo sí le creo. Y los dos meses se cumplen en cinco días —sentencia con seguridad la chica, que, a continuación, sonríe—. Te quiero. ¿No sirve que te lo repita cada día?

Raúl suspira. Ve sinceridad en su mirada. En sus palabras. ¿Por qué duda tanto? ¿De qué tiene miedo? Todo continúa igual. Siguen juntos. Valeria es su novia y se quieren. No ha dejado de demostrárselo en ningún momento durante aquel tiempo. Entonces, ¿qué sucede? ¿A qué viene aquella extraña sensación?

—Sí sirve. Pero...

—Pero ¿qué?

—No sé. Siento algo raro en todo esto. Un mal presagio. Tal vez es que me estoy volviendo loco.

La joven sonríe y tira de la pierna de Raúl para que vuelva a sentarse a su lado. Éste se deja caer en el sofá y ella lo abraza con fuerza.

—Todos estamos un poco locos.

—Mientras no lleguemos a lo de Elísabet...

—No seas malo —protesta Valeria, golpeando su brazo—. Hace mucho que no sabemos de ella, ¿cómo estará?

—No quiero saberlo. Después de todo el daño que nos causó, espero no volver a verla nunca más.

—Fue nuestra amiga... ¿No te da un poco de pena?

—¿Sinceramente? No. Ya me compadecí de ella y mira cómo me lo agradeció. Casi termina con nuestra relación.

—Pues a mí sí me da lástima. Y pienso bastante en ella. Recuerdo cuando éramos inseparables y nos contábamos todo.

—Eso pasó hace mucho.

—No tanto. El año pasado por estas fechas estábamos haciendo planes para el verano y temblando con los exámenes finales de cuarto.

Esos exámenes salieron muy bien y ambas sacaron buenas calificaciones. Entre otras cosas porque las dos se ayudaron mucho la una a la otra. Eran como hermanas. Hablaban de sus sueños, de chicos, de la ropa con la que se vestían o de lo que les gustaría ponerse. De que pasara lo que pasara serían siempre amigas. Sin embargo, la locura y el amor por el mismo chico terminó con aquella amistad.

—Parece que la extrañas.

—Es que la extraño, Raúl —confiesa Valeria, apenada—. Aunque quiero mucho a Meri, a Ester y a Alba, no tengo lo mismo con ellas que lo que tenía con Eli.

—Me tienes a mí.

—Lo sé. Y eres lo mejor que me ha pasado.

—¿Entonces?

—Es difícil de explicar...

Muy difícil. Ella necesita una amiga de esas a las que poder contarle que tu novio tiene celos de otro chico y además, no le faltan razón ni motivos. A la que explicarle que, pese a quererlo por encima de todas las cosas en el mundo, más de una vez ha tenido dudas. A quien confesarle que un descarado músico ha creado en ella una incertidumbre que la hace sentirse culpable. Le gustaría tener a una persona que le diga que no se preocupe por lo que le pasa, que es algo normal. Que pese a amar a alguien puede atraerte otro que muestra interés por ti.

No es sencillo no tener a nadie a quien contarle que está hecha un lío desde hace cincuenta y cinco días. Y que, aunque aparente y transmita tranquilidad, su cuerpo se estremece cada vez que aparece ante ella.

—Tenemos tiempo para que me lo expliques.

—Entonces, ¿eso significa que te quedas un rato más?

Raúl no responde con palabras. Le basta un beso. Y luego otro, y otro. Una colección de besos de todos los estilos y clases. Ella sacia su intranquilidad; él, sus dudas.

—¿Qué hora es? —pregunta la chica, unos minutos más tarde—. Es raro que mi mamá y Ernesto no hayan venido todavía.

El joven examina su celular pero lo encuentra apagado. Intenta encenderlo pero no funciona. Se ha quedado sin pila.

—Mierda. Cada vez dura menos. Tengo que comprarme otro teléfono.

—Espera...

Valeria se incorpora y abre su laptop. Son casi las doce de la noche.

—¿Me la prestas un momento? —le pregunta Raúl, asomando la cabeza por encima de su hombro—. Quién sabe desde cuándo está apagada la BlackBerry. Quiero revisar mi correo.

—Claro, toma.

La chica le entrega la computadora, acompañada de un nuevo beso en los labios. El joven entra en su cuenta de Hotmail y encuentra un email nuevo recibido hace un par de horas. Es el que llevaba semanas esperando. ¿Qué dirá? ¿Lo habrá conseguido? Hace click en él y lo lee en voz baja.

—No lo puedo creer —comenta con las manos en la cabeza.

—¿Qué pasa?

—Soy finalista.

—¿Cómo? ¿Finalista de qué?

—¡Soy finalista del concurso de cortos! —exclama emocionado—. ¡Han elegido *Sugus* entre los finalistas del concurso de cortos de Valencia!

—¡Qué dices! A ver...

Los dos vuelven a leer el email, Valeria en voz alta, haciendo énfasis en las frases más destacadas.

Estimado Raúl Besada:

El jurado del Festival de Cortos de Valencia para Jóvenes Directores, en su decimosegunda edición, tiene el placer de comunicarle que su cortometraje titulado *Sugus* ha sido seleccionado como uno de los dos finalistas del certamen.

Además, el correo detalla que el premio para el ganador será de tres mil euros y un curso de realización y dirección cinematográfica de un año de duración. Añaden que la final tendrá lugar ese mismo viernes por la noche en el Teatro Talía de Valencia y que cuentan con su presencia. También se especifica que el finalista tiene una habitación reservada en un hotel del centro para el jueves y el viernes.

—¿Ése es el boleto de tren? —pregunta Raúl, señalando un documento adjunto.

—Creo que sí.

Están en lo cierto. Aquel PDF es un boleto para el tren del día siguiente a las cinco de la tarde. El de vuelta está programado para el sábado a las doce de la mañana.

—Vaya. Sólo es para una persona —advierte el joven.

—Ya. Mala pata. Me hubiera gustado ir.

—Y a mí que vinieras.

—Otra vez será. Seguro que habrá más premios. Tienes mucho talento.

—Te voy a extrañar.

—Yo también a ti.

—Puedo escribirle a la organización para ver si...

—No. No te preocupes. Sólo son dos días —indica Valeria, sonriendo—. No pasa nada. ¡Lo importante es que eres finalista del concurso!

—¡Sí!

La pareja se abraza de nuevo. El chico continúa en estado de shock. Aquel festival de cortometrajes es uno de los más importantes para gente joven que se celebran en el país. ¡Y él es finalista! Es como un sueño. Una prueba de que todo el esfuerzo termina mereciendo la pena. ¿Y si resultara ganador? Sería increíble. Sin embargo, todavía queda la última prueba. Según dice el email son dos los finalistas. ¿Quién será el otro seleccionado?

Dos horas antes, en otro lugar de la ciudad...

Una chica con el pelo anaranjado sale de la ducha precipitadamente. Tras cubrirse con su bata azul, alcanza el teléfono celular que había dejado junto al vaso con el que se enjuaga los dientes. Tiene un email. Cuando lo abre, tarda unos segundos en asimilar lo que ha conseguido. Emocionada, se sienta en el suelo y vuelve a leer aquel correo. Es un sueño: su corto es uno de los dos finalistas del concurso en el que tantas esperanzas tenía puestas.

A una risa histérica le siguen varios gritos y un puñado de lágrimas. Por una vez, Wendy Minnesota no está en el bando de los perdedores.

Capítulo 6

Recibe un último WhatsApp de Alba deseándole buenas noches y se da la vuelta en la cama buscando la postura idónea para dormir. Bruno coloca el celular bajo la almohada y cierra los ojos. Piensa en ella. No en su novia, sino en Ester. No le ha hablado en todo el tiempo que han estado conectados a Skype. No es la primera vez, ni la segunda. Es como si ella tratara de esquivarle. Tal vez haya otro. Y no la culparía si fuera así. Aunque no puede evitar sentir cierto malestar.

Las cosas entre ellos no son como eran hace unas semanas. Se han distanciado. Algo natural por otra parte después de lo que sucedió en marzo y que ahora guardan en secreto.

Ese día de marzo amaneció nublado y ventoso.

No se han dicho nada en todo lo que va de día, tampoco han tenido demasiadas oportunidades. Desde que llegaron a la escuela sólo han intercambiado miradas. Bruno le ha estado dando vueltas toda la noche a lo que sucedió ayer. Ester lo besó, le dijo que quería ser su novia y luego, desapareció corriendo. Después, sólo un mensaje: «Por favor, no me llames. Necesito pensar, estar sola. Lo siento mucho».

El rostro de la chica indica que no la está pasando bien. Anoche se atrevió a dar un paso adelante, sin embargo, tuvo que rectificar y retroceder. Por Bruno, por Alba, por ella misma. Su reacción estaba justificada, aunque los sentimientos permanecían ahí, inalterables. Pero no había otra solución.

La campana del recreo genera el nerviosismo habitual en la clase. Tras el arrastre de mesas y sillas, los dos continúan allí. Prácticamente solos. Se miran y deciden al unísono que deben hablar. Es él quien se acerca hasta ella y juntos se van a un lugar en el patio al que nadie acostumbra a acudir en el recreo. Está en el lado opuesto a aquel en el que solían reunirse los Incomprendidos. Se sientan en el suelo y es Ester la primera que rompe el silencio.

—Te quiero pedir perdón por todo lo que ha pasado. Últimamente, no acierto en nada de lo que hago.

—No tienes que pedirme perdón.

—Sí, Bruno. Tengo que hacerlo. Porque primero te pongo en un compromiso, luego te beso y al final salgo corriendo y te digo que no me llames.

—Me gustó el beso.

—A mí también me gustó —comenta Ester, bajando el tono de voz—. Pero... lo nuestro no puede ser.

El chico se siente como si a un niño le dan el caramelo más rico del mundo y cuando se lo va a meter en la boca se lo quitan. No comprende nada.

—No lo entiendo. ¿Por qué no puede ser? A mí me gustas desde hace mucho tiempo.

—Lo sé. Y no sabes cuánto siento el haberte hecho daño.

—¿Sabías que me gustabas?

—Sí —reconoce, agachando la cabeza—. Pero cuando me mandaste aquella carta yo estaba enamorada de Rodrigo.

De pronto, a Bruno le cuesta hasta tragar saliva. Sabía lo que sentía. En aquel año y medio, Ester estaba al corriente de su amor por ella. ¡Cómo pudo ser tan ingenuo!

—He hecho el ridículo.

—¡No! ¡Claro que no! La única ridícula he sido yo. Debí darme cuenta antes de que no sólo eras un buen amigo. Mi mejor amigo. Que significabas algo más.

—¿Y entonces? ¿Por qué dices que lo nuestro no puede ser?

—Porque no funcionaría.

—¿Cómo lo sabes?

—Lo sé —asegura Ester, con rotundidad—. Y si empezamos a salir y rompiéramos, eso significaría el final de nuestra amistad. No quiero perderte nunca, Bruno.

—No tiene por qué ser así. ¿Por qué íbamos a romper? ¿Por qué hablamos del final de nuestra amistad?

—Porque es lo que pasa siempre. Cuando dos amigos, muy amigos, salen y después rompen, también se acaba su relación de amistad.

—Si piensas en romper antes de empezar...

—Es una posibilidad que existe. Somos muy jóvenes, diferentes, amigos...

El chico mueve la cabeza de un lado a otro. Sigue sin comprender a su amiga. Cada frase que suelta es un golpe directo al corazón. Lo tenía tan cerca. Algo con lo que lleva meses y meses soñando. ¡Nunca imaginó que Ester podría sentir eso por él!

—Y si piensas de esa manera..., ¿por qué anoche me preguntaste si quería ser tu novio?

—Porque... soy muy torpe.

—¿Eres torpe por sentir algo por mí?

—No. Soy torpe porque no paro de hacer cosas que perjudican a otras personas.

—A mí me hiciste feliz cuando me dijiste eso. No me perjudicaste.

Ester suspira cuando escucha aquello. Tiene ganas de besarlo. Decirle que quiere arriesgarse y que no le importa el futuro. Que lo único que necesita es estar con él en el presente. Pero la decisión está tomada. Y es definitiva.

—Lo siento, Bruno. No es posible —indica, tratando de mostrarse fuerte—. No voy a arriesgar nuestra amistad.

—¿Estás segura?

—Sí. Muy segura.

—No estoy de acuerdo contigo.

—No hay marcha atrás. Lo he pensado muy bien. No sigamos haciéndonos daño... ¿Amigos?

—Quiero ser más.

—Bruno..., por favor. No puede ser. No..., pero quiero que sigamos siendo amigos. Los mejores amigos. Te necesito a mi lado.

Cómo puedes ser mi amiga, si por ti daría la vida.

El joven mira hacia abajo resoplando. El sueño ha acabado. Siente impotencia y una fuerte angustia que le oprime el pecho. Pero es mejor ser su amigo que perderla para siempre. En el fondo, es lo que ha existido siempre entre ellos.

—Yo... te quiero.

—No lo pongas más difícil, por favor. Yo también... te quiero. Pero para ti, para mí, para nosotros... es lo mejor.

—Es que...

—Por favor, no sigas —le ruega Ester, tapándole la boca con la mano para que no continúe hablando.

Bruno cabecea y, cuando la chica aparta la mano, asume el doloroso final de aquello que pudo ser y no será.

—Está bien... Amigos.

Un abrazo, sonrisas a medias y lágrimas contenidas.

—Si no te importa, lo que pasó ayer, el beso y... todo lo demás, tendría que ser un secreto entre nosotros —indica Ester cuando se separan.

—¿Un secreto?

—Sí. No lo debe saber ninguno de nuestros amigos. Les afectaría y bastantes problemas hemos tenido ya en el grupo.

En eso el chico sí está de acuerdo. Aquél es un asunto sólo entre ellos dos. Además, es mejor que Alba no sepa nada. A la chica del pelo azul sí que le dolería enterarse del beso de anoche, justo antes de que le llamara y le preguntara si quería salir con ella. Bruno evitó responderle sí o no. Quedaron en que hoy hablarían sobre ello.

—Muy bien. Lo guardaré en secreto.

—Es lo mejor.

Los dos se miran en silencio y terminan sonriendo y dándose un nuevo abrazo. La alegría y la tristeza están repartidas de manera desigual. Bruno no para de darle vueltas a que ella siente algo por él y Ester no deja de culparse de lo mal que lo ha hecho. Pero siguen siendo amigos.

En cambio, desde aquel día, las cosas cambiaron entre ellos. Se enfriaron. Nunca más hablaron del tema y el secreto de lo que sentían el uno por el otro y de aquel beso de marzo quedó guardado bajo llave.

No puede dormir. Se destapa acalorado. El verano ya va pidiendo paso en esos días de finales de mayo. Bruno se gira una vez más y se tumba boca arriba. Coloca las manos detrás de la nuca y abre los ojos. De nuevo, Ester aborda su mente. Seguro que hay otro. Una chica así debe de tener mil pretendientes. ¿Debe importarle? Habría preferido que nunca le hubiera revelado sus sentimientos. Era duro, pero más sencillo antes de la noche del beso.

Un pitido llega desde debajo de la almohada. Saca el celular y lo examina con atención. Se trata de un mensaje de Twitter. Extrañado, lo abre y lee. Es de un usuario que se hace llamar «Anonimous25».

No me olvido de ti, Corradini. Nunca podré olvidarme. Y algún día tú y yo ajustaremos cuentas. Te odio.

Bruno resopla. Otra vez ese loco con sus amenazas. No tiene ni idea de quién puede ser. ¿Elísabet? Es una posibilidad. Le inquieta que haya alguien que se dedique a mandarle ese tipo de mensajes desde hace un tiempo. Que él recuerde, no le ha hecho nada malo a nadie. Al contrario, siempre fue a él a quien fastidiaban y maltrataban sus compañeros de escuela. Quizá no es un alumno de su escuela. «Ajustaremos cuentas»... ¿Con quién puede tener cuentas pendientes?

En cualquier caso, tiene otras cosas en la cabeza más importantes en las que pensar. Entra en el perfil de aquel Anonimous25 y lo bloquea, aunque está seguro de que regresará con otro nombre. Ya lo ha hecho otras veces. Y no le faltaba razón: muy pronto volvería a tener noticias de aquel enigmático personaje y de sus amenazas.

—Hasta mañana.

—Hasta mañana, mamá.

La luz de su dormitorio se apaga. Alba posa la cabeza en la almohada y echa un último vistazo al teléfono. Siente la necesidad de mandarle un mensaje de buenas noches a su novio. ¡Pero si solamente hace cinco minutos que estaban hablando por Skype! Espera no resultarle pesada. Bruno se ha convertido en la persona más importante de su vida y cada minuto del día quiere compartirlo con él.

> Me la he pasado muy bien esta noche. La próxima vez, tú y yo solos. Que descanses, amor. Mañana nos vemos.

Después de enviar el WhatsApp, deja el celular sobre la mesita de noche y cierra los ojos. ¿Por qué está tan clavada con aquel chico bajito y testarudo? En ocasiones se lo pregunta. Bruno no es un diez en nada. Ni siquiera cree que llegue al siete. Y por el carácter de uno y otro discuten con frecuencia. Sin embargo, le encanta. Es más, lo quiere. Lo ama de verdad. ¿Está loca? Debe de estarlo, aunque su intuición le indica que no es la única. Está segura de que Ester también siente algo por él.

—¿Hola?

—Hola, Ester, ¿puedo hablar contigo?

—Sí, claro. ¿Qué te pasa?

Alba suspira. Aquel domingo ha sido muy intenso y la cabeza le va a explotar. Primero el beso en el estadio Vicente Calderón, luego, la confesión a Raúl de su relación con Eli y hace unos minutos...

—Le pedí a Bruno que sea mi novio.

Lo ha soltado sin más rodeos, aunque conforme lo iba diciendo ha ido reparando en las consecuencias de ello. ¡Se ha atrevido a hacer algo así! ¡A pedirle a un chico que salga con ella!

—¿Y qué te ha contestado? —pregunta Ester, tras un breve silencio.

—Que mañana hablaríamos del tema.

—¿No te ha dicho sí o no?

—No. Me ha insistido en que algo así era mejor hablarlo en persona —responde Alba, bastante apenada.

Ella imaginaba que tras el beso de esa mañana tendría el sí inmediato. Pero se ha encontrado con sus inesperadas dudas. ¿Es que no siente lo mismo?

—Pues... no sé.

—¿Tú has hablado con él?

—¿Yo? No..., no. No sé nada de Bruno desde... no recuerdo la última vez que hablé con él.

Las palabras de Ester llegan entrecortadas. Parece nerviosa. En realidad, está ocultándole a su amiga lo que ha sucedido hace un rato. Algo que no debería haber pasado nunca. Desde que ha vuelto a casa no ha parado de llorar.

—Me late que me va a responder que no.

—¿Por qué dices eso?

—Porque si hubiera querido algo conmigo, no esperaría a mañana.

—Son cosas que es mejor hablarlas cara a cara que por el celular.

—¿Tú crees que ése es el verdadero motivo?

—Puede ser. Pero no estoy en la cabeza de Bruno...

—Pero tú eres la que mejor lo conoce. Eres su mejor amiga. ¿De verdad que no te ha contado nada? Comprenderé si no me lo quieres decir...

—Te prometo que no sé nada.

Y le cree. Ester es de ese tipo de personas en quien se puede confiar. Más en un tema tan serio, en el que están sus sentimientos de por medio. En cambio, a pesar de lo que le dijo en la conversación que tuvieron las dos por la tarde, no está tan segura respecto a lo que su amiga siente por Bruno.

—Perdona que te insista con lo mismo otra vez, pero a ti no te gusta, ¿verdad?

—¿A mí? ¿Bruno? No. Claro que no. Ya te lo dije.

—¿De verdad, Ester? Es importante para mí saber lo que sientes.

—Te estoy diciendo la verdad.

—Es que si te gusta a ti, yo no tengo nada que hacer.

La conversación se está volviendo incómoda para las dos. Alba no puede evitar recelar de ella y Ester metió la pata antes con Bruno y ahora le está mintiendo a su amiga.

—Es mi amigo. Sólo un gran amigo. No le des más

vueltas. Te aseguro que entre Bruno y yo sólo hay amistad. Es y será siempre así.

Dos meses y medio después, la inseguridad de Alba es menor. Quiere a Bruno y también confía en su amiga. Su historia de amor se ha consolidado y no recuerda un instante de su vida en el que haya sido más feliz. Cierra los ojos y sonríe, ajena a que la verdadera realidad es otra y que su historia de amor consolidada está sujeta con alfileres demasiado finos.

JUEVES

Capítulo 7

—¿Lista?

—Sí. ¡Un segundo! Ahora mismo bajo.

Valeria corre hacia la cocina, da el último sorbo a su vaso de chocolate y se despide de su madre con un beso.

—¿Para mí no hay? —pregunta Ernesto, arrugando la frente.

La chica chasquea la lengua y besa en la mejilla al marido de su madre. Todavía no se ha acostumbrado a verlo allí cada mañana. Y mucho menos a darle besos de despedida.

Agarra la mochila y, tras colgársela en la espalda, sale a toda velocidad de la casa. Baja las escaleras rápidamente y abre la puerta del edificio. Allí está él. Ataviado con una sudadera amarilla y unos pantalones azul oscuro. Sonriente. Guapísimo. A Raúl sí que le gustaría besarlo. Y lo hace, rodeándole el cuello con sus brazos, levitando sobre sus Converse de color rosa. Un beso de buenos días intenso y repleto de sabores.

La pareja camina hacia la escuela. Es una mañana soleada, con alguna nube pintando de blanco el cielo azul.

—¡Felicidades! —le dice Valeria, agarrándolo con fuerza por la cintura.

—¿Y eso? No es mi cumpleaños.

—¡Por lo del corto, tonto! ¡Hoy tienes que tomar el tren!

—¡Ah, es por eso! Muchas gracias.

Los dos comentan lo increíble que es que *Sugus* sea finalista del concurso de Valencia. Ya no hay rastros de la discusión del día anterior. La sombra de César no está presente a pesar de que los dos han pensado en él durante la noche. De manera diferente. Cuatro días faltan para que se cumpla el plazo que él mismo se dio para conquistar a la joven.

—Cómo me gustaría estar contigo en el momento en el que te den el premio.

—Ya mí. Pero no es seguro que gane.

—Ganarás. El corto es genial.

—Tengo el cincuenta por ciento de posibilidades, como el otro finalista.

—No sabes todavía quién es, ¿no?

—No. No me lo han dicho.

Y siente gran curiosidad por saberlo. ¿De qué se tratará el corto al que se enfrenta por el premio? Está convencido de que no será tan sencillo ganar como cree Valeria. Aquel festival es de los más prestigiosos que existen y su rival será un hueso duro de roer.

—¿Ya sabes qué vas a hacer con los tres mil euros del premio?

—Invitarte a cenar.

—¡Guau! Sí que me vas a llevar a un sitio caro.

—También te regalaré rosas rojas.

—¿Sí?

—Y te compraré bombones.

—¿En serio? ¿De chocolate blanco?

—De chocolate blanco y de chocolate negro.

—¿También? ¡Con lo que me gustan los bombones! —exclama la chica, mordiéndose los labios—. ¡Más les vale a los del jurado darte el primer premio!

La lista de cosas que Raúl le compraría con los tres mil euros del corto ganador sigue creciendo mientras caminan entre besos y risas, aunque Valeria cambiaría todos esos regalos por estar con él en aquel instante. Aun así, sabe que es imposible. Que la organización sólo ha enviado un boleto y la invitación al evento para una sola persona.

—Oye, ¿no es ésa tu hermana? —pregunta Raúl, señalando a una chica pelirroja que va delante de ellos.

—Meri no es mi hermana.

—Tu madre y su padre están casados.

—Da igual.

Aquella amistad de tanto tiempo se ha visto dañada en las últimas semanas. Pequeños enfrentamientos, absurdos malentendidos, posicionamientos exagerados... han terminado por hacerles daño. Tanto que prefieren estar separadas e ir cada una por su lado.

—¿Cuándo van a arreglarlo?

—No estoy enfadada con ella. Ni creo que ella lo esté conmigo.

—Entonces, ¿por qué desde que son hermanas hay tanta tensión entre las dos?

Porque, a pesar de que cada una quiere la felicidad de sus padres, ninguna termina de ver clara la relación entre Ernesto y Mara. Y, como es natural, cada una tira para su lado. Las cosas han ido demasiado deprisa y todo ha sido un poco caótico en esos dos últimos meses. Incluido el día en que se casaron, que fue un pequeño desastre. Nada salió bien. Desde el banquete, que se hizo en la cafetería Constanza y en el que se quedaron cortos con la comida, hasta la noche de bodas, en la que el matrimonio tuvo que ir a Urgencias porque la mujer se dio con el quicio de la puerta en la cabeza, al entrar en el dormitorio en brazos de su ya marido. Cinco puntos de sutura, un camisón blanco lleno de sangre y un buen susto fueron las consecuencias.

—Nos vemos demasiado.

—Es normal. Su padre vive con ustedes.

—Ya. Pero... no sé. No es sencillo de explicar —responde Val, aminorando la marcha para no alcanzarla. No tiene ganas de hablar con ella.

Sin embargo, Meri se detiene en un banco para abrocharse las agujetas de un zapato y de esa manera la pareja llega a su altura.

—¡Hola, pelirroja! —exclama Raúl, dándole una palmadita en la espalda.

La chica se gira sorprendida y se encuentra con ellos delante. Parece que la presencia de su hermanastra no le satisface demasiado, pero disimula y sonríe. Le da dos besos a él y otros dos a ella.

—¿Qué tal la película de anoche?

—Muy mala. Casi te envidio por no haber ido.

—Me quedé estudiando. Estoy muy preocupada por los finales de la semana que viene.

—¿No te fuiste con tu padre a hacer algo? —interviene Valeria, extrañada por lo que acaba de decir María.

—Ah. Sí. También... Es que me pasé tantas horas delante de los libros que ni lo recordaba.

Es evidente que ha mentido, los tres lo saben. Aunque sólo la propia Meri conoce el verdadero motivo por el que lo ha hecho. Y no va a contárselo a ellos. ¡Cómo va a revelarles que tiene novia y que ayer estuvo con ella toda la tarde!

—Yo no sé cuándo voy a estudiar —indica Raúl, rascándose la barbilla—. Hoy me voy a Valencia y no vuelvo hasta el sábado.

—¿A Valencia? No me digas que...

—¡Sí! ¡Soy finalista del festival de cortos!

—¡Genial! ¡Enhorabuena!

María y el chico se abrazan efusivamente. Aquél se convierte en el tema de conversación entre ellos hasta que llegan a la escuela. Cruzan la puerta de entrada al tiempo que suena el timbre. Los tres se dirigen a su clase, donde ya está Bruno. Y sólo treinta segundos después aparece Ester. Los cinco se sitúan en sus mesas tras saludarse rápidamente y esperan en silencio a que llegue el profesor de Matemáticas. Aquel hombrecillo es puntual. Cierra la puerta y cuando todos los alumnos guardan silencio en sus asientos, saca un papel del bolsillo de la chaqueta. Lo examina primero con detenimiento y a continuación lo lee en voz alta.

—Bruno Corradini, Raúl Besada, Valeria Molina, Ester García y María Hernández, acudan inmediatamente al despacho del director. Lo siento por ustedes. Se van a perder una interesante e inigualable clase magistral sobre derivadas de segundo grado.

Los cinco chicos se miran entre sí. No comprenden

nada. El director de la escuela requiere su presencia inmediata. Que sean los cinco amigos, los cinco incomprendidos, no puede ser una simple casualidad. Ninguno de ellos tiene la menor idea de para qué han sido llamados, aunque no van a tardar en averiguarlo. Y la sorpresa será mayúscula.

Capítulo 8

Respira hondo delante del espejo. Su pelo está bien. Liso, suave, larguísimo, casi por la cintura. Sus ojos claros parecen serenos, aunque los nervios se la están comiendo por dentro. Las hombreras de aquella chaqueta la hacen menos delgada. En realidad, le faltan unos cuantos kilos para hallarse en su peso ideal. Pero demasiado bien está después de todo lo que ha sucedido en su vida durante aquel año.

—Eres tú, eres tú, eres tú, eres tú... —se repite una y otra vez, mirando su rostro en el cristal.

Se humedece los labios y retrocede dos pasos. ¿Preparada? Debe estarlo. Es lo que quería. Ella misma ha sido la que ha propuesto regresar.

Sale del cuarto de baño y sonríe a la mujer que la está esperando.

—¿Te encuentras bien? —le pregunta, apretándole cariñosamente los brazos.

—Sí, perfectamente.

—Si quieres puedes dar marcha atrás.

—No. No voy a dar marcha atrás. Quiero continuar con esto.

—Muy bien. ¿Vamos?

—Sí.

Las dos se dan la mano y caminan por un pasillo desierto. La joven mira a un lado y a otro. Todo le resulta muy familiar. Reconocible. Se da cuenta de que extrañaba aquellas paredes. Estar allí. Conforme camina, más segura está de que aquél es su sitio y que volver no es ningún error. Pero queda lo más difícil.

Se detienen al llegar delante de una puerta gris. La chica aprieta con fuerza la mano de la mujer. Pero apenas es un instante, porque en seguida la suelta y agarra el pomo.

—Quiero entrar sola —señala con firmeza.

—¿Sola? No sé si es una buena idea.

—Estoy bien. De verdad. Creo que éste es un asunto que debo afrontar sola.

—¿Y si te derrumbas cuando...?

—No va a pasar nada. Confía en mí, ¿de acuerdo?

La mujer suspira y asiente con la cabeza. Le da un beso en la frente y sonríe una vez más. Tiene miedo de que las cosas no salgan como espera. Pero en esta ocasión debe confiar en su hija.

Capítulo 9

Los cinco chicos entran en el despacho del director y toman asiento alrededor de una gran mesa ovalada. Ninguno sabe para qué está allí y por qué les han llamado antes de comenzar la clase de Matemáticas.

—El señor Olmedo llegará en un momento —les comunica su secretaria, una señora regordeta con anteojitos de montura roja.

Antes de volver a su puesto, la mujer coloca una botella de agua mineral y varios vasitos de plástico sobre la mesa. Raúl es el único que se sirve. Da un trago y se cruza de brazos.

—¿Alguno de ustedes ha hecho algo malo? —le pregunta al resto, tras beber—. Algo que no haya contado a los demás por el motivo que sea.

Todos se quedan pensativos un instante y le dan vueltas a la cabeza, sobre todo Ester. Ella tuvo un lío amoroso con su entrenador de voleibol, pero ni siquiera pertenecía a la institución. Sólo espera que Rodrigo no tenga que ver con aquella llamada imprevista. Hace muchas semanas que no sabe nada de él y así quiere que continúe siendo.

—En ese caso, si alguno de nosotros hubiera hecho

algo mal, Olmedo llamaría solamente a uno, no a los cinco —indica Bruno.

—Sí, pero esto es muy extraño.

—Tal vez piensan que hemos copiado en los exámenes del segundo trimestre.

—Si fuera así, Meri —replica Valeria—, nos habrían llamado en marzo o a principios de abril, no ahora.

—A lo mejor es un aviso para los finales de la semana que viene. Una advertencia.

—Eso es una tontería.

—¿Por qué es una tontería? —protesta la pelirroja, molesta.

—Porque no tiene sentido. Yo no copié a nadie —insiste Val.

—Ni yo, pero como trabajamos y estudiamos juntos, y sacamos calificaciones parecidas, igual piensan que nos copiamos unos a otros.

—Sigo pensando que eso es una estupidez.

—No me hagas hablar de estúpidas y estupideces porque...

El enfrentamiento entre las dos chicas termina cuando Vitorino Olmedo abre la puerta y entra en el despacho. No es un hombre muy alto ni corpulento, pero impone. Especialmente debido a su voz ronca y profunda y su mirada penetrante. A sus cincuenta y siete años, afronta su décimo curso como director de la escuela, en la que se le respeta, se le teme y se le admira por igual.

—Buenos días, chicos. Gracias por venir —les dice, ocupando un enorme sillón que preside la mesa—. Siento que tengan que faltar a clase a estas alturas de curso. Pero creo que esta conversación es necesaria. Tenía que dialogar con ustedes en privado. Luego, hablen con el profesor de Matemáticas y que les ponga al día de lo que ha explicado durante la hora que han perdido.

Los cinco asienten atentos y expectantes a lo que aquel hombre les cuenta, aunque todavía desconocen el motivo de aquella improvisada reunión.

La secretaria de Olmedo entra de nuevo en el despacho, en esta ocasión portando una carpeta. Se la entrega al director y desaparece otra vez. El hombre la repasa por encima, hoja por hoja, en silencio, y resopla.

—Bien, se preguntarán para qué los he llamado —termina diciendo unos segundos más tarde, al tiempo que los observa—. Ustedes cinco se hacen llamar el Club de los Incomprendidos, ¿no es cierto?

Aquello desconcierta a los chicos. ¿Cómo sabe eso el director de la escuela y por qué les pregunta al respecto? Ninguno se atreve a responder hasta que finalmente Raúl es el que se lanza.

—Sí. Así es, señor. Somos un grupo de amigos que nos conocemos desde hace mucho tiempo y que juntos decidimos crear el club del que habla.

—Lo sé. Estoy al tanto. Ustedes cinco... y alguien más.

—¿Se refiere a Alba?

—¿Alba? ¿Quién es Alba?

—Alba Marina es la otra chica que forma parte del grupo —responde Raúl, mirando a Bruno—. Pero no estudia aquí.

El director se tapa la boca con una mano y vuelve a revisar los papeles que contiene la carpeta que antes le trajo su secretaria. Levanta las cejas y asiente con la cabeza.

—Alba Marina... ¿Es la chica que creo que se tiró por una ventana?

Los ojos de los cinco se abren como platos. Todos están al corriente de lo que le sucedió a su amiga hace unos meses. Ella misma se los contó cuando les relató toda la verdad sobre su vida. Pero ¿quién ha informado de aquella historia que tan pocos saben a Vitorino Olmedo?

—Eso fue hace mucho tiempo, señor —comenta Bruno—. Alba ya está completamente recuperada.

—No voy a entrar en ese asunto. No los he llamado para nada relacionado con esa chica que ni siquiera pertenece a este centro educativo. Era simplemente una nota informativa. En cualquier caso, me alegro de que ya se haya restablecido.

El enigma continúa creciendo cada segundo que pasa. Aquel hombre conoce detalles que ninguno de los chicos sospechaba que podría saber. Alguien ha debido de informarle. Alguien muy cercano a ellos. ¿Quién?

—Bueno, entonces, ¿para qué estamos aquí? —requiere Raúl, impaciente.

—Están aquí por Elísabet Prado.

Aquel nombre responde por fin a todas sus preguntas. Ella. No podía ser otra. Ya tienen la causa y a ninguno de los cinco le es indiferente. Hace varios meses que no la ven, ni tienen noticias de Eli. Lo último: lo que Alba les contó. Y a partir de ahí, nada. Hasta ese momento en el que el director de la escuela la ha nombrado.

—¿Qué tenemos que ver nosotros con Elísabet?

—¿No es su amiga?

—Si quiere que le sea sincero, señor, no creo que ésa sea la palabra más adecuada para definir nuestra relación con ella —indica el mayor de los Incomprendidos.

—Lo sé, lo sé. Me he enterado de que ha habido conflictos entre ustedes. Ella misma reconoce que no se ha portado bien.

—¿Ella lo reconoce?

—Sí. Claro. Elísabet se arrepiente mucho de cómo se comportó. Sobre todo con usted, Valeria.

La chica da un brinco encima de su asiento cuando la nombra Olmedo. No quiere faltarle al respeto a aquel hombre, pero no le cree nada. Aunque extraña mucho a su amiga y lo que hacían juntas, no puede olvidar que intentó pegarle y trató de romper por todos los medios su relación con Raúl.

—¿Y qué es exactamente lo que quiere que hagamos respecto a Eli?

—Algo muy sencillo. Que cuiden de ella.

—¿Cómo? —se indigna Raúl—. A esa chica sólo la pueden cuidar médicos y psiquiatras. Si tantas cosas le ha contado, también debería haberle mencionado que está loca. Que ve a personas que no existen.

—Alicia. También lo sé. Pero hace tiempo que no la ve.

—¿También sabe lo de Alicia? —pregunta asombrado.

—Sí. Por supuesto. Estoy al tanto de todo. Pero déjeme decirle que la señorita Elísabet Prado está muy recuperada de su enfermedad. Por eso yo mismo he autorizado que vuelva a clase.

Olmedo mastica sus últimas palabras, las recalca. Su voz profunda sacude los oídos de los cinco chicos, que no pueden creer lo que acaban de escuchar.

—¿Cómo va a permitir algo así?

—Muy sencillo, señor Corradini. Firmando un papel de readmisión.

—Pero Eli no está sana... Está mal de la cabeza.

—Eso ha sido así durante varios meses y todavía le queda mucho camino por delante. No se lo voy a negar. Tal vez nunca se recupere del todo. Pero un informe de sus médicos determina que es apta para asistir a clase y examinarse en los finales. Así no perderá el año. Y ahí es donde quiero que ustedes le echen una mano.

—¿Quiere que ayudemos a Elísabet? —interviene Meri, que hasta el momento no había dicho nada.

—Exactamente. Esta chica necesita que los Incomprendidos vuelvan a ser sus amigos y estoy convencido de que todos ustedes apoyan mi petición.

En ese instante, la puerta del despacho del director Vitorino Olmedo se abre. Una chica morena, de ojos claros, con un vestido oscuro de flores, entra dubitativa en la habitación. Aunque trata de aparentar calma, no lo consigue. Le sudan las manos y sus labios tiemblan cuando habla.

—Hola, chicos, me alegro de volver a verlos.

Capítulo 10

—Elísabet se incorporará hoy mismo a clases. No tendrá ningún privilegio sobre el resto de los alumnos. Deberá hacer todos los exámenes finales y aprobarlos debidamente para pasar a segundo de Bachillerato. Además, este verano realizará un trabajo por asignatura para completar su formación. Quiero que ustedes la ayuden en todo lo que puedan. Sé que los cinco son buenos chicos y que, con la colaboración y buena predisposición de todos, volverán a ser una familia, como lo eran antes.

Las palabras del director Olmedo acompañan a los Incomprendidos durante las dos clases siguientes. Pensativos, apenas prestan atención a las explicaciones de los profesores. Eli ha vuelto, aunque todavía no se han atrevido a hablar con ella. La chica se ha sentado en el mismo sitio en el que solía hacerlo. Nadie ha ocupado aquella silla durante su ausencia.

Valeria parece la más afectada con aquel inesperado regreso. Raúl lo sabe. Tampoco a él le agrada la situación, pero las circunstancias de la vida le han hecho más fuerte. Está muy preocupado por su novia, por eso le escribe una notita en un papel y se la pasa cuando nadie mira.

Pase lo que pase, yo estaré siempre a tu lado. Afrontaremos esto los dos juntos y de la mejor manera posible. Te quiamo.

La joven lee el mensaje de su chico y suspira. Tiene los ojos rojos y muchas ganas de llorar. Coge su bolígrafo y responde en el reverso del folio.

Muchas gracias, amor. Espero que no quiera hacernos daño de nuevo. Le tengo miedo. Fue mi mejor amiga y, como te dije ayer, la extraño. Pero no estoy preparada para enfrentarme a ella otra vez. Yo también te quiamo.

Valeria le devuelve el papelito doblado a Raúl. Sonríe cuando éste la mira y le manda un beso imaginario después de leer el mensaje. Pero sigue sin estar tranquila. De reojo, observa a Elísabet. ¿Seguirá odiándola? Seguro que sí. Nadie puede cambiar tanto en tan poco tiempo. ¿Cómo le permiten estar allí? ¡Si está loca! No es culpa suya sufrir aquella enfermedad, pero el problema tampoco es de ella. Ya vivió un infierno que no desea que se repita.

Las clases se hacen eternas y muy pesadas para los chicos. La tensión se acumula en ellos y ninguno se atreve a hablar o a mirar a la recién llegada.

A las once y cuarto, el timbre suena anunciando el recreo. Eli es la primera en levantarse. Se coloca delante de la mesa de Raúl y se dirige a todos.

—Tenemos que hablar. Voy un segundo al baño y nos vemos donde siempre.

La chica les sonríe y se marcha, sin ni siquiera esperar a que respondan. Caminando deprisa, sale del aula mientras saluda a otros compañeros que le dan la bienvenida.

—¿Qué piensan? —pregunta Ester mientras se pone de pie.

—A mí me da mala espina —responde Meri, sacando el celular del bolsillo.

—A mí también —interviene Valeria, que al instante recibe el abrazo de Raúl.

—Por fin se ponen de acuerdo en algo ustedes dos.

Ninguna de las aludidas hace caso al comentario de Bruno. La pelirroja continúa hablando al tiempo que revisa su teléfono celular. Tiene un WhatsApp de Paloma en el que le dice lo mucho que la quiere y lo que la extraña.

—Es que... no sé. Parece que está normal. Como si nada hubiese pasado.

—Y lo que pasó es muy grave —añade Raúl—. No creo que esté bien. De todas maneras, vamos a ver qué quiere decirnos.

—Sí. Es lo mejor. Si nos obligan a ayudarla, hay que saber cómo se encuentra en realidad para no llevarnos sorpresas —señala Meri, guardando otra vez el celular en el bolsillo de su pantalón.

—No comprendo cómo pueden obligarnos a algo así.

—Yo tampoco, Bruno. Pero no tenemos opción.

—Quizá sí se ha recuperado y de verdad no ve ya a Alicia.

Lo que dice Ester no convence a los otros cuatro. La idea de que Eli se haya curado les resulta difícilmente creíble, por mucho informe médico que les presentara el director de la escuela. Es imposible confiar en una persona como ella.

—Vea o no vea a Alicia, sigue siendo una persona peligrosa —insiste Raúl, mientras caminan hacia el lugar en el que se reúnen en el patio—. Y debemos tener cuidado con ella.

En eso están todos de acuerdo. Tenga o no tenga visiones, Elísabet no es nada fiable. Aquello hace recordar algo a Bruno.

—¿Creen que los mensajes que recibo en Twitter pueden ser cosa de Eli?

—¿Qué mensajes? —pregunta Meri, desinformada.

—Desde hace unas semanas alguien me escribe tuits muy extraños en los que me insulta y me amenaza.

—¿Y no lo has bloqueado?

—Sí, pero continúa fastidiándome desde nuevos perfiles.

—¿Alguien se hace cuentas en Twitter sólo para molestarte?

—Eso parece.

—La gente se aburre mucho —señala Ester, sonriéndole—. Tú ni caso, Bruno.

Aquel simple gesto, aquella tímida sonrisa, revive en ambos emociones frenadas, puestas en pausa. Sin embargo, el instante de magia no dura mucho. Félix Nájera se cruza en el camino de los chicos y se dirige a Ester.

—¿Tienes un minuto? —le pregunta a la joven.

Ésta le dice que sí y le pide al resto que siga andando; los verá ahora, cuando hable con él. Todos se extrañan de que aquel tipo quiera conversar con ella. Nájera es el nerd de la clase, alguien con quien no han tenido trato en esos años. A Bruno es a quien menos le agrada aquel acercamiento y esas sonrisas compartidas, pero lo que haga su amiga no es asunto suyo.

Félix y Ester se quedan en un extremo del pasillo. Cuando pasa de largo un grupo de estudiantes alborotadores que salen al recreo, empiezan a hablar.

—Mis amigos y yo tenemos que tratar un tema importante. Así que llevo algo de prisa...

—No te entretendré mucho. Es sólo para darte una cosa.

El chico se ajusta los anteojos y saca una figurita de un bolsillo del pantalón. Es un pequeño duende, de no más de cinco centímetros, despintado y algo roto. Coge la mano de la joven, la abre y se lo coloca en la palma extendida.

—¿Y esto? —pregunta Ester, avergonzada por el atrevimiento de Félix.

—Un regalo.

—¿Un regalo? ¿Por qué?

—Me lo he pasado muy bien estos días hablando contigo. Y como ya te he dicho, me gustas. Por eso... quería darte esto. Me lo encontré cuando era pequeño en el Teatro Cervantes de Alcalá de Henares. Me da suerte desde entonces.

—¿Es tu amuleto?

—Sí. Lo llevo encima siempre que tengo un examen.

—Pero... no puedo aceptarlo.

—Claro que puedes. Quiero que lo tengas tú.

—Es que... es algo especial para ti.

—Creo que tú también te estás convirtiendo en algo especial para mí —confiesa Félix, volviéndose a ajustar los anteojos y bajando la mirada.

Ester se sonroja al escuchar a su compañero de clase. Es un joven muy particular y poco a poco lo está descubriendo.

—Está bien. Acepto tu duendecillo. A ver si me da suerte en los exámenes. Pero como tú bajes las calificaciones... te lo devolveré.

—No bajarán. No puedo permitírmelo.

—Tampoco te obsesiones.

—Tranquila. Estoy acostumbrado a vivir con esa presión.

—Yo no podría hacerlo. Me moriría.

—Cada persona tiene sus propios límites para todo. Lo importante es atravesar esa barrera, subir la apuesta y poder superarlos.

Aquella frase no parece de un joven de dieciséis años. Félix no deja de tener el aspecto de un adolescente, pero en cambio, en ocasiones habla como un verdadero adulto.

—Sigo pensando que yo no podría presionarme tanto. Ya me cuesta tener calificaciones más o menos decentes. Si tuviera que sacar un diez en cada examen... ¡Qué agobio!

—A partir de ahora, el duendecillo te echará una mano.

—¡Toda ayuda es buena! Sobre todo en Matemáticas.

—¿Tienes problemas con las matemáticas?

—¿Bromeas? Tengo un trauma con ellas. No les entiendo nada.

—Si quieres, puedo intentar que las entiendas mejor.

¿Está hablando de tener una cita? Seguramente no. Aquel chico no parece el típico que quiere ligar con ella llevándosela a su casa para estudiar. Si le dice que quiere ayudarla con las matemáticas, es porque van a pasarse el tiempo resolviendo problemas. Como Bruno. Bruno... Él ya se había ofrecido para lo mismo que acaba de proponer Félix. Pero la historia con su amigo debe pasar página. A solas podrían cometer un error o sentirse tan incómodos que no avanzarían. Y el examen es la semana que viene.

—Bueno. Si te parece bien, podemos vernos en mi casa. Mis padres no están por la tarde y podremos estudiar tranquilos.

—Genial. Aunque... no sé dónde vives.

Ester sonríe y le indica la dirección. El joven la apunta en la agenda de su teléfono y comprueba en Google cuánto tarda andando desde su casa. No llega ni a media hora.

—¿Hoy a las cinco está bien?

—Perfecto.

—Espero no robarte mucho tiempo. A ver si por ayudarme a mí, vas a perjudicarte tú.

—Me servirá de repaso. No te preocupes.

—Bien.

—Bien.

La pareja se mira en silencio. En Ester aparecen nuevas sensaciones. Nuevos sentimientos. Aquel inteligente y solitario muchacho la atrae. Ya lo admiraba, ahora también le gusta. ¿Y si es el chico definitivo?

No lo sabe, pero espera tener más suerte que con los anteriores. Quiere vivir una historia de amor bonita y llena de momentos para recordar. Aunque primero tendrá que terminar de desenamorarse.

Capítulo 11

Elísabet llega al rincón del patio donde se reúnen los Incomprendidos, unos segundos después de que lo haga Ester. Se sienta entre Meri y Bruno y toma aire antes de hablar. Tiene la frente húmeda por el agua que se ha echado en el baño. No se sentía bien, incluso ha estado a punto de vomitar. No es sencillo regresar y enfrentarse a los que eran sus amigos. Delante del espejo, ha vuelto a repetirse una y otra vez lo mismo que antes de entrar en el despacho del director Olmedo.

«Eres tú, eres tú, eres tú...»

El grupo espera atento a lo que tiene que contarles. Es una situación muy incómoda, hasta surrealista. Todos en silencio, mirándola. Pero es la decisión que han tomado entre los cinco. Aguardar a que Eli diga algo antes de echarle en cara el pasado o cualquier otra cosa.

Por fin, la chica se decide. Mueve los dedos como marcando un camino por el que guiarse y comienza a hablar.

—Gracias a todos por sentarse aquí conmigo y no salir corriendo. Después de todo lo que he hecho, sobre todo a ustedes —remarca mirando a Raúl y Valeria—, lo habría entendido. Por eso lo primero que quiero hacer es pedirles perdón. Lo siento mucho. De... verdad. Lo... siento. No imaginan... cuánto.

Las lágrimas impiden que Elísabet siga hablando. Se tapa la cara con las manos y se derrumba por completo. El resto la contempla sin saber qué hacer. Todos se observan pero ninguno actúa. Hasta que Ester se levanta y se sienta delante de ella. Le acaricia su larguísima cabellera negra y trata de consolarla con dulzura.

—Tranquila, Eli. Todos cometemos errores. Por mi parte, estás perdonada.

Valeria y Raúl no son tan comprensivos. A ellos fueron dirigidos los ataques más crueles y malintencionados de la joven y no les resulta tan sencillo aceptar sus disculpas. Bruno tampoco tiene tan claro que aquel llanto sea sincero, pero prefiere no llevarle la contraria a su amiga.

—No sé si algún día puedan perdonarme de verdad —comenta Elísabet, secándose las lágrimas con un pañuelo de papel.

—Es que no es fácil perdonar lo que has hecho.

—No seas tan duro, Raúl.

—No es ser duro, Ester. Es que Val y yo la hemos pasado muy mal por su culpa. Y si te soy sincero..., no creo mucho esta historia del perdón y las lágrimas.

—Vamos. No seas así.

—¿Cómo quieres que sea? Nos la ha jugado muchas veces. ¿Por qué esta vez va a ser distinta?

Ester se queda sin respuesta ante la pregunta de Raúl. También ella sabe el daño que Elísabet le ha causado a la pareja. Pero no puede evitar sentir pena por ella. Sus lágrimas parecen reales.

—Tiene razón —indica Elísabet, sorbiendo por la

nariz—. Tienen todos los motivos del mundo para no confiar en mí. Yo misma sigo sin saber si estoy bien o no.

—Pero los informes médicos dicen que...

—Eso ha sido todo un montaje para que yo pueda volver a la escuela, hacer los exámenes finales y no perder el año.

—No entiendo —indica Bruno—. ¿Le has dado un informe falso al director?

—Más o menos. A ver... Se los explico mejor. —Eli toma aire y cuenta la verdad sobre su regreso—. Desde hace dos meses, he pasado unas semanas horribles, sola, encerrada en casa preguntándome lo que estaba haciendo. Si mi vida tenía sentido. Y todas las conclusiones eran las mismas: o cambiaba de una vez por todas o nunca podría ser feliz.

La joven mira hacia arriba, emocionada, se limpia las lágrimas con el pañuelo y continúa su relato.

—Cada día me he recriminado a mí misma lo que he hecho. No estoy orgullosa de mi comportamiento. Sé que me he portado muy mal. Y quería... quería convencerme de que podía volver a ser la Eli a la que querían. La Eli divertida. La Eli que era feliz. Incluso la Eli llena de granitos en la cara a la que no le importaba nada... La Eli... incomprendida. Y para eso tenía que volver a estar con ustedes, en la escuela... Lo necesitaba. De verdad... Lo necesitaba muchísimo. Pero volver no era una tarea sencilla. Mis padres eran los primeros que no querían. Ellos temen que quiera volver a pegarle a Valeria o que cometa alguna locura parecida. Pero les he insistido tanto, les he suplicado tantas veces que quería regresar a la escuela con ustedes, que al final han tenido que ceder y dejarme...

—Entonces, tus padres están de acuerdo con esto —la interrumpe Bruno.

—Más o menos, sí. Ellos siguen muy preocupados por mí. Pero en estos meses no he hecho cosas raras y los psicólogos que me tratan dicen que he progresado mucho. Que tengo buena predisposición y que como he comprendido que tengo un problema, todo es más fácil.

—¿Ellos te han dado el visto bueno para que regreses a la escuela?

—No del todo. Prefieren que espere un tiempo.

—¿Qué? ¿Y por qué estás aquí?

—¡Porque necesito estar con ustedes, Raúl! —exclama temblorosa—. Necesito volver a ser feliz. A tener amigos..., a no estar sola. No sabes lo mal que se la pasa uno sin tener a nadie con quien hablar.

—Sí que lo sé. ¿O es que no recuerdas mi pasado?

—Sí, sí..., pero yo no estaba sola. Tenía mi sitio.

—Tú te lo has buscado.

—Sí. Yo me lo he buscado..., aunque lo que tengo tampoco me ha ayudado a pensar con claridad.

—¿Y qué tienes exactamente?

—No lo saben muy bien, Meri. Pero es algo con lo que debo aprender a vivir.

La chica mira hacia su derecha y resopla. El resto la observa de diferente forma. Unos creen en ella y otros no. Ninguno puede asegurar que esté contando la verdad o que aquél sea un nuevo truco.

—¿La ves? —pregunta Ester con curiosidad.

—¿A Alicia? No. Hace tiempo que no la veo —asegura, sonriendo por primera vez—. Ella se ha ido. ¿Para siempre? No tengo ni idea.

—¿Sabes qué provoca que la veas?

—No. No lo sé con seguridad.

—Lo que no comprendo... —continúa diciendo Bruno— es cómo el director Olmedo te ha permitido volver a clase si no estás recuperada del todo.

—Porque mi familia le advirtió que si no lo hacía, hablaría con la prensa. Tengo una tía periodista. Ella lo contaría de tal manera que pareciera una discriminación. Y ya saben lo recto y serio que es Olmedo. No soportaría un escándalo de esa magnitud. Lo hundiría.

—Entonces, los informes médicos, ¿son falsos?

—No, son verdaderos. Lo único falso es la fecha. Son de hace tiempo, antes de que me diera la crisis fuerte. El director no sabe nada de esto. Él piensa que los médicos me han dado el visto bueno para regresar a la escuela.

Los chicos están boquiabiertos. Aquello parece una película. Los padres de Elísabet, a petición de su hija, han falsificado un documento médico para que regrese a clase y para ello, han engañado y amenazado al director del centro con montar un escándalo periodístico si se negaba a colaborar.

—Un montaje... Todo es un montaje para que puedas estar aquí.

—Sí. Y ahora ustedes son libres para contárselo a Olmedo o no. Ya saben toda la verdad —señala Eli, peinándose nerviosa con las manos—. Pero no quiero mentirles más. Sé que no soy una persona de confianza, que les he hecho daño, que me pueden considerar una loca... Y tienen razones para pensar de esa manera. Pero necesito estar con mis amigos e intentar volver a ser quien era.

Todas las cartas están aparentemente sobre la mesa. La joven sonríe entre lágrimas. Ahora no se cubre la cara para ocultarlo. Los cinco la contemplan, algo dubitativos y desorientados. ¿Es cierta toda aquella historia?

—Yo no voy a contarle nada a nadie. Tienes mi voto de confianza y mi apoyo —indica Ester, con una gran sonrisa—. Me alegro de que vuelvas a estar con nosotros.

Las dos se funden en un abrazo. Luego, se dan dos besos y unen sus manos. A ella sí que la ha convencido. Y no es la única.

—Cuenta conmigo también —murmura Meri—. Espero que te recuperes del todo y puedas ser feliz. Creo que eso es lo más importante.

—Gracias, pelirroja. Te extrañaba.

Las dos se sonríen. Siempre se han llevado bien, aunque dentro del grupo ninguna era la pieza más importante para la otra. Con el tiempo y los cambios, además, se distanciaron. Ése puede ser buen momento para retomar su amistad e intentar fortalecerla.

—Yo no voy a ser tan positivo como ellas —comenta Bruno, que ha escuchado atento a las otras chicas—. No sé si realmente estás actuando o no. Y perdona que te lo diga así, Eli. Han pasado muchas cosas en estos meses.

—Te entiendo. No te preocupes.

—El tiempo dirá si eres de confianza. Pero como sé cómo se siente alguien al que todo el mundo le da la espalda, no voy a comportarme de la misma forma. Me gustaría que volviéramos a ser amigos. Aunque la confianza es algo que cuesta recuperar una vez se ha perdido.

—Intentaré recuperar y ganarme tu confianza de nuevo. Muchas gracias, Bruno.

Elísabet está muy contenta de obtener el favor del chico. Con él ha chocado muchas veces en el club y que esté de su lado es un gran paso. Respira aliviada, aunque sabe que le espera lo más duro. Se fija entonces en Raúl y Valeria. La pareja se ha estado susurrando cosas al oído mientras sus amigos hablaban.

—Y ustedes, ¿qué dicen?

—Pues... —Es el joven el que toma la palabra—. No vamos a contarle a Olmedo nada de lo que nos has dicho. Si quieres volver a la escuela, bien. Tanto Val como yo queremos que te recuperes y vuelvas a ser la de antes.

—Muchas gracias, Raúl. De verdad que significa mucho para mí...

—No te equivoques, Eli —la interrumpe Valeria, que habla por primera vez desde que están allí—. Queremos que te recuperes, tanto él como yo, pero no confiamos en ti. Y no podemos actuar como si nada hubiera pasado. Si ellos quieren darte una oportunidad, son libres de hacerlo y nos parece genial. Pero nosotros dos no podemos.

—Sabemos que lo que sucedió, en gran parte, fue por culpa de tu enfermedad. Pero lo que hiciste no fue sólo por eso.

—Me odiabas. No soportabas que nosotros estuviéramos juntos. Y ése fue el motivo principal por el que nos trataste así.

Las últimas palabras de Valeria coinciden con el timbre que indica el final del recreo.

—Yo... Perdónenme... ¡Tienen que perdonarme! Por favor. Por... favor. Los necesito.

—Lo siento, Eli. Fuimos muy buenas amigas. Te quería como a una hermana. Y, aunque te perdone, no puedo olvidar lo que me hiciste. Espero de corazón que te recuperes y seas feliz. Pero yo no voy a estar contigo y Raúl tampoco.

Capítulo 12

Fin de la jornada. Valeria y Raúl se marchan de clase a toda prisa tras despedirse de los demás. En cambio, ninguno de los dos le dirige la palabra a Elísabet.

—Debes darles tiempo —dice Meri.

—Nunca me perdonarán. Y están en su derecho. Pero no puedo evitar sentirme mal. Es duro que te rechacen.

—A mí qué me vas a contar —indica Bruno, cabeceando.

Ester, que camina a su lado, se siente aludida, aunque no está segura de que lo haya dicho por ella.

—Raúl y Valeria han pasado por muchos momentos complicados —comenta Meri mientras salen del aula. Son los últimos—. Es lógico que no quieran tener más problemas. Bastantes han tenido ya.

—Ya. Si lo comprendo...

—Es que debes reconocer que se lo pusiste muy difícil. Si hasta manipulaste a Alba para que te ayudara a que rompieran.

—Lo sabes.

—Sí. Estamos al tanto de todo. Nos lo explicó ella misma. Alba se ha convertido en una más del grupo

94

—apunta la pelirroja—. Además de ser la novia de Bruno.

El chico agacha la cabeza y sonríe con timidez. Aún no está acostumbrado a eso de tener novia. Se le hace muy raro. Hasta hace poco, ni siquiera había besado a una chica. Y de buenas a primeras... Aunque no es con la que había soñado. Pero Alba le gusta, se la pasa muy bien con ella y tiene esa manera tan suya de comportarse.

—Me he enterado de eso. Me alegro de que les vaya bien. Es una gran persona.

—Sí, lo es.

—Dale un beso de mi parte. Quiero verla y pedirle disculpas también a ella.

—Se lo diré luego cuando la vea.

Los cuatro llegan a la puerta de la escuela. Elísabet ve estacionado el coche de su madre, que la espera en la acera de enfrente. Era lo que habían pactado antes de entrar en la escuela. Ella iría a recogerla al finalizar las clases.

—Chicos, me tengo que ir. Vienen por mí —dice, mientras besa a todos, uno por uno—. Muchas gracias de nuevo por dejarme ser su amiga otra vez. Me alegro de estar de vuelta.

—Nosotros también nos alegramos.

Ester es la última que se despide de Eli. Ésta levanta la mano desde el otro lado de la calle y los saluda a los tres antes de subir al coche. Luciendo una sonrisa agridulce, entra en el Hyundai de su madre y la besa en la mejilla.

—¿Cómo te fue en la escuela?

Sin embargo, la joven se niega a responder. Por un

lado está feliz de regresar a la escuela y rehacer la amistad con los chicos. En cambio, por otro, se siente apenada: Valeria y Raúl no la han tratado bien. Ellos no han dado su brazo a torcer. Y le duele. Le duele de verdad. Aunque lo imaginaba. No ha sido ninguna sorpresa que se hayan comportado así.

—¿No vas a contarme cómo te fue? ¿Qué tal con los Incomprendidos? ¿Qué te han dicho esos dos?

Eli resopla. No tiene nada que decirle a ella. Saca la cabeza por la ventanilla y contempla cómo se aleja del edificio que tanto extrañaba. Experimenta cierta melancolía. Será muy difícil recuperar el tiempo perdido y la confianza de sus amigos. Pero tiene una nueva misión y hará todo lo posible por llevarla a cabo. A pesar de que aquella chica rubia con coletas, vestida completamente de blanco, haya vuelto e insista en preguntarle una y otra vez cómo le fue con sus amigos los Incomprendidos.

—¿Crees que hemos sido injustos con ella?

—No. Tranquila. Hemos hecho lo que sentíamos.

Valeria y Raúl caminan de la mano. Van a comer y a estar juntos hasta que el chico tome el tren a las cinco hacia Valencia.

—Me siento algo culpable. No me encuentro muy bien.

—Es comprensible. Ha sido una mañana llena de tensiones. Pero tú y yo sólo hemos sido coherentes con lo que pensamos.

—No puedo creer que haya vuelto.

—Yo tampoco me lo esperaba.

—Parecía tan... normal. La he visto hasta más guapa que antes de que todo esto pasara. Y mira que eso era difícil.

Él también lo ha notado. Elísabet está preciosa. Y eso le ha hecho recordar a la chica de hace unos meses. A la que se llevaba de calle a todos los hombres que se le ponían por delante. ¿Qué habría pasado si le hubiera dicho que sí cuando le pidió que salieran juntos? ¿Se habría desencadenado lo que vino después? Ya nunca lo sabrá. Posiblemente, sí. La locura obsesiva de Eli no es culpa de ellos y tarde o temprano habría salido a la luz de una forma u otra.

—Sí, está muy guapa y parece bastante recuperada. Pero no deja de ser una persona que ha intentado todo lo que estaba en su mano para que rompiéramos nuestra relación.

—Lo sé. Es imposible olvidarlo.

La pareja continúa andando hacia la cafetería Constanza. Están más serios de lo habitual. No hay risas ni besos. Ni se han dicho una sola vez lo que se quieren. Tampoco han hablado del corto ni del premio. La aparición de Eli les ha afectado. No sólo su presencia en la escuela, también la conversación del recreo y el que sus amigos le hayan otorgado un voto de confianza. En cierta manera, los que se sienten ahora solos y distanciados son ellos. Tal vez es lo que Elísabet pretendía.

—Sigo sin confiar en ella —insiste Raúl—. Seguro que tiene algo escondido en la manga que no ha contado.

—¿Estará tramando algo?

—Siempre trama algo.

—Pero ¿con qué motivo esta vez?

—No lo sé... A lo mejor... ya que no ha podido separarnos a nosotros, podría intentar separarnos de nuestros amigos.

—¿Crees que puede hacer algo tan retorcido?

—¿Lo dices en serio? Convenció a Alba para que la ayudara a conseguir que cortáramos..., así que me puedo esperar cualquier cosa de ella.

—Es verdad. Y también te utilizó a ti.

Eso lo lleva clavado dentro. Aquellos días en los que iba a su casa y comía con ella y con su familia para hacerla sentir mejor. Engañaba a Valeria, a la que estuvo mintiendo durante semanas.

—Es un milagro que sigamos juntos después de aquella historia —indica el chico, apretando con fuerza la mano de su novia.

Val lo mira a los ojos. Le brillan. No está acostumbrada a que él se emocione así. Y se contagia. También ella ha sufrido lo suyo. Sí, verdaderamente, es un milagro que continúen siendo una pareja. No sólo por el tema de Eli, también por lo de César. O lo de Marcos. Sus crisis siempre acaban bien y fortalecen la relación.

—Espera —le dice la joven, deteniéndose—. Vamos a sentarnos ahí.

Le señala un banquito vacío a un lado de la calle. Están cerca de Constanza, pero Valeria no aguanta más. Necesita contarle algo.

—¿Y eso?

—Hazme caso, por favor. Vamos a sentarnos.

Raúl obedece sin comprender muy bien lo que sucede. De repente, los ojos de su novia se han iluminado.

No es consciente de que los suyos también. Que ambos comparten un brillo muy especial.

—A ver..., dime. ¿Qué pasa? —le pregunta, sentado a su lado.

Valeria se pone la mochila sobre las rodillas y de uno de los bolsillos saca un paquete envuelto con papel de colores y un lacito rojo.

—Toma. Es para ti.

—¿Un regalo?

—Te lo iba a dar luego, pero... quiero dártelo ya. Me parece el mejor momento para hacerlo.

Mientras Raúl abre con gran curiosidad el paquete, a la chica se le humedecen los ojos. Es un milagro que estén juntos..., pero no sólo se trata de un milagro. Es más. Mucho más que un milagro.

—¿Esto es... un atrapasueños? —le pregunta, contemplando con admiración un pequeño aro de madera que lleva una red atada a él y tres plumas colgando.

—Sí. Lo compré cuando era una niña. Y no me ha ido mal. Estar contigo es un milagro... y un sueño. Mi sueño se hizo realidad, amor.

—Eso es muy bonito. No sé qué decir... Gracias.

Los dos se dan un beso en los labios, sin perder el brillo en los ojos. Uno de esos besos de los que van directamente al top diez de su lista.

—Esta noche, lo pones en la cabecera de la cama del hotel y sueñas con que ganas el festival de cortos.

—¿Y así ganaré seguro?

—Segurísimo. Los sueños buenos se quedan atrapados en la red y se cumplen en la vida real. Comprobado.

—¿Ah, sí?

—Sí. Está demostrado científicamente —responde

Valeria con una gran sonrisa, mientras seca una lágrima que bajaba por su mejilla.

—Y... ¿puedo soñar contigo?

—A mí ya me has atrapado... Pero sí, cariño, tienes permiso para soñar conmigo.

Capítulo 13

Están ellas dos solas. Elísabet se ha marchado en el coche con su madre y Bruno ha ido a recoger a sus hermanos pequeños a la salida del colegio. Ester y María caminan juntas por la calle. No hablan demasiado pero se sienten bien la una con la otra. Parece que la incomodidad que hubo entre ambas hace unos meses ha desaparecido por completo. Vuelven a ser buenas amigas, aunque no se lo cuenten todo.

—¿Qué es lo que pasa entre tú y Valeria? —pregunta la chica del flequillo recto, mientras esperan en un semáforo en rojo.

—No pasa nada.

—Vamos, Meri. Si parecen un matrimonio. Están siempre discutiendo por todo. Y ustedes nunca se habían enfadado antes de que sus padres se casaran.

—Imagino que es por eso.

—¿Por sus padres? ¿Qué tienen que ver ellos?

—En realidad, nada. Pero ahora ella y yo nos vemos más, tenemos opiniones diferentes sobre determinados temas familiares... y no me acostumbro a ver a mi padre con la madre de Val. Y eso que respeto y quiero mucho a Mara.

—Mara es una gran mujer.

—Sí, lo es. Y espero que mi padre se porte bien con ella. Pero creo que se han precipitado casándose.

—Eso también lo cree Val —indica Ester sonriendo y arrugando la nariz—. Ves, tienen más cosas en común de las que piensan.

La pelirroja se encoge de hombros y cruza por el paso de peatones hasta el otro lado de la calle. Sin darse cuenta, alguien se acerca hasta donde están, a toda velocidad. Se abalanza sobre ella y la abraza por detrás. Meri gira la cabeza y se encuentra con una jovencita rubia que tiene el rostro lleno de magulladuras y el labio roto.

—¡Paloma! ¡Dios! ¿Qué... qué te ha pasado?

—Las... de mi clase... me han pegado.

—¿Qué dices? ¿Cuándo? —le pregunta muy nerviosa, revisando muy preocupada sus heridas.

—Me estaban esperando cinco a la salida de la última clase. He conseguido escapar —solloza, abrazando con fuerza a María—. Me duele mucho.

—¡Cómo no te va a doler! ¡Tenemos que ir al médico ahora mismo!

—¡No! ¡No podemos ir al médico! Si se entera mi madre... me castigarán a perpetuidad; estoy advertida.

—Pero si tú no has hecho nada.

—Díselo a ella.

—Podemos... ir a mi casa —comenta en voz baja la otra chica presente, que observa con curiosidad la escena—. Perdona, no nos conocemos. Me llamo Ester.

La joven la mira con admiración. ¡Es preciosa! Meri se había quedado corta. En las fotos que le había enseñado de ella sólo le había parecido una niña mona. En cambio, aquella chica es espectacular.

—¡Tú eres Ester! ¡Qué guapa! —exclama eufórica, olvidándose de las heridas y del dolor—. Encantada de conocerte, me llamo Paloma.

Las dos se dan un abrazo delante de Meri, que encuentra aquella situación completamente surrealista. Los dos amores de su vida, cara a cara. Nunca le ha hablado a Ester de su novia. Ni siquiera le ha confesado que estaba con alguien. Ella y Bruno están enterados de su homosexualidad desde hace unos meses, pero no se había atrevido a decirles nada de aquella chica.

—Yo también me alegro de conocerte —responde ella, tras guiñarle el ojo a su amiga—. ¿Y quién dices que te ha hecho esto?

—Las de mi clase. La tienen en mi contra.

—¿Y eso? ¿Por qué?

Paloma interroga a Meri con la mirada pidiéndole permiso para responder. Ésta resopla y asiente resignada.

—Porque me gustan las chicas, soy lesbiana.

—Llevan muchos meses haciéndole *bullying* en la escuela.

—¿Y nadie hace nada? ¿Cómo lo permiten?

—Bueno..., es que yo... me he defendido también... y... las he golpeado a ellas. Me han expulsado ya dos veces.

—No es tan mosquita muerta como parece.

Ester suelta una carcajada que en seguida disimula tapándose la boca con la mano. No tiene intención de reírse de la pobre Paloma, pero aquella chica le divierte.

—¡Qué quieres que haga! Si vienen por mí, tendré que hacer algo yo, ¿no? Pero hoy eran cinco.

—Qué cobardes. Cinco contra una.

—Ya ves. Y todas más altas que yo. Pero, aunque me

tomaron desprevenida y me he llevado varios golpeta-zos, he conseguido escaparme porque soy mucho más rápida que ellas.

—Es increíble que pasen cosas así —dice Ester, a la que ya se le han quitado las ganas de reírse tras com-probar que aquella chica tiene un problema muy se-rio—. Podemos ir a mi casa a curarte, no hay nadie ahora.

—¿De verdad?

—Claro. Vivo muy cerca de aquí.

—¡Muy bien! ¡Gracias! ¡Eres tan guapa y tan buena como Meri dice!

Los gritos de Paloma sonrojan a las otras dos chicas, que a continuación sonríen. Pese a los moretones, aquella jovencita no pierde la alegría y su entusiasmo contagioso.

Las tres se dirigen charlando animadamente hasta la calle donde vive Ester. Entran en el edificio y suben por el ascensor. Tercer piso.

—No es muy grande, pero para mis padres y para mí está bien —advierte la joven, cuando abre la puerta del departamento—. Es por aquí.

Al final de un estrecho pasillo se encuentra el cuarto de baño. Ester abre el segundo cajón de una pequeña cómoda y saca agua oxigenada, alcohol, gasas y un bote de antiséptico.

—Esto no dolerá mucho, ¿verdad?

—Un poquito. Pero nada que no puedas aguantar.

—Cuidado, por favor. Que yo soy muy valiente para pegarme con cinco, pero muy cobarde para estas cosas.

—No tengas miedo.

Con mucho cuidado, Ester limpia la sangre del labio de Paloma con una gasa impregnada de alcohol. La chica da un salto cuando la siente.

—¡Ah! ¡Me arde! —grita.

—Será sólo un momento. Aguanta.

Meri observa atenta cómo su amiga cura la herida de su novia. Es extraño verlas juntas. Como si se hubieran unido dos mundos diferentes y paralelos. Durante el tiempo que llevan saliendo, ha tenido la tentación de contarle al grupo que tenía novia, pero terminaba siempre por echarse atrás. Sin embargo, se alegra de que ellas dos se hayan conocido.

—¡Me sigue doliendo mucho!

—Ya casi termino, tranquila.

Paloma cierra los ojos y toma la mano de María. Ester acaba de curar el labio de la chica y le pone un poco de antiséptico en una herida en el codo y otra en la mano derecha.

—¿Ya?

—Sí, ya. Curada.

—¡Por fin! ¡Eres una gran enfermera! —grita, dándole otro abrazo.

A continuación, se echa encima de Meri y la besa en la boca. La pelirroja no cierra los ojos y observa a Ester algo avergonzada. Es la primera vez que se besan delante de alguien conocido. Y es precisamente frente a la persona de la que estuvo enamorada.

Es una sensación extraña. Besa a su novia pero sus ojos están puestos en ella. Y recuerda aquel día. Aquel momento en el que desveló su gran secreto. Y supo que dar un beso a la persona que amas es una experiencia inigualable.

Ahora, ella es otra. Otra boca, otros ojos, otras manos las que la rodean. Pero es la chica a la que quiere. De la que está enamorada. La única que hace que su corazón se dispare cuando está cerca.

Y aunque les queda mucho camino por recorrer y muchas cartas que levantar, sabe que con ella será más sencillo. O, al menos, así debería ser.

—Me da un poco de pena decir esto pero... ¿me dejan un momento sola en el baño? —pregunta Paloma, sonrojándose.

Ester ríe y, tomando de la mano a Meri, se van a un pequeño salón situado en el otro lado del departamento. Las dos se sientan en el mismo sofá. Es la hora de las preguntas.

—¿Por qué no me dijiste que tenías novia?

—No sé... Soy muy reservada para hablar de estas cosas.

—¿Cuánto hace que salen?

—Dos meses y medio.

—¿Tanto? ¡Madre mía! ¿Dónde se conocieron?

—Bueno... eh... en Internet. En un foro.

—¿En serio? ¿En un chat o algo así?

—Sí. En... un chat.

María le cuenta a su amiga lo de aquella página de lesbianas en la que tropezó con Paloma. Le hubiera gustado mantener aquello en secreto, pero está segura de que Ester se terminaría enterando. Su chica no es tan discreta como ella y ahora que se conocen...

—Me encanta. De verdad, Meri. Creo que es genial.

—Tú también le has caído bien. Se le nota.

—Sus padres no saben nada tampoco, ¿no?

—No. Ni los suyos ni los míos están enterados de... nada. Sólo tú y Bruno saben que... me gustan las chicas.

Ester se siente mal por ocultarle que, en marzo, se lo contó también a Raúl y a Valeria. Pero no puede decirle nada ahora. Se enfadaría con ella y no está preparada para nuevas discusiones. No ha sido fácil recuperar la confianza de la pelirroja.

—Eso no es nada malo, Meri.

—No. Pero sus padres son muy tradicionales. Y los míos no sé cómo reaccionarán. Así que es mejor mantener todo esto en secreto hasta que encontremos un buen momento para decirlo.

—¿Y no les molesta no poder expresar su amor en público?

—Claro. Mucho. Además, no es fácil contenerse —indica con tristeza María—. Pero ya sabes cómo es la gente. En su escuela imaginan que Paloma es lesbiana y no paran de hacerle y decirle cosas.

—¿Las chicas que le han pegado?

—Sí. Son un grupo de su clase que no la deja en paz. Desde principio de curso la están fastidiando.

—Vaya. Pobrecita.

En ese instante, Paloma aparece en el salón con una sonrisa de oreja a oreja. Se ha peinado y pintado un poco los ojos y no se le nota casi nada la herida del labio.

—¡Ya estoy lista! Y ahora, ¿qué hacemos?

Sin embargo, la sonrisa de su cara desaparece de repente. Las piernas ceden, los ojos se le cierran y cae desplomada al suelo delante de Ester y Meri, que muy asustadas se levantan del sofá y corren hacia ella.

Capítulo 14

Sentado en una silla frente a la ventana de su dormitorio, juguetea con el ratón de la computadora.

—¿En qué piensas, cariño?

El chico se gira cuando escucha la voz de Alba, que le habla desde la cama. Los dos han comido en su casa. No es la primera vez. A Esperanza le da muchísima ilusión que el tercero de sus hijos por fin salga con chicas. Ella esperaba que fuera otra la afortunada, pero esta jovencita que antes tenía el pelo azul y ahora lleva una preciosa media melena rubia también le gusta mucho. Es muy divertida y amable y hacen buena pareja, ya que tampoco es muy alta. Así que con frecuencia la invita a comer y ella se muestra encantada de formar parte de la vida familiar de Bruno.

—Perdona, no te escuchaba. ¿Qué me has dicho?

—Ay. No me haces caso. Te preguntaba que en qué estabas pensando.

¿En qué estaba pensando? En ella. No puede quitarse de la cabeza a Ester. Ambos se están alejando poco a poco. La distancia cada vez se hace mayor entre los dos. Y ni siquiera puede hablarlo con nadie. Menos aún, con su novia.

—En lo complicada que será la semana que viene.

—Es verdad. Tienen muchos exámenes. Pero seguro aprobarás todo.

—Tengo mucho que estudiar y muy pocas ganas.

No está demasiado convencido de que pueda concentrarse en los libros. Pensaba que con el tiempo y Alba se olvidaría del todo de sus sentimientos hacia ella. Pero ahora, vuelve a sentirse inseguro.

—Tienes que relajarte —le dice, acercándose hasta él—. Últimamente, te noto muy tenso.

—No estoy tenso.

—Sí lo estás, cariño.

—Será por lo de los mensajes anónimos.

—¿Por los tuits de ese loco?

—O loca.

—¿Sigues pensando que puede ser Eli la que te los envía?

—Mmm. No sé si descartarla. Hoy ha estado en la escuela y no me ha dado la impresión de que fuera ella.

—¿Qué? ¿Has visto a Elísabet?

—Sí. Hará los exámenes finales. El director nos ha pedido que le echemos una mano con lo que podamos.

—No lo puedo creer.

—Pues créelo. Además, nos ha pedido perdón a todos —comenta Bruno, que ve la preocupación en los ojos de Alba—. Quiere hablar contigo también para disculparse.

—¿Me lo estás diciendo de verdad?

—Sí. Parece arrepentida. Aunque con ella... ya sabes cómo es. No es muy de fiar.

—No es nada fiable, Bruno. Es imposible confiar en

una chica que ve gente que no existe y que intenta dañar a todas las personas que se cruzan en su camino.

—Pienso igual que tú. Pero hay que darle una oportunidad.

Alba no está de acuerdo con él. Ella sabe cómo se desenvuelve Elísabet y cómo consigue llevarse todo a su terreno. Lo probó en su propia piel cuando la convenció para que intentara romper la relación entre Raúl y Valeria.

—¿Y todos han accedido a darle esa oportunidad?

—No. Sólo Meri, Ester y yo.

—Val y Raúl no.

—No. Ellos han sido más duros. La perdonan pero no quieren saber nada de ella. A pesar de que Olmedo nos lo ha pedido a los cinco.

—Es natural. Son a los que peor trató —señala Alba mientras regresa a la cama y se sienta de nuevo—. ¿Esto no va a perjudicar al grupo?

—¿Qué cosa?

—Que unos apoyen a Eli y otros no.

—No lo sé. Espero que no.

—Si el Club de los Incomprendidos vuelve a tener problemas, ya será imposible repararlos, Bruno.

Ella se ha esforzado mucho en poner parches y curitas en todas las heridas que estaban abiertas. Un grupo así de amigos tiene que perdurar para siempre. No sólo por ellos. También por ella misma, que hasta entonces no había encontrado a nadie que la acogiera tan bien. Los Incomprendidos son su familia.

—Confiemos en que las cosas irán bien. Que Eli se haya recuperado, que esté arrepentida de verdad por lo que ha hecho y que haya sido sincera con nosotros.

—Eso es mucho confiar.

—Es lo único que nos queda.

—No sé... Le tengo pánico.

La chica resopla y se deja caer boca arriba en la cama. La aparición de Elísabet no le gusta nada. Le da miedo. No está dispuesta a perder lo que ha logrado en esos meses: un novio, unos amigos, estabilidad en su vida... Bastante mal la pasó. ¡No! ¡No piensa dejar que esa loca lo arruine todo otra vez! ¡Se niega a aceptarlo! Y hará lo posible y lo imposible por impedirlo.

—Mamá, me voy un rato.

—¿Dónde vas?

—A dar una vuelta con una amiga —responde Elísabet, abriendo la puerta.

Susana traga saliva y mira fijamente a su hija. ¿Una amiga? ¿De quién está hablando? No, no puede ser. ¿Es posible que de nuevo haya visto a...? ¡No quiere que la pesadilla se repita!

—¿Qué amiga? —pregunta, repleta de dudas.

—Una chica de la escuela con la que quedé de verme. Hacía mucho que no nos veíamos y queremos ponernos al día.

—¿Es una de tus amigas del grupo?

—No, es una niña de otra clase. No la conoces.

—¿Cómo que no la conozco? Si está en tu escuela, debería...

—Mamá, no es Alicia, ni tiene nada que ver con ella —la interrumpe, sonriendo—. No te preocupes.

La mujer toma aire e intenta calmarse. No quiere

desconfiar de su hija, pero los antecedentes son los que son. ¿Cómo sabe que no le está mintiendo?

—En la escuela todo ha ido bien, ¿verdad?

—Sí. Los chicos me han dado una bienvenida preciosa. Me he sentido como si no me hubiera ido nunca.

—Es que ya sabes lo que dicen los médicos. Alicia regresa cuando algo te altera mucho. Por eso no querían que volvieras a clase tan pronto.

—Mamá, tranquila. Alicia no ha vuelto. Y no lo va a hacer. Me encuentro bien, de verdad.

—Yo sólo quiero que vivas como una persona normal, sin tanto sufrimiento.

Con eso se conforma. Cuando Eli era una preadolescente la pasó muy mal. Todos la molestaban por culpa de aquella estúpida enfermedad que le cubría el rostro de granos. En cambio, lo peor llegó cuando se enteraron de que su hija padecía una especie de esquizofrenia. Veía a una niña que no existía y, en ocasiones, actuaba como si fuera otra persona. Pero para su alivio y el de su familia, todo se fue solucionando con el paso de los años. Desaparecieron los granos, y también las visiones y los comportamientos extraños. Elísabet se convirtió en una preciosa muchacha, que sacaba buenas calificaciones y a la que todos admiraban. Hasta el noviembre pasado. Desde entonces, viven un mal sueño del que por fin se están despertando.

—Volveré a ser la de siempre. Te lo prometo —indica la joven con firmeza—. Pero para eso me tienes que dejar que haga cosas normales, como salir a dar una vuelta con una amiga.

Susana no está muy segura, pero si quiere que su hija viva como una chica de su edad, debe tener una vida normal. La de una adolescente de dieciséis años.

—Está bien. Tienes razón. Puedes ir.

—Gracias, mamá —dice, dándole un beso en la mejilla.

—Pero llévate el celular. Y si te pasa cualquier cosa, llámame inmediatamente.

—Lo haré. Pero no va a pasar nada.

—No vuelvas muy tarde.

—Sólo serán un par de horas.

—Muy bien. ¿A las siete?

—A las siete estaré aquí.

—Bueno. Si pasa algo, llama, por favor —insiste la mujer—. Diviértete.

—Lo haré. Hasta luego.

—Hasta luego, hija.

Elísabet sonríe por última vez a su madre y sale de la casa. Es la primera vez que lo hace sola en los últimos meses. Cuando pisa el suelo de la calle, alza la mirada al cielo. El sol brilla y una suave brisa le acaricia la frente. Se siente libre. Hasta la invaden unas ganas tremendas de llorar.

—Cómo me alegro de que por fin te hayan dejado salir sola de la jaula.

Una chica rubia con coletas y un vestido largo blanco se encuentra a su lado. Elísabet se tapa las orejas para no escucharla, pero su melodiosa voz penetra hasta sus oídos. Eso no impide que la chica continúe caminando.

—Hola, ¿me oyes? Probando, probando —insiste Alicia, como si tuviera un micrófono en las manos—. No seas tonta. Sé que me estás escuchando.

—No quiero hablar contigo.

—No lo dices de verdad.

—Lo digo completamente en serio.

—¿Por qué? Somos amigas.

—¡No existes! ¿Cómo vamos a ser amigas?

—¿Que no existo? Eso ¿quién te lo ha dicho? ¿Los loqueros? ¿La pesada de tu madre? ¿Es que acaso no me ves?

La joven se detiene y contempla a Alicia de arriba abajo. Es tan real. Sin embargo, le han repetido tantas veces que sólo es fruto de su imaginación, que se ha convencido de que aquella chica rubia no existe.

—Vete, por favor.

—No voy a dejarte sola. Soy tu amiga.

—No eres mi amiga. Sólo existes en mi imaginación.

—¿Y por qué hablas conmigo entonces? ¿Estás loca?

—No estoy loca.

—Si hablas con alguien que no existe, lo estás.

—Déjame..., por favor.

—No voy a dejarte. Los amigos están para cuando se necesitan. Y ahora mismo me necesitas más que nunca.

—Tú misma. Pero yo no pienso decirte nada más.

—¡Ya basta! Soy la única persona que te escucha. Que te entiende. ¿O es que me vas a decir ahora que tus queridos Raúl y Valeria vuelven a ser tus amigos?

Aquello le duele. Le llega de verdad. Ellos han decidido darle la espalda. Ella, que les ha abierto su corazón y les ha pedido disculpas por lo que les había hecho. ¡Y eso que fueron ellos dos los que la traicionaron cuando empezaron a salir juntos!

—¿Se han dado besitos delante de ti? Con lo que se quieren, no me extraña. Aunque seguro que hacen más cosas que darse besos. En tantos meses, ¿cuántas veces crees que habrán hecho el amor? ¿Cien? ¿Doscientas?

—¡Basta! ¡Cállate ya!

La gente que se encuentra cerca de Elísabet la observa desconcertada. ¿Qué hace aquella joven tan guapa gritando en medio de la calle?

Está muy alterada, sudando, con las manos en la cabeza. Camina en pequeños círculos. Desorientada. Necesita salir de allí rápidamente. Y echa a correr. Corre todo lo rápido que sus pies le permiten. Mira a su espalda y comprueba que Alicia no la sigue. La chica de blanco se queda atrás, lejos. Sonriendo.

Atraviesa la plaza de Callao a toda velocidad, bajo la mirada de cientos de desconocidos. Baja hasta Preciados y cruza la Puerta del Sol hasta que llega a la calle Carretas. Allí se para. Agotada, sin aliento. Le tiemblan las rodillas. Echa una ojeada a su alrededor. La chica de las coletas no está. Sin embargo, un atractivo joven se acerca hasta ella. Sus ojos claros transmiten tranquilidad y su sonrisa, confianza. Eli se muere por abrazarlo y darle un beso en los labios, pero se contiene. No tiene derecho a algo así. Paso a paso.

—Hola, llegas temprano.

—Es que he venido corriendo —indica, tratando de recuperar la respiración—. Ángel, no me encuentro bien. Estoy un poco paranoica... Alicia ha vuelto.

Capítulo 15

—¿Cuántas tortugas habrá ahí?

—Por lo menos... doscientas. O trescientas. Quién sabe.

—Parecen contentas.

—No me extraña. Sólo se dedican a bañarse, comer y procrear —comenta Raúl divertido—. De mayor, ya no quiero ser director de cine, quiero ser una tortuga del estanque de la estación de Atocha.

Valeria ríe ante la ocurrencia de su novio. Le viene bien porque está triste por no poder acompañarlo a Valencia. El tren sale en pocos minutos.

—¿También quieres procrear?

—Eh... todo a su tiempo. Somos muy jóvenes todavía.

—Es verdad. Tienes que hacerte muy famoso y ganar muchos festivales de cortos antes de eso —indica la chica, agachando la cabeza—. Espero que al menos sólo procrees conmigo. No como esas tortugas, que seguro cada día lo hacen con una diferente.

—Prometo que si algún día me convierto en tortuga de Atocha, me mantendré casto y puro hasta que te conviertas tú.

Otra carcajada. Valeria le da un beso a Raúl para agradecerle que la haga reír en ese momento. Pero aquella conversación se les ha ido de las manos. Y el reloj marca el cuarto para las cinco.

—Vamos o perderás el tren.

El chico asiente. Agarra su maleta y juntos se dirigen hacia la escalera mecánica. La entrada al tren se hace en la primera planta de la estación.

—¿Te puedo decir una cosa antes de irme?

—Claro.

El tono solemne y serio de Raúl sorprende a Val, a la que aquello la ha tomado de improvisto. Desde que llegaron a Atocha, hace un rato, todo han sido risas y bromas para evitar que ella se sintiese mal.

—Creo que... bueno. Estas semanas... He sido muy tonto por darles importancia a cosas que no deberían tenerla.

—¿A qué te refieres?

—A lo de César —comenta rotundo—. Nunca debí dudar de ti y de tus sentimientos. Pero lo hice. Y quiero pedirte perdón.

—Cariño, no hace falta.

—Es que pensé que podría perderte. Y que terminarías dejándote llevar por lo que ese chico te decía.

La pareja llega a la primera planta. Al otro lado del control de maletas sólo pueden pasar los que tienen boleto. Es el fin del camino para ella y el principio para él.

—No vas a perderme.

—Es que yo no puedo competir con César.

—Tú no tienes que competir con nadie. Nunca tendrás que hacerlo —le asegura, casi susurrando—. En todo caso, cuando seas un director de cine importante, seré yo la que tendrá que competir con tus fans.

—Nada de fans. Sólo admiradores. Recuerda que simplemente seré una tortuga que vive en la estación de Atocha. Puedes estar tranquila.

—Qué tonto... Aunque tú también puedes estar tranquilo.

Un par de sonrisas y un beso intenso en los labios. Luego, la despedida.

—Te llamo en cuanto llegue.

—Más te vale.

Raúl le da otro beso en la boca y uno postrero en la frente. Entrega el boleto a una azafata, que lo revisa y se lo devuelve. El chico le sonríe y se aleja de ella y de su novia. Mientras coloca la maleta en la cinta, contempla a Val con cierto sentimiento de culpabilidad y la saluda con la mano. Ella se cruza de brazos y maldice a los organizadores del concurso por no invitarla a la ceremonia de entrega de premios.

Un adiós final y sin sonido, tras la puerta de cristal. Ya lo extraña.

La chica regresa al metro con la angustia de sentirse sola. Al mismo tiempo, él camina hasta el andén seis desde donde sale su tren. No hay cola, así que todo es muy rápido y en seguida llega su turno.

—Buenas tardes. Vagón ocho, asiento 7B. Que tenga buen viaje —le indica una azafata, en modo automático, casi sin mirarle.

El joven baja la escalera hacia las vías. Quedan menos de diez minutos para que salga su tren. Camina hasta el vagón número ocho y sube a él tras saludar a otra azafata, ésta más simpática. No hay demasiada gente, apenas una decena de personas. Busca su sitio, que está en la mitad del vagón. Llega a él pero encuentra un pequeño inconveniente.

—Disculpa, creo que éste es mi sitio —le dice Raúl a una muchacha que está sentada en su asiento.

La chica examina su boleto y comprueba que el suyo es el 7A, el que está junto a la ventanilla. Sonríe y se cambia al asiento de al lado.

—Si prefieres pasillo, a mí me da lo mismo —apunta Raúl, mientras coloca su maleta en el portaequipajes.

—Da igual. Estoy bien aquí. Gracias.

La voz de aquella chica es muy fina, casi aflautada. Debe de tener su edad, año más, año menos. El rostro lo tiene lleno de pecas y su piel es tan blanca como un helado de coco. Pero lo que más le llama la atención de ella es su pelo largo y liso, anaranjado. No es nada fea, aunque su belleza resulta bastante singular.

El tren sale a las cinco en punto, en el mismo instante en que suena su celular. El joven lo toma y responde.

—Espera un segundo —pide en voz baja, poniéndose de pie. La chica de al lado lo observa y se sonríen.

Ya en el espacio que hay entre los vagones siete y ocho, habla con mayor tranquilidad.

—Hola, ¿estás en el metro?

—Sí. No he podido esperar a que me llames desde Valencia. Quería escucharte. Te extraño —responde Valeria apenada—. Yo debería estar ahí contigo.

—Lo sé. A mí me encantaría que así fuera.

—A los Oscar me dejarán ir, ¿no?

—Creo que sí. Tienen algo más de presupuesto.

—Bueno. Esperaré a que te nominen entonces para poder asistir a una entrega de premios.

—Son sólo dos días. Pasarán rápido.

—Pasarán muy lentos —protesta, quejumbrosa—. ¿Es guapa la chica que va sentada a tu lado?

Raúl se sorprende cuando escucha la pregunta de su novia.

—¿Cómo sabes que es una chica?

—¿Lo es? ¡Vaya! ¡Maldita intuición! ¡Sabía que sería una chica! ¡Y aparte estará guapa!

—¿Me has colocado una cámara oculta para espiarme?

—Has acertado..., pero aún no has contestado, ¿es guapa?

—Mmm. No estoy muy seguro. Es diferente.

—¿Diferente?

—Sí. Tiene pinta de estadounidense. Es muy muy blanca. Tiene la cara llena de pecas y el pelo naranja.

—¿Es pelirroja como Meri?

—No, ésta tiene el pelo mucho más claro. Naranja, naranja. Del color de... una mandarina.

—¿Me pongo celosa ya?

—¿Por qué te vas a poner celosa? ¡Casi ni hemos hablado!

—Ah, pero ¿ya has hablado con ella? ¡Si el tren acaba de salir! Tú no pierdes el tiempo.

—A ver..., estaba sentada en mi asiento y se lo he dicho. Luego se ha cambiado y le he insistido en que me daba igual estar en el pasillo o la ventanilla. Fin de la charla.

—Amor, era broma. No estoy celosa. Ni me tienes que dar explicaciones.

—Eres...

—¿Qué soy?

En ese momento, un pitido prolongado irrumpe en la conversación entre Raúl y Valeria.

—Cariño, me estoy quedando sin pila —señala él, tras insultar a su teléfono.

—¿Otra vez?

—Sí, la BlackBerry cada vez va peor. No aguanta nada. El lunes iré a comprar un celular nuevo.

—Pues vaya. Cárgalo al máximo cuando llegues al hotel.

—Eso haré.

—¿Me da tiempo a decirte que te quiero antes de que se corte?

—Si te das prisa..., sí.

—Te quiamo, cariño.

—Yo también te quiamo.

Y tras la declaración de amor de Raúl a Valeria, su BlackBerry negra se apaga. El chico la mira con cara de pocos amigos y la guarda en el bolsillo de su pantalón. Sin falta, irá a cambiar de celular el lunes. ¿Será con el dinero del primer premio del Festival de Cortos de Valencia?

Capítulo 16

Llevan más de una hora en el hospital. Meri y Ester ya han avisado por teléfono a la madre de Paloma, que va en camino. La chica recuperó la consciencia justo antes de subir en el coche del vecino que las ha acompañado hasta allí. Aunque siguen haciéndole pruebas y parece que ya está estable, todavía no se han recuperado del susto. Sobre todo María, que se mueve inquieta de un lado para otro.

—Tranquila —le dice Ester—. Habrá sido un desvanecimiento.

—No consigo quitarme de la cabeza la imagen de cuando se ha desplomado en el suelo de la sala de tu casa. Me entran escalofríos.

—Será un desmayo sin importancia. Ya lo verás.

—Estoy preocupada. No puedo evitarlo.

Un doctor joven entra en la sala en la que se encuentran esperando las chicas y se aproxima hasta ellas.

—¿Son las amigas de Paloma?

—Sí —se anticipa a responder Meri, muy nerviosa—. ¿Va todo bien?

—¿Avisaron a su familia?

—Sí. Su madre está en camino. Pero ella, ¿cómo está?

—Consciente. Aunque tendrá que pasar en observación unas horas.

—¿Podemos verla?

—Claro. Tiene muchas ganas de verlas a ustedes también —afirma el médico, calmándola—. Por cierto, ¿saben a qué se deben las magulladuras que tiene Paloma por el cuerpo y la herida del labio?

Ester y Meri se miran entre ellas antes de contestar. No saben qué decir. Se suponía que aquello debía ser un secreto y que nadie tendría que enterarse de lo que había sucedido a la salida de la escuela.

—Ha sido en una pelea —contesta María, tras tomar la determinación de revelarlo.

—¿Una pelea?

—Con las chicas de su clase.

—Eso explica el golpe que tiene en la cabeza.

—¿Tiene un golpe en la cabeza?

—Sí. Bastante importante, además. Puede ser la razón del desvanecimiento.

Cuando la curaron, Paloma no se quejó de ningún golpe en la cabeza. Quizá ni ella misma sabía que le habían dado ahí.

—¿Podemos verla ya?

—Sí, perdonen. Es por aquí.

El joven doctor guía a las dos chicas hasta la habitación en la que su amiga descansa en una cama. Cuando ésta las ve, se incorpora como un resorte, aunque la enfermera que está a su lado le pide que no se levante. Ella la obedece y espera a que ambas se acerquen para abrazarlas. Sin reprimirlo, empieza a llorar desconsolada.

—¡Pelirrojita! ¡Ester! —exclama sollozando—. Perdónenme. De verdad que lo siento. Yo no quería esto. No quería causarles tantas molestias. Lo siento mucho.

A Meri se le saltan las lágrimas. No soporta verla allí tumbada, llorando, aunque en el fondo se alegra de que esté consciente y con la vitalidad de siempre.

—No hay nada que perdonar. Tú no eres la responsable de lo que ha pasado.

—Claro que lo soy. ¡Por supuesto que lo soy!

—Vamos, cálmate.

—Soy lo peor. La peor persona del mundo.

—¡No digas tonterías!

—Tú no tienes la culpa, Paloma —interviene Ester, sonriendo y acariciándole la cabeza—. Lo importante es que hagas caso a los médicos y te recuperes.

—¿Estoy muy mal?

—No, no. Estás bien. Pero tendrás que pasar aquí unas horas para que ellos se aseguren de que todo funciona como debe.

—Tengo hambre, ¿qué hora es?

La chica examina el reloj de su celular y descubre que son casi las cinco de la tarde. Entonces, repara en que había algo que tenía que hacer a esa misma hora y a lo que ya no llegará a tiempo. ¡La va a matar cuando se lo diga!

—Son las cinco menos cinco —contesta Ester—. ¿Les molesta si salgo un momento para hacer una llamada?

—¿A tu novio?

—No tengo novio —responde, arrugando la nariz—. Ahora vuelvo.

—Bueno. Pero no tardes mucho, eh. O iré a buscarte —le advierte Paloma, secándose las lágrimas con un pañuelo.

Meri observa como su amiga sale rápidamente de la habitación. No les ha dicho a quién va a llamar y eso le extraña. Quizá no es a un novio, pero sí a alguien que podría serlo pronto.

Ester se va a un rincón en el que hablar tranquila. Busca su número y lo marca. No le va a gustar nada lo que va a decirle, pero las circunstancias se han dado de esa manera.

Al tercer bip, responden.

—¿Sí?

—Hola, Félix.

—¡Hola, Ester! Estoy a punto de llegar a tu casa cargado de apuntes, lápices, gomas y una calculadora. La mejor calculadora que hayas visto en tu vida.

—¡Dios! ¡Lo siento muchísimo! Pero... es que... no estoy en casa.

—¿Cómo? ¿Que no estás en casa?

—Verás... ha pasado algo y he tenido que irme.

—¿Te ha pasado algo? ¿Estás bien?

—Sí, sí. Yo estoy perfectamente. Ha sido a... una amiga.

—¿De clase?

—No, no la conoces —comenta, sin saber muy bien si le está dando demasiada información—. Estoy con ella ahora en el hospital. Nada grave, no te preocupes.

—Vaya... entonces, ¿qué hago? ¿Me vuelvo a mi casa?

—Uff. La verdad es que... creo que es lo mejor. Lo siento muchísimo.

Y lo dice completamente en serio. Siente de verdad

lo que ha pasado y no poder verlo para estudiar. El pobre Félix ha ido caminando hasta su casa... ¡Qué mal! Pero no estaría bien dejar a Meri sola, ahora que la madre de Paloma estará a punto de llegar. Aquel chico le gusta y tiene intención de conocerlo un poco más fuera de clase.

—No te preocupes, lo primero es lo primero.

—Perdóname. En otra ocasión.

—¿Puedes esta noche?

—¿Hoy?

—Sí, te invito a cenar en el McDonald's de Gran Vía y mientras, estudiamos. ¿Qué te parece?

Aquel McDonald's fue el último lugar en el que vio a Rodrigo, su exentrenador de voleibol. La persona que le quitó el sueño y le robó el corazón durante un tiempo. Aquel día de marzo resultó ser el punto final a su historia. Aunque por aquel entonces, ya había descubierto lo que sentía por Bruno.

Bruno...

—Me parece bien. Pero prefiero que nos veamos en otro sitio.

—¿Vamos al 40 Café?

—No tengo dinero para tanto.

—Te invito yo.

—No, no quiero que me invites, Félix.

—Insisto. Mi santo ha sido hace poco y mis padres, en lugar de regalarme lo que les pedí, me dieron dinero.

Es tentador. Nunca ha comido en el restaurante de los Cuarenta Principales. Y le gustaría ir con él. Así lo compensará por el plantón de la tarde.

—Está bien. ¿A las ocho y media?

—Perfecto. Te veo allí a esa hora —comenta el joven, al que se nota más contento que hace unos minutos, cuando se enteró de que no estaba en casa—. Espero que tu amiga se recupere cuanto antes. Llámame si, al final, no puedes venir.

—Muy bien. Esta vez no fallaré. Un beso y hasta luego, Félix.

—Hasta luego, Ester.

La chica cuelga en primer lugar. En su cara se dibuja una sonrisa tonta que no puede quitarse de encima. ¿Le gusta tanto como para sonreír de esa manera? Por lo visto sí. Tiene muchas ganas de verlo. Conocerlo de verdad. ¿Eso significa que los sentimientos por Bruno se han marchado para siempre? ¿Ha pasado página de una vez por todas?

Guarda el celular en el pantalón y da un gritito casi inaudible para sí misma. ¡Qué tonta! Está exultante. Camina feliz hacia la habitación en la que se encuentran Paloma y Meri. Sin embargo, hay una cosa que no ha parado de preguntarse desde que ha terminado la llamada de teléfono con Félix: ¿desde cuándo el 40 Café es un lugar adecuado para estudiar?

Capítulo 17

Línea azul de vuelta a casa. Atocha Renfe, Atocha, Antón Martín, Tirso de Molina y Sol: fin del trayecto de Valeria. La chica no ha dejado de pensar en Raúl en ninguno de los minutos que ha durado su viaje en metro. Cómo le gustaría estar en ese tren que lo lleva a Valencia, hacia la meta de uno de sus sueños. ¡Se alegra tanto por él! Sabe que tiene mucho talento, que está más que capacitado para ser un gran director de cine. Es un genio tanto en la práctica como en la teoría.

—¿Quién dirigió *El Padrino*?

—Francis Ford Coppola.

—¿Actriz de *Lost in translation*?

—Scarlett Johansson.

—¿Oscar al mejor actor por *El pianista*?

—Adrien Brody.

—¿Quiénes son los protagonistas de *El secreto de Thomas Crown*?

—Pierce Brosnan y Rene Russo.

—Una más difícil..., ¿de qué año es *El silencio de los inocentes*?

—1991.

—¡Sí! ¡Increíble!

—¿Qué quieres saber de *Los Increíbles*?

—¡Nada! ¡Tú eres el increíble! ¡Te lo sabes todo!

—Eran preguntas fáciles.

Siempre comenta lo mismo cuando juegan trivia cinematográfica: un modesto «eran preguntas fáciles». Sin embargo, saber tanto de algo no es nada sencillo. Raúl se está preparando muy bien para ser director de cine en todas sus facetas. Y ella está convencida de que aquel festival de cortos sólo es el primer paso y el primer premio de los muchos que le aguardan en el futuro. Simplemente, espera compartirlos con él, a su lado. Poder darle un abrazo y un gran beso cuando pronuncien su nombre. A pesar de que esta vez no podrá ser así.

La chica elige el camino que conduce hasta la salida a la calle Mayor. Hay mucha gente en el metro de Sol. En su recorrido, se cruza con un violinista que interpreta las *Cuatro estaciones* y más tarde con una chica que canta a capela un tema de Tina Turner que desconoce. Ambos suenan francamente bien y piensa que si tuviera alguna moneda, se la daría a cualquiera de los dos. Inevitablemente, a su mente acude la imagen de César y sus actuaciones en plena estación. Él sí que lo hace bien con su voz quebrada y haciendo rap por los vagones. Aunque pronto descubre que no sólo es algo mental. Antes de llegar a los torniquetes, tropieza con dos chicos que entretienen al personal. Uno de ellos es su amigo, que toca la guitarra; el otro, un curioso joven muy bajito de raza negra que hace rimas con lo que va observando a su alrededor.

—El cuate de la bici no me ha mirado, será porque mis versos le han asustado. La chica de la falda a cuadros sí que sonríe. Si quieres nos vemos cuando termine. Y tú, ¿me das un beso? Perdona, nena, soy un negro travieso. Aunque de dinero estoy tieso. Lentes elegantes, págame la hamburguesa con queso. O sin queso. Que somos pobres pero con seso. Pienso que eso que piensas no es lo que pienso. Mi amigo y yo no somos de ésos. Él es guapo y se las lleva de calle, yo con mi verbo, tú no te rayes. Y si usted, señor con prisa, me da una moneda para una pizza. ¿Te da la risa? Si estuvieras como yo te comerías hasta las tizas. ¿Hambriento? Mucho, es cierto. No miento. En el estómago lo siento. Y tú, chica preciosa, ¿me cuentas un cuento?

La chica preciosa es Valeria, que se ha detenido delante de la pareja de artistas. Son muy buenos. Aquel chico tiene la misma capacidad de improvisar que César. Éste la ve, sonríe y deja de tocar la guitarra. El otro continúa rapeando, sin música que lo acompañe.

—¿Ahora quién es la que persigue a quién? —le pregunta, acercándose para darle dos besos que ella rechaza.

—Es que te colocas en lugares estratégicos por los que sabes que voy a pasar.

—Tienes razón. El único motivo por el que tocamos en el metro de Sol es porque cabe la posibilidad de coincidir contigo. No porque sea la estación más transitada de todo Madrid.

—Hay otras estaciones por las que pasa mucha gente.

—¿Y crees que no hemos estado en esas estaciones? Ésta es la décima de hoy —indica sonriendo—. Reconócelo, Valeria. Los planetas se alinean para que tú y yo nos encontremos una vez tras otra. ¿Por qué? Porque está escrito que estemos juntos.

—Ja. Ésa es una explicación sin sentido ni fundamento. Los planetas no se alinean para prepararnos las citas.

—¿Esto es una cita?

—No. No es nada. Y menos, eso.

—Has sido tú la que ha hablado de citas.

—¡Pues lo retiro!

—Al menos, reconoce que te gusta encontrarte conmigo de vez en cuando.

Su expresión seria cambia al escuchar eso. Sonríe sin querer, a medias. Y se riza con los dedos un mechón de pelo.

—Para nada. Es incómodo encontrarse contigo. Muy incómodo.

—No te creo. Te gusta.

—¡No es verdad!

Nota como le comienza a arder la cara. Sus mejillas empiezan a ponerse rojas. Maldito síntoma de nerviosismo. La delata. Siempre que está tensa, su rostro se convierte en un melocotón hirviendo.

—Está bien. Te creo —comenta irónico César—. Por cierto, ¿dónde está tu novio? Últimamente, te veo muy sola.

—Qué más te da dónde esté Raúl.

—¿Ya lo dejaste?

—¡Claro que no! ¡Eso no va a pasar nunca!

La sonrisa socarrona del joven saca de quicio a Valeria, que está a punto de marcharse. Pero una extraña atracción le impide moverse de allí.

—Sé que me quedan pocos días para poder conquistarte. Pero... lo voy a conseguir.

—¿Sigues sin darte por vencido? Eres un testarudo.

—Si no tuviera posibilidades, no estaría tan seguro.

—Quiero a mi novio. Voy a seguir con él. Hagas lo que hagas. ¡Entérate de una vez!

—Si gritas de esa manera, no sólo yo me entero de lo que dices.

Qué vergüenza. Hay varias personas que se han parado a mirar qué sucede. Valeria se esconde detrás de César y le susurra:

—Me desesperas, ¿lo sabes?

—Me hago una idea —responde el joven, bajando también la voz—. Dime la verdad, tienes problemas con tu chico, ¿es eso?

—No.

—¿Y por qué no está contigo ahora?

Valeria se muerde la lengua un par de segundos, pero no quiere que la imagen que se lleve de ellos sea la de una pareja desunida.

—Porque se ha ido a Valencia a recoger un premio.

—¿Un premio? ¿Qué ha ganado?

—Es finalista de un festival de cortos.

—¿Finalista o ganador?

—Finalista.

—Entonces no ha ganado todavía.

—¡No! ¡Pero seguro ganará!

—¿Y por qué no te has ido con él?

—No me han invitado a la gala. Y un boleto de tren cuesta un dineral. No me lo puedo permitir. Además, tengo exámenes.

Sin saber el motivo, Valeria le cuenta todo sobre el concurso a César. A la conversación se une el chico negro, que, harto de rapear y de esperar a su amigo, escucha en silencio lo que la joven dice.

—Así que tu novio va a pasarse un par de días fuera de casa. Esto aclara bastante el panorama.

—¡Qué dices! ¿De qué panorama me estás hablando?

—De ti y de mí. Te invito a cenar esta noche.

—¿Estás loco?

—¡Por fin has dado en la diana, preciosa! ¡Este tipo está como una cabra! —exclama el otro joven, que suelta una risotada.

—Tú calla y rapea —le ordena César, bromeando.

—¿No me presentas a tu novia?

—No soy su novia.

—Todavía no, pero dame unas horas más... Se llama Valeria. Éste es Nate Robinson, un amigo y compañero de estación.

El chico se limita a saludarla con la mano, no intenta besarla. Val responde de la misma forma. Aquél es un tipo peculiar, y no sólo porque lleve el nombre y apellido de un jugador de la NBA, como le explica a continuación. Nate es muy bajito, no llega a uno sesenta y cinco. Tiene el pelo muy corto, rizado y pintado de amarillo. Y cuando sonríe, se aprecia un gran hueco entre los incisivos y que le faltan algunas piezas en la dentadura.

—En lugar de tanta cháchara aquí, ¿por qué no vamos a merendar a alguna parte? Me muero de hambre.

—Lo siento, yo no voy.

—Venga, Val. ¿Qué te preocupa? Sólo será un café.

—No. No voy. Quiero irme a casa a estudiar.

—Un café. Sólo deja que te invite a un café. Y no insistiré en nada más por hoy. Te lo prometo.

—Si tú no vienes, ya no quiero merendar —indica Nate, mirándola muy serio. Sus ojos marrones son enormes, casi tan grandes como su pequeña cabeza.

—No ha comido nada al mediodía; tú serás la culpable si se desmaya rapeando.

—Podría golpearme en la cabeza si me caigo.

—Y morir. ¿No te da pena?

Otra vez esa media sonrisa. ¿Por qué cae siempre en su red? Debería irse a casa, a estudiar los finales de la semana que viene. A esperar la llamada de Raúl cuando llegue al hotel de Valencia. Pero por alguna causa que está fuera de su comprensión, termina aceptando.

—Un café. Sólo un café. ¿Entendido?

Capítulo 18

En la cafetería del tren, pide un café con leche y una botella de agua. Se bebe muy rápido el primero y da un gran trago de la segunda. Con lo que le queda, regresa a su asiento. La chica del pelo anaranjado permanece tal y como la dejó antes de marcharse. Está leyendo muy concentrada la novela distópica *Enlazados* de Carlos García Miranda y escucha música en sus auriculares. El volumen está tan alto que Raúl puede identificar *You belong with me* de Taylor Swift. Lo reconoce porque es un tema que también le encanta a Valeria. Se la imagina dando saltos sobre la cama bailando aquella canción. No para de pensar en ella, en lo que le gustaría que estuviera allí junto a él. En cuanto llegue al hotel la llamará, será lo primero que haga.

El tiempo transcurre lento y el traqueteo del tren adormece al joven, que cierra los ojos. Por unos minutos sueña con una estatuilla dorada en sus manos, tras escuchar la famosa frase:

—*And the winner is...*

Y oye su nombre. Pero despierta pronto y de nuevo se encuentra con la realidad, que no es otra que el asiento 7B del vagón ocho en el tren de las cinco de la tarde rumbo a Valencia. Y a su lado, aquella curiosa joven que continúa leyendo. Aunque ya no sostiene en las manos el libro de García Miranda. La atención de la chica está puesta ahora en un delgado cuadernillo de color naranja. Raúl se interesa por él y alcanza a leer las mayúsculas amarillas de la primera página:

FESTIVAL DE CORTOS DE VALENCIA
PARA JÓVENES DIRECTORES

Se aproxima disimuladamente un poco más a ella para comprobar que su vista no le está jugando una mala pasada. No, no hay dudas. Aquel panfleto está relacionado con el concurso del que es finalista. ¿Es posible que forme parte de la organización? Siente una curiosidad enorme y decide lanzarse a investigar.

—Perdona —le dice, dándole un golpecito en el hombro con un dedo. La chica lo observa extrañada y se quita los auriculares—. ¿Puedo hacerte una pregunta?

—Sí..., dime —responde algo confusa.

—Por casualidad, ¿tienes algo que ver con eso?

—¿Con el festival de cortos?

—Sí.

—Pues bueno... —titubea, colocando un mechón de su pelo anaranjado por detrás de la oreja—. Soy... una de las finalistas.

Raúl se queda boquiabierto. ¡Ella es su rival para ganar el concurso! La que competirá con él por los tres mil euros y el curso de cine durante un año. ¡La otra finalista del certamen!

—¿Me lo estás diciendo en serio? Me parece increíble.

—Claro. Qué pasa, ¿no tengo pinta de finalista, ni de directora de cortos?

En su tono de voz se mezclan indignación, frustración y resignación. ¿También ese chico tan mono la va a infravalorar? Está acostumbrada a eso y a peores cosas. Pero para una vez que triunfa en algo, no imaginaba que alguien se fuera a burlar de ella.

—No, no he dicho eso. Es que...

—Mira, guapo. Si he llegado a la final será porque me lo merezco. Puede que nunca me convierta en una gran directora de cine porque nada me sale bien. Pero esta película está muy buena y...

—Yo soy el otro finalista del festival.

Ahora es la chica la que se queda sin palabras. Observa una sonrisa en el rostro de su compañero de viaje y quiere que se la trague la tierra.

—¿Eres el otro finalista?

—Sí. Me llamo Raúl, encantado de conocerte.

—Yo soy Wendy. Perdona mi... estupidez.

—No te preocupes. No debí abordarte de esa manera —señala el chico, gesticulando—. La organización nos ha colocado juntos desde el principio. Parece que quieren sangre entre los oponentes.

A la chica le cuesta comprender el comentario sarcástico de Raúl, pero finalmente acaba sonriendo ante su ocurrencia.

—Yo me mareo con la sangre. Y cuando no me provocan soy muy pacífica. A pesar de lo que haya podido parecerte la primera impresión.

—No te prejuzgaré entonces.

—Gracias. Me he comportado como una adolescente a la que le insultan a su ídolo. Me he puesto demasiado a la defensiva.

—¿Tú tienes ídolo?

—«Ídola». Taylor Swift. No paso ni un día de mi vida sin escuchar alguna de sus canciones. Es estadounidense como yo, aunque ella nació en Pensilvania y yo en Wadena, un pueblo de Minnesota.

—¿Eres estadounidense? No tienes acento.

—Porque me fui a vivir a Madrid a los tres años. De estadounidense sólo me queda la familia y mi aspecto. En la plaza Mayor, los meseros de las cafeterías me hablan en inglés.

A Raúl no le extraña que a Wendy le ocurra eso. Él mismo lo pensó antes.

Durante varios minutos charlan tranquilamente de cómo es vivir en Madrid, de Estados Unidos y de lugares a los que les gustaría ir de viaje. Parece una muchacha muy agradable. Tiene un cierto aire de dejadez en su manera de hablar y una mirada tristona. Pero a Raúl aquella chica de piel blanquísima y pelo naranja le resulta simpática.

—Así que quieres ser directora de cine.

—Sí, es mi gran sueño. Aunque sé lo difícil que va a resultar.

—Te entiendo. También es mi sueño. No será nada sencillo, pero hay que intentarlo de todas las maneras posibles.

—No sé si yo tengo tantas fuerzas como tú —admite, volviendo a pasarse el pelo por detrás de la oreja.

Raúl ya se ha dado cuenta de que ese gesto es característico en ella. Lo repite varias veces por minuto mientras habla.

—Hay que ser optimistas. Y creer en lo que uno quiere.

—Yo creo en lo que quiero. El problema son los demás, que no creen en mí.

—No es verdad. La prueba es que estás aquí y eso será por algo.

—Igual sólo nos hemos presentado tú y yo al festival.

El joven suelta una carcajada y contagia a la chica, que también ríe, aunque con menos expresividad que él. Luego ella se echa hacia atrás en el asiento y mira de reojo a su acompañante. Piensa en que no le podía haber tocado un rival mejor para competir por el primer premio del concurso.

—¿Y de qué trata tu corto? ¿Se puede saber?

Es la pregunta que el chico estaba deseando hacer y que, con un poco más de confianza, se ha atrevido a formular por fin.

—Sí, por qué no. Trata de una chica a la que nadie entiende —responde la joven, apartando un instante la mirada de Raúl.

—Autobiográfico, ¿no?

—Más de lo que quisiera.

A Wendy se le escapa una sonrisa triste y un suspiro. Juguetea inquieta con los auriculares que tiene en las manos, haciendo pequeños nudos y deshaciéndolos.

—Todos nos hemos sentido así alguna vez.

—Puede ser. Pero el problema es que yo siempre me he sentido de esa manera.

Aquello le suena muy familiar a Raúl. Es parte de su historia y la de sus amigos. A ninguno de ellos los entendía nadie antes de que crearan el club. Sabe cómo se siente Wendy y le encantaría poder ayudarla.

—¿Y cómo se llama tu cortometraje?

—A esto le di muchas vueltas. Pero al final decidí llamarlo... *Incomprendida.*

Capítulo 19

Nate Robinson da buena cuenta de otro churro con chocolate mientras Valeria admira su voracidad. ¿Dónde meterá lo que come? Con ése, ya son siete los que ha engullido. Y por lo que ha contado, esas meriendas son habituales en él.

—¿Puedo pedir otra ración? —pregunta, mirando compasivamente a César.

—¡Cómo! ¿Otra?

—Es que no he comido al mediodía.

—Pídela si quieres. Si la pagas tú...

—¿No nos ibas a invitar a merendar?

—Yo pago mi chocolate y el café de Valeria. Lo tuyo lo pagas tú.

—¡Eso es machismo!

Valeria ríe cuando escucha las quejas de aquel chico. Es un tipo que parece sacado de una serie de humor estadounidense de los noventa. Encajaría como protagonista en «El príncipe del rap» o en «Todo queda en familia». No tiene nada que ver con César. Uno es alto, guapísimo, con una mirada misteriosa y una gran personalidad. El otro, bajito, exagerado en sus gestos y poco agraciado físicamente. Pero se ve una gran complicidad entre ellos.

—¿Cuánto hace que se conocen?

—Mucho —se anticipa a responder Nate—. Hace demasiado tiempo. Ni me acuerdo ya de los años que han pasado.

—Nos conocemos desde hace ocho años. En diciembre serán nueve.

—Éramos unos niños.

—Tú todavía llevabas el pelo de un color normal —indica César y luego da un sorbo a su taza de chocolate.

—Sí. Y una pistola en el bolsillo trasero del pantalón.

—¿Llevabas una pistola? —pregunta alarmada Val.

Los dos amigos se miran entre sí y terminan riéndose.

—Qué va. Nunca he tenido una. ¿Crees que esto es Baltimore?

—Siempre hace la misma broma a los desconocidos —reconoce César—. Yo le sigo el juego porque si no, luego se pone muy pesado.

¡Vaya dos! Ella se lo había tragado todo. Sigue siendo muy inocente. Y lo peor es que ahora se ha puesto colorada; ya lo nota de nuevo. El café caliente que se está tomando también colabora.

—Perdona, Valeria. Somos dos tontos muy tontos —señala Nate, que alcanza el penúltimo churro del plato. Lo moja en el chocolate y continúa hablando—. Aunque bromee con lo de la pistola, lo cierto es que cuando conocí a César, yo no pasaba por un buen momento. Estaba metido en temas complicados y él me ayudó a salir de todo aquello.

—¿Tenías muchos problemas?

—Muchísimos, aunque ahora puedo hablar de ellos con tranquilidad porque están solucionados. Siendo un mocoso, me junté con malas compañías y hacía cosas que no debía. Pero apareció este cuate y me abrió los ojos. Se convirtió en una especie de hermano que me hizo ver que en la vida existen valores, normas, y que cuanto mejor persona seas, mejor te sientes contigo mismo.

El chico se emociona cuando termina de hablar y también conmueve a Valeria, a la que se le hace un nudo en la garganta. Luego observa a César. Éste sonríe satisfecho, orgulloso de él. Sabe por lo que su amigo pasó: drogas, robos, detenciones policiales, peleas... Sin padre y con una madre que apenas podía ocuparse de mantenerlo.

—Esto lo dice para que le pague otra ración de churros.

—¡Lo cachaste al vuelo, hermano! —exclama Nate, hundiendo en su taza el último que había en el plato—. Ahora hablando en serio. Gracias por dejarme ser tu amigo.

—No lo vas a conseguir.

—La mejor persona que puedas conocer, Valeria. Te lo digo yo.

—Me vas convenciendo. Sigue.

—¡Es que eres el mejor! ¡El mejor!

—¡Mesera, otra ración de churros para mi amigo! —grita César, dirigiéndose a la chica que les ha servido antes.

—¡Vaya! Por fin. ¡Lo conseguí! ¡Bien!

Valeria ríe a carcajadas al contemplar cómo Nate se levanta de la silla y le da un beso en la cara a César, que trata de impedirlo sin éxito. Cuando se sienta otra vez, suena su teléfono.

—Ahora vengo. Es mi novia. No se coman mis churros, ¿eh? —dice el chico, incorporándose de nuevo.

Y sale de la cafetería a toda prisa ante la mirada de la mesera, a la que también ha hecho reír.

—Es así de particular, pero es un gran tipo. Tiene un corazón enorme. No sé cómo le cabe en su pequeño cuerpo —comenta César alegre—. Él fue quien me enseñó a rapear.

—¿Lo que haces en el metro te lo enseñó Nate?

—Sí. Él es mucho mejor que yo, pero el alumno algún día superará al maestro.

—Yo creo que tú lo haces genial.

—Eso es porque me ves con buenos ojos.

—Eso es porque se te da muy bien. Pero no te lo creas mucho, no se te vaya a subir.

—Da gusto tener una fan como tú.

—No soy tu fan. Soy... soy...

—Una aspirante a novia —completa la frase César—. ¿Te has enamorado ya de mí?

A Valeria se le encienden las mejillas cuando oye la pregunta. Pero no contesta inmediatamente. ¿Tiene que pensar la respuesta?

—No. Estoy enamorada de mi novio. ¿Tú crees que una persona puede enamorarse de alguien y dejar de amar a otra de la noche a la mañana?

—Sí. Es posible.

—No. No es posible.

—Yo creo que sí lo es —insiste César, muy seguro—. Aunque éste no es el caso: ya sé que te gusto desde hace tiempo, no es de la noche a la mañana. No sería tan raro. Simplemente, mi lado de la balanza superaría el lado en el que está Raúl.

—Es lo más estúpido que he oído en mi vida. El que me gusta es mi novio. Estoy enamoradísima de él. Tú no me gustas nada de nada.

—Mientes.

—Por supuesto que no miento.

—Estás roja.

—¡Por el café caliente!

La conversación se interrumpe cuando la mesera trae una nueva ración de churros. La pareja permanece en silencio hasta que la chica se va.

—¿Me dejas hacer una cosa?

—¿Qué cosa?

—Tranquila. No es nada malo.

César arrastra su silla hasta colocarse junto a Valeria. Ésta lo observa timorata y desconcertada.

—Me das miedo, ¿sabes?

—¿Por qué? Soy inofensivo. Sólo quiero... saber tu futuro.

—¿Cómo? ¿Qué dices?

El joven pone sus manos en el brazo de Valeria, que no tarda en quitárselas de encima.

—¡Qué haces! —exclama muy nerviosa.

—Es un juego sobre el futuro. No te voy a hacer nada.

—No entiendo nada. ¿Qué quieres hacerme?

—Confía en mí. Relájate —insiste César, volviendo a poner sus manos en el brazo derecho de ella.

En esta ocasión, Val no lo retira. Inquieta, observa como él remanga su camiseta y lo mira con detenimiento.

—Yo sabía que eras un chavo muy raro. Pero cada minuto que pasa más cuenta me doy de que me quedaba corta. ¿Qué se supone que estás haciendo?

—Ahora lo descubrirás.

César toma uno de los churros del plato, lo parte por la mitad y lo moja en su taza. Valeria no da crédito a lo que ve. ¡Le está untando el chocolate en el brazo! El joven dibuja una línea de chocolate caliente en su piel.

—Espero que tengas una buena explicación para esto.

—Estoy uniendo lunares —indica, mientras enlaza uno con otro—. Cuando los tenga todos unidos, verás qué sale.

La chica asiste asombrada e intrigada a lo que su amigo realiza. Con gran delicadeza, conecta unos lunares con otros mediante el chocolate. El aroma amargo penetra en su nariz, embriagándola. Tiene mucho calor, aunque no está segura de si es por el chocolate caliente o por lo cerca que está César. Sus cabezas prácticamente se están tocando. Le sorprende que no le incomode. Al contrario, se siente extrañamente bien, a pesar de que no quiera admitirlo. Su novio no es él, su novio está en camino a Valencia. Está enamorada de... Raúl.

—¿Y qué se supone que va a salir de esto?

—Una letra.

—¿Una letra?

—Sí, la inicial del nombre del chico que marcará tu vida.

—Sí, cómo no. ¡Me estás tomando el pelo!

Pero César no responde y continúa uniendo lunares en el brazo derecho de Valeria, que sigue mostrándose incrédula.

—¡Ya está! ¡Mira!

—A ver...

El joven toma de la muñeca a la chica y levanta en alto su brazo. En él se puede apreciar con claridad una gran C dibujada con chocolate. A continuación, César, sin darle tiempo para que reaccione, muy despacio y sin soltarla, se echa hacia delante y aproxima su rostro al de ella. El olor a cacao es más fuerte e intenso. Valeria no se aparta y ve como el chico que un día conoció en el metro y que la está volviendo loca tiene su boca a sólo unos centímetros de la suya. Contempla sus ojos misteriosos y cautivadores. Debería quitarse, liberarse y marcharse de aquella cafetería. Olvidarse de aquel flautista de Hamelín para siempre. Pero no lo hace. No puede hacerlo. ¿Por qué? No piensa. Es imposible pensar en ese instante. ¿Y si lo besa? ¡Qué locura! No debe, pero... Val se entrega a la suerte, se deja llevar... Sin embargo, él no. Suelta su brazo, se echa hacia atrás de golpe y sonríe pícaro.

—C de César, ¿cómo te quedó el ojo?

Capítulo 20

Nunca se ama a una persona como cuando uno es joven. Sin embargo, los adolescentes de hoy en día son inestables e incapaces de mantener una relación duradera. Son exagerados, sufridos, incoherentes e indecisos. Cambian más de pareja que de calcetines. A un chico o a una chica adolescente no ha dejado de gustarle alguien, cuando ya se ha enamorado del siguiente. Una gran parte está con su novia o novio pensando en otro o en otra que creen que le gusta más, mientras planea cómo escapar de su actual relación. Eso es así. No me digas que no...

—¡Pues claro que te digo que no! ¡No tienes ni idea de lo que dices!

—No grites, por favor. Vas a despertar a mis hermanos pequeños de la siesta y se ponen muy pesados.

—Es que este tipo me está poniendo nerviosa —dice Alba, tumbada en la cama, con la cabeza sobre el pecho de Bruno—. Con sesenta años, ¿cómo puede saber lo que siente un chico de nuestra edad?

—Porque es psicólogo y también ha sido joven.

—Que sea psicólogo no le da la razón absoluta.

—Por supuesto. Pero imagino que habrá hecho

análisis y diferentes estudios para vernos de esa manera.

—¿Tú crees de verdad que eso que está diciendo es cierto?

—Lo que digo es que tendrá sus motivos para opinar así.

—Ajá. Pero ¿tú qué opinas? —le pregunta, sentándose en el colchón y observando fijamente a su novio, que sigue pendiente de la televisión.

—¿Respecto a qué?

—A que los adolescentes somos unos promiscuos.

—No ha dicho eso.

—Ah, ¿no? Pues yo lo he entendido así.

—Has entendido mal. Lo que ha dicho es que los jóvenes nos enamoramos y desenamoramos con mucha facilidad. Yo en eso estoy de acuerdo.

—Me parece que estamos viendo un programa distinto —señala la chica, sonriendo irónicamente—. Y tampoco estoy de acuerdo para nada en eso que tú opinas.

—No tienes que estar de acuerdo conmigo en todo, ni darme la razón. Es sólo mi opinión, que coincide con la de este hombre.

—Este hombre y este programa son una basura.

—Pues quítalo. A mí me da igual.

Alba protesta en voz baja y mueve la cabeza de un lado a otro. Alcanza el control remoto que tiene Bruno bajo el brazo y cambia de canal. Lo deja en Kiss TV, donde están poniendo el videoclip *Made in America* de las hermanas Cimorelli. Es uno de sus grupos preferidos.

—Me encanta esta canción.

—No está mal. —Bruno se pone de pie—. Ahora vengo.

—¿Dónde vas?

—Por algo de beber, ¿tú quieres?

—Sí. Un jugo de naranja, ¿puede ser?

—Sí. Me parece que hay. Ahora te lo traigo.

—Gracias, amor... Oye, no te habrás enfadado, ¿verdad?

—¿Por qué me iba a enfadar?

—No sé, te veo raro. Como si hoy te molestara todo lo que digo.

—Son imaginaciones tuyas —contesta Bruno al tiempo que abre la puerta de la habitación—. Vuelvo en seguida.

El chico sale del cuarto y camina hasta la cocina. Mira en el refrigerador y alcanza una botella de jugo. Llena un vaso y se lo bebe de golpe. Es cierto lo que piensa Alba. Hoy le molesta todo lo que dice. Y no se explica por qué. Le pasó durante la comida, luego hablando sobre Elísabet en la habitación y ahora mientras veían la tele. Lleva todo el día distraído, ausente. Pensando en temas en los que quizá no debería pensar.

—Qué manía tienes con dejar el refrigerador abierto. ¡Y no andes descalzo por la casa! Vas a resfriarte.

—Estamos en mayo, mamá. Y no voy descalzo, llevo calcetines.

—Da igual. Eso es ir descalzo.

—Lo que tú digas.

Si su madre se empeña en algo, es inútil llevarle la contraria. Además, no tiene ganas de discutir con ella. Llena de nuevo su vaso hasta arriba, pone jugo en otro y guarda la botella en el refrigerador.

—¿Por qué estás tan serio?

—Soy un chico serio, mamá.

—Y no sé a quién habrás salido. A tu madre, no, desde luego —comenta Esperanza, limpiando las dos gotitas de jugo de naranja que su hijo ha derramado encima de la mesa—. ¿Tienes problemas con tu novia?

—No. No los tengo.

—Puedes contármelo, ¿eh? Soy tu madre.

—Precisamente por eso, no te contaría nada si tuviera problemas con Alba.

—Qué mal me tratas, hijo. No me tienes en cuenta para nada— protesta la mujer, frotándose la frente—. Yo, que sólo quiero ayudarte.

—Tú lo que quieres es chismear.

—Sabes que no, Bruno. Soy la persona más discreta del mundo.

—Sí, mamá, sí.

—No creo que sea nada malo querer estar informada de lo que le pasa a mi hijo con su novia, ¿no?

—¡Pero es que no me pasa nada! ¡Qué pesada!

—¡No grites, que vas a despertar a tus hermanos!

—¡Si estás gritando tú más que yo!

La mujer chasquea la lengua y se acerca a Bruno, tanto, que tropieza con él y está a punto de tirar los dos vasos de jugo al suelo.

—¿Estás seguro de que quieres a esa chica? —le dice Esperanza en voz baja.

—Mamá, ¿cómo me preguntas eso?

—Porque soy tu madre y te conozco.

—Eso es algo que...

—¿La quieres de verdad o sólo es una más?

¡Una más! ¡Como si tuviera una lista de novias interminable! Alba es la primera y única chica con la que ha estado. Sin embargo, lo que su madre le ha preguntado no tiene una respuesta tan clara. ¿La quiere de verdad?

—¡Bruno! ¡Aquí estoy!

Aquellos gritos son de Alba. Llegan desde una de las mesas esquinadas de la cafetería de la librería La Central. Allí es donde quedaron de verse para hablar. Un sitio tranquilo, de tertulias a media voz, repleto de libros para todos los gustos. Con un *espresso* doble quizá vea las cosas de otra manera. Porque desde anoche todo se ha vuelto muy confuso en su vida. Ester lo besó y le pidió que fuera su novio, antes de salir corriendo sin darle explicaciones. Esta mañana han hablado en el recreo de la escuela y la conclusión ha sido que no deben ser pareja, sólo amigos. Aún se pregunta si todo aquello ha sido un sueño. Lo parece. El mejor momento de su vida apenas duró unos minutos. Y no le queda más remedio que aceptarlo pese a que su corazón continúa latiendo muy deprisa y se niega a asumirlo.

—Hola, Alba —dice, dándole dos besos, antes de sentarse frente a ella.

Se ha puesto muy guapa para la ocasión: un vestido rojo y medias negras. Se ha pintado un poquito los labios del mismo color que el vestido y también se ha maquillado los ojos, para resaltarlos. Nunca se los había visto tan claros. En cambio, sigue sin gustarle aquel pelo azul horrible, que ha intentado adornar con una pequeña florecilla granate.

—Me alegro mucho de que hayas venido —dice la joven, con una gran sonrisa—. Creía que después de hacerte ver una victoria del Atlético en vivo no querrías volver a saber de mí.

—Tuviste suerte.

—Ajá, suerte. Yo lo llamo calidad.

—¿Calidad? Miranda todavía no sabe ni con qué le dio para meter el gol.

—Como te metas con João, acabaremos mal —le advierte muy seria, aunque rápidamente sonríe otra vez—. Además, gracias a él te llevaste un beso de regalo. ¿O es que ya te has olvidado de eso?

Es difícil olvidarse de algo así. La vida está llena de sorpresas y de historias difíciles de explicar. Por la mañana, lo besó Alba. Por la tarde, lo hizo Ester. Dos chicas preciosas e inalcanzables para un tipo como él, que jamás había besado a nadie. En cambio, eso sucedió en el mismo día. En aquel extraño domingo de marzo.

—No, claro que no lo he hecho.

—No sé para ti, Bruno. Pero para mí fue algo bonito y muy especial —comenta Alba, a la que se ve ilusionada y algo nerviosa—. No voy besando a todo el mundo que se me pone por delante.

—Imagino que no.

—Si te besé, fue porque realmente me gustas.

—Yo también te he tomado cariño.

—Lo mío no es cariño, Bruno. Es algo más. Te hablo de sentimientos, de un cosquilleo en el estómago. Me gustas de verdad y... quiero una oportunidad.

Y la oportunidad llegó. Así de sencillo. Así de rápido. ¿Por qué no? Nunca había tenido novia y aquella chica le gustaba. No la amaba. Ni siquiera era la número uno en sus preferencias. Pero era una buena manera de intentar olvidarse de Ester. De probar si su corazón y su cabeza eran capaces de cambiar de opinión. El tiempo se encargaría de todo. ¿No es lo que dicen?

Sin embargo, más de dos meses después, continúa sin alcanzar a sentir por Alba lo que un día sintió por su querida Ester. No logra enamorarse de ella. Y eso empieza a resultar difícil de llevar.

No le quedará más remedio que tomar una decisión pronto. Pero ¿cuál?

Capítulo 21

El tren llega a Valencia al diez para las siete. Wendy y Raúl bajan del vagón ocho y se dirigen juntos a la salida de la estación Joaquín Sorolla. Allí debe esperarlos alguien de la organización que los recogerá para acompañarlos al hotel.

Durante el viaje se han conocido un poco más. Han congeniado y, aunque son rivales en el certamen de cortos, se han caído bien.

—No puedo creer que tú y tus amigos se hagan llamar el Club de los Incomprendidos.

—Ni yo que hayas titulado tu corto *Incomprendida*.

—Es como me siento la mayor parte del tiempo.

—También nosotros nos sentíamos de esa manera. Así que te comprendo —indica Raúl antes de dar el último trago a su botella de agua—. Es curioso que el corto con el que tengo que competir para ganar un premio se llame así. Increíble.

La chica sonríe y tira con fuerza de su maleta con ruedas, en la que lleva su equipaje y la computadora portátil. A pesar de que aquel muchacho le ha causado una gran impresión, quiere ganar el concurso. Para ella es muy importante. Nunca ha logrado nada positivo en toda su vida. Al contrario, siempre ha sido el centro de las burlas de todo el que se ha acercado a ella.

Wendy Minnesota,
no puedes ser más tonta.
Te has meado encima
por culpa de una avispa.

Esa cancioncilla que le hicieron sus compañeros de clase la tiene grabada en su mente desde los seis años. ¿Qué culpa tiene ella si la aterrorizan los insectos, en especial las avispas? Aquel día, mientras dibujaba con sus crayones, una avispa la atacó. En realidad, sólo se posó sobre su cabeza y luego sobre la lámina del bloc, pero le entró un pánico tan grande que no pudo evitar la tragedia. Y de ahí, aquella estúpida canción en su honor.

—Creo que aquél es el de la organización del festival —dice Raúl, señalando a un joven vestido elegantemente, con una chaqueta gris, aunque sin corbata.

En efecto. En cuanto los ve, el joven se aproxima hasta ellos con la mejor de sus sonrisas.

—¡Hola, chicos! ¡Encantado de conocerlos! Me llamo Marc Pons y soy la persona que se encargará de ustedes. ¡Qué bien que estén aquí! ¡Mis dos finalistas!

Demasiado entusiasta y exagerado. Es lo que piensan tanto Raúl como Wendy, que se miran cómplices en el taxi que los lleva hacia el hotel en el que se alojarán esos días. No deja de hablar y de sonreír todo el tiempo, enseñando una dentadura perfecta y blanquísima. A pesar de no tener más de veintitrés o veinticuatro años, presenta unas entradas bastante prominentes en su cabello oscuro.

—Estarán contentos, ¿no? Son los finalistas de uno de los festivales de cortos para jóvenes más importantes de España. ¡Qué digo de España! ¡Del mundo!

—Muy contentos —responde Wendy, contemplando la ciudad por la ventanilla del coche. De pequeña viajó mucho, pero es la primera vez que está en Valencia.

—Sí, es una gran oportunidad para nosotros.

—Hablando con toda humildad, y no lo digo porque me paguen, es la oportunidad con mayúsculas para una persona joven como ustedes. Yo mismo gané este concurso hace tres años.

—¿Fuiste el ganador?

—Sí, con *Bésame despacio, que no tengo prisa.* Y gracias a eso me contrataron para trabajar con ellos. Imagínense, yo que acababa de terminar la carrera, sin trabajo, y me sale chamba en el Festival de Cortos de Valencia.

Durante varios minutos, Marc se dedica a contar su experiencia como organizador del certamen y lo que le había cambiado la vida desde que lo ganó. Wendy y Raúl no hablan, sólo escuchan y se miran. El monólogo del joven se prolonga hasta que llegan al hotel.

—Esta noche no puedo estar con ustedes porque ando muy apurado con la preparación del concurso, pero tienen unos vales en recepción para cenar gratis en el restaurante del hotel, donde se come genial.

—No te preocupes. Nos las arreglaremos —comenta Raúl, abriendo la puerta del taxi.

—Bien. Mañana por la mañana les llamo para ponernos de acuerdo.

—Muy bien, hasta mañana entonces.

Los chicos bajan del vehículo tras despedirse de Marc y entran en el hotel. Allí se registran y recogen el vale prometido para la cena.

—Nunca había visto unos dientes tan blancos —apunta Raúl antes de entrar en el ascensor y pulsar el botón de la tercera planta.

—Es verdad. Yo también me he dado cuenta. ¿Qué producto usará?

—Ni idea. Pero no se lo pediré prestado. Casi me veía reflejado en su dentadura cuando lo miraba.

Wendy se ríe. No suele hacerlo muy a menudo. Podría decirse que con aquel chico en dos horas se ha reído más veces que en lo que va de mes. Lo observa a través del espejo del ascensor y da fe una vez más de lo que piensa desde que lo vio la primera vez. Es un chico guapísimo.

Llegan a la tercera planta y él le cede el paso a ella para salir. Habitaciones 311 y 312, una enfrente de la otra.

—¿A qué hora nos vemos para cenar?

Aquella pregunta tan sencilla provoca un sobresalto en Wendy. Nunca ha cenado con nadie a solas, salvo con su padre. Mucho menos con un chico.

—Pensaba pedir al servicio de habitaciones —apunta la chica, introduciendo la llave en la cerradura de la 312.

—¿En serio? ¿Por qué no cenamos juntos en el restaurante del hotel? No te vas a quedar encerrada toda la noche en la habitación.

—Estoy cansada. Quiero irme a dormir pronto.

—Vamos, Wendy. Anímate.

—No, de verdad, Raúl. Prefiero ver un rato la tele y acostarme temprano.

—Bueno, no insisto más entonces. Como tú quieras —indica, abriendo la puerta de la 311—. Hasta mañana, entonces. Nos vemos en el desayuno.

—Hasta mañana.

Los chicos se despiden y se encierran en sus respectivas habitaciones.

Aquel cuarto no está nada mal. Es bastante espacioso, la cama es de las grandes y tiene tina. Raúl saca el cargador del celular y lo enchufa en la pared. Conecta a él su teléfono y marca el número de Valeria sentado en una cómoda silla de escritorio.

Tras ocho timbrazos, salta el buzón de voz. Es muy extraño que su novia no responda. El joven insiste y vuelve a llamarla.

¿Dónde se habrá metido?

Quizá esté estudiando o se ha quedado dormida. En cualquier caso, la extraña y le gustaría mucho hablar con ella.

Segunda llamada sin éxito. No quiere preocuparse, pero no es habitual que Val no conteste el celular. Normalmente, siempre responde a la primera.

Prueba una tercera vez. Si en esta ocasión no la localiza, se irá a dar una vuelta por Valencia solo. Quiere ver la ciudad y tomar un poco de aire fresco. Él sí que no tiene intención de quedarse encerrado en el hotel como Wendy.

Sin embargo, en esta ocasión, al tercer timbrazo alguien descuelga el teléfono al otro lado de la línea.

Su voz parece triste, aunque ella intenta disimularlo.

—Hola, amor. Perdona que no te haya contestado antes el celular. Acabo de... llegar a casa.

Capítulo 22

¿En qué estaba pensando? ¿En qué carajos estaba pensando?

Valeria todavía no cree lo que ha estado a punto de suceder. Está tensa. Muy nerviosa. Y, sobre todo, se siente culpable. Muy culpable.

¡Qué estúpida! ¡Qué rematadamente estúpida ha sido! ¿Besar a César? ¡Dios!

Camina deprisa por la calle. Quiere llegar a su casa cuanto antes, tumbarse en la cama y taparse la cabeza con la almohada. ¡Qué ha hecho!

La mayor traición que existe es traicionarse a uno mismo. Pero aquélla ha resultado más grave; ha sido una traición doble: a Raúl y a ella misma. Prometió que no caería en su trampa, en las redes de aquel joven misterioso y encantador capaz de absorberle los sentidos. Sin embargo, no ha cumplido su promesa.

¿Por qué ha intentado besarlo? ¿Por qué se ha dejado llevar en la cafetería? ¿Por qué se encuentra tan bien cuando está junto a él?

No lo sabe. Demasiadas preguntas. Demasiadas sinrazones. Y ninguna respuesta. Ahora ya no está segura de nada.

Acelera todavía más el paso. Su casa no está lejos, a un par de calles. Todo le da vueltas en la cabeza al rebobinar en su mente la escena de hace unos minutos. ¡Ha estado tan cerca de su boca! ¡A unos escasos centímetros!

En cambio, no se han besado. Él se ha apartado en el instante en el que iban a unir sus labios. Y ha sonreído. «C de César.» Qué estúpido. ¿Lo ha hecho a propósito? ¿Ha jugado con ella todo el tiempo? No entiende nada.

Desde el interior de su bolso suena una melodía. No, ahora una llamada no. No tiene ganas de hablar con nadie. Llega al edificio en el que vive. Abre la puerta y sube por la escalera. El celular sigue sonando. Seguro que es su novio, que habrá llegado ya al hotel de Valencia. Entra en casa y pregunta si hay alguien. Parece que se encuentra sola. Su madre está trabajando, pero no sabía si Ernesto andaría por allí. El teléfono continúa sonando. Pobre Raúl. No se merece lo que le está haciendo.

Abre el bolso y por fin contesta:

—Hola, amor. Perdona que no te haya contestado antes el celular. Acabo de... llegar a casa.

—¿Ahora? ¿Dónde has estado?

Han pasado casi tres horas desde que se despidieron en la estación de Atocha. Se suponía que iba directo a casa. No quiere mentirle, pero en esta ocasión no le queda más remedio. El efecto de la verdad en ese momento sería mucho peor. Cuando regrese a Madrid tratará de explicarle lo que ha pasado de la mejor manera posible.

—En Constanza, echando una mano a mi madre.

—Ah. Te debería pagar un sueldo.

—Bastante tenemos con llegar a final de mes —dice resoplando. Va hasta su cuarto y se sienta en la cama—. ¿Qué tal el viaje?

—Al principio muy pesado, pero al final se me ha hecho corto.

—Es que no son ni dos horas.

—Entre que vas a la cafetería, miras el paisaje y tres cosas más, llegas a Valencia sin darte cuenta.

—¿Y la chica del pelo naranja? ¿Has vuelto a hablar con ella?

—¿Con Wendy? Sí, es muy agradable.

—¿Wendy? ¿Así es como se llama? —pregunta sorprendida—. No me digas que se han hecho amigos.

—Bueno... amigos amigos, no. Pero da la casualidad de que ella es la otra finalista del concurso de cortos. La organización nos ha comprado el boleto del tren uno al lado del otro.

—¿En serio que es tu rival en la final?

—Sí. Su corto se llama *Incomprendida*, ¿no es increíble?

—Sí. Increíble.

Eso le recuerda a Val lo que Marcos, aquel locutor de radio al que no ha vuelto a ver desde el día que fue a su casa, le decía del destino. Vayas donde vayas, te persigue. Las casualidades no existen, todo está escrito. Quizá el destino de Raúl le haya deparado conocer a esa chica incomprendida para sustituirla a ella. Sólo con pensarlo, le entran ganas de llorar. Se empieza a sentir mal. Por lo de antes, por esto de ahora. Ella, que tendría que estar en el hotel con su novio celebrando su elección como finalista del certamen, en cambio está sola, sentada en la cama de su habitación, con la angustia de casi haberle sido infiel a Raúl y la preocupación por la aparición de esa joven del pelo naranja. Seguro que es mucho más guapa que ella.

El chico le cuenta lo que han hablado durante el viaje en tren, el encuentro con Marc Pons, cómo es la habitación en la que se hospeda... pero Valeria cada vez se siente peor. Ha estado muy cerca de besar a César y su novio va a pasar dos noches con una nueva incomprendida. Una que comparte gustos e intereses con él.

—No sé si cenar en el restaurante del hotel o en la habitación —le indica el joven, en un punto de la conversación.

—¿Vas a cenar con Wendy?

—No. Ella prefiere quedarse en su cuarto descansando. Va a pedir al servicio de habitaciones.

—Qué sosa.

—Bueno. No parece una chica muy sociable. Aunque me ha caído bien y por lo poco que me ha contado sobre su corto, será difícil ganarle.

—Seguro que tú eres el ganador.

—Mañana lo sabremos —señala, al tiempo que abre su maleta—. Espera un segundo.

—Ajá.

El segundo se convierte en un par de minutos, tiempo suficiente para que Valeria siga dándole vueltas a todo. Es complicado aislarse de la realidad que está viviendo. César, por un lado; su novio en Valencia, por otro. Sin olvidarse del regreso de Elísabet, el mal rollo con Meri y la incómoda presencia de Ernesto en su casa. ¡Y los exámenes finales a la vuelta de la esquina! Siente tal presión en el pecho, que se asusta. Se tumba sobre el colchón y trata de acompasar su respiración. Inspira y espira, despacio, con el objetivo de estar recuperada para cuando Raúl le hable de nuevo. Algo que no tarda en ocurrir.

—¿Val? ¿Sigues ahí?

—Sí, aquí estoy —contesta, incorporándose otra vez.

—He ido por la computadora. ¿Hablamos por Skype? Quiero verte.

—Por Skype... Mejor no, es que estoy horrible.

En realidad, teme que se dé cuenta de que lo está pasando mal y termine enterándose de todo. Sin embargo, ella también se muere por verlo.

—Estarás preciosa, como siempre. Sólo será un rato, te lo prometo.

—No, no..., de verdad, amor.

—Vamos, así te enseño la habitación —insiste el joven—. Tengo muchas ganas de verte. Por favor.

Aquel susurro final de Raúl, pidiéndoselo por favor, acaba por convencerla. Enciende su laptop y se conecta a Skype. Recibe una petición de videoconferencia y acepta.

—Hola, guapo —le dice, todavía a través del celular, cuando lo ve.

Contemplar su imagen le provoca reacciones contrapuestas: felicidad y tristeza al mismo tiempo. Se alegra de tenerlo allí delante, con aquella sonrisa tan característicamente suya, pero le apena que esté tan lejos. Le gustaría besarlo, darle un abrazo y no mirarlo a través de una pantalla.

Apagan los celulares y continúan hablando a través de sus computadoras.

—Hola. Y tú que decías que estabas horrible... La cámara te favorece.

—La cámara engorda.

—¡No es tu caso! Estás perfecta, Val. Y te extraño.

—Yo también te extraño.

Es la verdad. Lo extraña mucho, a pesar de que no son ni tres horas las que han pasado desde que se separaron. Sin embargo, hoy lo ha traicionado. Eso no se lo puede quitar de encima. Y lo peor es la sensación de que podría haber llegado más lejos con César. Si él se hubiera dejado, lo habría besado. ¿Por qué lo ha hecho?

Entonces, Raúl saca algo del bolsillo de su chamarra. Es el atrapasueños que ella le regaló antes de coger el tren.

—Ahora lo colgaré en la cabecera de la cama.

—Espero que te dé suerte.

—Aunque no gane, lo llevaré siempre conmigo. Muchas gracias.

Valeria se emociona. No existe nadie como él. Nunca encontrará a ninguna persona con su sensibilidad, con su alma. Pero... Siempre hay un «pero» en todas las relaciones. Y el de la suya empieza a preocuparle de verdad. A pesar de las promesas, a pesar de los propósitos. A pesar de los atrapasueños.

—¿Te enseño la habitación?

—Muy bien.

El chico se levanta con la computadora en las manos. Le muestra la ventana y lo que se puede presenciar a través de ella. Las vistas son de una calle céntrica de Valencia. Luego hace hincapié en la cama, en lo grande que es. Una de matrimonio, como la que quieren tener cuando vivan juntos. Raúl también le enseña los cuadros que hay en las paredes, el escritorio, la televisión en la que se ven treinta canales extranjeros y los de paga...

—Y éste es el cuarto de baño —comenta, reflejándose en el espejo—. ¿Ves?, tengo tina.

—Qué suerte.

—Y secadora.

—Eso no creo que te haga falta. Tienes el pelo muy corto.

—Y me han puesto una bata y zapatillas.

Valeria sonríe. Sabe cuál es la intención de su novio y lo que pretende con aquel *tour* por su cuarto. Se ha dado cuenta de que no se encuentra bien y lo que quiere es que se sienta lo más cerca posible de él. Que la distancia sólo sea física. Pero Raúl no sospecha que la tristeza de su chica reúne más razones. Razones más importantes y más determinantes. Razones trascendentales, en las que entran en juego algo más que la añoranza y la melancolía.

El joven sale del baño y se detiene en el pasillo de entrada. Sorprendido, escucha como llaman a la puerta.

—¿Ha sido en tu habitación? —le pregunta Valeria, que también lo ha oído.

—Eso parece. ¿Abro?

—Claro, hombre.

Raúl hace caso a su novia. Deja la laptop sobre la mesita del recibidor y abre la puerta. Valeria puede ver entonces, a través de la *cam,* a una joven delgada, muy blanquita de piel, con los ojos claros y el pelo naranja. Es como una elfa de *El Señor de los Anillos.*

—Hola, Wendy, ¿qué tal? Muy bonita la habitación, ¿verdad?

—Sí, está bien.

—¿Quieres pasar?

—No..., no te preocupes. Sólo venía a decirte que... Bueno, lo he estado pensando mejor... y no quiero estar todo el tiempo encerrada sola en mi cuarto. Para una vez que salgo de Madrid... ¿Cenamos juntos?

Capítulo 23

—Voy por un café, a ver si me espabilo. Estoy agotada —comenta la madre de Paloma, acariciando la cabeza de su hija y dándole un beso a continuación—. Te dejo en buenas manos.

—Sí, mamá. Ahora nos vemos.

La mujer sale de la habitación tras sonreír a las dos chicas que todavía permanecen allí. Se llevó un gran susto cuando recibió la llamada de María alertándole de lo que había pasado. Rápidamente, se dirigió al hospital en el que su pequeña había sido internada después de perder la consciencia. Según los médicos, el desmayo de su hija no tenía que ver con un desvanecimiento o una bajada de presión. Más bien se había producido como consecuencia de un golpe en la cabeza. Presuntamente, recibido en una pelea que se produjo a la salida de la escuela. En principio, Nieves se había enfadado con Paloma al enterarse de que se había vuelto a meter en líos. Pero poco a poco se fue calmando al entender que ella no había tenido la culpa de lo que había sucedido. Mañana iría a hablar con el director a primera hora.

—Yo me tengo que ir —comenta Ester, acercándose hasta la chica que está tumbada en la cama.

—¿Ya te vas? ¿Por qué?

—Tengo mucho que estudiar. Pero te llamaré esta noche para ver cómo te encuentras.

—No quisiera que te fueras. Quédate un poco más.

Ester mira a Meri, que se encoge de hombros. A ella también le gustaría que no se fuera. Sobre todo porque preferiría no quedarse a solas con Paloma y su madre. Aquella mujer le cae bien, pero no sabe qué opinión tiene en realidad sobre ella. ¿Sospechará algo?

—Es que... quedé de verme con alguien para estudiar.

—¿Con un chico?

—Sí..., con un chico —contesta, sonrojándose.

—¿Con Bruno?

Y ahora, ¿qué responde? Si dice que ha quedado con Félix Nájera a esas horas, Meri sospechará que hay algo entre ellos. Y no quiere decirles nada a sus amigos hasta que no esté segura de qué existe entre ambos. Nunca han estado a solas hasta hoy. Simplemente, han compartido varias conversaciones por Skype y lo poquito que han hablado en la escuela. La cena en el 40 Café puede darle una pista de lo que puede llegar a sentir y si a él le gusta de verdad.

—Sí, con él. Me va a explicar varias cosas de matemáticas que no entiendo.

—¡Yo quiero conocer a Bruno! Meri me ha hablado maravillas de él.

—Ya lo conocerás —replica la aludida.

—Podemos quedar un día los cuatro, ¿qué te parece? En plan parejitas —propone Paloma sonriente.

—Bruno tiene novia. Cuando lo conozcas, seguramente lo acompañará Alba —se anticipa Ester, antes de que la chica continúe profundizando en la dirección equivocada.

—Es verdad. Él no es tu novio, es el de la ex pelo azul.

—Veo que estás muy informada.

La chica se pone roja y mira hacia Meri, que también se ha ruborizado. No le ha contado todo, pero sí muchas historias de sus amigos los Incomprendidos. En aquellos más de dos meses de relación le ha dado tiempo a adentrar a Paloma en los entresijos del club.

—Saluda a Bruno de mi parte, Ester —dice María, cambiando oportunamente de tema—. Mañana los veo en la escuela. Y no se vuelvan muy locos con mate.

—Ya sabes que las matemáticas y yo...

—¿Tan mal se te dan? Pareces muy inteligente.

—¡Gracias! ¡Qué amable eres! Pero es que no entiendo eso de mezclar letras y números. ¡Las letras van por un lado y los números por otro! ¡Para qué los mezclan!

Paloma ríe exageradamente cuando escucha a aquella preciosa chica hablar de las matemáticas de una forma tan peculiar. Pero tiene que parar cuando siente un fuerte dolor en la cabeza. No dice nada, disimula y vuelve a tumbarse.

—No te olvides de mí, por favor. Espero verte pronto.

—Yo también lo espero y claro que no me olvidaré de ti. Que te mejores. Me ha encantado conocerte.

—A mí, igual. Escríbeme un WhatsApp, ¿eh?

—Claro. Te escribiré.

Ester se despide con dos besos a Paloma y con otros dos a Meri. Luego sale de la habitación dejando solas a las dos chicas. Éstas, por fin, se miran fijamente y se dan un beso en los labios. Es cortito, vigilando que no viene nadie y con prisas, pero ambas lo necesitaban.

—Es un encanto. Me gusta mucho esa chica.

—Ya te lo dije.

—¿Estabas muy enamorada de ella?

—Pues... menos que de ti.

—Es mucho más guapa que yo. Seguro que te excitaba.

—¡Qué dices!

—Que seguro que te gustaba mucho.

—¡Es mi amiga! No pienso en ella de esa manera.

—¿En mí si piensas así?

—Por favor, calla. No estamos en el sitio adecuado para hablar de eso.

—He visto películas porno a escondidas en las que lo hacen en habitaciones como ésta. No te gustaría que... tú y yo...

—Pero... Paloma, ¿estás mal de la cabeza?

—Por lo visto sí.

La chica suelta otra carcajada, que no dura mucho porque vuelve a sentir el dolor punzante de antes. Meri en esta ocasión sí se da cuenta y le acaricia la frente con mucho cuidado.

—¿Te encuentras bien?

—Sí. Muy bien. Sólo me ha dado un tirón en el cuello —miente.

—¿Seguro que no es la cabeza?

—No, te lo juro. Ha sido el cuello. Será de estar tanto tiempo tumbada aquí. Me quiero ir a mi casa.

—Eso lo decidirán los médicos.

—Sabré yo si estoy bien o no —protesta, acurrucándose con la almohada y las mantas—. Quiero irme.

—Tú harás lo que te diga el doctor.

La joven se lamenta una y otra vez. No comprende que deba estar allí tumbada, sin poder salir. Las protestas continúan hasta que suena el teléfono de Meri. Ésta le pide silencio antes de contestar. No tiene ese número en su agenda de contactos.

—¿Sí?

—Hola, buenas tardes. ¿Eres María?

—Sí, soy yo —responde, con curiosidad. Aquella voz la conoce.

—Soy Susana, la madre de Elísabet.

No le sorprende. Había imaginado que era ella. No la ha visto muchas veces, pero sí las suficientes como para reconocerla al hablar. Lo que sí resulta un gran misterio es el motivo por el que la llama.

—¿Qué tal? Me alegro mucho de que Eli haya vuelto a clase y...

—No está en casa ahora. Ha desaparecido.

—¿Cómo? ¿Que ha desaparecido?

—Sí. Debería haber vuelto hace un rato y todavía no lo ha hecho. La he llamado, pero su celular está fuera de cobertura. Quería saber si estaba contigo o sabes algo de ella.

—No. La última vez que la vi fue este mediodía cuando nos despedimos al salir de la escuela.

—Ah. Vaya.

La mujer le explica que por la tarde su hija salió a tomar café con una amiga a la que hacía mucho que no veía y que le prometió que volvería a las siete. Elísabet le dijo que no era una chica del grupo, pero como no sabía a quién acudir, ha decidido llamarla a ella. El suyo era el único número que tenía en su agenda, aparte del de Valeria y Raúl. Estaba al corriente del problema que su hija tuvo con ellos dos y no quería molestarlos por un asunto así. Al menos, no todavía. Por eso había recurrido primero a ella.

—Pues lo siento mucho, Susana. Pero no sé nada.

—¿Y no sabes con quién ha podido haber ido? Si ha hablado esta mañana con alguna chica de otra clase con quien tuviera cierta amistad...

—No, no sé nada. Con Ester tampoco ha quedado porque acaba de irse de donde estoy yo. Si quiere, llamo a Bruno a ver si él sabe algo.

—Muchas gracias, María. Te lo agradecería. Si te enteras de alguna novedad, avísame.

—Descuide. Espero que aparezca pronto.

—Yo también lo espero. Estoy muy preocupada.

—Tranquila. Todo estará bien.

La chica cuelga y en seguida marca el número de su amigo. Está segura de que con él no está, pero puede que Elísabet haya quedado con Alba. También con ella tenía cuentas pendientes y, tal vez, haya ido a pedirle disculpas.

—¿Qué pasa? —le pregunta Paloma, que no entiende muy bien lo que está ocurriendo.

—Ahora te lo cuento. Un minuto... ¿Bruno?

Pero la voz que responde al otro lado del celular del chico no es la de él.

—Hola, Meri, ¿cómo estás?

—Ah, hola, Alba. Bien, ¿y tú?

—A punto de irme a mi casa a estudiar. Estoy en la de Bruno.

—Lo imaginaba, ¿puedo hablar con él un momento?

—Creo que sí. Está discutiendo con su madre. Espera, ya lo llamo.

—Gracias. Un beso.

—Otro para ti.

Treinta segundos más tarde, sí que es el joven el que se pone al teléfono.

—¿Pelirroja?

—Hola, Bruno. Muy ocupado por lo que veo, ¿no?

—Mi madre, que se empeña en meterse donde no la llaman.

—Eso nos pasa a todos con nuestros padres.

—Te aseguro que la señora Esperanza supera a todos los padres y madres del universo —concluye, resoplando—. ¿Qué pasa? ¿Hay algún problema?

—Eli ha desaparecido.

—¿Cómo? ¿Que ha desaparecido?

—Sí, me ha llamado su madre muy preocupada. Alba y tú no saben nada, ¿verdad?

—No. Hemos estado aquí toda la tarde solos.

—Lo imaginaba. Pero por si acaso...

—Ha durado poco la normalidad.

—Muy poco —resuelve Meri—. Bueno, sólo te llamaba para eso. Te tengo que dejar, que estoy muy ocupada. Dales muchos besos a Alba y a Ester cuando la veas ahora en tu casa.

—¿Ester viene a mi casa?

—¿No han quedado para estudiar juntos matemáticas?

—No, que yo sepa. Habíamos hablado de hacerlo, pero no hemos quedado al final.

—Ah. Pues... no sé. Tal vez he entendido mal —indica la chica, segura de haber entendido perfectamente lo que su amiga le ha contado hace unos minutos—. Bueno, me voy. Nos vemos mañana.

—Adiós, pelirroja.

—Adiós.

María cuelga y se queda pensativa. Paloma la mira expectante. Quiere saber de qué trata todo aquello. E insiste en preguntarle a su novia.

—¡Cuéntame qué ha pasado con tu amiga Elísabet! ¿Se ha fugado de casa? ¿La han raptado? ¿Se ha escapado con algún tipo?

—No lo sé. No sé qué ha pasado con Eli. Es un misterio.

Como misterio es para ella y también para Bruno dónde ha ido Ester esa noche y por qué le ha mentido.

En el 40 Café está la respuesta. Y alguna que otra pregunta más que de momento nadie está capacitado para contestar.

Capítulo 24

Su madre la va a matar. Pero es que con él se le ha ido el tiempo volando. Hacía mucho que no la pasaba tan bien, que no hablaba con un chico tan agradable. ¡Y tampoco es tan tarde! Sólo algo más de las ocho; si ni siquiera ha anochecido. ¿Qué hora de regreso es ésa para una chica de su edad? Sí, lo reconoce: no tendría que haber apagado el celular. Pero si quería estar a solas con él y que nadie los molestara, era totalmente necesario.

Todo el mundo estará muy preocupado por ella. Quizá la castiguen de por vida. Da igual. Hoy a Elísabet todo le da lo mismo. Él es tan... maravilloso. Tan especial.

Llama al timbre de su casa, sabiendo lo que la espera detrás de esa puerta. Su madre abre y en cuanto la ve, levanta la mano para darle una bofetada. Sin embargo, Susana se contiene y la abraza.

—¿Tienes idea de lo preocupada que estaba por ti?

—Perdona, mamá. Me he retrasado un poco —contesta Eli, entrando en casa.

—¿Dónde estabas?

—Con una amiga tomando café. Ya te lo dije. Nos hemos puesto a charlar de un montón de historias y se nos ha echado el tiempo encima.

—¿Y por qué tenías el celular apagado?

—¿Lo tengo apagado?

—Sí, desde hace horas.

La chica busca en su bolso y finge que no se había dado cuenta.

—¡Ay, pues es verdad! ¡Lo siento! ¡Ni me di cuenta!

—¿Y cómo sabías la hora que era y que llegabas tarde?

—Porque mi amiga tenía reloj y me avisó de que eran las ocho.

—¿Quieres que crea que una adolescente es capaz de estar sin mirar su teléfono durante más de tres horas?

—¿Es más creíble que con dieciséis años mi horario de regreso sean las siete de la tarde?

—Llevabas mucho sin salir sola. Y...

—Admítelo, mamá. Estabas preocupada por si me había fugado con Alicia a algún lugar perdido del mundo —se defiende contraatacando.

—Te dije que si te retrasabas, llamaras. No era algo tan complicado.

—Ya te he dicho que no me he dado cuenta de que era tan tarde hasta hace poco. No me ha dado por mirar el celular. Ya no estoy acostumbrada a que nadie me llame.

—No te creo, Elísabet.

—Claro, ¿cómo vas a creer a la loca de tu hija?

—Tú no estás loca —replica Susana, intentando calmarse—. Pero si quieres que confíe en ti, debes decirme la verdad en casos como éste.

—Te estoy diciendo la verdad. Siento que no me creas. Se me pasó la hora y no me di cuenta de que el teléfono se había apagado. Punto. —Y tras decir esto, se da la vuelta y se marcha a su habitación.

Le duele mentirle, pero se niega a reconocer a su madre que ha pasado la tarde con un chico. Un chico que la comprende, con el que vuelve a sentirse viva. Gracias a quien, por fin, ha dejado de pensar en Raúl. ¡Raúl es historia! Ángel es el nuevo amor de su vida.

Capítulo 25

Si le pagaran por cada una de las veces que ha suspirado en la última media hora, se habría hecho millonaria. Valeria cambia de canal inconscientemente, sin prestar atención a la tele. Se siente sola, abatida y sin ganas de nada.

Es muy curiosa y significativa su soledad: tiene novio, otro chico que le tira la onda, un nuevo «padre» y dos hermanas de improviso y, sin embargo, se siente como si nadie estuviera de su lado en ese momento. Ni el constante silbidito de su loro *Wiki* la anima.

Antes ha llorado, aunque no ha sido durante mucho tiempo. Fue cuando Raúl se despidió de ella. Prometió que la llamaría al regresar de su cena con Wendy. Al final, aquella chica de pelo anaranjado decidió no pasar el resto del día sola. La ha visto a través de la cámara de la computadora de su novio y le ha parecido... diferente. ¿Le gustará a él? Podría ser. Su aspecto es el de una muchacha frágil, ni guapa ni fea. Pero con un halo especial. Notó algo que le preocupa. Y es que no paraba de colocarse el pelo detrás de las orejas mientras hablaba con Raúl. ¿Una señal? Las chicas observadoras entienden de ese tipo de gestos. Sin embargo, no va a sacar conclusiones precipitadas.

Apaga la televisión, tras un nuevo suspiro, y abre el libro que tiene sobre la mesa del salón. Debe ponerse a estudiar o la semana que viene se asemejará al infierno de Dante.

Español. Análisis sintáctico. Subordinadas. Odia las subordinadas y mucho más al que las inventó. ¿Cómo se le ocurriría a alguien fastidiar a los estudiantes con algo así?

Me emociona que me digas esas cosas cuando me miras a los ojos.

¿No había otro ejemplo? ¿Es que la profesora sustituta de Español también está enamorada? Desde que llegó a la escuela, ella y sus compañeros la vieron como una solterona incapaz de estar con un hombre. Pero ya lo decían en la película *Realmente amor:* «El amor está en todas partes». Y el suyo, ¿puede estar en dos sitios a la vez? ¿En Valencia y en alguna estación de metro de Madrid? No quiere ni pensarlo. Ella está enamorada de Raúl.

Raúl, Raúl, Raúl...

—¡Mi novio se llama Raúl! —grita en un arrebato, lanzando el lápiz contra el cuaderno de Español.

Se va a volver loca. Sigue sin saber por qué ha intentado besar a César. Con él siempre ha estado a la defensiva. Poniendo freno a cualquier cosa que ha intentado con ella. En las veces que se han encontrado desde que regresó de Inglaterra y en cada una de las ocasiones en que coincidieron antes de que se fuera.

Sonríe cuando recuerda esos encuentros casuales o no tan casuales. Que un chico así se haya fijado en una chica tan simple como ella sólo pasa en las películas. Y en los libros de romántica juvenil. Es como cuando Edward se enamoró de Bella. Y luego aparece Jacob. En su historia, ¿quién es Edward y quién es Jacob? Bah, *Crepúsculo* está bien, pero ahora prefiere *Los juegos del hambre*. Ya le gustaría ser como Katniss Everdeen...

¡Las subordinadas! ¡Debe centrarse en el ejercicio y resolver aquella estúpida oración subordinada!

Pero justo en el momento en que toma el lápiz para emprender un nuevo y desesperado intento, suena el interfón del departamento. Se levanta con torpeza, dejando caer el cuaderno y el lápiz, y corre hacia el pasillo.

—¿Sí? ¿Quién es?

—Soy yo. ¿Me abres?

—¿Tú? ¿Qué quieres?

—Hablar contigo. Ábreme, por favor.

—No. No pienso abrir. —Y cuelga el teléfono enfadada.

¡Cómo se atreve a ir a su casa! César no tiene límites. Después de lo que ha pasado antes en la cafetería, no pinta nada allí.

Pero el joven no se da por vencido y vuelve a tocar el timbre. Valeria alcanza de nuevo el auricular y escucha al joven enervada.

—Déjame entrar. Vengo en son de paz.

—No. No quiero que subas.

—Pues baja tú.

—No pienso bajar. Vete, estoy estudiando.

—Vamos, Val. Sólo será un momento.

—Siempre dices lo mismo. Siempre es un momento. Y al final...

—Al final, se alarga la cita y terminas intentando besarme.

La chica se pone roja, aunque sabe que tiene razón. La culpable de aquello es ella. Aun así, no piensa abrirle la puerta.

—Vete, por favor. Adiós. —Y de nuevo cuelga auricular del interfón con rabia.

En cambio, aquella forzosa despedida no desmoraliza al chico, que continúa insistiendo. Llama varias veces más, pero Valeria ya ha tomado una decisión. No piensa abrirle la puerta. Un par de minutos después, el interfón deja de sonar y ahora empieza a hacerlo el celular. ¡Es su número! César intenta hablar con ella a través de su teléfono. Sin éxito. No tiene ganas de escucharlo ni de decirle nada. Silencia el volumen e intenta centrarse de nuevo en las subordinadas.

Se repite en voz baja cuál es la oración principal y cuál la subordinada de aquella frase. Dónde está el sujeto, dónde el predicado... el verbo es ¿transitivo?... ¿Y eso es un complemento del nombre? ¡Ahhh! ¡Maldito César! Es imposible concentrarse así.

Alcanza el celular y ve las siete llamadas perdidas. Aunque da la impresión de que ya ha parado. ¿Se habrá aburrido? Aquello es demasiado para su ánimo. Abandona una vez más el lápiz sobre la mesa y se cubre la cara con las manos. Se frota con ellas las cejas, los párpados y las mejillas. No puede más por hoy.

Necesita relajarse, olvidarse de César, de Wendy, de Ernesto, de Elísabet, hasta de Raúl... Se tumbará en la cama y le escribirá un WhatsApp para avisarle de que se va a dormir. Que no la llame después de cenar.

Sostiene el celular en las manos cuando la puerta de

su casa se abre. Escucha dos voces que dialogan. Una es masculina y otra femenina. La de ella es la de Meri. Y la de él... ¡César!

—Hola, Val. Esta guapa señorita me ha abierto.

—Qué casualidad que nos hayamos encontrado en la puerta. Me ha dicho que es amigo tuyo —indica Meri, guardando las llaves en su chamarra.

Los ojos de Valeria irradian ira y odio hacia ambos. Sin decir nada, toma de la mano al chico y se lo lleva a su habitación.

—¿Qué pasa contigo? —le dice, cerrando la puerta—. ¿No me vas a dejar tranquila?

—¿No te parece que deberíamos hablar de lo que ha pasado antes?

—No ha pasado nada.

—Has querido besarme —afirma sonriente, acercándose a la jaula de *Wiki*—. Es bonito este pájaro.

Le silba y él le responde de la misma forma. Valeria intenta contener sus impulsos y trata de calmarse, respirando hondo. Está claro que César no tiene intención de irse de allí hasta que hablen. La chica retira la silla de su escritorio y se sienta en ella.

—A ver, dime lo que quieras. Te escucho.

El joven la observa de arriba abajo y decide sentarse en la cama. Apoya una mano en la barbilla y con la otra tamborilea sobre el colchón. Transmite serenidad; un control perfecto de todas sus emociones.

—Creo que debemos empezar a salir juntos —comenta, después de unos segundos en silencio.

—¿Otra vez con ese tema? Tengo novio.

—Pero yo te gusto.

—No voy a volver otra vez a lo mismo. No me gustas.

—¿Y por qué querías besarme?

—No lo sé... Se me fue la cabeza un segundo. Ya está. Olvidemos el tema.

—Te estás enamorando de mí, Valeria. Sólo te falta reconocerlo.

La chica agacha la cabeza y niega de un lado a otro. De fondo, se escucha el graznidito de *Wiki,* que tiene ganas de jugar. César imita su sonido y el loro le contesta.

—¿Por qué no dejas de intentarlo? Soy feliz con Raúl. Estoy enamorada de él. Puede que me gustes, pero...

—Así que, definitivamente, reconoces que te gusto —le interrumpe.

—Sí, me gustas. ¿Contento? Pero «gustar» no significa que esté enamorada de ti. «Gustar» significa...

—Shhh. Ya está. Eso es todo lo que quería escuchar.

César se levanta de la cama, se aproxima a *Wiki* y se despide de él con un nuevo silbido. El pájaro le responde con otro y mueve la cabeza arriba y abajo, limando el pico con una de las barritas de la jaula.

—¿Te vas?

—Sí. He me quedé de ver para cenar con una amiga.

—Me parece perfecto.

—¿Que me vaya o que cene con otra chica?

—Las dos cosas.

—¿No estarás celosa?

—¿Yo? ¿Es broma? —dice al tiempo que se pone en pie y lo acompaña hasta la puerta de la casa—. ¡Ojalá te cases con ella y me dejes en paz a mí!

—¿Sabes una cosa?

—¿Qué?

—Te ves muy guapa cuando te pones celosa.

Y sin que se lo espere, le obsequia con un beso en la mejilla. Un solo y suave beso al lado de sus labios.

—Eres un menso. El mayor menso que he conocido.

Pero César no le responde. Abre la puerta y baja por la escalera. Valeria lo observa hasta que desaparece de su vista. Cierra y camina hasta su habitación sin prestar atención a Meri, que continúa por allí.

Se tumba en la cama y reflexiona muy alterada sobre lo que acaba de pasar. ¿Y esa media sonrisa? Ni ella misma se lo explica. Qué lío tiene en la cabeza. Lo único que saca en claro de todo aquello es una cosa: esa noche va a ser imposible estudiar las oraciones subordinadas.

Capítulo 26

Llega un poco tarde. Son casi cuarto para las nueve. Pero a Ester le ha sido imposible estar antes en el 40 Café. En lo que más tiempo ha perdido ha sido eligiendo lo que se iba a poner. No podía arreglarse demasiado, pero tampoco ir vestida como si fuera a la escuela. Al final, un vestido blanco, botas altas negras y una chamarra de mezclilla.

> Lo siento mucho. Me he entretenido más de la cuenta en el hospital. ¡Espérame! Llego en quince minutos.

Es lo que Ester le ha escrito a Félix para tranquilizarle. Sabe que el chico se impacientaría si no la viera aparecer a la hora a la que habían quedado. Por eso le ha mandado el WhatsApp.

> No te preocupes. No me voy a ninguna parte. Te espero aquí, con mi supercalculadora preparada para la lucha.

Su respuesta no se había hecho esperar. Es extraño quedar de verse con alguien para estudiar en un lugar como al que van. El restaurante de los Cuarenta Principales no parece el sitio idóneo para adentrarse en el mundo de las derivadas y al que llevar de acompañante una calculadora. Pero las mejores experiencias a veces suceden en los lugares menos apropiados.

Baja la Gran Vía, caminando deprisa. A lo lejos lo ve, en la puerta del 40 Café, con ese aire de nerd de *high school* norteamericana. Sin embargo, Félix posee un atractivo especial. Y le gusta, no puede negarlo. Está jugueteando con el celular y taconeando con el pie izquierdo. No se ha arreglado demasiado, pero se ve guapo con esa chamarra negra y sus pantalones de mezclilla azul. Cuando se da cuenta de su presencia, guarda el teléfono en el bolsillo y sonríe.

—Hola, perdona el retraso —suelta Ester, antes de darle dos besos.

—No pasa nada. Estaba estudiando Español.

—¿En el celular?

—Sí. Tengo una aplicación para hacer análisis sintáctico. Es muy útil.

—Nunca te relajas, ¿eh?

—Espero hacerlo ahora, contigo —comenta, colocando una mano en su espalda—. ¿Entramos?

La chica asiente con la cabeza y juntos pasan al 40 Café. El local está empezando a llenarse, aunque quedan mesas libres. Una joven con una bonita melena rubia y una enorme sonrisa los atiende y les propone elegir el lugar que deseen. Se deciden por una mesa en el lado derecho de la sala, cerca del escenario. Se sientan, uno enfrente del otro, y examinan la carta.

—Esto es muy caro.

—Tú pide lo que quieras. No te preocupes por el precio —señala Félix—. Invito yo.

—No me late. Tú pagas, tú me das las clases...

—Pero has sido tú la que me ha dado la oportunidad de pasar un rato a solas contigo.

—Eso no tiene mérito. Tú has hecho lo mismo.

—Yo no salgo nunca con chicas. No existe comparación posible. Tú tendrás una legión de seguidores.

—No exageres. No es para tanto. Además, lo que importa es la calidad, no la cantidad.

—Ésa es una frase hecha muy recurrente, pero poco veraz —apunta el joven, ajustándose los anteojos—. En según qué, importan las dos cosas o ninguna.

Ester se lo queda mirando sorprendida y termina por reírse. Félix no comprende su reacción y abre los brazos, en señal de interrogación.

—Perdona, es que eres muy gracioso cuando hablas así.

—¿Cuando hablo cómo?

—Así. Tan... metódico. Tan señor mayor.

—¿Piensas que hablo como un abuelo?

—Diría más bien como... un profesor. Pero me gusta. Es interesante. No te preocupes.

El chico carraspea y continúa estudiando su carta. Ella lo observa por encima de la suya. Qué especial es para los chavos. Siempre terminan gustándole los raros. Aunque este chico, salvando a Bruno, se lleva la palma.

Pasan unos minutos, hasta que por fin eligen lo que van a cenar. La mesera les toma la orden y, rápidamente, les trae los refrescos.

—Hoy no voy a poder dormir —comenta Félix, dando un sorbo a su Coca-Cola.

—¿Y eso?

—Por la cafeína. Me afecta mucho.

—¡Pues no te la tomes!

—Una noche es una noche. Escucharé los podcasts atrasados que tengo de «Milenio 3».

—¿Te gustan los programas de misterio?

—Me apasionan.

La pareja empieza a conversar acerca de Íker Jiménez, Javier Sierra, ovnis y psicofonías. Ester no entiende mucho sobre todo aquello, pero escucha atenta lo que Félix le explica. Lo expone de tal manera que la atrapa. Se nota que es un chico inteligente. Superdotado, insinuó alguna vez en una de sus charlas por Skype. Y no le sorprende. Para sacar esas calificaciones no basta sólo con estudiar mucho. Él dispone de ese extra que no tiene la mayoría: una mente privilegiada.

Mientras hablan, la mesera les sirve la comida: hamburguesas de colores y una ensalada cuatro estaciones para compartir.

—¿Te gusta?

—Sí. Es la primera vez que me como una hamburguesa azul —indica Ester, después de dar un gran mordisco.

—Ya no saben qué inventar para parecer innovadores. Aunque tengo que reconocer que no está mal. La carne, un poco más cocida de la cuenta. Pero está rica.

—Y el sitio es muy bonito —añade la chica, mirando hacia un lado y otro—. Muchas gracias por traerme aquí a estudiar.

—¿Saco ya los apuntes?

—¡Espera a que terminemos la hamburguesa! ¡Relájate, hombre!

Mientras cenan, el restaurante se llena por completo. Y es que lo que no saben Félix y Ester es que la gran mayoría de los presentes ha ido a ver a la *girl band* de moda.

—Y ahora, el momento de la noche que todos han estado esperando. Con todos ustedes... ¡las Sweet California! —grita un presentador desde una de las cabinas de la sala.

El público aplaude cuando ve aparecer en el escenario a Alba, Sonia y Rocío. Ester también les dedica una gran ovación, pero Félix casi se atraganta con la hamburguesa. ¡Él no contaba con eso! ¿Cómo van a estudiar con aquel jaleo? Ni siquiera es su estilo de música preferido.

El miniconcierto de las Sweet California empieza con una versión de *Grenade*, de Bruno Mars. Cuando termina la primera canción, de nuevo, un gran estruendo en la sala.

—¿Tú sabías algo de esto? —le pregunta la chica, a gritos.

—No, nada. Casualidad.

—¡Me encantan estas chicas!

—Y a mí —miente el joven, pinchando el último trozo de lechuga de la ensalada.

—¡Son increíbles!

Sin embargo, aquel momento de felicidad de Ester se ve enturbiado cuando un grupo de doce chicas y un chico entra en la sala. Los trece se sientan en una mesa reservada cerca de la suya. En seguida, Félix se percata de que algo malo está pasando aunque desconoce qué puede ser.

¿Qué es lo que ha visto su amiga que le ha cambiado la cara por completo?

Capítulo 27

El restaurante del hotel es elegante, refinado y con mucha clase. Tal vez, de haberlo sabido, habrían ido vestidos de otra manera. Así lo piensan cuando ven a los clientes que ocupan el resto de las mesas. Mujeres y hombres perfectamente arreglados, como en plena gala de Nochevieja, dando buena cuenta de pequeños platos de degustación.

—Por lo menos no hemos bajado en pijama —señala Raúl mientras observa la carta con el menú.

—Lo que es una suerte es que no tengamos que pagar. —Wendy plancha con la mano el vale de la cena para que no se le estropee más.

—Sí, eso también.

—¿Has visto estos precios?

—Es prácticamente lo único que entiendo de la carta. Y eso que soy hombre de letras.

La ironía del chico agrada a Wendy, que sonríe y también examina el menú. Durante varios minutos leen y releen cada uno de los platos y sus ingredientes, sin tener ni idea de lo que pedir.

—¿Te has decidido ya?

—No. Pero tengo una idea —indica el joven, cerrando la carta—. ¿Nos vamos a la pizzería que está enfrente? La he visto desde el taxi y tenía buena pinta.

—Me encanta la pizza. Aunque no traje mi dinero.

—Yo sí. No te preocupes, te invito yo. Mañana pagas tú el desayuno.

—Viene incluido. Y si la cena es así, no me quiero imaginar cómo será el bufé del desayuno. ¡Eso sí que no me lo pierdo!

—Da igual. Consideraré la cena de esta noche una inversión de negocios. Algún día quizá me sirva de algo decir que invité a cenar a la famosa directora de cine Wendy... ¿Qué más?

—Smith. Típico apellido norteamericano. Mi padre era de Cleveland, Ohio... Aunque aquí en España, desde muy pequeña, me conocen como Wendy Minnesota.

—Bien, entonces, Miss Minnesota, ¿nos vamos a la pizzería?

—Vamos.

Los dos se levantan, se despiden de uno de los meseros con una reverencia y salen del restaurante.

—¿Por qué viniste a España?

—Porque a mi padre le salió un trabajo aquí.

—¿A qué se dedica?

—Es... Era... jugador de basquetbol —contesta, entrando en la puerta giratoria del hotel—. Ahora tiene una tienda de deportes.

Aquello sí que no se lo esperaba Raúl, que sale detrás de ella. En la calle no hace ni frío ni calor. Todavía no ha anochecido, aunque la luna ya preside el cielo de Valencia.

—¿Jugó en la NBA?

—¡No! No todos los americanos que juegan al básquet llegan a la NBA. Fue un base importante en su universidad, pero no consiguió dar el salto.

—Y se vino aquí a España.

—Sí, estuvo en varios equipos: Valladolid, Canarias, Lugo... y, finalmente, Madrid.

—¿Y tú ibas con él?

—Claro, con mi madre. Aunque era muy pequeña y no recuerdo mucho.

La pareja entra en la pizzería tras cruzar al otro lado de la calle. En seguida los atiende un mesero calvo, con un gracioso bigotillo. Se sientan y sin pensarlo mucho piden una pizza grande de champiñones, ternera y extra de queso para compartir y dos Coca-Colas.

—¿A ti te gusta el basquetbol? —le pregunta Raúl, retomando la conversación anterior.

—Mucho. Pero... no se me da muy bien. Como todo lo que intento hacer.

—Eres muy pesimista.

—Soy realista. Jugué un par de temporadas en el equipo de mi escuela. Metí la pata en varios partidos y lo dejé. Mis compañeras me odiaban y se burlaban todo el tiempo de mí.

—¿Te odiaban?

—Muchísimo. Fallé demasiadas veces. Y ellas eran muy competitivas. Querían ganar a toda costa y tener en su equipo a una torpe como yo no ayudaba a sumar victorias. Perdimos varios partidos por mi culpa.

Wendy le cuenta a Raúl algunas anécdotas de su desafortunada experiencia como jugadora de basquetbol. El chico la escucha atento y siente lástima por ella. Tiene la impresión de que se encuentra bastante sola y que nunca ha encontrado su sitio, ni un grupo de amigos que le dé confianza. Es una verdadera incomprendida.

La pizza llega y empiezan a comer mientras continúan hablando.

—Hay un refrán que dice que lo que no te mata te hace más fuerte. Así que todo lo que te pasó cuando jugabas te servirá de experiencia para el futuro y te fortalecerá. Las cosas irán mejor, ya lo verás.

—No sé yo... El año pasado también lo intenté con la música. Un grupo buscaba a una cantante y probé suerte a ver qué tal.

—No me digas que también te gusta cantar.

—Sí. Mucho. Y en mi casa y en los ensayos no lo hacía del todo mal. Pero dimos un par de conciertos en dos bares de Madrid y todo salió al revés.

—¿Desafinaste mucho?

—¿Mucho? No di ni una nota bien. Y me olvidaba de las letras de las canciones.

—¿Y qué pasó? ¿No sigues en el grupo?

—No. Encontraron a otra chica que cantaba mejor y era mucho más guapa que yo. Éstos no fueron tan crueles como las del basquetbol, pero sí más directos y sinceros. No podían permitirse el lujo de contar con una solista que arruinara los conciertos y decidieron sustituirme.

—Vaya. Lo siento.

—No pasa nada. En realidad, nunca me terminé de llevar bien con ellos. Apenas estuve un par de meses en la banda.

La sonrisa melancólica de Wendy desaparece cuando se lleva a la boca una porción de pizza. Raúl la observa, al tiempo que muerde su trozo. No la conoce tanto como para juzgar si está dramatizando y exagerándolo todo. Pero hay una cosa que ya tiene clara: aquella muchacha, que por su aspecto parece sacada de las aventuras de Tom Sawyer, es distinta a la mayoría de las chicas de su edad.

—Así que eres jugadora de basquetbol, cantante y directora de cine.

—Aspirante a todo eso. Pero en lo único que no he fracasado todavía ha sido en lo del cine. Hasta mañana, cuando digan el ganador del concurso y escuche tu nombre.

—¿Por qué piensas así? Tenemos las mismas posibilidades.

—Porque yo soy Wendy Minnesota. Incapaz de conseguir y de ganar nada.

En esta ocasión responde con tranquilidad. Masticando despacio, con cierta desgana. Lo dice porque realmente lo cree. No habría nada en el mundo que en ese momento le hiciera más feliz que conseguir el primer premio de aquel certamen. Pero su propia inseguridad, su pasado y el haber conocido a un rival tan fuerte como Raúl la hacen pensar en perdedor.

—¿Puedo decirte algo con todo el cariño del mundo?

—Lo que quieras.

—Me parece que te estás dejando una parte muy importante de tu historia.

—No te entiendo. ¿A qué te refieres? ¿Qué parte?

—La parte buena de todo lo que me has contado.

—No hay parte buena, Raúl.

—¿Que no? Si fallaste en aquellos partidos, fue porque el entrenador te puso. Si desafinaste en aquellas dos actuaciones, fue porque un grupo te eligió para cantar con ellos. Y si mañana no consigues el premio, quedarás segunda, porque un jurado te ha seleccionado como finalista de un concurso muy prestigioso.

—Pero...

—No te compadezcas de ti misma, Wendy. Yo lo hacía. Y no conseguí nada de esa forma. Fue cuando descubrí que si te caes, te tienes que levantar. Y si vuelves a tropezar, hay que ir arriba de nuevo. No importa las veces que tropieces y te caigas, siempre hay que levantarse e intentar seguir adelante.

La joven suelta en el plato el trozo de pizza que está comiendo. Se coloca el pelo por detrás de la oreja y se echa hacia delante en su silla.

—No me comprendes.

—Sí que te comprendo. Piensas que todo te sale mal y que las cosas siempre van a ser así. Pero no te das cuenta de que lamentándote no vas a lograr que mejoren.

—Las cosas sólo mejorarán si gano mañana.

—Sólo será algo provisional. Debes cambiar tu actitud ante la vida. Demostrarte a ti misma que no eres tan débil como dices ser.

—¿Crees que presumo de débil o que me estoy haciendo la víctima?

—Creo que tienes que cambiar tu forma de plantearte las cosas.

El rostro de la chica se endurece. La mirada que lanza a Raúl es similar a la que le echó en el tren cuando creyó que la estaba menospreciando.

—No sé qué hago aquí cenando con mi contrincante de mañana —dice muy seria, levantándose de la silla—. Debería estar descansando en mi habitación.

—¿Te vas?

—Sí. No quiero seguir escuchando opiniones sin co-
nocimiento sobre cómo me tengo o no que comportar
frente a los problemas. No he venido aquí para recibir
lecciones.

—No era mi intención molestarte. Sé cómo te sientes. De verdad.

—No tienes ni idea. No sabes lo duro que puede resultar ser yo. Es sencillo hablar y soltar todo eso que me
has dicho. Pero no me sirve.

—Si te he ofendido, lo siento. Sólo era un consejo
de alguien que se ha sentido muchas veces como te
sientes tú.

Pero Wendy ya no lo está escuchando. Abre la puerta de la pizzería y se marcha con paso firme y decidido
al hotel. Raúl está a punto de salir tras ella. En cambio,
se queda en la mesa y alcanza otra porción de pizza. Le
gustaría ayudar más a aquella joven y demostrarle que
en la vida hay que sobreponerse a los problemas. A él se
le murió su padre, su madre estuvo enferma y llegó un
momento en el que se encontraba solo en el mundo.
Sin embargo, superó todo aquello como pudo. Con
fuerza, con valor y con amigos. Algo que, por lo visto, le
hace mucha falta a esa chica de Minnesota.

Capítulo 28

—¿Qué te pasa, Ester?

—Ése es... mi ex... mi exentrenador de voleibol —responde la joven, en voz baja, aproximando su rostro al de Félix.

Rodrigo aún no la ha visto a ella. La mesa en la que se ha sentado junto a doce chicas, más o menos de su edad, está muy cerca de la de ellos. Sin embargo, es tal el alboroto que han formado las muchachas al llegar y comprobar que estaban cantando las Sweet California, que no ha prestado atención a nada más.

—Ah. ¿Y no terminaron bien?

—Bueno... Acabamos regular.

—¿No te ponía a jugar?

—Entre otras cosas.

No quiere confesarle que entre ambos no sólo hubo una relación entrenador-jugadora. Rodrigo la enamoró, la hizo sufrir de lo lindo y aprendió con él que las apariencias engañan. Fue su todo y se convirtió en su nada.

—¿Quieres que nos vayamos?

—No. No quiero irme —contesta enérgica—. Quiero terminar de cenar tranquila, escuchar a las Sweet California y estudiar matemáticas contigo.

—No sé si lo último será posible con tanto jaleo.

—Bueno, si no se puede estudiar hoy, siempre podemos vernos mañana —comenta Ester, y sonríe arrugando la nariz.

A ella no le molestaría repetir cita. Es más, estaría encantada. Félix es un tipo singular, que la atrae, y le gustaría seguir conociéndolo fuera de la escuela.

—Pues sí, vamos a tener que vernos mañana, porque hoy aquí no vas a entender nada de lo que tengo que explicarte.

—No sé si lo entenderé aunque estemos en completo silencio.

—Habrá que comprobarlo.

La joven asiente con la cabeza, aunque de reojo observa a Rodrigo, que ahora conversa de pie animadamente con una de las chicas que están sentadas en su mesa. Es una muchacha muy guapa, con el pelo largo rubio recogido en una coleta, y el flequillo recto. No sabe qué le habrá dicho al oído, pero los dos se están riendo. De repente, los ojos de su exentrenador reparan en su presencia. Su sonrisa desaparece. Le comenta algo a la chica con quien hablaba y se encamina hacia la mesa de Ester y Félix.

—Viene hacia aquí.

—Ya lo veo —indica ella nerviosa.

—¿Te encuentras bien?

—No lo sé.

En ese momento, las Sweet California comienzan a cantar *Infatuated,* su primer gran éxito. Muchos de los presentes se ponen de pie y se acercan hasta el escenario para acompañarlas. Entonces, Félix agarra a la chica de la mano y la saca a bailar ante la incredulidad de ésta. Rodrigo se detiene y los contempla a unos metros de distancia.

—No sabía que te gustara bailar.

—Odio bailar.

—Pues no se te da mal.

—Gracias... Hubo algo entre ese tipo y tú, ¿verdad? —le pregunta el joven, pegando la boca a su oreja.

—¿Cómo dices?

—Se te nota, Ester. Uno no se altera así cuando ve a un exentrenador. ¿Estabas muy enamorada de él?

La canción avanza hasta el estribillo. La gente se vuelve loca tarareándolo, saltando y aplaudiendo.

—¡Mucho! ¡Demasiado! —le grita al oído.

—¿Sigues sintiendo algo?

—No. Absolutamente nada.

—¿De verdad? ¿Me lo prometes? —le pregunta Félix, agarrándola por los hombros.

—Te lo prometo.

Las manos del chico se deslizan hasta su cintura. Ella se contonea divertida, cierra los ojos y canta a pleno pulmón la estrofa del tema que está sonando. Él la contempla, en silencio, moviéndose al ritmo que ella marca.

—Entonces, ¿no tengo que preocuparme por ese tipo?

—Por supuesto que no.

—¿Y por algún otro?

Ester no contesta. Vuelve a cerrar los ojos y sigue bailando *Infatuated*. Pero Félix ahora no la sigue. Se para y espera a que ella vuelva a mirarlo. Ésta lo hace unos segundos después, al darse cuenta de que su amigo ya no baila. Conoce el motivo, pero no está segura de qué respuesta darle.

—¿Qué quieres saber?

—Si te gusta otro chico.

—No lo sé. No sé si me gusta o no. Soy sincera contigo.

—Serías más sincera si me dijeras la verdad.

—Es la verdad. No estoy segura de lo que siento ahora mismo.

—¿Quién es? ¿Lo conozco?

La última pregunta de Félix coincide con el final de la canción. Da la impresión de que el siguiente tema será una lenta porque Alba, Rocío y Sonia se dirigen hacia unos taburetes altos en los que se acomodan. Así que los dos regresan a su mesa, donde se sientan. Eso lo aprovecha Rodrigo para acercarse hasta ellos.

—¡Hola! ¡Hacía mucho que no te veía! —exclama, abalanzándose sobre la chica para darle dos besos.

—Hola. Bueno, es que el tiempo pasa muy deprisa.

—No me volviste a llamar. Ya ni la amuelas.

—Es que he estado muy ocupada con las clases.

Rodrigo sonríe y se fija en Félix.

—¿Eres su novio?

—Soy un amigo —contesta el chico, enderezando sus lentes.

—¿Seguidor de las Sweet California?

—No, hasta hoy no las había escuchado nunca. Pero me están gustando mucho.

—Lo hacen genial y son muy guapas las tres —comenta Rodrigo, mientras empieza a sonar en el escenario una versión de *Impossible*, de James Arthur—. A mis chicas les encantan.

—¿Son de un equipo?

—Sí. Las entreno desde hace un mes. Van las últimas en la liga. Pero les prometí que cuando ganaran el primer partido les daría una sorpresa. ¡Y el sábado me dieron esa alegría!

Ester mira hacia la mesa en la que están las jóvenes. Presta especial atención a la muchacha con la que antes Rodrigo bromeaba. Le recuerda mucho a ella cuando empezó. Hasta lleva flequillo recto en forma de cortinilla. Sólo espera que no pase por lo mismo.

—Seguro ganarán más encuentros.

—Claro que sí. Estamos entrenando muy duro. La temporada que viene darán un salto de calidad. Son mejores de lo que piensan.

—¿Mejores en qué sentido? —le pregunta Félix—. Por lo que veo no están nada mal. La mayoría son guapísimas y tienen un cuerpazo. Seguro que te has fijado bien en eso. ¿Me equivoco?

Aquello deja perplejo tanto a Rodrigo como a Ester. La chica no sospechaba que su amigo podría llevar la conversación por ese camino ni utilizar ese tono con él.

—Yo sólo las entreno. Soy muy mayor para ellas.

—¿Y Ester no lo era? Porque debe de tener más o menos la edad de tus jugadoras. ¿Quince, dieciséis años?

—Déjalo, Félix, por favor.

—Eso, déjalo, Félix —repite Rodrigo, masticando las palabras—. Te estás metiendo donde no te llaman.

El joven resopla, sonríe irónico y se pone de pie.

—Quizá fuiste tú el que se metió donde no debía, señor entrenador.

—¿Qué estás diciendo?

—Que tienes las manos muy largas y te gustan las jovencitas. ¿A cuántas de aquellas pobres te has insinuado ya?

—No voy a consentir que un escuincle como tú me hable así.

—¿Y qué vas a hacer? ¿Me vas a denunciar? ¿O tienes demasiado que esconder?

Su desafío es un puñetazo sin manos al exentrenador de Ester, que contempla estupefacta los acontecimientos que se producen a continuación. Porque si el golpe del chico fue emocional y repleto de sarcasmo, el de Rodrigo es directo a su mandíbula. La cara del joven tiembla al recibir el impacto y sus gafas vuelan por los aires. Se tambalea y cae al suelo tras darse antes con la silla en la nuca.

—¡Qué haces, loco! —exclama Ester, que se agacha para socorrer rápidamente a su amigo—. ¡Cómo te atreves a pegarle!

—¿Tú has escuchado lo que me ha dicho este imbécil? ¿Por qué no le has contado la verdad? ¿Por qué no le has explicado que la que estaba loca por mí eras tú y no me dejabas ni de día ni de noche?

—No has cambiado nada en este tiempo. Sigues igual.

—La culpa es tuya por enredarte con tipos como este niñito. Así es imposible que madures.

—¡Déjanos en paz! ¡Vete!

Pero a Rodrigo no le da tiempo de marcharse. Una persona de seguridad en seguida acude hasta allí y lo saca a rastras del local entre forcejeos e insultos.

La música que se había parado unos instantes continúa sonando en el 40 Café de mano de las Sweet California.

También invitan al equipo de voleibol a abandonar el restaurante. Las chicas salen, una por una, enfadadas y sin entender nada de lo que ha pasado. Ellas también han visto a su entrenador golpear a aquel chavo de anteojos al que, entre el gerente y Ester, ayudan a sentarse de nuevo. Una mesera le trae hielo envuelto en un trapo y se lo coloca con cuidado en el pómulo.

Cuando se quedan otra vez a solas, Ester le reprende.

—¿En qué estabas pensando para decirle todo eso?

—En ti.

—¿En mí?

—Ese tipo te hizo daño, se lo merecía.

La chica suspira, lleva su silla junto a él y se sienta a su lado. Le pide sujetar el trapo con el hielo y él acepta. Ambos sonríen.

—A partir de ahora deja que sea yo misma la que resuelva solita mis problemas.

—No sé si podré resistirme.

—Lo harás. O no volveré a salir contigo.

—¿Sigue entonces en pie lo de mañana?

—Si te portas bien hasta que nos vayamos, sí.

—Procuraré no volver a alterarme si aparece por aquí otro de tus ex —señala Félix, que esboza una de sus medias sonrisas—. Por cierto, no me contestaste. ¿Quién es el chico misterioso que no sabes si te gusta o no?

Ester mueve la cabeza y aprieta el hielo contra su cara.

—Basta de preguntas por hoy. ¿Crees que puedes comerte el postre o te va a doler mucho masticarlo?

Capítulo 29

Su intención era irse a dormir pronto y olvidarse de todo por hoy. Sin embargo, Valeria, al final, hasta ha cenado con su madre, Ernesto y Meri. Los cuatro han compartido una ensaladilla rusa y unos filetes de pollo empanados que la mujer ha subido preparados de la cafetería. Mara ha decidido tomarse la noche libre y pasarla con su familia. Sin embargo, sólo ella y su marido han hablado durante la velada. María casi no ha pronunciado palabra y Val se ha dedicado a responder con monosílabos las preguntas que le hacían.

—Les toca lavar a ustedes —comenta Mara, poniéndose de pie y dándole un beso a su marido en la cabeza.

—¿Otra vez? Me paso la vida fregando —protesta su hija—. Cuando no es en Constanza es aquí.

—Es tu obligación echar una mano.

—¿Y no lo hago?

—Cuando se te antoja...

La chica no quiere discutir. No quiere una bronca con su madre ahora mismo. Ya ha tenido bastante por hoy. Además, Meri ya se ha marchado a la cocina con varios platos en las manos y lo ha hecho sin rechistar. No va a quedar ella como la vaga de la casa.

—¿Tú lavas y yo seco? —le pregunta a la pelirroja, agarrando un paño azul y blanco.

—Va.

Las dos se ponen manos a la obra. No se dicen nada durante unos minutos, sólo se escucha el ruido del agua y el de los trastes al colocarlos en la alacena. Entre ambas existe abundante tensión acumulada que no pueden evitar.

—No tenías que haberle abierto a César —señala por fin Valeria, al tiempo que seca uno de los vasos.

—¿Por qué?

—Porque no.

—¿Y qué querías que hiciera? ¿Dejarlo tirado en la calle?

—No lo sé. Pero por lo menos podías haberme preguntado si quería verlo o no.

María enjuaga un plato y se lo entrega de mala gana a Valeria. Ésta lo toma con fuerza y lo seca con brío.

—Yo no voy a entrar en los problemas que tienes con los chavos. Si veo que un chico está en la calle y quiere entrar en mi casa, lo dejo entrar.

—Es que ésta no es tu casa.

—Hablaba en general. Ya sé que ésta no es mi casa, pero muchas gracias por recordármelo.

—Creo que a veces se te olvida.

—A ti también se te olvida que aquí vive mi padre. Y vive aquí porque está casado con tu madre.

—Bah. El caso es que no deberías haberle abierto a César.

—¿Tienes miedo de que se entere Raúl? Porque no le has dicho nada, ¿verdad?

Valeria deja de secar el vaso y repasa con la mirada a María. No está nada conforme con lo que acaba de preguntarle. ¿Quién es ella para inmiscuirse en la relación con su novio?

—No le he dicho nada porque está en Valencia y no quiero fastidiarle el viaje. Pero en cuanto regrese se lo contaré.

—No sé si deberías.

—¿Por qué? Entre nosotros ya no hay secretos.

—Le harás daño. Pero tú sabrás.

¿Es mejor hacer daño a una persona contándole la verdad o no dañarla ocultándosela? No está completamente segura de lo que tiene que hacer. También existe la posibilidad de que se entere por terceros o de rebote. En ese caso, sería mucho peor. De cualquier forma, hasta el sábado no hablará con él sobre el tema. Si es que finalmente lo hace.

De nuevo, silencio entre las dos. Es difícil para ambas dialogar sin sentirse molesta con la otra. Así que en cuanto terminan de fregar, Val se marcha a su habitación y Meri se dirige al salón junto a su padre y Mara.

Cuando la chica pelirroja entra, su padre está sentado en el sofá y sostiene el teléfono con una mano. Se le queda mirando y él le pide que se acerque.

—Es tu madre —le indica, tapando el auricular.

—¿Y qué quiere?

—Pues... le gustaría saber... qué relación tienes exactamente con una tal Paloma.

—¿Paloma? ¿Le ha pasado algo?

—No. A ella no. Pero por lo visto su madre se ha puesto muy nerviosa cuando se ha enterado de que son novias.

Unos minutos antes...

—No entiendo por qué tengo que quedarme esta noche aquí —dice Paloma, sentada sobre el colchón, rodeando con los brazos sus rodillas.

—Porque lo ha dicho el médico —insiste su madre, que se lo ha repetido una vez tras otra—. Si no te metieras en líos, no tendrías estos problemas.

—Han sido ellas, mamá. Esta vez no tengo culpa de nada.

—Esta vez...

—Y las otras tampoco. Yo sólo me defiendo.

—No entiendo qué les has hecho a esas chicas para que te traten de esa manera.

—Nada.

—Algo te habrá pasado con ellas. ¿Por qué nos lo ocultas?

Paloma resopla y mira hacia otro lado. Siempre terminan hablando de lo mismo. Aunque en esta ocasión todo se ha agravado. Está en el hospital y debe pasar la noche internada allí.

—¿Me das mi celular?

—El doctor te ha dicho que trates de descansar lo máximo posible y que no uses mucho el teléfono.

—Sólo voy a enviar un WhatsApp.

—¿A quién?

—¡Qué más te da! —exclama Paloma nerviosa—. Eres como una policía; tú y papá siempre me están controlando todo.

—Sólo queremos lo mejor para ti.

—Lo mejor para mí ¿no es lo que quiera yo y me haga feliz?

—No. Eso se llama ser una caprichosa —indica tajante la mujer—. Toma tu teléfono. Pero date prisa, debes descansar.

—Estoy más que descansada. ¡Lo que quiero es un filete con papas y marcharme de esta cárcel!

—De momento, conténtate con enviar ese mensaje.

La joven continúa protestando en voz baja. Aunque le duela la cabeza en algunos momentos, no se encuentra tan mal como para permanecer allí toda la noche. Paciencia, no le queda otra. Por lo menos tiene el teléfono para mandarle un WhatsApp a su chica.

Ni te imaginas cuánto odio estar aquí encerrada. ¿Sabes qué me gustaría? Escaparme contigo a la habitación de gritos y chillar mucho. Como una loca hasta quedarnos sin voz. Sin que nadie nos moleste ni nos fastidie. Siento haberles estropeado la tarde a Ester y a ti. Prometo recompensarlas algún día.

—¿Ya has acabado? —pregunta Nieves, acercándose de nuevo hasta su hija.

—No, espera un segundo.

La proximidad de su madre la incomoda, y tapa la pantalla del celular con la mano para que no vea nada. Manda el WhatsApp anterior y escribe un segundo y último, mucho más corto.

Buenas noches. Estoy muy enamorada de ti. Te quiero muchísimo.

Antes de terminar el mensaje y enviarlo, un fuerte dolor le sacude otra vez la cabeza. Deja el celular sobre la cama un instante y se aprieta las sienes con las manos.

—¿Qué te ocurre?

—Nada, mamá. Estoy bien.

—No me mientas. ¿Te duele la cabeza?

—No, sólo es... un pequeño pinchazo. Ya estoy bien.

Pero justo cuando el dolor se desvanece y va a alcanzar su teléfono para completar el WhatsApp, su madre contempla con asombro el mensaje que estaba a punto de mandar. No consigue ver el destinatario al que va dirigido pero sí parte del texto.

—¿Y esto? ¿A quién quieres? ¿Qué significa ese mensaje, Paloma?

—Nada que te importe —responde la joven, escondiendo el celular bajo la almohada.

—No me hables así —la regaña Nieves enfadada—. ¿Por qué le has escrito a alguien que estás enamorada de él?

—¡Eso es sólo asunto mío!

—¡Paloma, no me grites!

—¡Y tú no te metas en mis cosas! —exclama, alzando todavía más la voz.

El grito le provoca otro gran pinchazo en la parte de atrás de la cabeza. No se siente muy bien.

—Soy tu madre. Tengo derecho a saber esas cosas —indica más calmada, tras unos segundos de nerviosismo—. ¿Quién es el chico?

—No quiero decirte nada. Me vas a echar bronca.

—No voy a hacerlo.

—¡Sí lo harás! ¡Tú no lo comprendes!

—Cariño, todos hemos creído estar enamorados cuando somos adolescentes. Pero son sentimientos muy confusos. El amor real es para chicos más mayores. Tú sólo tienes quince años.

—Ya no soy una niña. Puedo enamorarme perfectamente.

—No sabes lo que dices. Ay, Dios mío. Cuando se entere tu padre. ¡Qué disgusto! ¿Quién es el chico?

—¡No te lo pienso decir!

—¿No será un aprovechado de esos de Internet? ¿Es muy mayor?

—¡Déjame ya! ¡Me duele la cabeza!

—Es eso, ¿no? Te pasas el día delante de la computadora. Mira que me lo decía tu padre. Y yo como una ingenua pensaba que era para cosas de la escuela. ¿Te has enredado en un amor de esos cibernéticos?

—¡No es asunto tuyo!

—Dime quién es, por favor. Necesito saberlo.

—¡No!

—¡Es por tu bien! ¡Tu padre y yo necesitamos saber que...!

—¡Olvídame ya! —grita, interrumpiéndola—. ¡Me va a estallar la cabeza!

—¡Pues dime de quién crees que te has enamorado!

—¡Que no! ¡Vete!

—¡No puedo irme sin saberlo! ¡Es por tu bien! ¿No lo comprendes?

—Lo que no comprendes tú es que no es asunto tuyo ni de papá. ¡Es mi vida y siempre se están metiendo en ella!

—¡Porque nos importas!

—¡Mentira! ¡Te odio!

—¡No me hables así!

—¡Es la verdad! ¡No me dejas ni respirar!

—¡Basta ya, Paloma! ¡Dime quién es ese chico de una vez!

—¡No es un chico! —grita Paloma, fuera de sí, lanzando la almohada contra el suelo—. ¡Es una chica! ¡Y se acaba de ir hace un rato de aquí!

Capítulo 30

Valencia está preciosa esa noche de mayo, cubierta de estrellas que rodean a una luna brillante y resplandeciente. Da un paseo por la vereda del río Turia, junto al viejo caudal seco, antes de regresar a su habitación.

Durante ese tiempo, Raúl se ha acordado mucho de Wendy. Esa chica necesita alguien que le dé cariño y apoyo. Quizá, mientras cenaban, la ha presionado demasiado. Lo mejor hubiera sido escucharla y no opinar ni dar consejos. Simplemente, oírla hablar de sus historias. Acaban de conocerse y, tal vez, se ha metido demasiado en su vida.

Pero es que se sentía tan reflejado en ella.

También él la pasó mal porque creía que nadie lo entendía. Nada le salía bien y se encerró en sí mismo, lamentándose de su mala suerte. Una voz que le hubiera animado y le hubiera dicho que la vida es una sucesión de rachas positivas y negativas le habría venido bien. Y es que ha aprendido que siempre hay que afrontar cada etapa con decisión, ganas y mucha fuerza para seguir adelante.

Antes de entrar en el hotel, compra un yogur cubierto de trozos de mango y dulce de leche en Llaollao y se lo come sentado en un banquito de la Gran Vía del Marqués del Turia. Saca el celular de la chamarra y examina las redes sociales y el WhatsApp. No hay nada nuevo de Valeria. Ella también fue una chica incomprendida como Wendy. Seguro que si se conocieran, se caerían genial, como sucedió con Alba. Las tres son jóvenes muy especiales, cada una con su forma de ser propia.

Al pensar en su novia, siente un fuerte sentimiento de melancolía. Le encantaría cobijarla entre sus brazos en esa preciosa noche estrellada.

¿Qué estará haciendo en ese momento?

Encerrada en su habitación, escucha hablar a Ernesto y a Meri. Parece que su amiga se ha molestado por alguna cuestión, pero sobre lo que discutan no es problema suyo. Agarra su reproductor de música y sube al máximo el volumen. Su madre siempre le dice que algún día se quedará sorda.

Le encanta aquel tema de María Villalón, *La ciudad de las bicicletas*, que suena altísimo en sus auriculares. Lo canta en voz baja, susurrando cada palabra.

Recuerdo que era perfecto nuestro alrededor...

Cuando terminen los exámenes le propondrá a Raúl ir en bici al Retiro. Nunca pierde en las carreras que hacen, porque siempre le deja ganar. Sonríe al pensarlo, abraza una ardilla de peluche que él le regaló y lamenta no poder estar junto a su novio en ese instante. Mañana ganará el concurso de cortos, está convencida. Ojalá tuviera tan claras otras cosas.

«Simplemente, mi lado de la balanza superaría el lado en el que está Raúl.»

¿Sería tan raro enamorarse de otra persona, aunque quieras ya a una?

Estúpido César. Cómo lo odia. Tanto como no poder olvidarse de todo lo que hoy ha pasado. Demasiadas dudas en su interior, que no deberían existir.

Una balanza... Recuerda que tenía una de juguete que le regalaron cuando era una niña. Disfrutaba mucho con ella imaginando que era frutera o dependienta de un supermercado. ¿Dónde estará?

Abre el armario y alza la mirada. En la parte de arriba, en unos anaqueles inalcanzables, están guardadas cosas de hace mil años. Quizá la encuentre ahí. Acerca una silla hasta allí y sube en ella. De puntillas, entre rompecabezas, juegos de mesa y libros infantiles, la encuentra. Con cuidado de no caerse, la alcanza y baja muy despacio. Ya sentada en la cama revisa uno de los tesoros de su infancia. Además de la balanza, hay una red llena de tomates, pimientos, naranjas, manzanas y plátanos de plástico, de pequeñas dimensiones. No comprende cómo podía divertirse con aquello cuando era una niña. Pero lo cierto es que el recuerdo que tiene es el de pasar horas y horas jugando con todo aquello. Ahora lo usará de otra manera.

—Derecha, Raúl; izquierda, César —murmura para sí.

Raúl es guapísimo, César también. Empate: un pimiento en cada uno de los platitos de la balanza. Raúl es un cielo y la quiere. No está segura de lo que siente César, a pesar de lo que él vaya diciendo. No tiene claro si está enamorado de ella de verdad. Así que pone un tomate en el lado de su novio. Los dos son creativos, ingeniosos e imaginativos, cada uno en su ámbito. Un plátano de plástico en cada uno de los platos. Hay algo en lo que César supera a Raúl: en su descaro. Y eso, debe reconocerlo, la atrae. Nadie le hace hervir la sangre tanto como él. Una naranja, aunque le fastidie ponerla en el lado izquierdo, para el chico del metro. Empate a tres. Resopla con las manos sobre la cabeza. ¿Y si hace trampa?

Entra en el hotel, saluda al recepcionista y se dirige al ascensor. Raúl todavía tiene en la boca el regusto dulce del yogur que se acaba de tomar. Y, al mismo tiempo, el sabor amargo de lo que pasó anteriormente con Wendy. Mañana tratará de solucionarlo en el desayuno.

El pasillo está tranquilo en la tercera planta. No se escucha ni un solo ruido, salvo sus pasos al caminar por la alfombra roja. Delante de la 311, saca la llave y abre. Está a punto de pasar adentro, cuando la puerta de la habitación de enfrente también se abre. El chico ve a Wendy Minnesota con una gracioso piyama amarilla repleta de dibujos de animales de la selva. La chica corre de puntillas hacia él y lo empuja para que entren rápidamente en el cuarto.

—Como me vea alguien así, me muero —le dice, cerrando la puerta.

—¿Por qué? Es una piyama muy... curiosa. ¿Eso es un elefante?

—Sí. Lo es.

—Muy bonito. Como la jirafa y... el hipopótamo.

La joven enrojece, algo que a Raúl en seguida le recuerda a Valeria. Su cara blanquísima llena de pecas se ha coloreado de rojo. Aun así, trata de conservar intacta su postura a la defensiva. Se mantiene seria hasta que observa detenidamente el rostro del chico.

—¿Has comido chocolate?

—No. ¿Por qué?

—Es que tienes ahí una mancha marrón —le advierte, sonriendo y señalando la parte derecha de la comisura de sus labios.

—Debe de ser dulce de leche —apunta. Entra en el baño y se limpia con agua—. Es que me he tomado un yogur en Llaollao.

—¿Sí? Me encantan esos yogures.

—Si no te hubieras ido tan deprisa...

—Si no te hubieras metido en mi vida...

Los dos se observan desafiantes, aunque ambos terminan riendo.

—Tienes razón. Perdóname —se disculpa en primer lugar Raúl, mientras se sienta en la cama—. No quería molestarte con lo que te dije.

—Yo tampoco estuve muy brillante. No dijiste nada malo, pero salto a la mínima y me pongo a la defensiva.

—Olvidémoslo entonces.

—De acuerdo. Olvidado queda.

—Me alegro de haber hecho las paces.

—Yo también —indica Wendy más tranquila—. No quiero considerarte mi enemigo.

—¿Lo dices por el concurso?

—Sí. Somos rivales. Aunque me caigas bien, eso no puedo alejarlo de mi mente. Si te soy sincera, necesito ganar el primer premio. Quiero demostrarle a todo el mundo que valgo para algo.

Las palabras de aquella joven pecosa con el pelo naranja conmueven a Raúl. Para él también es muy importante aquel premio, pero lo gane o no, su vida seguirá adelante de la misma forma. Tiene a Valeria, a su familia, a sus amigos y más oportunidades a las que intentará aspirar. La confianza no se va a ir a ninguna parte y sus ganas por continuar mejorando y aprendiendo, tampoco. La meta es llegar a ser un gran director de cine, con ese premio o sin él. Sin embargo, para Wendy aquello es mucho más importante. Especialmente para su autoestima, que está por los suelos. Ganar el certamen significaría un gran impulso para ella y una enorme inyección de positividad.

—Creo que tienes muchas posibilidades de ganar.

—Como dijiste hace un rato, las mismas que tú. Cincuenta por ciento.

—Si yo fuera jurado, te votaría.

A Wendy se le escapa otra gran sonrisa cuando escucha al joven. Por mucho que lo desee, no puede caerle mal. Aunque lo intentó antes. Buscó el primer pretexto que tuvo para quitarse de en medio, para considerarlo un enemigo. Pensar en él como el obstáculo final para lograr su objetivo. Pero en cuanto llegó a su habitación supo que aquello no había dado resultado. Aquel chico le gusta. Quiere ganarle a toda costa, pero su corazón le impide odiarlo. Y es que hay sensaciones y sentimientos que no se pueden controlar.

Continúan empatados. Hay seis piezas de plástico en cada uno de los platitos. ¡Eso no puede ser! ¿Cómo van a estar igualados si uno es su novio y el otro un descarado?

No está conforme con el resultado. Pero si pretende

ser honesta consigo misma, tiene que considerar todos los detalles.

Piensa un instante qué extra puede haber de uno u otro que decante la balanza hacia alguno de los lados. Sostiene una manzana. ¿Dónde la pone?

Y entonces piensa en sus sonrisas. La de Raúl es limpia, sincera... Le gusta cuando la mira fijamente y se va abriendo paso poco a poco en su cara. Es una sonrisa preciosa. La de César es atractiva, pícara..., en ocasiones ofensiva y descarada. Es la sonrisa de quien sabe que domina la situación. Sin duda, son dos sonrisas muy especiales. ¿Cuál la atrae más? ¿La sonrisa de César o la de Raúl? ¿Coloca la manzana en el lado derecho o en el lado izquierdo de la balanza? La decisión final tendrá que esperar porque suena su teléfono.

—Hola —saluda Valeria, al descolgar.

—Hola, ¿cómo estás?

—Pues... bien. Aquí sigo.

—¿Estabas durmiendo ya? Te noto cansada.

—No, no estaba durmiendo todavía. Estaba... a punto de irme a la cama.

—Y yo. Ha sido un día agotador.

—También para mí.

—Si quieres te doy un masaje...

Seguro que ahora mismo está sonriendo. ¿Prefiere esa sonrisa o la otra? Val continúa con la manzana de plástico en la mano, sujetándola por el rabito. La hace girar, indecisa.

—¿Qué tal con tu amiga?

—Bien. Acabo de dejarla.

—¿Cenaron bien?

—Bueno... ella es muy particular. Pero la cena estaba muy rica. Y el postre también. Aunque hubiera preferido compartirlo contigo.

La manzana, por fin, cae en uno de los dos platos de la balanza, que sube hacia un lado y baja del otro. La chica la contempla en silencio. Suspira y luego sonríe.

—Oye, me voy a dormir. Mañana hablamos.

—Muy bien. Descansa y piensa en mí, eh.

—Se hará lo que se pueda.

—Buenas noches, Val.

—Buenas noches, César.

Cuelga el teléfono pero no lo guarda de inmediato. Busca el número de su novio y lo marca. Raúl responde al segundo timbrazo.

—Hola, guapa, ¿me has leído el pensamiento?

—¿Por qué lo dices?

—Porque te iba a llamar ahora mismo. ¿Qué tal?

—Muy cansada. Sólo te llamaba para darte las buenas noches y desearte suerte para mañana.

—Muchas gracias. ¿Te vas ya a dormir?

—Sí, estoy agotada.

—Pues que descanses, amor.

—Raúl.

—Dime.

—Nunca olvides que te quiero, ¿va?

—Claro, ¿cómo voy a olvidar algo así?

—Necesitaba decírtelo. Pase lo que pase, nunca dejaré de quererte —repite emocionada—. Espero que sueñes con que ganas el concurso de cortos.

—Trataré de hacerlo. Hasta mañana.

Y un último te quiamo antes de colgar, correspondido con otro.

El chico se queda pensativo cuando Valeria cuelga

el celular. La ha notado distinta. Posiblemente le esté afectando no estar con él. Cuando regrese de Valencia seguro que se le pasará.

Pero a ella no sólo le está afectando su ausencia. Hay mucho más detrás. Un sentimiento del que tendrán que hablar cuando vuelva y que hoy ha quedado depositado en una manzana pequeña de plástico sobre el platillo de una balanza.

Capítulo 31

—Cierro esto por hoy.

—Yo también. Buenas noches, que descanses.

—Buenas noches, Alba. Hasta mañana.

—Hasta mañana, Bruno.

La pareja se despide después de hablar por Skype durante veinte minutos. Ha sido una conversación algo insulsa. Todo lo que ha acontecido hoy lo ha sido. Y es que tiene la cabeza en otra parte. Pero es tan difícil tomar decisiones importantes.

El chico bosteza y se mete en la cama con la laptop. Se tumba boca abajo, apoya la barbilla contra la almohada y espera cinco minutos para volver a encender Skype. Siente hacer aquello a espaldas de su novia, pero justo antes de marcharse vio que Ester se conectaba. Sin embargo, ella volvió a ignorarlo y no le habló. ¿Con quién estará conversando todos esos días en los que no le dirige la palabra cuando se conecta?

Aguarda un tiempo, esperando a ver si su amiga se anima a decirle algo. Su comportamiento es extraño. Por la tarde, le mintió a Meri contándole que había quedado de verse con él para estudiar matemáticas. ¿Por qué lo hizo?

Sea lo que sea, parece que no está dispuesta a revelárselo a ninguno de ellos.

Entonces, una idea le viene a la cabeza: ¿no estará saliendo otra vez con Rodrigo? El estómago se le revuelve sólo de pensarlo. No puede ser. Pero ya dice el refrán que el hombre es el único animal que tropieza dos veces con la misma piedra.

¿Y si ha regresado con su exentrenador? Eso lo explicaría todo.

—Te caché, ¿tú no te ibas a la cama?

La pregunta viene desde la cuenta de Alba. Ha estado tan pendiente de Ester que no se ha dado cuenta de que su chica ha regresado.

—¿Y tú? También me habías dicho que te ibas a dormir.

—¿Eso quiere decir que te has conectado otra vez porque yo ya no estaba?

Bruno resopla sin saber qué contestar. Su novia lo cachó in fraganti en Skype. Aunque ella también se ha vuelto a conectar. Es tan culpable el uno como el otro.

—Podría preguntarte lo mismo, ¿no?

Una petición de videollamada aparece en la pantalla del joven. Duda si aceptarla o no. Pero si no lo hace, Alba se enfadará todavía más. No le queda otro remedio a pesar de que no tiene ganas de darle explicaciones.

Acepta la petición, se pone de nuevo los audífonos y espera a que ella aparezca en el recuadro superior. Ya la ve. Y no muy contenta.

—A ver, ¿qué te pasa hoy conmigo? Y no me vengas con historias. Has estado todo el día muy seco y distante. Te conozco, Bruno.

—No sé lo que me pasa. Estoy algo cansado. Los exámenes, lo de Elísabet...

—¡Sí, cómo no! Ésa no es la verdad. Tú no eres de los que se preocupan por ese tipo de cosas. Ni tampoco creo que sea por los anónimos que recibes en Twitter. Algo te pasa conmigo y no me lo quieres contar.

—No es nada, de verdad.

La chica no le cree. Acerca su rostro a la *cam* y le habla directa y sinceramente a los ojos.

—¿Sabes por qué me he vuelto a conectar?

—No, ¿por qué?

—Porque tenía la intuición de que volverías a conectarte tú. Lo he notado en cuanto te has despedido. Tenía la impresión de que estabas deseando deshacerte de mí esta noche. No has estado nada cariñoso. Como si hablaras conmigo por obligación.

—Yo... estoy hecho un lío, Alba.

—¡Pues cuéntamelo! ¡Dime qué te pasa!

Se tapa la boca nerviosa y luego se despeina su media melena rubia al intentar retocársela con las manos, mientras Bruno decide por dónde debe empezar a contarle.

—No estoy muy seguro... de lo que siento por ti.

Aquellas diez palabras hielan la sangre de la chica. Lo sospechaba. Sabía que algo no iba bien. Pero oírlo de su boca es difícil de soportar. Le cuesta no venirse abajo delante de la pantalla.

—¿No me quieres? —pregunta, temblando.

—Creo que no me he llegado a enamorar de ti. Me gustas mucho. Pero me parece que esto que siento no es amor.

—¿Estás seguro?

—No, no lo estoy del todo. Ya te digo que tengo un gran lío en la cabeza.

—Uff. Por lo menos, ahora estás siendo sincero.

Sí, puede que por primera vez lo esté siendo. La ha pasado muy bien con Alba en esos dos meses y algunos días que llevan saliendo. Y siente un cariño muy especial hacia ella. Pero ¿basta para mantener una relación?

—Siento mucho todo esto. No te lo mereces.

—No te preocupes. Estoy bien.

Pero no lo está. La chica baja la cabeza y comienza a llorar desconsoladamente. Se tapa la cara con las manos, que se van mojando con cada una de sus lágrimas. Ella sí que está enamorada. Sí que lo quiere. Bruno la observa con el corazón encogido. Escucha su llanto a través de los auriculares y se maldice a sí mismo por hacerle daño. Alba es buena y generosa. La que ha logrado unir otra vez a los Incomprendidos. Preciosa, inteligente... Una chica por encima de sus posibilidades. Sin embargo, no la ama. No siente mariposas en el estómago como, por ejemplo, sí siente cuando está cerca de Ester.

—Tranquila. No llores, por favor —le dice con dulzura.

—Ya se me pasará —responde, secándose los ojos con la camiseta.

—Perdóname. Esto no debería ser así.

—No tengo nada que perdonarte, Bruno. Nadie puede controlar de quién se enamora y de quién no. Estar contigo es la mayor locura y lo más sensato que he hecho en mi vida. Y mira que he hecho y me han pasado cosas. Me siento bien cuando me abrazas o me das un beso. Pero no puedo obligarte a quererme.

Y tras pronunciar la última frase, de nuevo se echa a

llorar. En esta ocasión, no aguanta quedarse delante de la cámara. Se levanta de la silla y sale del cuarto. El chico espera su regreso compungido. No es justo para Alba sufrir de aquella manera. ¿Y si intentan darse otra oportunidad? ¿Y si sigue tratando de quererla? Ha escuchado que en una relación el amor termina apagándose con el tiempo y quedan otras cosas. ¿Por qué no puede ser al revés? Su amor podría ir creciendo con el paso de los días hasta llegar a amarla de verdad. Es una chica increíble y le gusta. Los cimientos están bien puestos. Sólo falta construir el resto de la casa.

—Hola —le saluda Alba, quince minutos después. Tiene los ojos hinchados.

—Hola. Estaba empezando a preocuparme.

—Lo siento. No me gusta que me veas mal.

—A mí tampoco me gusta.

—Estoy horriblemente fea.

—Estás muy guapa. Siempre lo estás.

—No es verdad.

—Tienes razón. Cuando tenías el pelo azul no me gustabas tanto. Mira que te quedaba mal.

—Qué tonto.

Aquello le saca una sonrisa. Pero también una angustia abrasadora en mitad del pecho. No llevan tanto tiempo juntos como para añorar demasiadas cosas, aunque sí lo suficiente como para recordarlas y haber creado un pequeño pasado en común. Lo extrañará muchísimo. Sin embargo...

—He estado pensándolo mejor. No quiero abandonar lo nuestro.

—¿Qué?

—Que me he precipitado.

—¿Cómo? Pero si has dicho que no...

—Tú me gustas. Y me la paso muy bien contigo. Quiero seguir intentándolo, Alba.

—¿Me lo dices en serio?

—Sí. Quiero enamorarme de ti.

—Eso no es algo que se quiera, Bruno. Es algo que se siente.

—Pues quiero sentirlo.

—Si se fuerza, no dará resultado.

—No voy a forzar nada. Sólo quiero continuar siendo tu novio y tratar de ser lo más feliz posible contigo. Somos muy jóvenes. Seguramente, los sentimientos irán y vendrán de una manera y de otra. Estoy muy a gusto a tu lado y eres mi primera novia. Suena muy bien. Quiero que eso siga siendo así.

—¿Estás seguro?

—Sí. Lo estoy.

—No quiero que sigamos juntos porque te dé pena.

—Nunca haría eso. Y menos, una vez que sabes lo que me pasa.

—¿Cómo has cambiado de opinión tan deprisa?

—Porque cuando te he visto llorar y te has ido, estaba deseando que volvieras y hacerte reír.

Aquello la emociona. Es muy bonito lo que acaba de decirle. La chica vuelve a sonreír. Se le escapa alguna lagrimilla, pero esta vez es de felicidad. Felicidad moderada. Aunque está contenta por recuperar lo que creía que había perdido para siempre, se siente insegura. No es fácil asimilar que el chico al que quieres y con quien estás compartiendo tu vida te diga que no siente lo mismo por ti.

—Si te cansas de mí, avísame.

—Te mandaré un WhatsApp.

—No seas tonto. Esto es muy serio. ¿Lo seguimos intentando entonces?

—Si tú quieres, sí.

—Claro que quiero. Yo te amo, Bruno.

—Y yo quiero amarte, Alba.

A los dos se les forma un nudo en la garganta al mismo tiempo. Sin haber terminado la primera parte, se dan una segunda oportunidad.

—¿Decidido? ¿De verdad?

—Sí, decidido.

Aquélla es la decisión que tenía que tomar. Su nuevo objetivo. Algo por lo que pelear. Alba lo merece. Merece a un chico que la quiera y se entregue como ella lo hace. No está enamorado, lo sabe. Pero puede llegar a estarlo. Quizá, ese instante en el que vive ahora sea lo más cercano que ha estado de amar a esa chica tan diferente al resto. Ha comprendido muchas cosas al planteárselas conscientemente. Aquella conversación podría significar un antes y un después en su vida. Lo sabe y lo mejor es que le ilusiona.

VIERNES

Capítulo 32

—Y el ganador de la decimosegunda edición del Festival de Cortos de Valencia para Jóvenes Directores es... ¡Raúl Besada!

Las palabras de Marc Pons anunciando el primer premio del certamen son acogidas con una atronadora ovación. Raúl se levanta y mira al cielo. Va dedicado a su padre. Luego piensa en Valeria. ¡Cómo le hubiera gustado compartir ese momento con ella!

—Enhorabuena —le dice la chica que está a su lado.

—Muchas gracias, Wendy.

—Aunque... yo me lo merecía más. Es injusto.

—¿Cómo dices?

La joven del pelo naranja también se pone de pie y se abalanza sobre él. Los dos caen al suelo ante la mirada incrédula de todos los presentes.

—¡Este premio debería haber sido para mí! —exclama ella, arañándole la cara—. ¡Lo necesitaba!

—¡Yo también lo necesito!

—No tanto como yo.

—Sólo es un concurso.

—Para mí es más que un concurso. Es mi vida.

—¡Calma, Wendy!

—Nunca me sale nada bien. ¡Wendy Minnesota es una fracasada!

—¡No es mi culpa!

—¡Sí lo es! ¡Te odio!

Tras forcejear unos segundos, el chico consigue desembarazarse de ella y se incorpora, arreglándose con las manos su traje azul. La muchacha está de rodillas, jadeante. Llora amargamente y todo el maquillaje de los ojos le está manchando la cara.

—Lo siento, Wendy. Sólo podía ganar uno.

—Tendría que haber ganado yo.

—Si yo fuera jurado, habría votado por ti. Ya lo sabes.

Pero en ese instante, el rostro de la chica cambia para sorpresa de Raúl, que se frota los ojos sin creer lo que está viendo. Wendy se ha convertido en otra persona que se parece demasiado a... Elísabet.

—El premio me da lo mismo. Al que quiero es a ti —indica ésta, abalanzándose de nuevo sobre él—. ¡Bésame!

—¡No! ¡No quiero!

—¡Te he dicho que me beses! —grita, agarrándolo del cuello y apretando con rabia.

Raúl se está poniendo morado. Tiene los labios de Eli pegados a los suyos y apenas puede respirar. No puede soportarlo más. Así que se deja llevar y la besa.

Suena el despertador del celular, que marca las ocho y cuarto de la mañana.

¿Dónde está?

Ya ha amanecido. Echa un vistazo a su alrededor y descubre que se encuentra en la habitación del hotel de Valencia. El atrapasueños que le regaló Valeria se balancea sobre el cabecero de la cama como consecuencia de la leve brisa que entra por la ventana. Lo observa irónico y se tapa la cabeza con la almohada. Así que aquello tan sólo ha sido un simple sueño. Más bien una pesadilla. ¿Besar a Eli? Creía que eso había desaparecido definitivamente de su subconsciente. Espera que no se cumpla. Aunque lo que más le preocupa es lo que ha ocurrido antes. Marc Pons lo proclamaba ganador del concurso de cortos y Wendy se lo tomaba muy mal. Desde anoche no para de darle vueltas a ese tema, por ese motivo quizá lo ha soñado.

Tiene una posición difícil. Le encantaría lograr el premio, pero preferiría que lo hiciera ella. Como le decía en su sueño, sólo puede ganar uno. ¿Y si renunciara? ¿En las normas del certamen no explicaban algo sobre esa cuestión?

Enciende su computadora y busca el documento de inscripción con las bases. Repasa rápidamente todos los apartados hasta que encuentra lo que busca. El punto 7.6, respecto al premio y al ganador del concurso, dice lo siguiente:

Si uno de los finalistas del certamen renuncia al premio antes de que se celebre la ceremonia de entrega o es descalificado por cualquier anomalía o circunstancia indebida descubierta por el jurado o miembro de la organización, será automáticamente elegido como ganador el otro finalista designado.

Raúl lee esa norma que le sonaba haber visto cuando llenó la inscripción para *Sugus* y confirma lo que sospechaba. La debieron de poner por si alguno de los cortos presentados y proclamados finalistas había dejado de ser inédito, como se pedía en las bases, o había resultado ganador en otro concurso. La renuncia a ganar siempre es difícil, pero a veces no queda otro remedio porque es mejor seguir otro camino diferente al emprendido en un principio.

Conclusión: si decide renunciar al certamen, la ganadora sería Wendy.

¿Sería ésa una buena solución?

Se da una ducha, que no le aclara demasiado las ideas, y, tras vestirse, baja a desayunar. Cuando sale del ascensor recibe un WhatsApp de Marc Pons, avisándole de que en una hora irá a recogerlos al hotel para llevarlos al Teatro Talía, donde tendrá lugar por la noche la ceremonia de entrega. Allí los entrevistarán varios medios locales.

Sorprendido, entra en el salón donde sirven el bufé del desayuno. No estaba al tanto de que los medios de comunicación se interesaran por aquel certamen ni que tuviera que hacer entrevistas. ¿Lo sabrá ya Wendy? Seguramente. O al menos ésa es la impresión que tiene cuando la ve. Está sentada en una de las mesas de la parte derecha del restaurante, enfrente de un amplio surtido de frutas, dulces y cereales que forman parte de una variada exposición de alimentos de todo tipo. Tiene el celular en la mano y parece preocupada.

—Buenos días —le dice, sentándose en la silla libre—. También te ha escrito Marc, ¿verdad?

—Sí. Y no sé si estoy preparada para eso de las entrevistas.

—Lo harás bien. No te preocupes —comenta Raúl, intentando tranquilizarla—. Voy por algo de comer y por un café y ahora lo hablamos.

El joven toma una bandeja y un plato sobre el que deposita un par de cuernitos, mermelada de durazno, mantequilla y un panecillo con jamón serrano y jitomate. Luego, se sirve un café con leche en una taza y jugo de naranja natural en un vaso pequeño.

—Nunca me han hecho una entrevista —insiste Wendy cuando Raúl regresa a la mesa.

—A mí tampoco. Pero es bueno que los medios de comunicación apoyen el concurso.

—Sí..., supongo. Aunque me preocupa. ¿Y si me quedo en blanco o digo alguna tontería?

—No le des tanta importancia. Sé tú misma y ya está.

—Si soy yo misma, es cuando todo saldrá al revés.

—No seas negativa y disfruta de la experiencia.

La chica no lo ve tan claro. Muerde un pan tostado, que ya se ha enfriado, sin poder dejar de pensar que de una manera u otra terminará metiendo la pata. Es Wendy Minnesota, algo tiene que salirle mal.

Mientras desayunan, Raúl se encarga de cambiar el tono de la conversación y hablan sobre sus gustos cinematográficos. Descubre que la directora preferida de la chica es Sofia Coppola y que algún día le encantaría ser como ella.

—Es un gran referente.

—Para mí, la mejor. He visto todas sus películas.

—Yo sólo *Lost in translation* y *Las vírgenes suicidas*.

—¿No has visto *Somewhere*?

—No. Ésa no.

—A mí me encantó. Le dieron el León de Oro en Venecia por esa película —comenta, con entusiasmo—. ¿Y sabes qué? Lo primero que hizo detrás de las cámaras fue un corto, *Bed, Bath and Beyond*.

La pareja sigue dialogando hasta que termina de desayunar. Aquella joven sabe mucho sobre Sofia Coppola y sobre cine. Incluso puede que más que él. Se nota que se pasa mucho tiempo sola viendo películas y analizándolas. Habla con tanta pasión de ello, que le desborda. Sería una pena que una chica con ese espíritu abandonara todo por un simple concurso de cortos. En cierta manera, él se sentiría responsable, aunque no sería el culpable de ganar el premio.

—¿Nos vamos? —le pregunta Raúl, tras beberse el último sorbo de café.

—Sí. ¿Subimos a la habitación y nos vemos abajo en diez minutos?

—Perfecto.

—Qué nervios tengo —dice Wendy, caminando hacia el ascensor.

—¿Por qué estás nerviosa?

—Por todo. Las cámaras, la entrevista, la gala de la noche, el premio... Hoy puede ser el comienzo de una nueva vida. Una vida más feliz. ¿No lo sientes igual?

No, Raúl no lo ve así. Si se cumple ese sueño, tendrá que aspirar a otros. Y si no se hace realidad ahora, la vida seguirá igual para él. Continuará siendo feliz con lo que tiene y luchando cada día por llegar a la meta.

Sin embargo, para ella es diferente. No ganar significará un gran revés. Se vendrá abajo y pensará que nunca le saldrán las cosas bien.

Lo sentiría mucho por ella, porque tiene talento, cualidades y pasión por el mundo del celuloide. Y además, le ha caído bien. Lamentaría ser uno de los partícipes, aunque de manera involuntaria, de su tristeza. Pero tiene una última carta en la mano para que aquella chica sea feliz. De lo que no está convencido todavía es de si aquella carta debe usarla o no.

Capítulo 33

Otra cuenta en Twitter que bloquear. Ésta pertenece a «Victimus666». Menos mal que dejó el celular en silencio; si no, lo habría despertado. El tuit es de las 4.21 de la madrugada:

Corradini, te odio con toda mi alma. Algún día pagarás por todo lo que estás haciendo. Y ese día no está muy lejos. Te lo prometo.

Maldito loco. ¿Quién será? Se ha obsesionado con él. Y lo peor es que sus amenazas ya son diarias. Bruno no sabe si debe preocuparse o no. Tampoco si avisar a un profesor, a su familia o directamente ir a la policía. De momento, hace lo de siempre: bloquear a ese nuevo usuario.

—Todo sería más fácil si para registrarte te pidieran una identificación. Así no habría gente que se ocultara detrás de un *nick* —le dice Alba por teléfono, en el camino hacia la escuela.

—Yo pienso igual. Pero da lo mismo. Hoy nadie me va a quitar la sonrisa de la boca.

—¿Estás contento?

—Sí. Estoy muy contento.

Es como si la conversación de anoche con su chica le hubiera otorgado nuevas fuerzas. Es otro Bruno, con otra perspectiva. Otra ilusión. Quiere enamorarse; que Alba no sólo sea su novia, que también sea su gran amor.

—¡No pareces tú!

—Eso es porque soy otro yo. Otra persona diferente.

—Guau. ¿Y cuándo podré verte para comprobarlo?

—Hoy salimos antes. Y no tengo que ir por mis hermanos al colegio. ¿Por qué no vienes por mí a la una y media?

—Hecho.

—Quiero darte un beso como el que me diste aquel día en el Calderón.

—¡Bruno! ¡Sí que pareces otro!

Es una extraña sensación la que recorre su cuerpo. Como si le hubieran inyectado una gran dosis de felicidad en las venas. ¿Habrá empezado ya a sentir algo más que cariño por ella? Qué cosas tan raras depara la vida. Ayer se pasó el día pensando cómo decirle a Alba que quería terminar, y al día siguiente tiene ganas de estrujarla entre sus brazos y no despegarse de su boca.

—Tengo que colgarte, acabo de llegar a la escuela.

—Muy bien. Voy por ti a la una y media. Tengo muchas ganas de verte.

—Y a mí. Te... Te quiero.

Duda antes de soltarlo, pero lo hace. Le ha dicho que la quiere. Alba se queda en silencio al otro lado. Emocionada, con la mirada borrosa. Hasta que reacciona y le contesta con las mismas palabras.

—Yo también te quiero.

Se despiden y se vuelven a citar para más tarde.

Su profesor de Matemáticas le dijo una vez que siempre que pierdes algo y lo recuperas, lo cuidas más, lo aprecias más y haces todo lo posible para no perderlo de nuevo. Lo comparaba con un pez atrapado en un anzuelo. Si logra escaparse y regresa al agua, nada y se mueve con mayor velocidad, con más desparpajo. Como si esa segunda oportunidad despertara su instinto de supervivencia.

Algo así le sucede con Alba. Cuando anoche se marchó a llorar al baño y no volvía, se sintió muy mal. Tanto o más que el día en que Ester le dijo que no podían ser pareja. Imaginó por un instante su vida sin esa chica y le dolía. Le dolía de verdad. Le dolía muy adentro.

Entra en el edificio, aunque todavía quedan varios minutos para que suene el timbre. Se dirige a su clase y se sienta en su mesa, con el celular en la mano. Le escribe un mensaje a Alba que deja a medias porque ve algo que le quita la sonrisa.

Ester ha entrado en el aula acompañada de un chico, ese nerd de Félix Nájera. Ayer ya los vio juntos y estuvieron hablando en el pasillo demasiado risueños. Ahora lo mismo. Toda la felicidad con la que había llegado a la escuela se ha esfumado de repente. ¿Y si es ése el tipo con el que su amiga habla por las noches en Skype? El mismo con el que se vio ayer para estudiar matemáticas, mintiéndole a Meri. ¿Nájera? ¿En serio?

—¿Te duele mucho?

—No, tu amigo el entrenador no sabe pegar.

—Pues te tiró al suelo de un puñetazo.

—Porque me agarró desprevenido.

Ester sonríe y examina con detenimiento el moretón que Félix luce en el pómulo izquierdo. Aunque se haga el valiente, seguro que aquel golpe le tuvo que doler bastante. De hecho, apenas probó el postre de chocolate en el 40 Café.

—Lo importante es que no tienes nada roto.

—Yo creo que es más importante que hoy volvamos a vernos para estudiar. No te olvides, eh.

—No me olvido. A las cinco en la cafetería de la FNAC.

—Sí, es pequeñita, pero acogedora. Y el café que sirven está muy rico.

Es lo que decidieron ambos tras hablar anoche cuando llegaron a casa, vía Skype. Primero estudiarían y después darían un paseo por el centro.

—¿Te dormiste muy tarde ayer? —le pregunta Ester, al apreciar sus ojeras.

—No, en cuanto nos despedimos, me fui a la cama.

Lo que no le cuenta es que se ha despertado a las cuatro de la mañana para estudiar lo que no pudo por la noche. A pesar de que la herida de la cara le dolía horrores. Pero con fuerza de voluntad y determinación todo se consigue. Es su filosofía. Y si quiere seguir sacando diez en todo, necesita disciplina.

La pareja sigue conversando tranquilamente, bajo la mirada encolerizada de Bruno, que no comprende nada. ¿De verdad le gusta ese tipo?

No es la única persona que se extraña de verlos juntos. También Meri se sorprende cuando entra en el aula y los observa charlando y riendo en la primera fila. La pelirroja se acerca hasta ellos y tras saludar a Félix, se dirige muy seria a su amiga.

—¿Puedo hablar contigo antes de que venga la de Español?

—Sí, claro.

María toma de la mano a Ester y la saca de la clase. En el pasillo, le cuenta algo que no la ha dejado dormir en toda la noche.

—Mis padres y los de Paloma se han enterado de todo.

—¿Qué? ¿Saben que ustedes son...?

—Sí. Que somos lesbianas y estamos saliendo —le confirma, bajando la voz.

—¿Y cómo han reaccionado?

—Mis padres más o menos bien. Hoy quedé de verme con ellos para comer y explicarles todo. Pero la madre de Paloma no quiere que nos volvamos a ver. Cree que soy una mala influencia para su hija y que ella cree que le gustan las chicas sólo porque yo le he lavado el cerebro.

—¿Todavía existen personas así?

—Por lo visto... sí —contesta muy apenada—. Ayer llamó a mi madre para decirle que soy algo así como el mismísimo diablo. Y que no iba a consentir que continuara pervirtiendo a su pequeña.

—Es increíble. Lo siento mucho, Meri.

La situación es dramática para ella. Siempre imaginó que los padres de Paloma se tomarían mal la homosexualidad de su hija, pero no hasta ese extremo. Acusarla a ella de algo así es la prueba de que con esa familia va a ser imposible razonar. Sin embargo, lo único que le preocupa en ese momento es cómo se encuentra su chica. No ha podido hablar con ella. Su celular está apagado y no se ha conectado ni a WhatsApp ni a Twitter desde ayer por la noche, antes de que sucediera todo.

—¿Puedes ir a verla al hospital cuando acaben las clases? Necesito saber cómo está.

—¿Yo?

—Sí. A mí su madre no me va a dejar ni entrar en la habitación.

—Ni a mí tampoco. Sabe que somos amigas.

—Pero tienes más posibilidades que yo. Esa mujer a quien odia es a mí.

—Puedo intentarlo. ¿Seguirá internada?

—No lo sé. No tengo noticias de ella desde ayer. Si no está allí, ya veremos qué hacemos.

—Muy bien. Cuando acaben las clases pasaré por el hospital antes de ir a casa.

—Gracias, Ester. No sabes cuánto te lo agradezco.

Nunca la había visto así. Meri jamás le pide nada a nadie. Ni tampoco expresa sus sentimientos en público. Es una persona muy reservada, pero esta ocasión es especial. Se encuentra mal. Muy mal. Perdida. Confusa. Y su amiga es su único recurso para enterarse de cómo está Paloma.

—Todo se solucionará, ya verás —le susurra, abrazándola.

—No lo sé. Esa mujer amenazó a mi madre y todo. No se quiere dar cuenta de la realidad; de que a su hija le gustan las chicas.

El abrazo de las amigas es presenciado por Valeria, que acaba de llegar a la escuela un minuto antes de que suene el timbre. Por lo que parece, no es ella la única que tiene problemas en el Club de los Incomprendidos. Se acerca a las dos chicas, que se separan cuando la ven.

—¿Están bien? —les pregunta, antes de entrar en clase.

—Bueno. He tenido días mejores —responde María, intentando recobrar la compostura—. ¿Y tú cómo estás?

—Más o menos.

Las dos se miran y, por primera vez desde hace mucho tiempo, se sonríen. Da la impresión de que las adversidades las hacen sentirse más cerca. Más unidas. Por unos segundos no hay rencor ni malas caras. Han guardado el hacha de guerra.

—¡Qué bien que están aquí las tres juntas! —grita una voz jovial desde la puerta del cuarto de baño más cercano a su clase—. ¡Las cuatro Incomprendidas originales unidas de nuevo!

Ester, Meri y Valeria contemplan la pomposa aparición de Elísabet, que camina hacia ellas dando pequeños saltos. Sólo le falta una caperuza roja para retratarse como un personaje de cuento. Parece muy feliz. Exageradamente feliz. Y es por algo que tenía muchas ganas de hacer. ¡Algo increíble! La mejor experiencia de su vida.

Hace unos minutos ha besado a su ángel de la guarda.

Capítulo 34

—No entiendo para qué quieres estar veinte minutos antes en la escuela.

—Ya te lo he explicado antes, mamá. Tengo que ir a la biblioteca y sacar varios libros para los exámenes de la semana que viene.

—¿Y no puedes sacarlos después de las clases?

—No. Porque luego te impacientas y me echas bronca por retrasarme —le dice Elísabet a su madre, que conduce malhumorada por la desmañanada—. Si me hubieras dejado venirme sola como hacías antes, te podías haber quedado en la cama un rato más.

—Estas semanas que quedan de curso prefiero que vengas en coche. Aunque a partir del lunes te traerá tu padre.

—Qué pesados son. No me va a pasar nada.

La chica resopla y mueve la cabeza enfadada. Aunque no quiere tener otra discusión con su madre como la de ayer. Por la noche, más o menos, arreglaron las cosas, a pesar de que Susana sigue muy pendiente de todo lo que hace. No es que no tenga confianza en ella, simplemente sabe que no está recuperada. Y le da mucho miedo que pueda recaer y sufrir una crisis de las de antes.

—Tienes que entender que es normal que nos preocupemos por ti.

—Lo entiendo, mamá. No hablemos más del tema, por favor.

No quiere oír otra vez el mismo sermón de siempre. Ya está bueno de escuchar que sólo pretenden cuidar de ella y que hacen lo que pueden para que esté lo mejor posible. Si ellos supieran que vuelve a ver a Alicia, ni siquiera la dejarían salir de casa. Pero esta vez, controlará sus emociones. No permitirá que aquella chica, que todo el mundo dice que no existe, la vuelva a meter en un lugar para locos. Ella es su verdadera enemiga. Ella y esos dos estúpidos de Valeria y Raúl, que ayer le dejaron claras sus intenciones. De todas maneras, hoy volverá a tratar de acercarse a su antigua amiga.

—Hemos llegado —dice Susana, bostezando—. A la una y media paso por ti.

—Sí, mamá. Hasta luego.

La chica le da un beso en la mejilla y se baja del coche.

El aspecto de la escuela por fuera a esa hora de la mañana es tenebroso. Solitario, casi vacío. Hasta se escuchan los graznidos de algún pájaro mañanero en el silencio que envuelve al edificio.

Elísabet se asegura de que su madre se encuentra lejos y que ya no la puede ver. La chica no entra en el centro, sino que camina deprisa hacia la parte de atrás, rodeando la verja. ¿Habrá llegado ya?

Sí, allí está él. Vestido con unos pantalones negros y una camiseta roja. Se ha puesto una gorra del mismo color que la parte de arriba y unas botas oscuras. Qué guapo es. Cuando la ve, la recibe con una sonrisa.

—Siempre llegas a los sitios antes que yo.

—El exceso de puntualidad es uno de mis defectos.

—Tú no tienes defectos, Ángel.

—Alguno que otro hay por ahí.

—Pues yo aún no he descubierto ninguno.

Aquel joven es lo más parecido a la perfección que existe. Se quedó prendada de él desde la primera vez en que coincidieron, hace quince días.

Ella estaba sentada en la sala de su casa leyendo un libro de Anabel Botella, cuando apareció de repente.

—Perdona, ¿el baño?

Llevaba un overol azul y tenía el pelo enmarañado. Sus ojos claros la embrujaron de inmediato.

—¿Quién eres tú?

—Soy Ángel.

—¿Y qué haces en mi casa y para qué quieres ir al baño?

El chico le enseña las manos. Están llenas de pintura blanca. Elísabet deja la novela a un lado y se levanta del sofá. ¿Por qué hay un chico tan guapo en su casa con las manos manchadas de pintura?

—Está ahí —le responde, señalándole la puerta del final del pasillo de la planta baja.

—Gracias.

—Oye, existes, ¿verdad?

—¿Cómo dices?

—Eres real, no eres fruto de mi imaginación, ¿no?

—Es la manera de ligar más extraña que han utilizado conmigo.

—No estoy ligando contigo.

—Pues lo parece.

Y tras esas palabras, una sonrisa. El joven se da la

vuelta y camina hasta el cuarto de baño. Cuando se ha lavado las manos regresa hasta donde está Elísabet.

—Tengo que seguir ayudando a mi padre a pintar la fachada de tu casa. Luego te veo.

Y así fue, se volvieron a ver. Conversaron. Se cayeron bien. Rieron. Se contaron cosas. Y así durante unos días en los que Ángel y su padre también pintaron las habitaciones y la cocina.

—¿Quieres que vayamos a algún sitio?

—No puedo. Las clases empiezan dentro de quince minutos. No puedo faltar o no podré presentar los finales la semana que viene.

—¿Has vuelto a verla?

—¿A Alicia? No. Desde ayer, antes de encontrarme contigo, no la he vuelto a ver.

—Si la ves, no le hagas caso.

—Lo haré.

Aquel chico la comprende. Por fin alguien que no se toma su problema como una catástrofe mundial. Ángel la escucha y no se alarma por que esté enferma. No quiere sobreprotegerla. Sólo que esté bien. Contenta. Por eso le gusta tanto. No es sólo un físico y una cara bonita. Es mucho más.

Cuánto se alegra de haberle contado su historia.

—¿En serio que ves a una chica que no existe?

—Sí. Aunque hace semanas que no aparece —le confiesa—. Pero Alicia parece tan real... como tú y como yo. Te lo juro.

Los dos están sentados en la cocina que Ángel y su padre acaban de pintar. Toman un chocolate caliente que ella misma ha preparado. Es el último día que trabajará en su casa. Lo extrañará mucho.

—¿Y cómo sabes que no existe?

—Porque todo el mundo me lo dice.

—No te creas nada de lo que el mundo te dice.

—En esto no me queda más remedio. Creo que tienen razón —admite resignada—. Oye, ¿cuándo te volveré a ver?

—Cuando tú quieras.

—No me dejan salir sola a la calle.

—Pues ya hablaremos el día que vuelva aquí.

—No queda nada por pintar en toda la casa.

—También arreglamos antenas y tuberías, limpiamos chimeneas...

Misteriosamente, la antena de televisión se estropeó a los tres días. Los padres de Eli volvieron a llamar al hombre que les había pintado la casa, convencidos por su hija. Éste, como ella esperaba, no venía solo. Con él traía a su hijo, con el que pudo volver a conversar.

—Esta semana vuelvo a clase.

—Qué bien. Me alegro.

—He convencido a mis padres. Aunque no imaginas lo que me ha costado.

—¿Y los médicos lo aprueban?

—No. Creen que debo esperar un tiempo para volver. Pero necesito regresar a la escuela. Y de esa manera, puede que consiga también que me dejen salir sola de casa y nos podamos ver más a menudo.

—Me parece bien. Así no tendrás que estropear más veces la antena de televisión de tu casa.

—¿Te has dado cuenta?

—Me dedico a esto.

—Es que me gusta hablar contigo. ¿Quieres que nos veamos el jueves por la tarde?

—Sí. Me gustaría. Ese día trabajo en la calle Carretas. Podemos quedar allí cuando termine e ir a dar una vuelta luego.

—¡Genial!

La cita de ayer en la calle Carretas fue prácticamente perfecta, aunque llegó tarde a casa y su madre le echó bronca. Tan sólo faltó algo para redondearla: un beso. Pero esta vez no va a dejar pasar la ocasión. Eli se aproxima a Ángel. Rodea su cuello con las manos, apoyándose en su espalda, y se alza sobre sus zapatos. Lo que viene a continuación es lo que lleva esperando dos semanas. Cierra los ojos y encuentra sus labios.

—Tengo que irme —le dice unos minutos después, tras volver a saborear su boca—. ¿Cuándo te volveré a ver?

Capítulo 35

Han decidido ir caminando hasta el Teatro Talía. Marc Pons guía a Wendy y a Raúl por las calles de Valencia sin parar de hablar ni un solo segundo. En el camino, pasan junto a la catedral y el Miguelete, frente al que se detienen para tomarse una foto.

Él le pasa una mano por la cintura, ella medio sonríe y... click.

—Es la primera foto que tenemos juntos. ¿La subo a Twitter?

La chica asiente, aunque le da un poco de vergüenza. Es la primera vez que aparece con alguien, que no sea familia, en su cuenta de Twitter. Apenas tiene treinta *followers* y la mayoría son seguidoras de Taylor Swift, a las que no conoce de nada.

Los tres jóvenes llegan poco después a la calle Caballeros. En el número 31 está el Teatro Talía, donde por la noche se celebrará la ceremonia de entrega de premios. Según les ha contado Marc, habrá tres o cuatro actuaciones musicales de grupos valencianos y un par de monólogos y se proyectarán los dos cortos finalistas antes de la decisión final. Además de los discursos pertinentes.

—¿El jurado ya ha elegido al ganador? —pregunta interesado Raúl.

—No. Los cinco miembros del jurado se reúnen media hora antes de empezar la ceremonia para que no haya filtraciones. Ellos ya han visto los dos cortos varias veces. Hubo años en los que se elegía antes, pero sin saber por qué, terminaba enterándose todo el mundo antes de que se abriera el sobre. Así que cambiaron el proceso. Ahora le damos más emoción.

Poco a poco han ido mejorando el certamen y dotándolo de más interés. Comenzó siendo un festival sin ayudas de ningún tipo, cuyo galardón sólo era una pequeña estatuilla en forma de caballo alado. Ahora se ha convertido en un concurso importante, con un premio en efectivo muy jugoso. Además, está lo del curso cinematográfico de un año y el prestigio que ha ido acaparando el festival con el paso del tiempo. Es el sexto año en el que también se organiza una ceremonia de entrega con música, actuaciones e invitados importantes de la Comunidad Valenciana.

—Es decir, que todavía no se sabe quién se lleva el premio.

—No. Todavía no. Emocionante, ¿verdad?

Los dos jóvenes se miran y le dan la razón al mismo tiempo. Wendy está hecha un manojo de nervios. Siente un cosquilleo permanente en el estómago. Casi no escucha nada de lo que le dicen y bastante tiene con mantenerse en pie.

—Vamos para adentro —comenta Marc, invitándolos a pasar al teatro.

Raúl y Wendy obedecen. Atraviesan una gran puerta marrón que da a una antesala rectangular adornada con una alfombra rojiza. A izquierda y derecha se encuentran con escaleras que llevan al piso de arriba. Enfrente ven tres escalones que conducen a una puerta más pequeña, con una ventana redonda en la parte superior. Marc se anticipa a abrirla y descubre ante ellos el patio de butacas y el escenario. El color que predomina es el rojo, que es el de las casi ciento cincuenta butacas con que cuenta el teatro. No es demasiado grande, pero impresiona. Sobre todo a la chica, que se ha puesto todavía más nerviosa al contemplar el lugar donde le puede cambiar la suerte.

—Las entrevistas, ¿prefieren hacerlas aquí o en la calle?

—Me da igual —indica Raúl, admirando aquel lugar—. ¿Tú qué prefieres, Wendy?

—No hacerlas —contesta, mitad en broma, mitad en serio.

Al final, deciden hacerlas allí dentro.

La primera a quien atienden es a la chica que se encarga de la prensa del festival de cortos. Es una joven alta y delgada, que se llama Olga Boix. Con ella va un camarógrafo con barba y una gorra Kangoo puesta hacia atrás. Tras preparar el plano y las luces y contarles un poco lo que van a hacer, comienza la entrevista.

—Wendy Smith y Raúl Besada son los dos finalistas del Festival de Cortos de Valencia para Jóvenes Directores de este año. ¿Qué sintieron cuando se enteraron de que sus películas habían sido las dos elegidas para la final, de entre tantas cintas que se han presentado en esta decimosegunda edición del certamen?

Es el chico el que contesta en primer lugar, tras darle paso ella con un gesto con la cabeza.

—Una gran felicidad y mucha satisfacción. Es el primer corto que hago y no pensaba ni siquiera presentarlo a ningún concurso. Pero gracias a la insistencia de los actores, de mis amigos y de mi familia, lo hice. Y ha sido una sorpresa enorme encontrarme entre los dos candidatos al premio. No puedo estar más contento.

—¿Y tú, Wendy?

La chica duda antes de comenzar a hablar. Se nota que está nerviosa porque sus labios tiemblan. Gesticula con las manos, que le sudan sin parar.

—Como ha dicho mi compañero, conseguir llegar hasta aquí es... una gran satisfacción personal. Como un sueño. No me lo esperaba. Estoy... muy emocionada y es todo un honor ser una de las finalistas.

Cuando acaba, siente la mano de Raúl sobre la suya. La está acariciando por encima. Los dos se miran a los ojos y se sonríen. Por alguna extraña razón, que la esté tocando la pone todavía más nerviosa, pero al mismo tiempo le aporta tranquilidad.

—Raúl, cuéntanos, si ganas, ¿qué harás con los tres mil euros?

—No lo sé. No lo he pensado. Seguramente le haga algún regalo a mi novia. Y también a mis dos hermanas pequeñas. Si no, me matarán —dice sonriendo, dominando la cámara—. El resto, ya veremos para lo que alcanza.

—¿Y tú qué harás, Wendy?

—Bueno. No me lo he planteado. Hasta que no tenga el premio en mis manos no quiero pensar lo que voy a hacer con el dinero. Todavía queda el último paso.

—Eres muy precavida, ¿no?

—Lo que soy es bastante pesimista, en general. Tengo un rival muy fuerte y cualquiera de los dos puede ganar el concurso —concluye, mirando a Raúl y colocándose el pelo por detrás de las orejas.

A Wendy vuelven a vibrarle los labios cuando habla. No piensa mucho lo que dice y está segura de que está quedando muy mal delante de la cámara.

—Los dos son muy jóvenes y tienen un gran futuro por delante, ¿cuál es su sueño relacionado con el mundo del cine?

—A mí me encantaría ser director y poder vivir de mis películas —responde con franqueza Raúl—. Es mi sueño desde que era un niño y trataré de que se cumpla con todas mis fuerzas. El haber hecho *Sugus* y estar entre los dos finalistas de este festival es un primer paso muy importante y me da mucha energía para seguir haciendo cosas.

Olga cambia el micrófono de lado y lo coloca delante de la chica. La cámara también se centra en ella.

—Yo también quiero ser directora de cine. Me encantaría ser como Sofia Coppola. Hacer las películas que a mí me gustaran y poder emocionar a los espectadores.

—¿Te gusta Sofia Coppola?

—Sí, es mi gran referente.

—No tienes mal gusto.

—Muchas gracias. Es la mejor.

—¿Y tú tienes algún referente tan claro como ella, Raúl?

El chico tampoco lo piensa demasiado a la hora de contestar quién es su favorito.

—El mío es Roberto Benigni.

—Grande. *La vida es bella* —añade Olga—. «¡Buenos días, princesa!»

—«¡He soñado toda la noche contigo! Íbamos al cine y tú llevabas aquel vestido rosa que me gusta tanto. Sólo pienso en ti, princesa. Pienso siempre en ti.»

El camarógrafo hace un gesto de «OK» con el dedo pulgar y la periodista sonríe de oreja a oreja al oír a Raúl recitar aquel famoso trocito de la película del director italiano. Pero en quien más impacto ha tenido la interpretación del chico ha sido en Wendy. Cada minuto que pasa, lo admira más. Tampoco él tiene experiencia delante de las cámaras. Como ella, prefiere estar detrás de los focos. En cambio, se le ve desenvuelto, simpático, e incluso diría que se siente a gusto frente al lente. Es un chico muy especial y tiene miedo de que aquella devoción que siente hacia él se convierta en algo más. Lo único que le faltaba sería enamorarse de la persona equivocada. Raúl no es para ella por mil motivos distintos. Y sobre todo, por uno en concreto: tiene novia y es evidente que está muy enamorado.

—¿Quién es la primera persona a la que van a llamar si ganan el concurso? —retoma la entrevista Olga.

—A mi novia, Valeria.

—Yo, a mi padre.

—Y para terminar esta entrevista, ¿por qué piensan que deben ganar el festival? ¿Qué tiene su corto de especial para que el jurado vote por él esta noche?

Los dos se quedan pensativos un instante. Raúl, de nuevo, se lanza primero.

—Es una pregunta difícil de responder. Resulta complicado hablar bien de uno mismo sin parecer vanidoso o prepotente. Yo creo que *Sugus* es un corto divertido, en el que los actores lo hacen genial. Nos divertimos mucho grabándolo. ¿Qué tiene para ser el ganador? No lo sé. Eso se lo dejo a los miembros del jurado.

Wendy suspira cuando le oye. Es su turno. Baja la mirada y cuando vuelve a levantarla, recuerda todo lo que le costó grabar *Incomprendida*. Sólo dos actrices, dos primas que la odian pero a las que pagó todos sus ahorros para que actuaran para ella. Una cámara que ni siquiera es suya. Y un guion escrito entre lágrimas que reflejaba su realidad.

Contesta, con los ojos brillantes.

—No lo sé. No sé si soy suficientemente buena para ganar este festival... Me encantaría llevarme el primer premio..., eso supondría más confianza en mí misma, más ilusión a la hora de enfrentarme a todo, y me serviría de estímulo para el futuro. Creo que necesito este premio más que ninguna otra cosa en el mundo en este momento. Pero, siendo honesta, no sé si estoy a la altura de un galardón como éste.

Aquel arranque de sinceridad de Wendy asombra a Olga, a Raúl e incluso al cámara. Los tres contemplan las lágrimas de la chica, que se levanta y sale huyendo del patio de butacas donde se estaba desarrollando la entrevista.

Raúl se lamenta resignado. Le hubiera gustado ganar, pero en ese instante hay alguien a quien prefiere ayudar. Hay cosas más importantes que el dinero, el triunfo y la popularidad. Cuando termine las entrevistas, hablará con Marc Pons y le comunicará su renuncia al premio del festival.

Capítulo 36

Ha visto la foto que Raúl ha subido en Twitter con Wendy en el Miguelete de Valencia. Qué guapo está. Y luego, el WhatsApp que le ha enviado:

Hola, preciosa. Acabo de hacer una entrevista. Imagino que tú estarás en clase. Te extraño mucho. Saluda a todos de mi parte. Cuando salgas, hablamos, si es que la BlackBerry no se apaga y lo permite. Te quiamo.

Valeria le responde con otro mensaje mientras se dirige a la cafetería de la escuela. Quiere estar sola y alejarse lo más posible de Elísabet, que se ha juntado rápidamente con los otros chicos del club cuando ha sonado el timbre.

Hola. Estamos ya en el recreo. ¡Te vas a hacer famoso antes de lo que pensaba! Yo también te extraño. Te quiamo.

Está cabizbaja y tiene mucho sueño. Apenas ha logrado dormir dos horas seguidas esa noche. Demasiados remordimientos y temas pendientes. Y una balanza inclinada hacia uno de los lados. Cuando Raúl regrese de Valencia, hablará con él. Ahora no puede molestarlo y truncar un día que seguro que será muy feliz para él, cuando esta noche le den el premio del concurso de cortos.

Pide una dona y un jugo de piña, de esos que vienen en un pequeño tetrabrik, y se sienta sola en una de las mesas del fondo.

Juguetea con las teclas de su teléfono y piensa qué escribirle. Desde que intentó besarlo ayer por la tarde han pasado muchas cosas por su cabeza. Demasiadas. Pero cree que sabe lo que quiere. ¿Es lo mismo que lo que siente?

> Hola, César. Ya sé que es raro que yo te lo pida, porque siempre eres tú el que me está persiguiendo. Pero me gustaría hablar contigo sobre tu propuesta y de lo que sucedió ayer en la cafetería. ¿Puedes esta tarde?

Titubea a la hora de pulsar la tecla de envío pero, finalmente, se atreve. ¿Cómo saber que está haciendo lo correcto? No hay ninguna forma de saberlo. Se limita a hacer caso a su propia razón. Es la hora de cerrar definitivamente todas las puertas y dejar abierta sólo una de ellas. Por la que se sale y se entra a su corazón.

Suena el celular un par de minutos más tarde. Ahí tiene la respuesta de César.

> Esta tarde no puedo. Nate y yo quedamos de vernos para tocar en la línea 10. Pero nos vemos en dos minutos. Estoy llegando a tu escuela. Ahora hablamos.

¿Qué? ¡Qué! Ése no era el plan que tenía en mente. ¿Cómo que ahora la ve y que está llegando a la escuela? Pero ese chico no está bien de la cabeza.

Muy nerviosa, le da un gran mordisco a la dona y sale de la cafetería a toda velocidad. Se dirige a la verja que rodea el edificio y a lo lejos lo contempla, estupefacta. Él también la ve a ella y la saluda alegremente agitando la mano en alto. Lleva la guitarra colgada al hombro y un gran ramo de rosas rojas. ¿No será para ella? ¡No! Valeria no sabe si quedarse a esperarlo o saltar la valla y salir corriendo en dirección contraria. Opta por la primera opción, que es la más sencilla. Ya tuvo malas experiencias ejercitando el salto de valla con Raúl, hace unos meses.

Pero hay algo más que inquieta a la chica. Algo en lo que hasta ese momento no había reparado. Detrás de César vienen otros cuatro chicos. Y cada uno porta un instrumento musical. Distingue una trompeta, un trombón, un tambor y unos platillos. No irá a hacer lo que parece...

—¡Valeria! —grita el joven, antes de llegar a la puerta del centro—. ¡Te quiero mucho!

Entonces, deja el ramo de flores en la acera, con mucha delicadeza, y da el tono para que los otros cuatro le sigan.

—¡César, por favor! ¡No! —exclama la chica desesperada.

Pero es demasiado tarde. Los cuatro músicos empiezan a tocar al unísono y César entona con su voz desgarrada el famoso tema que popularizó Gloria Gaynor, *Can't take my eyes off you,* versión en español.

No puedo creer que es verdad,
que tanta felicidad
haya llegado hasta mí,
y simplemente aprendí
que el cielo siento alcanzar,
pensando que voy a amar.
Por eso no puedo así
quitar mis ojos de ti.

Boquiabierta. Sin palabras. Val se ha quedado muda. ¡Está haciendo como en la película *10 razones para odiarte*! Es la misma escena, la del campo de futbol. No puede creer lo que está presenciando. César deja de tocar un instante la guitarra y vuelve a agarrar el ramo de rosas rojas del suelo. Se acerca hasta ella, mientras el de la trompeta y el del trombón se recrean en la parte instrumental de la canción.

—Para ti —le dice el chico, entregándole las flores a través de la verja.

—Tú..., tú no estás bien. Te tienen que ingresar en un manicomio urgentemente.

Sin embargo, Valeria ríe cuando habla. No está enfadada, a pesar de que le arden las mejillas y quisiera golpearle en la cara con el ramo de rosas. Está loco. Mucho. Y hace cosas como ésa, cosas que no tienen ni pies ni cabeza y le hacen pasar una vergüenza terrible. Pero es un loco adorable y con una imaginación fuera de lo común.

—¡Te quiero mucho! ¡Y bien, compréndelo! —continúa cantando César, al otro lado de la valla, acariciando su guitarra, mirándola fijamente.

¡Te quiero mucho! ¡Y bien, compréndelo!
¡Te quiero mucho! ¡Con gran intensidad!
¡Te necesito! Te digo la verdad...

La gente que pasa frente a la escuela asiste atónita al improvisado espectáculo musical. Algunos toman fotos con el celular, otros se van riendo o se quedan parados preguntándose qué programa de televisión es. También los alumnos del centro han salido del edificio para comprobar qué es todo aquel alboroto. Contemplan a un tipo con una guitarra y cuatro músicos interpretando un tema para esa chica de primero de Bachillerato que sostiene en las manos un ramo de rosas. ¿No es su novio Raúl? ¿Se separaron? ¿Está saliendo ahora con el guapo aquel?

Te quiero mucho.
Y pido sin cesar que no me dejes.
Pues cuando te encontré pensé en amarte...
Siempre...
voy a amarte.

El tema acaba y algunos, hasta aplauden. El joven coge la mano de Valeria y se la besa.

—No sé cómo me has podido hacer esto —protesta sonriendo la chica—. ¿Qué van a pensar mis compañeros de mí?

—Qué más da lo que diga o piense la gente. Lo que quiero saber es qué piensas tú.

—César, yo...

—¿Te has enamorado ya de mí?

El timbre anuncia que el recreo ha terminado. Los

estudiantes regresan al interior del edificio rumbo a la cuarta clase de la mañana.

—Me la estás poniendo muy difícil.

—Al contrario. Es muy sencillo.

—Nada es sencillo ahora mismo para mí.

—Si te dejas llevar como ayer por la tarde, lo será.

—Lo siento, me tengo que marchar.

—Muy bien. Aún me queda tiempo para conseguir mi propósito. No te vas a deshacer de mí tan fácilmente. Nos volveremos a ver muy pronto. Y recuerda que... te quiero mucho.

La chica sonríe y se da la vuelta. Corre hasta dentro, abrazando las rosas y con más dudas de las que antes tenía. Aquella historia parece que nunca tendrá final. Pensaba decirle a César que, aunque cada vez le gustaba más, la última pieza de la balanza había caído del lado de Raúl. Su novio, el chico al que ama. La persona que desea que permanezca a su lado todos los días de su vida. Creía que lo tenía claro. Pero al verlo de nuevo cantando, dedicándole su tiempo, su locura, su imaginación, siente que vuelve al principio.

No puede engañarse más. Tiene un gran problema: quiere a dos chicos pero sólo puede amar a uno.

Capítulo 37

—¿Te encuentras mejor?

—Sí, muchas gracias. Ha sido un momento de bloqueo mental. Ya te dije que lo mío no era hablar delante de la cámara.

—Lo has hecho bien.

—No es verdad. No hace falta que me mientas.

Raúl sonríe y se sienta a su lado, en el sexto peldaño de la escalera de la izquierda. Wendy bebe un trago de agua de la botella que Marc Pons le ha dado para que se tranquilizara tras el ataque de nervios de antes.

—No te miento. Yo te he visto muy bien. En cualquier caso, lo nuestro es estar detrás de la cámara, no frente a ella.

—Pues cualquiera diría que a ti se te dan bien las dos cosas. Parecías un actor.

—¡Qué va!

—En serio. Te has desenvuelto genial. Hasta has sido capaz de recitar el fragmento de *La vida es bella*.

—Eso es porque es mi película preferida. He visto tantas veces la escena que me la sé de memoria.

—Yo sería incapaz de hacer lo mismo con las pelis de Sofia Coppola.

Falta de confianza. Todo se resume siempre en lo mismo. A aquella joven le hace falta una gran alegría para que empiece a sentir que puede hacer lo que se proponga.

—Creo que ya no hay más entrevistas con cámara de tele.

—Menos mal.

—La próxima es para una radio valenciana. Vienen dentro de una hora.

—Mi voz es muy fea. Seguro que se escucha muy mal en la radio.

—¡Wendy!

—¿Qué?

Va a decirle que no siga por ese camino, que basta de negatividad. Que no se queje más y comience a confiar un poco más en ella, en sus cualidades. A él, por ejemplo, le agrada su voz. Pero recuerda lo que pasó la noche previa y decide no volver a sacar ese tema.

—¿Me das un poco de agua? —improvisa.

La chica le pasa la botella y Raúl bebe. Los dos permanecen en silencio unos minutos. Él pensando en cómo y cuándo decirle a la organización que renuncia al premio. Y ella envidiando a la novia de aquel joven que tiene al lado. ¿Por qué ella no encontrará a alguien así con quien compartir su vida? Muy sencillo: porque no le gusta a nadie. Jamás ha tenido pareja. Ni siquiera ha dado un beso. Debe de ser algo increíble besar al chico al que quieres.

—Chicos, ¿cómo les va? —les pregunta Marc, que aparece por la puerta del teatro acompañado de un hombre trajeado, de unos cuarenta y tantos años, con pinta de ser alguien importante—. Éste es Vicente Cebrián, el director del festival y presidente del jurado.

Wendy y Raúl se levantan del escalón, bajan y se presentan. Los dos le estrechan la mano y le dan las gracias por haberlos seleccionado.

—Tienen mucho talento. Este año hemos recibido más de cien cortos y el nivel estaba muy alto. Pero los suyos tenían algo especial. Sin duda, para todo el equipo que formamos el certamen eran los dos mejores.

Aquellas palabras enorgullecen a Raúl y devuelven el ánimo perdido a Wendy.

—Imagino que no han visto el corto del otro, ¿verdad? —les pregunta Marc. Los chicos niegan con la cabeza.

—Ahora probaremos en la pantalla gigante que hemos instalado que todo funciona bien y las dos películas se ven correctamente —señala Vicente, quitándose la chamarra—. Si quieren, pueden verlas ustedes también antes de la siguiente entrevista.

—Por mí genial —responde Raúl.

Wendy también acepta, aunque a ella le preocupa que el corto del chico sea muy superior al suyo y le borre por completo de su mente las posibilidades de poder ganar el festival.

Los cuatro entran en el patio de butacas y se sientan en la tercera fila. Se cierran las puertas, se apagan las luces y empieza la proyección de *Incomprendida*. La película comienza con la imagen de una adolescente sentada, escribiendo en un diario de papel. No se le ve el rostro, sólo una hermosa cabellera rubia que le cae hasta el final de la espalda. La voz de la narradora nos lee lo que escribe:

Me encuentro sola. Ya no distingo si es hoy o mañana, porque todos los días me parecen iguales. Nadie me
pregunta cómo estoy o qué es lo que siento. Ni siquiera
mi madre o mi padre, que se han cansado ya de intentar
animarme. Soy un caso perdido. Una pieza más de un
rompecabezas que nadie va a terminar.

Nunca he encontrado un amigo de verdad. Alguien
que se esfuerce por hacerme reír o que llore conmigo
cuando estoy triste. Si me caigo, me levanto yo sola.

A mis diecisiete años, tampoco he tenido novio; un
chico que quiera descubrir cómo beso o cómo abrazo. O
simplemente, averiguar cómo sonrío si lograra hacerme
feliz. He llegado a la conclusión de que alguien ha tenido que exprimir y convertir en jugo a la media naranja
que me correspondía.

Ésa soy yo. Una tonta adolescente que no busca su
sitio en el mundo porque ya lo ha encontrado junto a un
papel en blanco y una historia sin contar. Una historia
de pocas líneas. Líneas aburridas, tristes y desordena-
das. Incomprendidas. Como yo.

No me entienden. Y lo más crudo es que nadie intentará comprenderme.

Raúl observa de reojo cómo Wendy se muerde los
labios. Se le ve muy tensa, como si tuviera miedo de que
su corto no fuera lo suficientemente bueno y Marc, Vicente o él mismo se dieran cuenta mientras lo ven.

Sin embargo, su cortometraje es fantástico. Lleno
de emoción, de sentimiento. De realidad. Tal vez, la que
ella está viviendo en su día a día. La realidad de la in-
comprensión y la soledad. En muchos momentos, también él se ha sentido identificado con lo que explicaba
la protagonista.

El corto termina con un mensaje algo pesimista y un agridulce y sarcástico final. La chica encuentra a otra joven como ella, pero es sólo una ilusión, una especie de holograma que su imaginación ha creado. Si se hubiera llamado Alicia, Raúl se habría caído del asiento.

Cuando aparece la palabra «fin», las luces se encienden y todos aplauden, menos Wendy, que se hunde en su butaca devorada por la vergüenza.

—Es buenísimo. Brillante. Una historia preciosa —indica el director del festival—. Ella es feliz con su amiga imaginaria y aunque al final sepa que no existe, es la única que la comprende. Es una irónica forma de interpretar el refrán «mejor solo que mal acompañado». O podríamos hablar aquí de «mejor con una amiga invisible que mal acompañada». Genial.

La chica asiente a todo lo que Vicente Cebrián le comenta. Lo que ese hombre no sospecha es que aquel corto es su manera de contarle al mundo lo sola que se siente. Raúl sí lo ha captado. Sabe que las sensaciones del personaje están basadas en las sensaciones de la propia Wendy. Y la crítica de la que habla es una crítica hacia sí misma, incapaz de hacer nada bien y relacionarse con otros chicos de su edad.

—Bueno, vamos ahora con *Sugus*, del amigo Besada. ¿Listos?

Las luces se apagan de nuevo y en la pantalla se proyecta el corto de Raúl. Los cuatro contemplan en silencio la película del joven, que se muestra tranquilo. Los nervios los dejó en el rodaje.

Wendy, muy interesada, no pierde detalle. Le encanta lo que está viendo. La escena en la tienda de golosinas, el triángulo amoroso... y cuando llega el final, no puede aguantar la carcajada. ¡Cómo se le ha podido ocurrir algo tan surrealista!

—Es mi homenaje a *Skins* —bromea el chico en voz baja antes de que las luces vuelvan a iluminar el teatro.

Como sucedió con *Incomprendida,* el corto de Raúl también es muy aplaudido por Vicente y Marc.

—Hilarante final. Qué talento tienes, muchacho —le dice el director, sin dejar de aplaudirle.

Wendy sonríe, pero un sentimiento de debilidad la desborda por todas partes ahora mismo. Sabe que él será el ganador. Su corto es más completo, está mejor dirigido y acaba de una manera espectacular. Cualquier idea de vencer ha desaparecido tras ver *Sugus.* El premio tiene que ser y será para Raúl.

—¿Me perdonan un segundo, por favor? El baño está arriba, ¿verdad?

Marc asiente y le indica el camino. Mientras el director continúa dialogando con el chico y alabando su película, ella abandona el patio de butacas. Tiene muchísimas ganas de llorar. Si pudiera, tomaría el tren de vuelta y regresaría ya a Madrid. Pero el boleto es para mañana. Tendrá que aguantar allí de una manera digna. Y es que no existe ni una sola posibilidad de éxito. Por lo que se ve, Wendy Minnesota volverá a fracasar una vez más. Y en esta ocasión, en su terreno. En lo que realmente pensaba que se le daba mejor y tenía posibilidades.

—Renuncio al premio —suelta el joven, una vez que su nueva amiga no está presente.

—Perdona, ¿cómo has dicho?

El director ha creído oír mal lo que Raúl le acaba de decir.

—Según he leído en las normas, puedo renunciar a ganar el festival.

—¿Es broma? —interviene Marc. Ni rastro de su sonrisa perenne—. ¡No puedes renunciar!

—Sí que puedo. Y es lo que estoy haciendo.

Vicente Cebrián se pasa las manos por la frente y se aplasta el cabello. Es la primera vez que ocurre algo así en los doce años que lleva organizando el concurso.

—¿Por qué renuncias? —pregunta nervioso—. ¿Alguien te ha hecho una oferta para comprarlo? ¿Una productora, un canal de televisión...? ¿Te han ofrecido un premio mayor en otro certamen?

—No puedo decirlo. Lo siento.

—Pero a ver, chico —vuelve a tomar la palabra Marc Pons, visiblemente enfadado—. ¿Tú quién te crees que eres para hacer algo así? No puedes dejarnos con esta cara de idiota después de haber organizado todo y haberte presentado a los medios de comunicación. Echarás a perder el festival si renuncias.

—Dinos al menos por qué.

Raúl resopla. No puede contarles que si abandona, es por su rival. Quiere que Wendy sea la ganadora. ¿Está siendo demasiado bueno? ¿Un tonto? Posiblemente, pero es lo que siente. Lo único que pretende es ayudar a una persona que lo necesita.

—No puedo decirles nada sobre mi motivo para renunciar al premio —insiste el joven—. Pero no tiene por qué afectar al concurso. Podemos seguir como si no hubiera pasado nada.

—¿Y engañar a la gente? ¡No vamos a permitir eso! —vocifera Marc—. ¡Éste es un festival serio, importantísimo, con un gran prestigio! ¡Y no estamos dispuestos a amañarlo!

—Espera un segundo. El chico tiene razón.

—¿Cómo dices?

—Que no hay que dramatizar. Si no quiere el premio, se lo damos a la otra finalista y punto. Pero esto no saldrá de aquí. Seguiremos como si todo fuera normal.

—Es mejor no contarle nada a ella —advierte Raúl.

—Así lo haremos. No te preocupes. Ella no sabrá nada de esto.

—¿Y el jurado?

—Ya me encargo yo de que voten a Smith, Marc —comenta Vicente Cebrián, reflexivo—. En fin, si es lo que quieres y no hay marcha atrás... Ya tenemos ganadora del festival.

Capítulo 38

Las clases acaban esa semana. Hoy salen a la una y media, algo que todos agradecen. Llevan unos días repletos de tensión y de nervios. Primero de Bachillerato va llegando a su término. A partir del lunes empiezan los temidos exámenes finales y se la jugarán prácticamente a una carta.

—No sé si seré capaz de aprobar todo. Estoy algo perdida —indica Eli, todavía dentro de la escuela—. Son muchos meses sin estudiar nada.

Bruno, Ester y Meri la acompañan, como también han hecho durante el recreo. Valeria les ha dicho que se une más tarde a ellos. No tiene ganas de compartir ni un solo segundo más con la que fue su mejor amiga. Los intentos de Elísabet por acercarse han sido inútiles durante toda la mañana. Ni le ha dirigido la palabra.

—Tú estudia mucho este fin de semana y verás cómo todo sale bien —comenta Ester positiva.

Cuando salen del edificio, la madre de Eli está esperándola en el coche, pero en lugar de ir a su encuentro, ella sale corriendo hacia una chica rubia, que aguarda pacientemente y muy ilusionada a que su novio aparezca.

—¡Alba! ¡Qué guapa estás! —exclama abrazándola—. ¡Tenía muchas ganas de verte!

Sin embargo, ésta no piensa lo mismo. Da un par de pasos hacia atrás y la mira muy seria. Desafiante.

—Yo no tantas. Después de utilizarme como lo hiciste...

—Te entiendo —dice Eli, apagando su euforia inicial—. Sigues enfadada conmigo, ¿no?

—No, no estoy enfadada contigo. No soy tan rencorosa. Pero no creo en la buena onda que te traes ahora. Ya me contó Bruno que les habías pedido perdón a todos.

—Sí. Y a ti también. Tú fuiste una de las que peor la pasaron por mi culpa. Perdóname, por favor. Fui muy mala contigo.

La madre de Elísabet hace sonar el claxon para que su hija se dé prisa. Mientras tanto, el resto del grupo se acerca hasta donde las dos chicas dialogan. Bruno le da un beso a Alba en los labios y la conversación continúa entre ambas.

—No puedo decir que no te perdono. Soy feliz ahora y me gustaría que tú también lo fueras algún día. Así que acepto tus disculpas.

—Muchas gracias, Alba.

—Pero como se te ocurra hacer algo para romper el grupo o intentes hacer una de las tuyas contra alguno, te las verás conmigo. Te lo aseguro, Eli.

Las amenazas de la joven asombran hasta al propio Bruno. Cuando discuten entre ellos no se muestra tan agresiva.

—No te preocupes. Nada de eso va a pasar. He cambiado y me he dado cuenta de que les he hecho mucho daño a todos.

—Más te vale que hayas cambiado, Eli. Más te vale.

La tensión entre las dos chicas se evapora cuando Susana vuelve a tocar el claxon. Está comenzando a desesperarse al ver que su hija no va.

—Me tengo que marchar ya. Estudia mucho este fin de semana. Si quieres cualquier cosa, aún tengo el mismo número de celular. Hasta el lunes.

Elísabet se despide de los cuatro y corre hasta el coche de su madre. Sube y, tras saludarla con un beso, insulta a Alba en voz baja, casi de forma inaudible. Si esa estúpida ha conocido a sus amigos y de alguna forma pertenece ahora al club es gracias a ella. ¿Quién se ha creído que es? ¡Maldita intrusa! No le gusta nada cómo la ha tratado. Se ha tenido que morder la lengua para no soltarle sus verdades. Pero debe callarse si quiere recuperar la confianza del grupo.

En el camino hasta casa no habla demasiado con su madre. Sólo piensa en la afrenta de Alba y en lo bien que besa Ángel. Dos cosas totalmente contrapuestas. Pero esa niñata no va a amargarle uno de los días más felices de su vida. Saborear su boca ha sido increíble. Está deseando volver a verle. Le ha prometido que será muy pronto, aunque no le ha garantizado que sea ese fin de semana. Tiene que estudiar muchísimo hoy, el sábado y el domingo, aunque si apareciese, lo dejaría todo por estar con él.

Llegan a su casa y entran. Huele muy bien en la cocina.

—¿Qué has hecho de comer, mamá?

—Lasaña vegetal. Tu preferida, ¿no? —indica Susana, dándole una palmadita en el hombro. Es difícil contentar y sacarle una sonrisa a su hija. Aun así, lo sigue intentando como puede—. Voy a subir a cambiarme los zapatos. Éstos me hacen polvo los pies.

La mujer se marcha y deja sola en la cocina a su hija. Elísabet abre con cuidado el horno y aspira el aroma de la pasta. ¡Qué hambre!

—Cuidado, no se te vaya a quedar la cabeza ahí metida —le dice una voz a su espalda.

Alicia lleva puesto un vestido blanco y sobre él un delantal completamente negro. Las manos las tiene cubiertas con guantes de cocina de color pistache.

Al girarse y verla, Eli resopla y cierra la puerta del horno.

—No quiero saber nada de ti.

—Mientes. ¿O prefieres que en mi lugar esté esa enana rubia que te ha faltado al respeto?

—No existes. Me da igual lo que me digas.

—Otra vez con esa tontería de que no existo.

Las dos chicas salen de la cocina. Suben por la escalera y entran en el dormitorio de Elísabet. Ésta se quita la chamarra y luego la camiseta con la que ha ido a la escuela. Abre el armario y se pone otra, más de andar por casa. A continuación, se dirige al cuarto de baño. Alicia camina detrás y entra con ella.

—¿Hasta aquí vas a seguirme? —le dice, viéndola a través del espejo, tras cerrar la puerta.

—Según tú, no existo. Así que no creo que te moleste mi no-presencia.

—Eres una verdadera molestia. Te odio.

—En cambio, yo te quiero.

—Déjame en paz.

Eli se lava las manos y se da cuenta de que en la cara le han salido dos granitos. Uno en la frente y otro en la parte inferior de la nariz. Mierda, no puede ser.

—¿Vuelven? —pregunta Alicia, sonriéndole irónica—. La belleza es algo efímero.

—No vuelven. Sólo son dos pequeños granos sin importancia. Nada más.

—Pues parecen enormes.

—¡Cállate, por favor!

—¿Te habrán salido por los nervios? Porque que yo sepa no has comido mucho chocolate últimamente.

—Por el chocolate no te salen granos. Es una leyenda falsa.

Aunque sí que ha estado muy nerviosa esos últimos días. Más de lo habitual. Ésa sí puede ser la razón de aquellos dos molestos e impertinentes granitos. Saca una crema de un cajón y se la extiende por toda la cara.

—Mira que si vuelves a parecer un volcán... Sería divertido regresar a los viejos tiempos.

A eso no está dispuesta Eli, que empieza a perder la paciencia. No sabe ya qué hacer para que Alicia desaparezca por completo de su vida. Se ha pasado varias semanas sin verla, pero por algún motivo ha vuelto.

—Eres tú, eres tú..., no existe. Ella no existe. Sólo eres tú la que la ve. Eres tú...

—¿Y esa cancioncilla? ¿Te la ha enseñado alguno de tus loqueros?

—Eres tú. Sólo eres tú... Sólo eres tú la que ve a Alicia.

—Como te vuelvan a salir granos, Valeria se va a morir de risa. Así ya tendrá otro motivo para no querer saber nada de ti. Hoy te ha ignorado bastante, ¿verdad?

—Cállate.

—Qué suerte tiene esa chica. Hasta le llevan rosas a clase. ¿Alguna vez alguien te ha regalado flores?

—No quiero flores.

—¿Todavía no ha tenido ningún detalle contigo el hijo del pintor? Esta mañana los he visto muy acarameladitos. ¿Van en serio?

Eli resopla, contiene un grito y sale caminando deprisa del cuarto de baño. Lo que le faltaba, que se inmiscuyera también en su relación con Ángel.

—Deja a ese chico en paz. Ni lo nombres.

—Está bueno. Ya sabe que existo o, mejor dicho, que no existo, ¿verdad? —insiste Alicia, que entra otra vez en su cuarto detrás de Eli—. Y él, ¿existe?

—¡Claro que existe!

—¿Sí? ¿Estás segura?

¡Por supuesto que lo está! Esa misma mañana ha probado sus labios. Cómo va a imaginarse algo así.

—No quiero hablar más contigo. No pienso decirte nada más.

—Qué infantil eres a veces. ¿Tienes su número de celular? ¿Su Twitter? ¿Facebook? ¿Cuántos años tiene?

No tiene nada de eso y ni siquiera sabe su edad. ¿Veinte? ¿Veintiuno? Pero ¿qué más da? ¿Acaso es obligatorio saber todo de una persona? ¡Ángel es su nuevo amor! El chico perfecto. No necesita estar informada de cada detalle. Los irá descubriendo poco a poco. Cuando lo vuelva a ver...

—Nada de nada. No sabes absolutamente nada de él. Apareció en tu casa un día y de vez en cuandose ven, y ya está. ¿De dónde me suena a mí eso? Ah, pero yo no existo y él sí. Cuántas mentiras hay en tu vida, amiga mía.

Elísabet ya no puede más. No quiere seguir oyendo. Sale a toda prisa de su habitación, baja las escaleras y entra en la cocina, donde su madre está sacando la lasaña del horno.

—Hija, ¿te encuentras bien? —le pregunta cuando la ve tan alterada.

Si le confiesa que está viendo otra vez a Alicia, se acabó la libertad, la escuela y... Ángel. Con lo tranquila que ha estado durante esos más de dos meses sin verla. Si ha vuelto, habrá sido por algún motivo. ¿Sus problemas con Valeria? Ella es la única que sabía de sus visiones cuando eran niñas. Y todo lo que ha pasado en los últimos tiempos, de una manera u otra, tenía que ver con su antigua amiga. Alicia siempre surge tras algo relacionado con Val. ¿Es ella la clave de todo lo que pasa?

No está segura, pero lo intuye. ¿Qué puede hacer? ¿Cómo conseguir que sus visiones desaparezcan para siempre? ¿Debería desaparecer también Valeria? Eso significaría...

—Elísabet, te estoy hablando. ¿Estás bien?

—Sí, mamá. Me encuentro muy bien. Muy muy bien.

Capítulo 39

—¿Y ese ramo de rosas? —le pregunta Alba a Valeria en cuanto ésta llega a la altura de sus cuatro amigos.

—Mejor no preguntes.

—No me digas que es cosa de César y su proposición.

—Has acertado.

Val le explica lo que ha pasado a la hora del recreo a la chica, que camina abrazando a Bruno por la cintura.

—¡Madre mía! Pobre Raúl. ¿Y qué vas a hacer?

—No tengo ni idea. Pero hablemos de otra cosa, por favor —responde suspirando—. Estoy muy agobiada por todo esto.

—Muy bien. Cambio de tema.

Entre clase y clase, ese asunto también lo ha discutido con los demás, aunque ninguno le ha dado una solución válida a aquella situación tan confusa. Todos están a favor de Raúl, porque es su amigo, un Incomprendido. Pero ven lo que el otro chico está haciendo y comprenden que Valeria esté algo agobiada. Ella les ha pedido que no le cuenten nada a su novio, que cuando regrese mañana de Valencia lo hablará todo con él. Hoy es su día y no se lo piensa arruinar de ninguna forma.

—¿Has visto a Eli?

—Sí que la he visto.

—Han tenido un bonito reencuentro —señala Bruno, sarcástico.

—¿No te habrá echado nada en cara?

—Al contrario, he sido yo la que ha querido poner las cosas en su sitio. No voy a permitir que rompa lo que se ha vuelto a unir. Yo la perdono, pero no puedo actuar como si no hubiera pasado nada.

Valeria sonríe y le da un beso en la mejilla a su amiga. Por lo menos, hay alguien que piensa como Raúl y ella.

—No seamos tan duros. Está haciendo lo que puede para reintegrarse.

—Eres demasiado amable, Ester —apunta Alba, segura de que ha hecho lo correcto—. Yo no soy nadie para decirte cómo tienes que actuar con Eli, porque soy la última que llegué al club. Pero la conozco muy bien. Pasé varias semanas con ella en la clínica. Me contó muchas historias de cada uno y la idea que tenía de todos ustedes no era precisamente buena.

—Lo sé. Pero... ha sufrido mucho.

—Yo también la he pasado muy mal. Y no por ese motivo quiero el mal de nadie.

—Pero si ha hecho tantas cosas mal es por su enfermedad.

—No te equivoques. Su enfermedad está por un lado y ha influido en su comportamiento. Pero, sobre todo, lo que la hizo tratarnos así fueron su odio y sus celos.

Las dos chicas siguen hablando del tema Elísabet, incluso sacan lo de su extraña desaparición de ayer. Hasta que suena el teléfono de Valeria. Nerviosa, comprueba de quién se trata.

—¡Es Raúl! ¡No le digan nada de César, por favor! —les pide, alzando la voz. Descuelga y pone el manos libres.

Todos al unísono exclaman el nombre del chico y lo animan a base de gritos y halagos. Éste no dice nada hasta que se callan.

—¡Muchas gracias, amigos! ¡Se les extraña por aquí!

—¡Nosotros también te extrañamos a ti, jefe! —grita Alba—. ¡Vamos a ganar ese concurso y luego nos tendrás que invitar a todo el equipo de *Sugus* a una buena cena!

—Claro que sí.

Ninguno aprecia nada raro en él. Parece normal, contento. No saben que el vencedor está ya decidido y que su amigo ha renunciado al premio del certamen hace unos minutos.

—Bueno, despídanse ya, que voy a hablar yo. Quiero hablar con él antes de que se vaya otra vez —comenta Valeria, dándole el ramo de rosas a Meri para que se lo sujete mientras conversa con Raúl.

Los chicos vuelven a vitorearlo antes de que la dueña del celular quite el manos libres. Se queda algo retrasada del grupo, a unos metros de distancia, y continúa la charla a solas con su novio.

—Hola, guapa, ¿cómo estás?

—Bien. Cansada de las clases.

—¿Alguna novedad?

—El de Matemáticas ha explicado una cosa muy rara. No he entendido mucho. Ya te pasaré los apuntes mañana o el domingo.

—Muy bien, gracias.

—¿Y tú? ¿Qué tal?

—Pues entretenido. Ahora nos vamos a comer con el director del festival.

Raúl le cuenta también lo de las entrevistas y que ha visto el corto de Wendy. Sin embargo, obvia explicarle lo que ha decidido respecto al premio. No quiere que Val se entere de que ha renunciado a él. Ella se opondría y no entendería el motivo por el cual lo ha hecho.

—Suena bien. Se nota que te estás divirtiendo. Estás en tu mero mole ¿eh?

—Bueno. No me quejo.

—¿Con qué has soñado esta noche?

—Pues... no lo recuerdo —le miente—. Creo que contigo.

—¿No has soñado con que ganabas?

—Me parece que no.

—Da lo mismo, vas a ganar igual. Por mucho que te haya gustado el corto de esa Wendy. Por cierto, sale muy linda en la foto que has subido en Twitter. Es una chica muy... singular. Me gusta su pelo.

—¿Ya andas chismeando?

—No. Me ha saltado directamente en mi Timeline y no he podido evitar verla. Eso no es ser chismosa —le contradice—. Te lo estás pasando bien con ella, ¿verdad?

—Hubiera preferido pasármelo bien contigo.

—Yo no hago cortos.

—Ni falta que hace. Ya me cuesta competir con esta chica, que acabo de conocer, como para tener que competir también con mi novia.

—Eres demasiado buena persona. ¡Sin piedad! ¡Gana ese concurso por mí!

Quiere decirle que otro año será, que habrá más oportunidades y que esta vez no le toca a él. Pero le sigue la corriente a su chica, que no cesa de halagarlo y animarlo, y actúa como si no pasara nada.

—Val, te tengo que colgar. El director del festival está esperándonos para irnos a comer.

—Muy bien, ya te dejo tranquilo.

—¿Sabes lo mucho que te quiero?

Aquella pregunta repentina, tan directa, tan llena de sentimientos, acalora a la joven, que observa delante de ella a María con el ramo de rosas rojas que le ha regalado César. Se da cuenta de que no lo está haciendo nada bien. Que aquel chico que está en Valencia no se merece sus dudas, pero, por desgracia, éstas existen. Y son grandes. Tan grandes como lo que siente por él.

—Vete, anda, no hagas esperar más a ese hombre.

—Sí. Luego hablamos.

—Sigue disfrutando de la experiencia. Hasta luego.

—Hasta luego, Val. Te quiamo.

La chica se anticipa a su novio y cuelga antes. Le ha dicho dos veces lo que la quiere y ella ha sido incapaz esta vez de responderle igual. ¿Es que ya no lo quiere tanto? Sí, muchísimo. Quiere a Raúl, de eso no tiene dudas. El problema reside en si también quiere a César y a cuál de los dos quiere de verdad como pareja.

Camina otra vez hasta su grupo de amigos y recupera sus rosas rojas de los brazos de Meri. Huelen muy bien. Suspira, mientras escucha a Ester. Ella también tiene algo que revelarles.

Capítulo 40

—¿Félix Nájera? ¿De verdad te gusta ese tipo?

La pregunta es de Bruno. Está perplejo tras la revelación que Ester les acaba de hacer. ¡No se había equivocado en su intuición! Es él con quien habla por las noches en Skype y el que le envió los mensajes al celular el otro día en el cine. ¡También con quien estudió ayer matemáticas en su lugar!

—No es tan cerrado como parece. Si lo conoces un poco, te das cuenta de que tiene algo especial. Es un chico muy listo y muy agradable.

—Es un nerd engreído, incapaz de relacionarse con nadie.

—Conmigo lo ha hecho, Bruno. Nos hemos empezado a llevar muy bien.

Aunque es el chico quien más participa en la conversación sobre Félix Nájera, el resto también se ha sorprendido cuando Ester les ha confesado que ha mantenido varias conversaciones con él por Internet e incluso cenaron juntos anoche. Excepto Alba, que no tiene ni idea de quién están hablando, las demás chicas oyen asombradas a su amiga.

—Pues debes de ser la única con quien ha cruzado más de diez palabras seguidas, en cinco años de escuela que llevamos algunos con él.

—Eso es porque tiene un carácter complicado. ¿Sabes que es superdotado?

—Lo que sé es que es muy mal perdedor —apunta Bruno indignado.

—¿A qué te refieres?

—Cuando estábamos en primero o en segundo, no me acuerdo muy bien, le gané una partida en un torneo de ajedrez y se enfadó muchísimo.

—¿Te gusta el ajedrez? —le pregunta Alba—. No sabía nada.

—Desde tercero de secundaria no juego. Me aburre. Aunque no se me daba mal. Me apuntaba a los torneos que se organizaban en la escuela para perder alguna que otra clase. Pero lo dejé porque no me llenaba lo suficiente.

—¿Y le ganaste a Félix?

—Sí, aquel día se distrajo un momento... y le cambié un caballo y un alfil de sitio. Nadie le creyó y terminé ganándole yo la partida.

—¡Qué bestia! ¡No me extraña que se enfadara contigo! —protesta Ester.

—Y qué más daba. Sólo era un juego en una competencia de niños. Pero este tipo hasta me quiso pegar. Si no llega a ser por el profesor de Matemáticas, que andaba por allí, me habría llevado algún golpe suyo. No creo que esté muy bien de la cabeza.

—Eso pasó hace mucho.

—¿Y qué? Sigue teniendo mirada de psicópata.

Ester niega con la cabeza. No le gusta que su amigo hable así del chico al que le va a pedir salir esta noche. ¿Serán celos? No lo cree. Parece que le va muy bien con Alba y que ya se ha olvidado por completo de lo que sentía por ella. No tiene derecho a sentir celos de nadie.

—No será este chico el que te manda los anónimos por Twitter, ¿no? —se le ocurre a Meri, de repente.

—No se me había pasado por la cabeza. Pero podría ser —admite Bruno—. Se estará vengando por aquella partida de ajedrez.

—Eso es imposible —sentencia Ester muy molesta.

—¿Por qué?

—Porque no creo que un chico como él, que se pasa la vida estudiando, pierda el tiempo en hacer ese tipo de tonterías sólo por una partida de ajedrez de hace mil años.

—Ya te digo que se lo tomó muy mal. Casi me pega.

—Da igual. No es él el que te manda esos tuits absurdos.

—No entiendo por qué lo defiendes tanto.

—No lo defiendo. Sólo sé que él no es, Bruno.

—¿Tienes pruebas de que no sea?

—Que yo sepa, para lo que hay que tener pruebas es para acusar a alguien de algo. ¿Tú las tienes?

El joven niega con la cabeza. Es verdad que no posee nada en su contra, salvo aquella estúpida partida de ajedrez en la que le hizo trampa. ¿Lo que le fastidia es que Ester se haya fijado en él?

—A mí no es que me caiga mal —interviene Meri—. Pero siempre he visto a Félix como alguien de otra galaxia, que vive en su mundo y que considera que nosotros vivimos en un mundo inferior al suyo.

—También yo pensaba que era un prepotente antes de conocerlo mejor.

—¿Le has preguntado cómo hace para sacar puro

diez? —quiere saber Val, que continúa abrazada a su ramo de rosas.

—Se mata estudiando. Varias horas todos los días. Es su único secreto.

—Imagino que algún truco tendrá para sacar siempre la máxima calificación de la clase.

—No siempre —corrige Bruno a Valeria—. Hubo un examen, por lo menos, en el que yo saqué mejor calificación que él.

—¿En cuál?

—En el examen final de Matemáticas del trimestre pasado. Saqué un 9.1 y él un 8.8.

—Otro motivo para amenazarte con anónimos —indica Meri, sonriendo.

Ester vuelve a negar con la cabeza. Debe reconocer que la razón por la que Félix puede odiar a su amigo ya no es solamente un hecho aislado de hace mucho tiempo. También puede obedecer a esta otra cuestión, mucho más cercana. Y sabiendo lo competitivo que es, no le extrañaría que se hubiera molestado por no sacar diez en ese examen y, al mismo tiempo, ser superado por Bruno Corradini.

—No, no es él. Seguro.

—Pero podría serlo. No seas testaruda.

—No soy testaruda, Bruno. Simplemente, es que este chico no haría algo así por esos motivos. No es suficiente.

—Pues por mi parte se ha convertido en el sospechoso número uno. ¡Cómo no me di cuenta antes!

Tanta acusación sin pruebas molesta mucho a Ester, que prefiere no hablar más de ese asunto. Además, la chica llega a la parte del camino en la que tiene que separarse del grupo.

—Bueno, me marcho por aquí.

—¿Y eso? ¿Adónde vas?

—Tengo que... visitar a una amiga de mis padres que está en el hospital —indica mirando a Meri, que le hace un gesto de conformidad con la cabeza.

—Oye, que si prefieres irte con tu nuevo amigo, no pasa nada. No tienes que mentirnos.

Bruno está empezando a enfadarla de verdad. ¿A qué viene eso?

—Déjala, hombre. Ella puede salir con quien quiera —lo regaña la pelirroja.

—Era una broma. Aunque me niego a que Nájera se una a nuestro grupo.

—Tranquilo, eso ni siquiera se me ha pasado por la cabeza.

—Yo que tú, me andaría con cuidado con ese tipo.

—Gracias por el consejo, Bruno. Lo tendré en cuenta.

La chica se despide de sus amigos bastante alterada. ¡La ha puesto muy nerviosa! ¿A qué ha venido todo aquello? Félix no sería capaz de hacer algo así. Aunque sea un joven extraño y no lo conozca todavía demasiado.

De todas maneras, es muy raro todo. La partida de ajedrez, aquel examen... Seguro que son coincidencias. Si no hay nada más, es absurdo creer que Félix haya perdido su valioso y ocupadísimo tiempo en algo así.

Mientras camina hacia el hospital para ver a Paloma, Ester piensa en si estando con él ha visto u oído algo que pueda relacionarlo con los anónimos.

¿Y si se lo pregunta directamente? Eso sería como acusarlo y dudar de él, sin tener ni siquiera una prueba. No sería un buen comienzo.

Cuando lo vea esta tarde ya decidirá qué hacer y cómo. Ahora tiene otra misión importante.

Entra en el hospital y se dirige a recepción. Tardan unos minutos en atenderla, hasta que una señora de pelo blanco le pregunta qué quiere.

—Buenas tardes. Vengo a ver a Paloma Vidal, habitación 127. ¿Puedo subir?

La mujer busca en su computadora y comprueba los datos que Ester le acaba de dar. Su rostro no es agradable y parece que le ha molestado la pregunta.

—Le han dado de alta esta mañana. Ya no está en este hospital.

—¿Ya no está internada?

—Eso es lo que le acabo de decir.

—Bueno... Muchas gracias.

La joven se da la vuelta y sale rápidamente del edificio. Algo así podía ocurrir, aunque se alegra de que Paloma ya no esté internada. Pobre chica, la tiene que estar pasando muy mal. Sus padres la tendrán aislada en casa y encerrada en su cuarto sin poder usar el celular ni Internet. Simplemente, porque es homosexual. Cómo le fastidia que esas cosas pasen todavía.

—Hola, Meri. Buenas y malas noticias —dice mientras llama a su amiga, ya de regreso a casa.

—¿Qué ha pasado?

—Paloma ya no está internada en el hospital.

—¡Eso es genial! Espero que se haya recuperado del todo.

—Sí, pero ahora será más difícil hablar con ella y no creo que yo pueda hacer nada más.

Ésa es la parte mala. También María piensa como Ester. Llegar hasta ella va a ser misión imposible.

—No te preocupes. Muchas gracias por ayudarme en esto.

—No hay de qué. Espero que puedas hablar con ella pronto y todo se solucione. Hacen muy buena pareja.

—Yo también espero que sus padres cedan y me dejen volver a verla.

La voz de Meri suena desolada y desesperada. La situación es muy complicada y aquella incertidumbre le está haciendo mucho daño.

—Llámame o escríbeme si hay alguna novedad, por favor.

—Lo haré, gracias de nuevo, Ester.

—De nada —dice, a punto de despedirse y colgar. Sin embargo, le gustaría saber la opinión de su amiga respecto a...—. Oye, Meri. ¿Tú qué piensas de lo de antes? ¿Crees que Félix puede andar detrás de los anónimos a Bruno?

—Pues no lo sé. Tú lo conoces mejor que yo. Sólo te pido que tengas cuidado y que no descartes nada sólo por que ese chico te guste. Si tiene algo que ver, se equivocará en algo tarde o temprano, y tú eres la que está más cerca de él para poder descubrirlo.

Capítulo 41

Las dos chicas llegan a la puerta del edificio. Cada una tiene mucho en lo que pensar a raíz de los últimos acontecimientos que han sucedido en sus vidas. Valeria se debate entre qué hacer respecto a Raúl y César, y Meri está a punto de tener una conversación con sus padres sobre su homosexualidad y la relación que mantiene con Paloma, a la que la madre de ésta no le permite ver.

—Abre tú, por favor —dice Valeria, señalando con la mirada el ramo de flores.

—Claro. Espera.

María busca las llaves, abre la puerta de entrada y suben la escalera.

—Ayer escuché lo que te decía tu padre y lo que le contabas tú a él sobre... eso —comenta Val, que va delante—. No sabía cómo sacarte el tema.

—Así que ya lo sabes.

—Bueno, lo sabía desde hace tiempo. De lo que no tenía ni idea es de que tenías novia.

Es la primera vez que hablan del asunto y resulta extraño para ambas.

—Soy muy reservada. Ya me conoces —admite Meri—. ¿Quién te lo dijo? ¿Ester o Bruno?

—Entre los dos. Pero no les eches bronca. Se les escapó sin más.

—No te preocupes, no voy a reñirles. En el fondo, me alegro de que también tú lo sepas.

—También lo sabe Raúl.

—Lo hubiera adivinado.

—Somos tus amigos, podías haberlo dicho sin problema. Te apoyamos.

—No sabía cómo reaccionarían.

—Pues normal. ¡Cómo vamos a reaccionar! Que te gusten las chicas no es nada malo. A mí me parece perfecto —dice Val, sonriendo—. Y puedes contarme lo que quieras. Ahora hasta somos medio hermanas.

Meri se detiene en la escalera y también sonríe. Quiere abrazarla, aunque simplemente le hace un gesto de conformidad con la cabeza. Parece que aquel viernes es el día de la paz definitiva entre ellas. Después de un par de meses de no aguantarse, de discusiones y malas caras, los problemas por los que están pasando les han servido para volver a unirse.

Las dos jóvenes llegan a la puerta del departamento en el que vive Valeria y entran. Allí ya están esperando los padres de María para llevarla a comer a un lugar en el que puedan hablar tranquilos.

—¿Nos vamos? —le pregunta Ernesto muy serio.

—Sí. ¿Pasa algo?

—Ahora te lo contamos —indica el hombre—. Hasta luego, Valeria. Dile a tu madre que vuelvo después de comer. Y pon esas rosas en agua.

—Lo haré ahora mismo, hasta luego.

Los tres se despiden de la joven y caminan hasta un restaurante cercano en el que han reservado mesa. En el trayecto, le explican algo que ha sucedido durante la mañana.

—La madre de Paloma me ha llamado alrededor de las diez —dice Paz, algo tensa.

—¿Paloma está bien?

—Sí. La acababan de dar de alta cuando hemos hablado.

—Menos mal.

—Pero su madre, Nieves creo que se llama, no quiere que te acerques más a su hija.

—Ya lo sé, mamá. Esa mujer me odia. Pero no pienso hacerle caso.

Paz mira entonces a Ernesto, que continúa hablando.

—El padre de tu amiga es un hombre con grandes recursos. Trabaja como abogado en un bufete muy importante de Madrid.

—¿Y qué significa eso?

—Pues... que ha amenazado con denunciarte si no dejas en paz a esa chica.

—¿Qué? ¿Denunciarme? ¿Por qué razón? ¿Por querer a su hija?

—Por maltrato. Por lo visto los médicos no tienen muy claro que el golpe que se dio Paloma en la cabeza y le provocó el desmayo fuera como consecuencia de la pelea que tuvo ayer con sus compañeras de clase. A las que ya ha denunciado esta mañana, por cierto.

Parece que el padre de su novia ha tomado cartas en el asunto. Ha debido de regresar urgentemente del viaje en el que estaba para poner a todo el mundo en su sitio.

—A las cinco chicas que ayer le pegaron o intentaron pegarle ya las han expulsado de la escuela —añade Paz—. Y la próxima podrías ser tú.

—¿Yo? ¡Si no he hecho nada!

—Lo sabemos, Meri. Lo sabemos —trata de calmarla su madre.

—Ni siquiera voy a su escuela.

—Pero hablarían con Olmedo. Y ya sabes cómo es tu director. No le gusta mancharse las manos, ni los escándalos. Si se demuestra que eres culpable, te echarán de la escuela inmediatamente.

—Es una locura. Si me denuncian, Paloma explicaría que yo no he sido la que le ha dado ese golpe en la cabeza. ¿Cómo voy a hacer yo algo así?

—Claro que eres incapaz de hacer algo semejante, María. Pero ese hombre diría en un juicio que su hija no se acuerda de todo lo que sucedió por culpa del golpe en la cabeza y que es muy posible que olvidara que la golpeaste. Eso justificaría que se desmayara en casa de tu amiga Ester y no antes.

—Es capaz de probar algo así. Ya te digo que es un abogado muy importante.

Increíble. Jamás había tenido tantas ganas de llorar como en ese instante. Esa familia está loca. Y todo porque son incapaces de asimilar y aceptar que su hija es lesbiana. Pobre Paloma, debe de estar pasándola muy mal ahora mismo.

—¿Y qué vamos a hacer? ¿Lo vamos a permitir?

—La cuestión es... —comienza a decir Ernesto, carraspeando— que si tú no vuelves a ver a esa chica, dejarán las cosas como están. Y las cinco de su escuela cargarán con las culpas de todo. Que se lo merecen por hacerle *bullying* a Paloma durante todo el curso, según nos ha contado su madre.

—¿Quieren que me olvide de ella para siempre?

—Bueno..., no sé si para siempre. Cuando sea mayor de edad, por mucho que digan sus padres, podrá hacer lo que quiera.

—Como tú misma has dicho, esa familia es peligrosa —prosigue Ernesto—. Y cuanto más lejos la tengamos, mejor.

—Pero Paloma no es como ellos.

—Estamos seguros de que es una chica fantástica, hija. Pero sus padres...

—Sus padres son unos trogloditas, que piensan que ella está enferma. Y que esa enfermedad se le pasará si no está contigo, que eres la que se la ha contagiado.

Creen que querer a alguien del mismo sexo es una enfermedad. Inaudito. ¿Cómo puede existir gente en pleno siglo XXI que valore de esa forma a los homosexuales?

Sin darse cuenta, llegan al restaurante en el que han reservado mesa. Pasan al comedor interior, en el que solamente están ellos. Ernesto pide tiempo para que puedan ver la carta, a la vez que continúan hablando del asunto.

—Sabemos que es una situación muy difícil para ti, pero lo mejor es que dejes de ver a Paloma.

Meri está paralizada, con el cuerpo tembloroso y un gran dolor de cabeza por la presión que genera la situación. Aquello es una pesadilla. Es imposible dejar de pensar en ella un minuto, ¿cómo va a olvidarse para siempre?

—Nosotros te apoyamos, hija. Nos da igual que te gusten las chicas o los chicos. Te queremos igual.

—Exacto. En ese sentido, como dice tu madre, no te preocupes por nada.

—El problema está en que salgas con esa chica. No por ella, sino por sus padres.

Pero María sigue sin decir ni una sola palabra. Está bloqueada. Saca su teléfono celular y comprueba que Paloma continúa sin conectarse a WhatsApp desde la noche de ayer. Tampoco ha escrito en Twitter ni le ha mandado ningún mensaje privado. Necesita hablar con ella, saber cómo se encuentra.

—Yo... no entiendo nada. No comprendo por qué me está pasando esto.

—En la vida a veces suceden cosas que no puedes entender —comenta Paz, acariciándole el brazo—. Ahora lo ves todo negro, pero poco a poco irás recuperándote.

—Estamos a tu lado, hija. Para lo que necesites.

Sin embargo, María no escucha lo que sus padres le dicen. Se levanta de la silla y se marcha al cuarto de baño. Allí, por fin, se desahoga, llorando todo lo que estaba aguantando hasta ese instante.

No puede ser. Aquél no puede ser el final de lo más maravilloso que le ha pasado nunca. No quiere creer que su historia de amor perfecta se haya terminado para siempre. Es imposible admitirlo.

Entre lágrimas, vuelve a examinar su teléfono. Lo guarda y lo revisa cada treinta segundos. Ella sigue sin conectarse. Le da miedo escribirle por si el mensaje lo leen primero sus padres. ¿Qué puede hacer?

—María, ¿estás bien? —le pregunta su madre desde fuera, preocupada porque lleva más de diez minutos allí encerrada.

La joven pelirroja se seca las lágrimas y se enjuaga la cara con agua fría. No está bien, ¿cómo va a estarlo?

Pero debe reaccionar. No puede rendirse a las primeras de cambio. Por mucho que sus padres le hayan pintado el panorama de negro y por muy enfermos que estén los padres de Paloma. Ellas se quieren. Y los obstáculos que se presenten hay que esquivarlos o saltarlos.

Por fin, sale del baño. Pero no se sienta en la mesa. Decidida, se despide de sus padres y corriendo abandona el restaurante. Ellos tratan de seguirla, en un principio, aunque es demasiado tarde.

Necesita verla y hablar con ella. Está enamorada y eso es mucho más fuerte que cualquier tipo de imposición o amenaza.

Capítulo 42

Entran en el Pans & Company y los atiende rápidamente una chica muy guapa que lleva anteojos y una coleta alta. Alba pide un bocadillo de tortilla de huevo y Bruno, uno de jamón serrano y queso brie. Coca-Cola para los dos. Suben la escalera y se sientan en una mesa pegada a la ventana. Saben que tienen que hablar de lo de anoche. Pero hay otro tema que sigue rondando la cabeza del chico.

—Estoy seguro de que es ese tipo.

—¿A qué te refieres? ¿A lo de los tuits?

—Sí. ¿Cómo no caí antes en que podía tratarse de Nájera?

—A lo mejor no es él.

Alba da un sorbo a su refresco y mira fijamente a su novio. No le ha durado demasiado el entusiasmo de esta mañana. Desde que se ha enterado de lo de Ester y ese chico, su carácter se ha agriado.

—¡Claro que es él! Pondría la mano en el fuego.

—Es muy raro que alguien te quiera molestar sólo por un examen y una partida de ajedrez.

—Será que me odia.

—Si te odia por sacar mejor calificación que él en

un examen o por hacerle trampa jugando al ajedrez cuando tenían trece años... No sé.

—Ese tipo es muy raro. Siempre va solo, no habla nunca con nadie y en lo único en lo que piensa es en sacar un diz tras otro.

—Tú también ibas siempre solo antes, Bruno.

—Sí, pero a mí me marginaban. Nájera se margina solo.

—Bueno, ahora no está solo. Ahora tiene a Ester.

Y eso le molesta muchísimo. Le fastidia que su amiga quiera salir con él. ¿Qué le habrá visto? Si no es ni guapo. No entiende a las chicas y a la que menos, a Ester.

—Espero que sólo sea algo pasajero. Ese tipo no es para ella.

—¿Por qué dices eso?

—Porque ella se merece algo mejor.

—Ella es la que decide con quién quiere estar. Déjala que salga con quien quiera. No debe de ser tan malo si le gusta.

—Te recuerdo que ese tipo me amenaza por Twitter.

—Bruno, no sabes si es él —protesta Alba, cansada de lo mismo—. Deja ya a ese Félix Nájera y hablemos de nosotros.

No puede olvidarse de alguien que está tratando de amargarle la vida y que para colmo va a salir con la chica de la que estaba enamorado. Pero su novia tiene razón. Si ha ido a recogerla a la escuela para pasar un rato con él y comer juntos, ha sido para hablar sobre ellos.

—Ya dejo el tema de Nájera. Perdona.

—No pasa nada —responde la chica con una sonrisa—. Esta mañana estabas eufórico. Me gustó mucho todo lo que me dijiste.

—Es lo que sentía.

—¿Y ahora? ¿Ya no lo sientes?

Desconoce el motivo, pero no tiene tanta ilusión como esta mañana. ¿Qué le pasa? Su estado de ánimo es una montaña rusa de emociones. Cambia según la hora del día que sea. Lo cierto es que lo de Nájera lo ha desconcertado totalmente. Pero más que lo de él, lo de Ester. Verlos juntos, que a ella le guste y lo defienda lo ha desanimado. ¿Hubiera pasado con cualquier otro que no fuera Félix? Posiblemente. Tal vez, el problema no esté en ese nerd odioso, sino en los rescoldos de sus sentimientos hacia su amiga. Debería ser sincero con Alba.

—Quiero contarte algo.

Aquello ha sonado a un «tenemos que hablar». La chica deja el bocadillo sobre el plato y mira fijamente a su novio. Tiene la sensación de que no le va a gustar mucho lo que le va a explicar.

—Cuéntame.

—Me parece que si quiero quererte de verdad, tengo que soltar mi pasado.

—¿Eso qué significa?

—Que si me quiero enamorar de ti, debo olvidarme de una vez por todas de Ester.

Lo ha dicho y le tiembla todo después de confesar la verdad.

—Ya sabía que ella te gustaba. Lo llevabas en los ojos, Bruno. Pero ¿aún te gusta?

—No es que me gustara, es que estaba enamorado de ella. Y si no comenzamos a salir juntos fue porque se echó atrás en el último segundo.

El joven le explica a Alba lo que ocurrió aquel día de marzo. Cómo le pidió ser su novia, cómo se besaron, cómo ella salió corriendo y cómo, finalmente, acordaron no ser pareja para no poner en peligro su amistad. Ha revelado su gran secreto, pero era necesario si su relación tiene que avanzar.

—¿Se besaron? No lo puedo creer.

—Siento no habértelo dicho antes. No quería hacerte daño.

—¿Eso fue el día antes de que nos viéramos en La Central?

—Sí. Exactamente.

—A ver... ¿Me estás diciendo que empezaste a salir conmigo el mismo día que Ester te rechazó?

—Técnicamente, sí.

—Entonces, me utilizaste para olvidarte de ella. Como a mí me gustabas, aprovechaste. ¿Qué pretendías? ¿Darle celos?

—Tú también me gustabas, Alba. No empecé a salir contigo porque sí.

La chica pesca una papa y la mastica con fuerza. En ella se mezclan ahora mismo muchas sensaciones diferentes. La principal: la rabia de sentirse engañada.

—Tú sí que me gustabas a mí —comenta molesta—. Yo sospechaba que entre ustedes podía existir algo. Hasta le pregunté dos veces a Ester, el día anterior, si le molestaba que te pidiera salir. Ella lo negó y dijo que sólo eran amigos.

—No sabía nada de eso. Pero en realidad es que no había nada entre nosotros. Sólo éramos y somos buenos amigos.

—Pero tú sigues queriéndola, Bruno.

Aquellos segundos de duda antes de contestarle le hacen más daño que la propia respuesta.

—No lo sé —responde, suspirando—. Mi intención es quererte a ti. Intentar amarte. Y darle una oportunidad a lo nuestro. Me gustas de verdad. Por eso tenía que contarte lo que pasó hace dos meses.

Alba está muy seria. Pero no va a llorar. Se lo ha propuesto. Demasiadas lágrimas derramó ayer. Sabía que hoy, cuando hablaran, podía pasar algo parecido y se mentalizó de que tenía que mostrarse más fuerte. Agarra su bocadillo de tortilla de huevo y da un buen mordisco. Mira por la ventana y reflexiona sobre qué es lo mejor para aquella relación.

—Anoche te lo dije. Uno no elige de quién se enamora y tampoco puede forzar a otra persona que no está en su corazón.

—Es verdad. Pero cuando te fuiste anoche a llorar al baño me preocupabas tanto o más que si estuviera enamorado de ti.

—Eso es porque me tienes cariño y me aprecias. No porque me quieras.

—Y qué más da por lo que sea.

—Claro que es importante el motivo. Es lo más importante. No es lo mismo que me quieras como a una novia, a que me quieras como a una amiga. No sé muy bien en qué punto estás tú, aunque por lo que me cuentas... creo que estás más en el segundo. Te preocupas por mí porque me quieres mucho, como a una buena amiga.

La alegría con la que terminaron la conversación anoche o con la que hablaron esta mañana se ha evaporado totalmente. Aquellas dudas y confesiones de Bruno están haciéndole mucho daño a Alba. Se siente un segundo plato. Pero está tan enamorada de él que tampoco está convencida de cuál debería ser el siguiente paso.

—¿Y qué hacemos? —pregunta el chico, al que se le han pasado hasta las ganas de comer.

—No lo sé. Tienes que aclararte.

—Yo quiero estar contigo.

Alba lo mira fijamente cuando le dice eso. En silencio. No sabe si reír o echarse a llorar. Ella también quiere estar con él. Y casi a cualquier precio. Pero lo que no podría resistir es saber que la está besando a ella mientras piensa en su amiga.

—Si Ester es pasado de verdad, estoy dispuesta a jugármela. Te quiero mucho y, pese a todo lo que me has contado, me has tratado muy bien en este tiempo que llevamos juntos. Pero tienes que ser sincero. ¿Crees que yo podría ser la única chica en la que pienses cuando te levantes por las mañanas?

Capítulo 43

Llega a la casa donde vive Paloma con la lengua fuera. No ha respondido a ninguna de las llamadas que le han hecho sus padres. Sabe lo que van a decirle y no está ni para consejos ni para advertencias. Lo único que pretende es verla, comprobar que está bien y tratar de suavizar la situación. Meri está segura de que eso es todo lo que aspira a conseguir. De momento.

Toma aire y respira hondo. No tiene un plan sobre lo que va a contarles, sólo desea ver a su chica. Muy nerviosa y agitada, llama al timbre, pero nadie responde. Insiste. Sin embargo, el resultado es el mismo. ¿No están en casa? Prueba una tercera vez. Y en esta ocasión sí escucha pasos al otro lado de la puerta. No son los pasos de su novia, de eso no hay duda.

Lo único que quiere en ese instante es salir corriendo. En cambio, aguanta inamovible frente a la puerta. Ésta se abre y delante se encuentra con el padre de Paloma, al que solamente conocía por fotos. Él también la reconoce a ella.

—Buenas tardes, señor —dice María temblorosa.

Aquel hombre le impone muchísimo. Lleva un traje negro y corbata, va peinado con gel y la raya a la derecha; su mirada es la menos amistosa que ha visto en su vida. Si antes tenía ganas de huir, ahora esas ganas se han multiplicado por mil. Pero Meri permanece allí, quieta. Valiente. No se va a ir de allí hasta que hable con ella.

—No sé cómo tienes la osadía de venir a mi casa —comenta Basilio Vidal, con tono amenazador—. Es irritante qué poca decencia.

—Verá, señor. Yo sólo quiero...

—¿Es que no has hecho ya bastante daño a esta familia? —la interrumpe—. Por tu culpa, nuestra hija cree algo que no es.

—Con todo respeto, señor Vidal, su hija sabe perfectamente lo que es y lo que siente.

—No me repliques. Haz el favor de irte.

—No me voy a ir. Quiero mucho a su hija, necesito verla. ¿No lo comprende?

—¡Cállate y márchate de aquí!

—Déjeme ver a Paloma, por favor.

—Eso no va a ser posible. No vas a verla más en tu vida. No eres una buena influencia para ella.

—Por favor, necesito verla.

—Tú lo que necesitas es un psicólogo especializado en lo tuyo.

Es increíble que aquel hombre piense de esa forma. Un abogado con tanto prestigio, que se dedica a defender a otras personas y que cree que la homosexualidad es una enfermedad mental. Le dan ganas de contestarle que el que necesita un psicólogo es él, pero perdería cualquier opción de ver a su chica.

—Solamente quiero verla un momento. Sólo será un minuto, por favor.

—Ya te he dicho que eso no es posible.

—Déjeme entrar y decirle que todo está bien. Nada más. Se lo prometo. Me iré en cuanto la vea.

—Paloma no está aquí. Y no estará en un tiempo.

Aquella afirmación termina de hundir a Meri, que arruga la frente y baja los brazos abatida.

—¿No está?

—No. Se ha ido con su madre.

—¿Adónde?

—A Londres. Hemos decidido que se vaya allí un tiempo a vivir con sus tíos y sus primos. Aquí va a ser imposible que se olvide de todo lo que ha pasado.

Como si le hubieran disparado en el centro del corazón. La chica tiene la sensación de que todo ha terminado. ¡A Londres! Demasiado lejos para todo lo que planearon juntas. Nunca más volverá a verla.

—No lo entiendo.

—No tienes que entender nada —le dice Basilio, que por primera vez durante la conversación parece relajarse—. Ella no es como tú. Si siente esas cosas que dice, es porque tú se las has metido en la cabeza.

—Eso no es así, señor.

—Claro que lo es.

—Si a su hija le gustan las chicas, es porque lo siente. Conmigo o sin mí, eso no va a cambiar.

—Ya lo veremos.

—Si no soy yo, serán otras chicas. Españolas, inglesas o de donde sean. Pero ser homosexual no es algo que se elija, es algo que va con la persona. Y no desaparece sin más. A Paloma siempre le gustarán las chicas.

Las palabras de María vuelven a molestar al hombre, a quien no le gusta nada que le lleven la contraria. Sin embargo, tiene la situación bajo control. Con su hija lejos de aquella muchacha pelirroja, todo volverá a ser como antes.

—¿Algo más?

—No, señor.

—Muy bien. Pues espero que encuentres la solución a tu problema. Y deja tranquila a mi hija de una vez por todas o nos veremos en los tribunales.

—Cometen ustedes un gran error. Ya se darán cuenta.

—El error fue ser tan permisivos. Si hubiéramos sido menos condescendientes con ella, no habríamos llegado a estos límites.

Meri siente de verdad la situación por la que está pasando Paloma. Ya no sólo porque las separen, sino por lo que le espera en el futuro. No está segura de que lo soporte. Ella es un acordeón de sensaciones y se viene arriba y abajo con mucha facilidad. En esos dos meses lo ha podido comprobar. Por lo general, la mayor parte del tiempo suele estar muy feliz, eufórica. A veces, descontroladamente alegre. Pero cuando está mal todo la afecta mucho. Cae en depresión y no es sencillo animarla. Imagina que ahora está viviendo uno de esos momentos tan difíciles. Si al menos pudiera hablar con ella para tranquilizarla...

—¿El avión ha salido ya?

—Eso a ti no te importa.

—Por favor, señor Vidal. Quiero despedirme de ella antes de que se vaya.

—Lo siento. No tengo más que hablar contigo. Adiós.

Y sin darle más tiempo para que le siga rogando que le diga cuándo sale el vuelo a Londres, cierra la puerta sin más contemplaciones.

¿Punto y final?

La joven se queda unos segundos paralizada delante de la casa. Tiene la tentación de volver a tocar el timbre; insistirle a aquel hombre para que le revele si el avión que lleva a Paloma a Londres ha salido ya. Pero sabe que no va a obtener una respuesta de Basilio Vidal. Él no la ayudará.

Saca el celular e intenta una llamada desesperada. El celular de su chica continúa desconectado. Suspira triste y emprende el regreso a casa.

¿Qué puede hacer? Se resiste a perderla para siempre. Pero cabe la posibilidad de que esté ya volando o incluso que se encuentre en Londres.

Sostiene todavía el celular en la mano cuando suena. Es el número de su madre. No quiere seguir preocupándolos y esta vez sí contesta.

—Hola, mamá.

—¡Hija! ¡Por fin! ¿Dónde estás?

—Voy camino de casa. He estado hablando con el padre de Paloma.

—¿Has ido a su casa? —pregunta Paz alarmada.

—Sí. Pero no he podido verla. Se la han llevado a Londres.

Lo dice y sigue sin creerlo. En Londres... ¿Por qué las cosas son tan difíciles? Si lo único que buscaban era ser felices la una con la otra. No molestaban a nadie. ¿Por qué dos chicas no se pueden querer sólo por no ser de sexos diferentes?

—Lo siento mucho. ¿Cuándo se ha ido?

—No tengo ni idea. Su padre no me lo ha querido decir. Ni siquiera sé si su avión ha salido ya o está en el aeropuerto.

Piensa un segundo en lo que acaba de decirle a su madre: ni siquiera sabe si su avión ha salido ya... ¿Y si está todavía en el aeropuerto? Sólo es una remota posibilidad. Encontrarla allí sería como buscar una aguja en un pajar. Además, aunque el vuelo no haya despegado, si ha pasado el control de pasajeros, ya no podrá verla. Sus opciones de encontrarla son mínimas.

Pero existen. Esa improbable y complicadísima opción existe.

—¿Vienes para casa entonces?

—Mamá, me voy al aeropuerto.

—¿Qué? María, por favor, ¿qué dices?

—Tengo que despedirme de ella. No sé si la encontraré allí, pero debo intentarlo. No pierdo nada.

—Hija, olvídate de esa chica. Vuelve a casa y hablamos con tranquilidad.

Pero Meri ya ha tomado una decisión y no piensa renunciar a la única posibilidad que le queda de ver a su chica. Se despide de su madre y busca la estación de metro más cercana. Por un instante, se ilusiona. Piensa que no todo está perdido, que Paloma no ha partido ya hacia Londres y la encontrará en el aeropuerto. Pero esos segundos de esperanza se convierten en tristeza cuando asume la verdadera realidad. Su relación no puede ser y aunque se vuelvan a ver, ella estará muy lejos cuando acabe el día.

Capítulo 44

—¿Sabes qué le pasa a Marc? Desde hace un rato está muy serio y no habla con nadie. Parece triste.

Raúl mira hacia la esquina de la mesa en la que se encuentra solo el joven, cuando Wendy se lo advierte. Es cierto lo que dice. Tiene apoyada la barbilla en una mano y con la otra mueve desganado, con una cucharilla, un café con leche.

—No, no sé lo que le pasa.

Miente. Sí que sabe lo que le ocurre. Le ha sentado muy mal que él renuncie al premio. Y peor aún que lo oculten como si no pasara nada. Cree que se está destruyendo el espíritu del festival. No entiende cómo aquel chico se permite el lujo de negarse a competir en la final.

—Es muy raro. Durante todo el día no ha parado de sonreír y de hablar. Y ahora, está ahí solo. Callado. Me da un poco de pena.

—Le habrá dado un bajón. Es imposible permanecer con esa hiperactividad todo el día. A lo mejor son los nervios de la gala.

—No creo —discrepa Wendy—. Da la impresión de estar triste por algo. Voy a hablar con él a ver si me dice qué le ocurre.

—No te preocupes. Ya voy yo. Ahora te cuento.

La chica asiente. Ya se encuentra algo mejor. Durante toda la comida con Vicente Cebrián, Marc Pons y el resto del jurado, ha tenido altibajos en su estado de ánimo. Sigue pensando que no va a ganar, pero por lo menos ha llegado hasta allí y ha conocido a un tipo estupendo, al que admira. Raúl ha dirigido y escrito un corto extraordinario, pero es mejor aún como persona. No deja de observarlo embelesada cuando se acerca a Marc para consolarlo. ¿No se habrá enamorado de él? Eso es imposible. Lo conoció ayer. Y aunque llevan dos días prácticamente juntos todo el rato, no es tiempo suficiente para conocerlo de verdad. Ella no cree en los flechazos. Aunque no puede quitar los ojos de aquel joven.

—¿Estás bien?

Marc Pons mira a Raúl con cierto desprecio y ve como se sienta a su lado. Ese chico no es digno de aquel concurso. Si hubiera sabido lo que pasaría, jamás lo habría apoyado para ser elegido entre los finalistas. Una final amañada... qué deshonor para un ganador como él. Aquél fue el momento más feliz de su vida. ¡Primer premio del Festival de Cortos de Valencia para Jóvenes Directores! Guau. ¡Cómo lo disfrutó! Recuerda cada detalle del día de la ceremonia, de la gala, de la fiesta posterior... Aquella jornada de mayo de hace tres años nunca la olvidará.

—No, no estoy bien —responde, dejando de remover el café.

—¿Es por mi culpa?

—Pues mira, sí. Es por tu culpa —responde sin ocultar su malestar hacia él.

Raúl ya imaginaba que su decisión era la responsable de que aquel joven de sonrisa de marfil se mostrara tan cabizbajo.

—Lo siento, Marc. No quería que te sintieras mal por eso.

—Ja. No creo que lo sientas.

—Hombre, sí que me siento mal por que te lo hayas tomado así. No quería que te enfadaras conmigo.

—Tú no sabes lo importante que es este concurso —dice mirándolo fijamente—. Llevo un montón de semanas examinando cuidadosamente cada uno de los cortos para proponer los mejores. ¡Más de cien! He visto el tuyo como quince veces. Y me encantó. Igual que el de Wendy.

—Muchas gracias por elegirlo. Aunque no te lo creas, es un gran honor para mí.

—Y una mierda. Qué honor, ni qué honor... Si fuera así, no te habrías retirado y nosotros no tendríamos que engañar a la gente. Si no quieres ganar, ¿para qué carajos te presentas?

—Ya te he dicho que no puedo decirles el motivo.

Marc agarra la cuchara con la que movía el café y la aprieta con fuerza. Qué falta de humildad y poca consideración para quien ha apostado por él. No sólo se retira, sino que ni siquiera se digna a explicar las razones.

—Es por lana, ¿verdad?

—Prefiero no hablar del tema.

—Eso significa que en otro lado te dan más dinero. Los jóvenes de hoy en día sólo se mueven por los putos euros.

—Por favor, no insistas. No quiero discutir sobre por qué no quiero el premio. Es una decisión personal. Está en las bases y puedo acogerme a ella. De todas ma-

314

neras, ya tienen una ganadora perfecta y nadie se enterará de esto. ¿Qué más te da?

—Claro que me da. He dejado fuera a otros candidatos buenísimos para elegirte a ti. Le he quitado la oportunidad a otro chico joven de que le cambie la vida como me cambió a mí.

—Wendy tendrá esa oportunidad.

—Sin competir y amañando el festival.

—Le das demasiada importancia. No es un amaño, está en las reglas. No hay nada ilegal en lo que están haciendo.

Marc no quiere seguir hablando con aquel traidor. Para él, renunciar a ganar un premio como aquél es traicionar al certamen. Tiene claro que si uno no quiere tres mil euros, es porque en otro lugar le dan más. Eso o es un idiota.

El joven toma la taza y se bebe su café de un sorbo.

—Nos vemos a la hora de la pantomima. Por lo menos, arréglate un poco y deja las chamarras. Adiós.

Se levanta y se marcha del restaurante, después de despedirse del resto. Wendy lo sigue con la mirada y luego se gira hacia Raúl. El chico se encoge de hombros y regresa junto a ella.

—¿Qué ha pasado? ¿Se ha enfadado contigo?

—Bueno... Está muy raro.

—Pero ¿por qué? ¿Qué han hablado?

Raúl no va a contarle la verdad. Wendy no puede saber que él ha renunciado a ganar. Se sentiría peor así, que si perdiera la final. Pero es complicado explicarle de qué han hablado sin revelarle la verdad. Así que debe improvisar.

—Hemos hablado... de una chica.

—¿De una chica?

—Sí, por lo visto se ha enamorado.

—¿Que se ha enamorado de una chica? ¿Y por eso se ha enfadado contigo? —pregunta extrañada—. No entiendo nada.

La explicación no ha sido demasiado convincente. Vaya lío. Hay que seguir improvisando.

—A ver... Se ha enfadado porque yo le he dicho que... el amor es lo más importante que existe en la vida. Mucho más que un festival de cortos.

—¿Él no piensa así?

—No sé qué piensa. Se ha ido enfadado.

—¿En serio que se ha molestado por eso?

—Te lo juro.

Aquélla es la peor mentira de la historia. No ha sabido improvisar una razón verosímil. Sin embargo, parece que se la creyó.

—Pobre. Espero que esta noche se anime de nuevo en la gala.

—Seguro que sí. El amor es lo que tiene... Te da muchas cosas y te quita otras.

—Tú, ¿estás muy enamorado? —se atreve a preguntarle, mirando hacia otro lado, como si no fuera con ella la cosa.

En cambio, desea conocer su respuesta. No es sólo una simple curiosidad. Tiene más que ver con su interés personal. Aunque sabe que tiene novia y que lo que le conteste puede afectarla.

—Sí, quiero mucho a Valeria.

Como sospechaba. No podía esperar otra contestación diferente. Seguro que ella es una chica preciosa, de gran personalidad y con mucho estilo. Se la imagina como una de esas adolescentes por las que todos los chicos de su edad babean. Sin embargo, también está segura de que esa chica es inteligente e ingeniosa. Raúl no podría salir con una persona sólo porque tenga un buen físico. No lo ve como esa clase de chicos.

—Seguro la extrañas mucho.

—Sí. Me habría gustado que hubiera venido conmigo.

En cambio, tras presenciar cómo se han desarrollado los hechos, es mejor que Val no esté con él en Valencia. Ella no lo habría permitido.

—Tendrá muchas oportunidades para acompañarte a más finales. Seguro que llegas a muchas. Tienes mucho talento.

—Gracias. Tu corto también es genial.

—Con sinceridad —dice Wendy resignada—. No hay color.

—¿Otra vez con eso? No seas negativa.

—No, no es negatividad. Antes pensaba que no podía ganar porque soy Wendy Minnesota, la chica a la que todo le sale mal. Pero después de haber visto *Sugus*, reconozco que el premio debe ser para ti. Es mejor película y está muy bien dirigida.

—Yo creo que estamos muy igualados. Y es el jurado el que decide.

—No, Raúl. Es el talento el que decide. Y soy inferior a ti. No hay que darle más vueltas al asunto. Tu corto es mejor que el mío.

—Wendy, dejemos que decidan otros el vencedor y disfrutemos de esta experiencia única. A mí me ha encantado *Incomprendida* y si ganas, lo harás con toda la justicia del mundo.

Es un verdadero encanto. Qué bonita sonrisa. Le encantaría abalanzarse sobre él y abrazarlo. ¿Besarlo? Un chico así, para un primer beso, es más propio de la ficción que de la realidad. En la vida eso sólo les pasa a unas pocas afortunadas. Y desde luego, a nadie que sea como ella.

Capítulo 45

—No te preocupes, que mi madre no está en casa.

—¿Y tu hermano?

—Entrenando. Vuelve por la noche.

Alba y Bruno entran en el piso donde vive la chica. Están solos. Después de una comida algo extraña, han decidido continuar hablando en casa de ella. Pasan a su habitación y cierran la puerta. Los dos se encuentran un poco desanimados.

—Todo es por mi culpa —dice la chica, sentándose en la cama junto a él.

—¿Por qué dices eso?

—Porque me he enamorado de ti. Si no te quisiera tanto, nos habríamos separado ya.

Su tono de voz es triste. Está viviendo el lado amargo del amor. Lo quiere muchísimo, pero él no está seguro de si la quiere de la misma manera.

Guardan silencio unos segundos. Bruno se levanta y camina por el cuarto. Es un dormitorio algo infantil. Conserva muchas cosas de cuando era niña: el color rosa de las paredes, peluches, cuadros hechos en clase de manualidades, muñecas... También se fija en el balcón por el que saltó. Parece increíble que aquella joven, con esa vitalidad y tan animosa, un día cometiera aquel error.

—No te preocupes, que aunque nos separemos, no voy a hacer ninguna locura —le indica ella, cuando se da cuenta de lo que está pensando.

—Ya sé que no vas a hacer otra tontería como aquélla.

—He aprendido a vivir, ¿sabes? —le comenta con una sonrisa—. Y una de las cosas que más me han ayudado en ese camino ha sido conocerlos a ustedes. Sobre todo a ti, por supuesto. Así que, aunque no me contaras lo de Ester, aunque no me quieras como te quiero yo a ti y aunque rompiéramos nuestra relación, siempre te estaré agradecida. Siempre.

Bruno se aproxima a ella y se sienta otra vez a su lado. Sus palabras le han formado un nudo en la garganta. Le coge la mano y juega con sus dedos, acariciándolos uno a uno. Ambos sonríen.

—Es injusto.

—¿Qué es injusto, Bruno?

—No poder controlar los sentimientos. Tú también has hecho mucho por mí en estos dos meses y medio. Nunca nadie se había portado así conmigo. Por eso te estoy muy agradecido.

—No basta con eso.

—Ya lo sé. Pero me siento mal por todo esto.

—Yo también. Pero como ya te he dicho un millón de veces desde ayer, uno no se enamora de quien quiere.

—Quiero enamorarme locamente de ti, Alba. No habría nada que me hiciera más feliz.

La chica es ahora la que se pone de pie y se dirige a la mesa donde está su computadora. Algo está cambiando en él, se ha dado cuenta. Habla con claridad, sin ataduras. Es sincero cuando dice que quiere enamorarse de ella. Quizá ése sea el primer paso para hacerlo. No lo sabe. No está segura de nada ya. Ella creía que su relación era un círculo perfecto y se ha quedado en una incompleta semicircunferencia. Falta la otra mitad.

—Esta canción me gusta mucho —dice mientras entra en la carpeta donde tiene la música y pulsa el *Play*—. La pongo cuando estoy sola y pienso en ti. Así que imagínate cuántas veces ha sonado en la última semana.

Es un tema de Gabrielle Aplin, *The power of love*. Los dos lo escuchan en silencio, sentados en la cama. Ella es quien le toma la mano esta vez y se la aprieta con fuerza. Se deja caer hacia su izquierda y apoya la cabeza en el hombro de Bruno. Susurra la letra que, aunque es en inglés, se sabe de memoria. Otra vez tiene unas ganas terribles de llorar. Pero no va a hacerlo. No piensa llorar más.

Una lágrima.

Otra.

Una tercera...

Bruno gira la cabeza y ve cómo a Alba le brilla la cara. Tiene las mejillas y los ojos mojados y sorbe por la nariz.

—Lo siento mucho. Siento muchísimo lo que te he hecho —le dice, y se inclina sobre ella para besarla.

El reproductor de música de la computadora de Alba reinicia automáticamente la canción cuando termina. Otra vez suenan los primeros acordes del piano y la dulce voz de Gabrielle Aplin.

—Te quiero mucho, Bruno —murmura la joven.

Y de nuevo se besan. Cada vez con más ardor, cada vez con más pasión. El chico es quien tira de la camiseta de ella para que Alba caiga lentamente sobre el colchón. Él se tumba enfrente y seca con el dedo pulgar las lágrimas que ha derramado, sin despegar sus labios de los suyos. Alba suspira cuando siente la mano de Bruno bajo la tela. Cierra los ojos y también introduce una mano bajo su chamarra, acariciando su espalda. Recorriéndola arriba y abajo, decenas de veces. No se detienen, no quieren hacerlo ninguno de los dos.

Desaparecen los zapatos. Luego la parte de arriba de ella y en seguida cae al suelo toda la ropa de él. No hay vergüenza ni reflexión. Ninguno piensa que hace diez minutos hablaban de acabar con la relación o seguir avanzando hacia una nueva etapa. En ese momento, no les importa nada de eso. Sólo existen los besos, el contacto de la piel desnuda, los gemidos. En el mismo lugar donde hace unas semanas se entregaron por primera vez, en la misma habitación en la que acabaron con su inocencia. Los dos al mismo tiempo. El mismo día. En la misma cama en la que ahora se dejan llevar por la fusión de unos sentimientos que han ido explotando uno tras otro.

Son dos adolescentes a los que la confusa situación por la que atraviesan les ha llevado a una tregua momentánea. Sexo con más o menos amor, que no despeja dudas, pero que libera la tensión que ambos llevan soportando durante las últimas horas de su vida.

Son cinco para las cinco de la tarde.

Mientras Raúl regresa con Wendy al hotel para descansar un rato antes de prepararse para la gala de esa noche, Ester está a punto de llegar al lugar en el que ha quedado de verse con Félix Nájera. Primero estudiarán en la cafetería de la FNAC y luego darán una vuelta por el centro. Bruno y Alba duermen en la cama de la chica después de hacer el amor y Meri está en la línea ocho del metro rumbo a la terminal T4 del aeropuerto de Madrid. Por su parte, Valeria estudia en una mesa de Constanza sin dejar de pensar en ellos. Y Elísabet... no cesa de preguntarse qué debe hacer para que Alicia desaparezca de su vida y pueda amar a Ángel, sin más complicaciones.

Comenzaron siendo cinco, luego fueron seis y ahora ni siquiera pueden llamarse incomprendidos. Las relaciones entre ellos han ido cambiando desde noviembre del año pasado. Son chicos diferentes y todo lo que les ha pasado les ha servido, de una manera o de otra, para convertirse en lo que son.

Sin embargo, lo que van a vivir en esos primeros días de junio los marcará para siempre.

Capítulo 46

Ha comido en la cafetería Constanza y ahora intenta estudiar allí, sentada sola en la mesa más alejada de la entrada. No es sencillo porque tiene muchas cosas en las que pensar. Muchas cosas, resumidas en dos nombres propios: Raúl y César.

Antes, en casa, Valeria vio otra vez la balanza en la que ayer comparó a uno con otro. Todavía estaba inclinada hacia el platillo de su novio.

> Guapa, me voy al hotel a descansar. Antes de la ceremonia te llamo si puedo. Te quiamo.

Es el último WhatsApp que Raúl le envió hace unos minutos. Un simple «muy bien. Descansa. Luego hablamos» más un icono sonriente había sido su respuesta.

Se frota los ojos durante varios segundos y vuelve a fijar su mirada en los apuntes de Español.

—¿Cómo te va? —le pregunta su madre, que pone sobre la mesa dos tazas de café y se sienta en la silla que está libre.

—Gracias. Regular. Esto es muy complicado.

Mara echa un vistazo a lo que su hija está estudiando. Entrecierra los ojos y resopla.

—¿Análisis sintáctico?

—Has acertado.

—Uff. No me acuerdo de nada de eso. Hace ya muchos años que pasé el calvario de aprenderlo. Habrán cambiado hasta los nombres de todo.

—No lo sé. No entiendo por qué tengo que estudiar esto. ¿Para qué sirve una subordinada? ¿Por qué tengo que saber analizarla?

—Para explicárselo a tu hija cuando lo estudie en el futuro.

La respuesta ingeniosa de su madre le saca una sonrisa a Valeria, que deja a un lado el lápiz y toma la taza. Da un sorbo, pero todavía está muy caliente. La mujer se echa hacia delante y por fin se atreve a preguntarle eso que lleva un buen rato picando su curiosidad.

—¿Quién te ha regalado el ramo de rosas rojas? —dice, bajando la voz.

—¿Lo has visto?

—Sí, cuando subí antes a casa. Es muy bonito —comenta Mara, que sopla para que se enfríe su café—. No ha sido Raúl, ¿verdad?

—No. No ha sido él.

—Lo imaginaba. Con el lío que tendrá el pobre en Valencia, como para entretenerse encargando flores.

—Él también es muy detallista.

—Lo sé, hija. Pero era lógico que no fuera él. ¿Quién ha sido entonces?

—¿Te acuerdas de César?

—Sí, claro, ese chico tan guapo con el pelo largo que toca la guitarra en el metro.

—Pues me las ha regalado él.

—Vaya. Si fueran blancas o amarillas... pero las rosas rojas significan que siente algo por ti.

—Lo sé, mamá, lleva casi dos meses diciéndomelo.

—¿Y Raúl está al tanto de eso?

—Sí. Y no está muy contento, precisamente.

—Normal. Es incómodo tener a alguien diciéndole a tu novia que la quiere durante dos meses.

Valeria le explica a su madre la proposición de César. El lunes se cumplen los sesenta días. También le cuenta lo de la balanza, lo de los músicos de esa mañana y todos los encuentros casuales y no casuales que han tenido hasta ahora desde que regresó de Bristol. Lo único que se guarda es lo del casi beso de ayer por la tarde.

—Estoy hecha un lío, mamá. No tengo ninguna duda de que quiero a Raúl. Pero por otro lado...

—También te gusta el otro chico.

—Sí. Pensaba que no, que sólo era un sentimiento equivocado o un capricho. Raúl es mi novio, es un cielo y hemos superado malos momentos juntos. No me veo sin él.

Sin embargo, César la atrae muchísimo. La hace reír, consigue enfadarla y ponerla colorada, pero sus discusiones son como de película romántica; sabe cómo actuar para dejarla siempre con ganas de más. Y hoy, quizá por primera vez desde que lo conoce, no le molestaría que apareciera por la puerta de la cafetería con alguna historia de las suyas. Es más, le gustaría.

—Ya veo. No lo tienes tan claro como imaginaba.

—No. No lo tengo tan claro.

Y no debería tener dudas al respecto. Antes de que

Raúl se fuera a Valencia creía que sí, que por mucho que César le insistiera no lograría nada con ella. Es verdad que le gustaba, que se sentía bien a su lado. Pero nada más. O eso pensaba. De buenas a primeras, han aparecido sentimientos que no sospechaba que existían.

—Creo que, como has estado con Raúl todo el tiempo, esos sentimientos hacia César no se habían desplegado de verdad. Estaban ahí, pero guardados —le explica su madre, que parece comprender lo que siente.

—¿Crees que a lo mejor me he enamorado de él?

—No lo sé, Val. Eso sólo lo sabes tú.

—Yo no sé nada, mamá. Sólo que estoy cansada y soy incapaz de concentrarme para estudiar.

Val apoya la cabeza en los brazos y se recuesta sobre la mesa. Mara sonríe y le acaricia el pelo.

—Más o menos con tu edad, yo tenía dos amigos, muy amigos. Uno me gustaba mucho y el otro... me tenía enamorada.

—¿Lo estás inventando?

—No, no. Es una historia real —señala la mujer, con seriedad—. El caso es que los dos estaban muy clavados conmigo. Yo lo sabía pero no me decidía por ninguno. Hasta que un día... bueno, empecé a andar con uno de los dos.

—¿El que te gustaba o del que estabas enamorada?

—El que me gustaba.

—¿De verdad? ¿Y qué pasó?

—Que la amistad entre los tres se fue rompiendo poco a poco y al final el chico del que estaba enamorada dejó de hablarnos.

Valeria se incorpora de nuevo y mira a su madre. Se le ha dibujado una sonrisilla tonta en la cara. No está muy segura de si es por recordar viejos tiempos o porque se lo está pasando en grande inventándose aquella historia que le hubiera gustado vivir en su juventud.

—¿Y has vuelto a saber de ellos?

—Uno es tu padre.

La chica se queda boquiabierta. No sabía nada de aquello. Desde que ellos dos se separaron apenas han vuelto a hablar de él.

—Vaya. Entonces, tu primera opción no era papá, por lo que he entendido.

—No, yo estaba enamorada del otro chico. Luego, sí. Evidentemente, me casé con tu padre porque lo quería. Pero ya sabes cómo ha terminado la historia: no he vuelto a saber nada de mi amigo y con tu padre no me hablo.

—No me lo pintas muy bien.

—Al contrario. Lo que te quiero decir es que, hagas lo que hagas, pasarán muchas cosas más en tu vida. Eres muy joven y el futuro es impredecible. Simplemente, déjate llevar por lo que sientas. Pero sé honesta contigo misma y con ellos. Eso es lo más importante.

—¿No te arrepientes de haber andado con papá y no con el chico del que estabas enamorada?

—No. Hice lo que hice porque fue lo que sentí en ese momento.

¿Ella se arrepiente de algo? Si intentó besar ayer a César fue porque lo sentía. Sin embargo, ha estado dándole vueltas desde entonces y sintiéndose culpable. ¿Qué significa eso exactamente?

Pese a lo que le ha contado su madre, sigue sin comprenderse a sí misma.

—Qué lío, mamá.

—Nadie dijo que las relaciones fueran fáciles —le dice, poniéndose de pie, tras darle el último sorbo a su café—. ¿Qué te pide el cuerpo ahora mismo?

—No sé.

—Sí lo sabes. Sé sincera contigo misma.

Su madre tiene razón. Sí lo sabe. Le gustaría ver a César. No puede negarlo. Además, Raúl está descansando en el hotel y hasta la gala no tendrá noticias suyas.

—Qué mal —se lamenta, levantándose de la silla.

—Mal harías si actuaras de manera contraria a lo que sientes.

—Es que estoy muy perdida.

—No lo creo. Pero hazme caso en una cosa: sé honesta con Raúl y también con ese chico. Y recuerda que tienes novio y que ahora mismo no está ni en Madrid. Si la historia cambia de rumbo, hazlo bien. ¿Entendido?

—Sí, mamá. Debo hablar con los dos y ser sincera con ellos.

—Pero primero, sé sincera contigo.

—Intentaré serlo. Gracias por los consejos y la charla.

La chica le da un beso en la mejilla a la mujer y sale de Constanza. Camina hacia la estación de metro. Aunque hace calor, ella tiene escalofríos desde hace un rato. Nunca ha sido muy buena tomando decisiones importantes. Tal vez porque pocas veces ha tenido que hacerlo. Hasta hace poco era una niña tímida, que apenas hablaba y que era incapaz de decir algo coherente cuando se le acercaba un chico.

Ahora, es distinta. Menos tímida, menos niña, menos incomprendida. Su vida está en una de esas vueltas de las que la gente habla cuando se refiere al futuro. Está empezando a hacerse mayor y con los años, las decisiones son más complicadas. Cuanta más edad, más responsabilidad. También en el amor, en las relaciones. Ya tiene diecisiete y sabe lo que es amar de verdad.

Sólo espera no equivocarse. Acertar con la interpretación de sus sentimientos. Y buscar una solución que, con toda probabilidad, se encuentre en la línea diez.

Capítulo 47

Esta vez ha sido ella la que ha llegado primero. Dos minutos antes de las cinco, Ester aguarda a que Félix aparezca. Lo espera en la planta baja de la FNAC; allí estudiarán matemáticas y luego se irán a dar un paseo por el centro.

La joven ha pensado mucho en lo que Bruno cree respecto a su amigo. Y continúa sin imaginárselo mandándole tuits amenazantes, como si fuera un maniaco obsesivo. Aunque no puede evitar cierta intranquilidad. ¿Y si tiene razón y es el autor de los anónimos?

Lo cierto es que no conoce tanto a Félix como para defenderlo como ha hecho. Las veces que han hablado y ha estado con él le ha causado muy buena impresión. Aunque ayer se le fuera la cabeza cuando Rodrigo se les acercó. «Se merecía lo que le dije y me quedé corto», le comentó después, mientras la acompañaba a casa. Quizá sólo lo hizo para impresionarla o para defenderla, pero sobraba totalmente. Ésa es la única queja que podría tener de él. El resto, genial. Tanto que se ha planteado comenzar a salir con él en serio. A ver si de esa manera también ella olvida el pasado reciente. Otros ya han pasado página.

El reloj que hoy se ha puesto por tercera vez, el de las ocasiones especiales, marca las cinco en punto. A Ester le resulta extraño que un chico tan puntual como es él todavía no haya aparecido.

—Señorita, señorita.

Alguien le está jalando de la chamarra por detrás. Ester se gira y se encuentra con un niño rubio, de unos cinco o seis años, agarrado a su ropa. Sostiene en la otra mano un paquete envuelto en papel de regalo en el que pone «Ábrelo ahora mismo».

—¿Es para mí?

—Sí. Para ti.

—¡Muchas gracias!

La joven lo coge y, tras alborotarle la cabeza, el pequeño sale corriendo como un rayo hasta el otro extremo de la FNAC. Allí le esperan sus padres, que saludan desde lejos a Ester y se marchan del centro comercial riéndose y haciéndole caricias al niño.

¿Qué será? La chica abre el paquete intrigada y sonríe cuando descubre lo que hay en su interior: una calculadora como la que Félix llevaba anoche y un vale por «un café con leche o semejantes».

En ese momento, unas manos tapan los ojos de la muchacha.

—No creo que sea difícil, pero ¿quién soy?

—El que ha sobornado a un niño para que me regale una calculadora como la tuya.

El chico aparta las manos del rostro de Ester, que se da la vuelta. Los dos sonríen, él con esa manera tan particular de torcer el labio.

—No sé de qué me hablas.

—De nada. Un rubio monísimo que pasaba por

aquí y ha intentado ligar conmigo. No creo que lo conozcas. Eres muy mayor para ser su amigo.

—Tendría que haber llegado antes para verlo y decirle que espere a otro día para ligar contigo. Hoy estás sólo conmigo.

—Para estudiar.

—Por supuesto. Para estudiar. Vamos muy atrasados. ¿Bajamos?

Ester asiente. Todavía no le ha visto soltar una carcajada, pero sonríe de una forma muy especial. Le gusta.

—¿Qué se te antoja? —le pregunta, ya sentados a una mesa de la cafetería de la FNAC.

—Un café bombón y una dona de azúcar.

—Creo que te refieres a la que no es de chocolate, ¿verdad? Es que las dos tienen azúcar.

—Sí, la de toda la vida, vamos.

—Trabaja.

Se levanta y pide en la barra a un hombre con media melena blanca, vestido de negro, que en seguida lo atiende. La chica se fija en ellos y se tapa la boca para que no se oiga cómo se ríe. Han empezado a discutir educadamente por el verdadero nombre de la «rosquilla glaseada». No deja de sorprenderla. Félix es más divertido de lo que creía. A su manera, eso sí.

El joven coloca dos vasitos sobre la mesa y luego dos platitos con una dona cada uno. Ella se queda con la blanco y él con la de chocolate.

—¿Tú no quieres café?

—No, prefiero leche sola, sin nada. Ya sabes que la cafeína no me sienta muy bien.

—Ni con chocolate.

—Dona de chocolate más leche con cacao, ¿bromeas?

—No lo veo tan raro.

—Me saldría el azúcar por las orejas. Ya me estoy arrepintiendo de haber pedido la dona...

Ester arruga la nariz y muerde la suya. Se mete un gran trozo en la boca, con el que casi se atraganta, pero se ríe cuando consigue tragarlo. Félix la observa con los ojos muy abiertos. Él no se ríe, parece molesto. La chica se da cuenta y le pide disculpas. Entonces, el joven sí que sonríe.

—No te preocupes. Si te ahogas, yo te hago respiración de boca a boca.

Aquel atrevimiento sorprende a Ester, que no esperaba esa salida por parte de su amigo. ¿De verdad está dispuesto a besarla? ¿O simplemente ha sido la verdad? Quizá es un experto en primeros auxilios y lo ha dicho en serio. No tiene ni idea, aunque en esta ocasión ni ha habido media sonrisa.

—¿Empezamos con mate? —le pregunta para huir de aquel instante algo incómodo.

—Muy bien. Estaba deseando que sacaras el tema.

—¿Por dónde empezamos?

—Sabes sumar y restar, ¿verdad?

—Para eso está la calculadora. Y los dedos, ¿no?

A Félix casi le da un infarto cuando oye lo de los dedos. Si hay algo que no soporta en una persona es que cuente con los dedos. No hay nada más basto y más burdo que eso. Pero se contiene, no dice nada y saca su libreta de matemáticas en silencio. Se la pone sobre las rodillas y la abre por la página que tiene señalada con una marca verde.

Ester sabe que la broma de antes no le ha hecho mucha gracia. A la hora de tratar los temas que tienen que ver con los estudios, se lo toma muy en serio. Demasiado en serio. Y con esa seriedad permanecen la siguiente hora y media. Ni una broma ni un chiste. Ni siquiera algún juego de palabras o un sarcasmo. Félix es un profesor exigente; y Ester, una alumna con la soga al cuello que poco a poco intenta seguir el ritmo que él le marca.

—Estoy agotada —confiesa la chica, que se ha tomado otro café, este segundo con leche semidescremada.

—¿Ya? Si no hemos avanzado nada.

—Sí que hemos avanzado mucho.

—Muy poco. Todavía nos queda por ver la mayoría del temario.

—Un descanso. ¿Va? Hablemos de otra cosa que no sea de números y letras mezclados entre sí.

Félix se ajusta los anteojos, algo contrariado. Cierra el cuaderno, marcando por dónde se han quedado, y lo guarda en su carpeta junto a la calculadora.

—¿Subimos a ver libros y películas? —pregunta, relajando su expresión.

—Me parece una buena idea.

Los chicos salen de la cafetería y suben por la escalera eléctrica hasta la segunda planta, en la que se entretienen un rato viendo los DVD. Ester hace hincapié en las comedias de amor, y Félix le habla de todas las películas en blanco y negro que ha visto. A la joven le sorprende que a alguien de su edad le guste ese tipo de cine. Aunque es Félix Nájera: nada de eso debería asombrarla ya.

—¿Cuál es tu película preferida? —quiere saber el chico.

—Mmm. No sé. Tal vez, *Moulin Rouge*. La he visto mil veces y siempre lloro cuando muere Nicole Kidman.

—¿De verdad lloras con eso?

—Sí, ¿tú no lloras con las películas?

—Yo no lloro.

—¿Nunca?

—Nunca. No recuerdo la última vez que lo hice. Sería de bebé.

—No te creo.

—¿Para qué te voy a mentir?

—¿Tampoco mientes nunca?

La media sonrisa característica de Félix da respuesta a la pregunta de Ester, que sigue atónita con lo que le acaba de contar.

—Mentir es un recurso. Incluso un arte. Hay mentiras tan elaboradas que son más interesantes que la propia verdad. Además, todos mentimos. Casi lo hacemos a diario.

—No tiene por qué.

—¿Soy guapo?

—¿Cómo dices?

—¿Te parezco un chico guapo? Dime qué piensas.

—Pues...

—Ocultar la verdad, aunque no mientas, también es una gran mentira —la interrumpe Félix, antes de que conteste a su pregunta—. ¿Te parezco guapo, Ester?

No sabe qué responder. Guapo no es, está claro. Pero no le va a decir que no. Tampoco puede decirle que sí.

—Me pareces interesante.

—Me estás llamando feo, educadamente.

—¡No! ¡No es así! No creo que seas feo. De verdad.

—Entonces, soy guapo. O eres una cosa o eres otra. Son adjetivos antónimos. No hay más soluciones.

—Verás...

La chica agacha la cabeza sin encontrar la manera de salir de aquel embrollo. ¡Qué hace! No quiere llamarlo feo. Pero es que no es guapo. Tampoco va a mentirle para reconocerle que todo el mundo miente cada día. Aunque no quiere herirlo con la verdad. ¡Ahhh! ¿Cómo se ha metido en ese laberinto?

Cuando vuelve a levantar la mirada, encuentra la sonrisa socarrona de Félix.

—Déjalo, Ester. No hace falta que me respondas. No te quiero presionar —indica, colocando en su lugar una película de Charles Chaplin—. ¿Vamos a ver los libros?

Capítulo 48

Próxima estación: Barajas. Sólo queda una parada más para que el metro llegue al final del recorrido. Durante el trayecto, Meri se ha preguntado cientos de veces qué hará cuando esté en la terminal T4. Encontrar a Paloma será casi imposible, si es que continúa en el aeropuerto. Porque lo más probable es que ya esté en Londres.

Han pasado muchas horas desde que le dieron de alta en el hospital. Tiempo suficiente para hacer las maletas, comprar los boletos y tomar el vuelo rumbo a Inglaterra.

En cambio, no se piensa rendir ahora. No es el momento para hacerlo. Buscará toda la tarde hasta que esté segura de que localizar a su chica es misión imposible.

En Internet ha visto que hay siete vuelos a Londres en los que se podía haber ido ya y otros siete que aún no han salido. Varios de los que todavía no han despegado están a punto de hacerlo y ya no le daría tiempo a llegar. Así que únicamente tendría posibilidades de encontrar a Paloma si su avión fuera el de las 19:00 o el de las 20:10 con llegada al aeropuerto de Heathrow, o el de las 21:00 que aterriza en Gatwick. Tres cartuchos, sólo tres para conservar la esperanza.

Por fin, llega a la última parada. Se detiene en el andén de la terminal T4 y los últimos pasajeros bajan cargados de maletas, a toda velocidad.

María sale y camina lo más deprisa que puede. Se siente fatigada y no tiene ni idea de por dónde debe buscar.

Se detiene y echa un vistazo a su alrededor. Hay gente por todas partes, de todas las nacionalidades, de todas las razas, de todos los tamaños y formas. Hombres, mujeres y niños. Abuelos y abuelas con nietos. Solteras, solteros y alguna pareja de recién casados. Un enjambre de personas esperando volar a alguna parte del mundo a cientos de kilómetros de distancia.

Si antes creía que su misión era difícil, ahora está convencida de que será imposible. Pero allí parada no conseguirá nada. Debe ponerse en marcha. Camina hacia un panel donde se anuncian las salidas y las llegadas y busca el próximo vuelo a Londres. Es de British Airways y sale a las 19:00.

Y ahora, ¿por dónde tiene que ir?

No sabe cómo averiguar dónde se hace el *check in* de ese vuelo, así que decide preguntar a unas azafatas que vienen caminando de frente hacia ella. Éstas no tienen ni idea y le indican que consulte en una ventanilla de información. La chica les da las gracias y se dispone a buscar un mostrador de atención al cliente.

La cabeza le va a explotar. Mientras anda, examina detenidamente a todas las jóvenes de uno sesenta, rubias y delgaditas con las que se va cruzando. Acertar una quiniela sería más sencillo. Se está volviendo loca y cree que en cualquier momento se desmayará en plena T4.

Por fin, encuentra un *stand* de información, pero la

fila es interminable. Resopla desesperada. Si se pone en la cola, perderá mucho tiempo y sus escasas opciones de localizar a Paloma se esfumarán por completo. Así que decide preguntar a todo el que se va encontrando hasta que un señor mayor le indica dónde están los mostradores de British Airways. No era tan complicado, pero sus capacidades están al mínimo después de todos los sobresaltos del día.

Meri acelera el paso hacia los mostradores de facturación que van del 900 al 905. Es la primera vez en muchos minutos que recupera algo de esperanza. Pero ésta desaparece tan rápido como había llegado. Ni Paloma ni su madre están en aquel lugar de la terminal. Se lamenta de su infortunio y desgastada, física y mentalmente, decide aguardar allí. Se sienta en el suelo apoyándose en un cartel de publicidad y espera, fijándose bien en todas las personas que pasan por delante de ella. A lo mejor aparece de un momento a otro. Sin embargo, transcurren los minutos y sus posibilidades se reducen.

Nunca se había sentido tan vacía como en ese instante. Está rendida. Los ojos le arden muchísimo por culpa de los lentes de contacto, pero sabe que si se los quita no verá nada. Las rodillas también le duelen de correr y el sueño lucha por vencerla.

Para combatirlo, recurre a los recuerdos de aquellos maravillosos dos meses y medio con Paloma. Cómo la extraña. ¿Qué va a hacer sin ella?

Saca una vez más el celular y la llama. Desconectado. Quiere gritar de la impotencia, de la rabia. No entiende por qué se ha llegado a aquella situación tan absurda. Sólo se trata de amor. Simplemente es una cuestión de amor.

Cuarenta y cinco minutos sentada esperando. Ni rastro. No puede más. Se levanta del suelo para estirar las piernas, que se le estaban quedando dormidas. Respira hondo y mira el reloj del celular. Se ha hecho muy tarde. Entonces suena su teléfono. No tiene registrado ese número. Descuelga y responde:

—¿Sí?

—¡Tú! ¿Dónde está mi hija? ¡Sé que está contigo! —exclama una voz femenina, fuera de sí—. ¿Quieres que te denuncie?

Los gritos de Nieves sacuden los tímpanos de Meri, que no entiende de qué le está hablando.

—Disculpe, señora. ¿Qué es lo que me está diciendo?

—No te hagas la tonta. ¿Dónde la tienes?

¿Eso significa que Paloma no está con ella? María se tapa el oído izquierdo para escuchar mejor lo que la mujer dice. Quiere estar segura de lo que cree que ha sucedido.

—No está conmigo.

—¡Mentira!

—Se lo juro, señora. Yo creía que ya se había ido a Londres.

—Ésa era la idea, hasta... que se ha escapado... corriendo —indica la mujer. Le cuesta expresarse debido a la tensión.

—No está conmigo. Y no tengo ni idea de dónde puede haber ido —señala María, a la que aquella noticia le ha supuesto una enorme bocanada de felicidad—. ¿La ha llamado al celular?

—Su celular lo tengo yo.

De la felicidad por saber que su chica no se ha marchado todavía a Londres, Meri pasa a la preocupación.

¿Dónde habrá ido? No dispone de teléfono. Seguramente no tenga dinero y no pueda regresar al centro de la ciudad, ni llamarla desde un teléfono público.

—¿Hace cuánto que no la ve?

—Una hora más o menos.

Puede estar en cualquier parte. Lo que daría ahora mismo por saber dónde. Se habrá escondido de sus padres. ¿Y si ha ido a su casa? Es una posibilidad. Ahora llamará a sus padres para contarles lo que ha pasado.

—¿De verdad que no está contigo? ¿No me estarás mintiendo? Es mi hija, menor de edad. Y si está en tu casa, podemos acusarlos de secuestro.

—Señora, soy la primera a la que le encantaría saber dónde está Paloma.

—Todo esto es por tu culpa.

—No soy yo la que se la ha querido llevar a rastras a Londres.

—Tienes un problema. Y no voy a permitir que sigas pervirtiendo a mi hija con tus ideas.

La mujer le va repitiendo lo mismo que hace unas horas le soltó su marido. Pero a María ahora la afecta menos. Sabe que tiene una última oportunidad para volver a ver a su novia. Sólo debe encontrarla antes de que lo hagan sus padres.

Sin esperar más tiempo, cuelga a Nieves y llama a su madre. Le cuenta todo lo que ha sucedido y le advierte por si Paloma decide ir a su casa. Paz no está muy de acuerdo con el comportamiento de su hija, pero se alegra de que por lo menos esté bien.

¿Dónde habrá ido?

Sin dinero es difícil que haya salido del aeropuerto. A no ser que se lo haya pedido a alguien o lo haya robado. Ella es capaz de las dos cosas. Aunque también podría estar escondida en alguna parte de la terminal. Si es así, otra vez debe buscar la aguja en el pajar. Pero lo hace con más energía. Con mayor ilusión. Ahora está segura de que volverá a verla. Tiene la convicción absoluta de que así será.

Luego, ya verán lo que hacen, porque la situación sigue siendo crítica. Al menos podrá abrazarla y besarla una última vez.

Y la busca por cada uno de los rincones del aeropuerto con esa premisa. La de su encuentro, la de gritarle que la quiere y susurrarle al oído cuánto la ama. Que no se preocupe por nada, que esté donde esté, siempre la tendrá en su corazón. Y si hace falta, la esperará e irá a Inglaterra a verla. Y tomarán el té juntas. Y visitarán el Museo Británico o se tomarán una foto fingiendo que sujetan el Big Ben. Tantas y tantas cosas que pueden hacer...

El límite estará donde ellas lo pongan. A pesar de sus padres, a pesar de lo que piensen los demás. Mientras se quieran, nada podrá detenerlas.

Suena el teléfono.

—¿Dónde estás? —Es su padre.

—Sigo aquí. En el aeropuerto.

—¿En qué zona? Hemos venido por ti.

—¿Han venido?

—Sí. Estamos aquí.

—Pero, papá..., no hacía falta. Siento haberlos molestado tanto pero...

—María, luego hablamos más tranquilos. Ahora dime en qué parte exacta del aeropuerto te encuentras, por favor.

—Estoy en la T4. A la altura de los mostradores de American Airlines.

—Muy bien. No te muevas de ahí. Ahora nos vemos —le ordena Ernesto, justo antes de finalizar la llamada.

A la chica no le da tiempo ni de responder. Debe hacerle caso, aunque siga queriendo buscar a Paloma. Ellos la están pasando muy mal también por todo lo que ha sucedido y por lo menos tiene que contentarlos esperándolos allí. Aquel día será imposible de olvidar para toda la familia.

María se detiene delante del mostrador 835. Se estira para que no le den calambres en los gemelos. Siente las piernas pesadísimas. No deja ni un instante de mirar para todas partes. A lo mejor la casualidad quiere que su chica pase por allí en ese momento.

Y casi le da un vuelco el corazón cuando a lo lejos aparece la figura de una jovencita que tiene un físico similar al de Paloma. Conforme se va acercando, más se le va pareciendo. ¿Paloma?

—¡Pelirrojita! ¡Soy yo! —grita la chica, cuando está a pocos metros, y sale corriendo hasta ella.

Meri cree que aquello es un sueño. ¡Es ella de verdad! Llora como nunca antes lo ha hecho al sentirla de nuevo entre sus brazos. Besa su boca y escucha su corazón latir muy cerca del suyo, disparados a la misma velocidad. Jamás se había alegrado tanto de algo. Verla allí, tenerla, es la mayor felicidad de su vida.

Pero Paloma no va sola. Detrás, dos personas caminan hacia ellas, preocupadas pero sonrientes.

—Bueno, salgamos de este laberinto, que estarán agotadas y tenemos mucho de lo que hablar —comenta Ernesto, suspirando.

Paz asiente con la cabeza y abraza a María, que mantiene la sonrisa más significativa que le haya visto nunca. Contemplándolas tan contentas a las dos, no comprende cómo alguien puede querer separarlas. A ella también le sorprendió cuando se enteró de que su hija era lesbiana. Pero lo importante no es si le gustan los chicos o las chicas. Lo importante es que sea feliz y pueda expresarlo como quiera.

Capítulo 49

Cuando no quiere encontrarlo, siempre tropieza con él. Y esa tarde que lo está buscando no logra dar con César. Valeria ha visitado ya varias estaciones de la línea diez y se ha subido en unos cuantos trenes, pero no ha tenido suerte. Mira el reloj de su celular. Al final, tendrá que volver a casa, porque se ha hecho muy tarde. Dentro de poco, Raúl la llamará desde Valencia para hablar con ella antes de la gala del festival de cortos.

Próxima estación, Santiago Bernabéu. A ver si hay suerte esta vez. Si no, volverá atrás hasta Plaza de España, sin bajarse más.

Mientras camina, piensa en llamarlo por teléfono o enviarle un WhatsApp para preguntarle dónde está, pero descarta la idea. Él está «trabajando» y además, daría la impresión de que anda desesperada por verlo. ¡No piensa ponérselo tan sencillo! Si lo encuentra, bien; y si no, de vuelta a casa. No, definitivamente, no es una buena idea utilizar el celular.

En aquella estación, un hombre que podría ser su abuelo hace música con vasos de cristal de Bohemia. Está interpretando *The sound of silence,* de Simon y Garfunkel. Val se acerca hasta él y se detiene a escucharlo.

Es increíble lo bien que suena. El señor termina el tema y mira a la chica, que sonríe y le echa una moneda de cincuenta centavos. Él le da las gracias y se prepara para la siguiente canción.

—Disculpe —le dice la joven. Se le ha pasado por la cabeza que aquel hombre puede saber algo—. ¿Ha visto usted por aquí a un par de chicos haciendo rap?

—¿Uno alto con el pelo largo y otro bajito negro?

Sin duda, son ellos. Valeria sonríe al escuchar la descripción del músico de los vasos.

—Sí. ¿Los ha visto?

—Hace un rato estuvieron por aquí. Empezaron a tocar cerca de donde yo estoy, pero por respeto se marcharon a otro lugar.

—¿No sabe a qué estación?

—Me parece que los escuché hablar de Plaza de España.

—Mil gracias. Y me encanta lo que hace con los vasos.

El hombre hace un gesto de agradecimiento con la cabeza y empieza a tocar *Eyes of the tiger* cuando Valeria se da la vuelta.

Plaza de España. Podría haber sido más lejos o que aquel señor ni siquiera hubiera sabido nada. Se dirige de nuevo al andén; en tres minutos pasará el tren con destino a Puerta del Sur.

Se ha dormido y ha vuelto a soñar con el concurso. En esta ocasión nombraban a Wendy ganadora. Ha sido todo muy extraño, porque cuando la chica salía al escenario para recibir el premio, se convertía en Marc Pons. Éste les contaba a todos que Raúl era un impostor y que

347

ni siquiera el corto era suyo, que se lo había escrito otra persona. El toc toc en su puerta ha sido lo que lo ha despertado.

El joven se incorpora y se dirige a la entrada de la habitación. Abre y ve a una Wendy totalmente distinta. Se ha recogido el pelo en un moño y lleva un precioso vestido largo de noche de color durazno. También se ha puesto tacones y se ha pintado los labios de rojo. ¡Está imponente!

—Guau.

—¿Te gusta?

—Estás guapísima. ¡Parece que te van a dar el Oscar!

—Ya, no exageres.

Pero no exagera. Aquella chica de cabello anaranjado parece otra. La nota nerviosa e impaciente. Le alegra verla tan guapa para salir a recibir su premio. Sin duda, se lo merece y le ayudará a subir su autoestima.

—Pasa —le dice, invitándola a entrar en la habitación. Con algo de vergüenza, Wendy acepta—. Yo me quedé dormido. Todavía me tengo que bañar y que vestir.

—Tienes tiempo de sobra. Pasan por nosotros a las ocho y media. ¿No estás nervioso?

—En realidad, no demasiado. Soy un tipo bastante tranquilo.

Eso y que sabe que no ganará el premio. Si no fuera así, tal vez un poco más nervioso sí que estaría.

—Yo cada minuto que pasa... tengo más cosquilleo en el estómago.

—Es normal. No todos los días uno llega a la final de un concurso.

—En cambio, si es por ti, cualquiera diría que no pasa nada. ¿Cómo eres capaz de controlar la situación?

—Ya te dije que soy un chico tranquilo —insiste, a la vez que camina hacia el baño—. Me doy una ducha rápida y salgo. ¿Me esperas?

Pero ni siquiera puede responder cuando Raúl ya ha cerrado la puerta. Pasea por la habitación inquieta. Ya no sólo por la gala de esta noche... ¡Tiene a ese chico tan guapo desnudo a unos metros de distancia, separados tan sólo por una puerta!

Escucha el ruido del agua. Ella sacrificaría todos los premios del mundo por estar ahí dentro con él. Y... ¿por qué no?

Se muerde el dedo índice, traviesa, y mira hacia la puerta. ¿Se atreve?

Aquella situación es muy tentadora y nunca tendrá una oportunidad mejor para hacer realidad una fantasía de ese tipo.

Despacio, va dejando caer su vestido sobre la moqueta roja del dormitorio. Se desabrocha el sostén y se deshace de los tacones. Por último, se quita las braguitas, que dobla y abandona encima de la cama.

Completamente desnuda, gira el pomo de la puerta del cuarto de baño. La habitación se ha cubierto de un denso vapor que ha empañado el espejo totalmente. Camina bajo la niebla hasta el cancel de la bañera, donde percibe su silueta.

¡Dios! ¿Qué va a hacer? Todavía puede dar marcha atrás, pero... no lo hace. Wendy Minnesota, la chica que todo lo hace mal y a la que nadie respeta, está a punto de cometer la mayor locura de su vida.

De puntillas, se introduce también en la ducha dándole un tremendo susto al chico.

—Pero ¿qué haces? —grita Raúl, fijándose irremediablemente en su pecho. Su piel es muy blanca, pero le resulta bonita.

—¡Yo qué sé! ¡Tengo frío!

El joven coloca la regadera de la ducha sobre la cabeza de la chica y el agua caliente va recorriendo todo su cuerpo haciéndola entrar en calor.

Wendy se quita la cienta del pelo y ésta cae al suelo de la bañera, a su espalda. Está preciosa.

—Debes salir de aquí. Si mi novia se entera, me mata.

—No estamos haciendo nada.

—¡Nos estamos duchando juntos!

—Sólo eso. ¿Por qué no me besas y así le damos motivos para que se enfade de verdad?

Raúl suelta una risa nerviosa, pero en seguida se encuentra con los labios de Wendy en el cuello. Y luego en su oreja. Para concluir en sus labios. La muchacha le arrebata la regadera de la ducha y la cuelga sobre ellos para que el agua los bañe mientras se besan.

¡Piiiiiiiiiiiiiiii! ¡Piiiiiiiiiiiiiiiiiiiii! ¡Piiiiiiiiiiiiiiiiiii!

De un salto, se incorpora. ¿Dónde está? Se da la vuelta y observa el balanceo del atrapasueños en la cabecera de la cama. Luego extiende la mano, hasta que encuentra su celular y apaga la alarma. Son cinco para las ocho. Menos mal que la puso, porque se había quedado profundamente dormido.

Tiene la sensación de que ha soñado algo, pero no recuerda el qué. Aparecía Wendy, con un vestido muy bonito, y luego... nada. No se acuerda de nada. Da igual, ahora no tiene tiempo de pensar en eso. Se tiene que bañar, vestir y, antes de irse a la gala, llamar a

Valeria para decirle lo mucho que la quiere y la extraña.

¿Será verdad lo que dicen de los atrapasueños? Si es así, Raúl no ganará esta noche el festival de cortos, según le contó antes. Ella se lo regaló con la intención contraria, para que soñara con que sería el vencedor.

«¿Puedo soñar contigo?» Aquella pregunta que le hizo es tan bonita. Valeria ha soñado infinidad de veces con él. Besándolo, amándolo, discutiendo, viajando... Siempre juntos. Siempre como una pareja. Y en cambio, ahora está buscando desesperadamente a otro chico que no es él porque tiene ganas de verlo. ¿Por qué lo está haciendo? Por lo que le dijo su madre de hacer lo que siente. Sólo obedece a un impulso.

Por fin, el tren llega a Plaza de España. Se baja y camina por la estación con la esperanza de que esté por allí. En seguida descubre que sí.

Lo ve al fondo del pasillo, detrás de los torniquetes, junto a la escalera. Está solo, sentado en un escalón, tocando con la guitarra una canción de Pablo Alborán. Un pequeño grupo de chicas lo observa. Como siempre, su desgarradora voz le llega al alma.

—«Te he echado de menos todo este tiempo. He pensado en tu sonrisa y en tu forma de caminar.» —Y entonces también él la ve, pero continúa cantando y acariciando la guitarra. Aunque sus ojos ya sólo son para Valeria—. «Te he extrañado. He soñado el momento de verte aquí a mi lado, dejándote llevar...»

Las chicas que lo rodean le aplauden y todas le echan alguna moneda. César les da las gracias y se levanta.

—Deberías presentarte a algún concurso de televisión.

—La fama no es lo mío —responde, tras darle dos besos en la mejilla. Esta vez la chica sí que los consiente—. No es por nada, pero tienes que empezar a reconocer que eres tú la que me persigue.

—Ha sido una casualidad que estuvieras aquí —le miente, aunque se le nota mucho.

—Pues le daré otra vez las gracias al destino por traerte hasta mí.

—¿Y Nate?

—Se ha tenido que ir. Marcela lo reclamaba.

—Marcela es su novia, ¿no?

—Sí. Es una chica encantadora, con mucho carácter, eso sí. En algunas cosas me recuerda a ti.

—¿También se pone roja como yo?

—Bueno... Marcela es negra.

Valeria agacha la cabeza avergonzada y se tapa las mejillas, que ya nota hirviendo. César suelta una carcajada y apoya las manos en sus hombros.

—Me encanta cuando haces estas cosas.

—Eres un tonto —le insulta, apartándose.

—Lo soy, pero te gusto. Eso lo has reconocido tú misma, ¿eh? No me estoy inventando nada.

—Después de dejarme en ridículo delante de toda la escuela ya no estoy tan segura.

—¿No te gustaron las rosas?

—Las rosas son bonitas. Aunque el espectáculo musical que montaron...

—Los cuatro chicos son muy buenos. Tocan de vez en cuando en el metro y ganan un montón de dinero cuando lo hacen.

—¿Les pagaste?

—Bueno, en realidad, me debían un favor —responde con una sonrisa irónica—. Pero vamos a dejar de hablar de eso y centrémonos en lo importante. ¿Te has enamorado ya de mí?

Capítulo 50

Han visto los libros en la tercera y cuarta planta de la FNAC y luego han caminado por la calle del Carmen hasta Sol. Ahora pasean por la Carrera de San Jerónimo y entrarán por Sevilla, para seguir por Alcalá.

Ester y Félix conversan sobre mil cosas diferentes. Cada uno con su perspectiva y su manera de ver el mundo. Dos chicos tan distintos y, en cambio, parece que se entienden bien. A pesar de que a ella hay cosas que se le escapan.

—¿Qué se siente ser tan inteligente?

—No lo sé. Nunca pienso sobre eso. Creo que uno mismo no puede darse cuenta de ese tipo de cosas —responde el joven, rascándose la nariz—. ¿Qué se siente al ser tan guapa?

—Pues... no creo que yo... sea tan guapa.

—Yo creo que lo eres. Pero ¿a que no sabes qué se siente? Pues con la inteligencia pasa lo mismo.

Otra de sus teorías. A Ester cada vez que se pone en plan profesor le entran ganas de reír. A veces consigue aguantar, pero otras se muere de risa. Y él también se lo toma de diferentes maneras. Unas, le sigue el juego; otras, no comprende por qué se ríe.

—Creo que debemos volver a las matemáticas.

—Yo también. ¿Dónde quieres ir?

La chica echa un vistazo a su alrededor. Tienen al lado un Vips. Le pregunta a Félix si ese sitio está bien para estudiar y éste asiente. La pareja entra y se acomoda al fondo del local para estar más tranquilos. Ella pide una Coca-Cola y él, esta vez, sólo una botella de agua. Por lo de la cafeína.

Rápidamente, sacan los apuntes, bolígrafos, lápices y calculadoras y comienzan a estudiar. Lo hacen casi durante una hora, en la que no se detienen ni hablan de otros temas. Hasta que Ester, tras realizar correctamente un problema muy complicado, ya no puede más.

—Stop —dice, resoplando—. Veo cómo los números bailan con las letras en los cubitos de hielo.

—Deben de estar pasando frío.

—No, en serio, Félix. Vamos a parar. Mi mente no es como la tuya.

—Es verdad. La tuya tiene una fachada mejor decorada.

A la joven le cuesta entender que la está llamando guapa de una manera muy particular. Sonríe y bebe el poco refresco que queda dentro de su vaso.

—¿Paramos entonces?

—Está bien. Pero todavía nos queda mucho trabajo y el examen es la semana que viene.

—Lo sé, no me lo recuerdes. No estoy muy segura de aprobar todo —indica dubitativa—. El último año lo preparaba todo con mis amigos y no tenía problemas porque cada uno se especializaba en algo. Pero en este curso nos hemos reunido menos y eso lo estoy notando.

—¿Lo hacían todo juntos?

—Sí, cada uno preparaba una asignatura y ayudaba al resto con las demás. Nos ahorrábamos mucho trabajo y el esfuerzo era menor.

—Trabajo en equipo. Pero para estudiar, que es algo individual, ¿es eficiente?

—Daba resultado. Aunque este año, por varias cuestiones, no nos hemos logrado centrar todo lo que debíamos en la escuela y casi todas nuestras calificaciones han bajado. Aun así, espero aprobarlo todo.

Félix toma su vaso y bebe. Él nunca estudiaría en serio con gente alrededor. No entiende cómo les puede funcionar un método tan absurdo.

—Yo prefiero encerrarme en mi cuarto y estudiar solo hasta que me sé todo.

—A ti es que no te gusta mucho la gente, ¿verdad?

—Mmm. Me gustas tú. Tú eres gente. Así que tengo que decir que no es verdad tu afirmación.

Ester sonríe. Lo ha vuelto a hacer. Filósofo Nájera. Se nota que es un chico solitario, que prefiere desenvolverse individualmente a estar con otras personas. Pero cada vez le gusta más. Es como si estuviera haciendo un curso de aprendizaje sobre él. Ahora mismo debe de estar en segundo o tercero de Félix Nájera. Aunque si quiere aprender la asignatura completa, ha de averiguar algo que no ha dejado de inquietarlo en toda la tarde.

—Si te pregunto una cosa, ¿me vas a responder con sinceridad?

—No lo sé. Ya sabes lo que pienso sobre las mentiras.

—Vamos, Félix. Prométeme que dirás la verdad.

—No puedo prometer algo que no sé si exigirá mi silencio o en lo que tendré que disfrazar la realidad.

—Si me prometes no mentir, te daré algo que te va a gustar mucho.

—¿Qué cosa?

—No te lo puedo decir.

—No me gusta este juego.

—Vamos, hombre, arriésgate. Deja de controlar todo lo que pasa a tu alrededor. Relájate. Yo te aseguro que, si eres sincero conmigo, te llevarás un bonito premio.

El joven da otro trago a su vaso de agua. Aquello le recuerda aquel estúpido juego adolescente al que nunca jugó: verdad, atrevimiento o beso. Él estaba más pendiente de estudiar y perfeccionar sus aperturas y defensas en el tablero de ajedrez que de esas tonterías de niños con las hormonas por las nubes.

Sin embargo, en esta ocasión, le pica la curiosidad. Siempre podrá mentirle si se da la ocasión. No es un problema para él.

—Está bien. Pregunta.

—¿Vas a decirme la verdad?

—Sí.

—¿No estarás mintiéndome?

—No.

Ester no está segura, pero necesita saber la respuesta a una cuestión muy importante para ella.

—¿Qué piensas de Bruno Corradini?

Félix tuerce el labio y arruga la frente cuando oye la pregunta. No está muy seguro de a qué viene aquello.

—No tengo relación con él.

—Pero ¿te cae mal? ¿Lo odias por algún motivo?

—¿Lo dices por lo de aquella partida de ajedrez?

—Así que lo recuerdas.

—Claro. Cómo iba a olvidarlo. Me hizo trampa. Me cambió un caballo y un alfil de sitio en un momento en el que me giré para toser. Cuando miré de nuevo el tablero, no podía creer lo que había hecho.

—¿Le guardas rencor por eso?

—Sinceramente, sí.

—Y que sacara mejor calificación que tú en el examen final del segundo trimestre, ¿te afectó?

—Lo que me afectó fue no sacar diez.

Ester lo mira a los ojos. Está muy serio. A lo mejor no ha sido buena idea sacarle el tema, pero ya que ha empezado el interrogatorio, debe llegar hasta el final.

—¿No te molestó ni un poquito?

—Me molestó más que me hiciera trampa aquel día. Eso fue muy rastrero —reconoce, prácticamente sin pestañear—. En cuanto a lo de las calificaciones... Me gusta ser el mejor. No te voy a decir que no. Trabajo mucho para conseguirlo. No sé qué me sucedió ese día para no sacar una calificación algo mayor. Fue decepcionante.

La chica se da cuenta de que poco a poco está soltando una rabia contenida que hasta ahora no había mostrado. Ya tiene preparado el terreno. Es el momento de hacerle la pregunta clave para comprobar cómo reacciona.

—¿Sabes que a Bruno le están mandando anónimos por Twitter?

—¿Anónimos de qué tipo?

—Amenazándolo. Alguien se hace cuentas falsas y le envía mensajes. Llevan varias semanas molestándolo.

—¿Crees que soy yo el que se los envía?

Sus ojos transmiten tanta frialdad como sus palabras. Sin embargo, saca su media sonrisa al instante. Eso tranquiliza a Ester, que pensaba que la fulminaría con la mirada. Así que se atreve a preguntárselo directamente.

—¿Eres tú?

—Mmm. No. No perdería el tiempo en algo así.

—¿Me estás mintiendo?

De nuevo, su sonrisa característica. Como antes. Ester trata de leerle los ojos. Sabe que se la está jugando. Que aquello no formaba parte del guion de la cita y que está poniendo en serio riesgo seguir conociéndolo.

—No, no te estoy mintiendo.

¿Le cree? Debe hacerlo. Tiene que confiar en Félix. Si no, debe salir de allí y no volver a verse con él nunca más.

—Muy bien. No hay más preguntas, señoría.

—¿Me crees?

—Sí, te creo.

—Pues entonces... quiero mi premio.

La tensión de esos minutos se esfuma. Hasta Félix parece relajado. Se termina el agua y se humedece los labios con la lengua. Ester se aproxima hasta él y le sonríe. Aquel chico es alguien muy singular. Realmente, le cree. No parece alguien que se dedique a hacer ese tipo de cosas. Si quisiera fastidiar a Bruno, elaboraría algo más complejo, no simples anónimos a través de las redes sociales con cuentas falsas.

—Está bien. Te lo has ganado. Te mereces el premio.

E inclinándose sobre él lo besa en los labios, que continúan mojados del agua que acaba de beber. Félix recibe su boca con aprecio. No parece sorprendido.

Posa sus manos en la espalda de la chica y siente que ha triunfado.

Aquello es lo que había soñado desde hacía tanto tiempo. Por fin, ha llegado su momento. El día E. La venganza es un plato que se sirve frío y no hay mejor venganza que besar a la chica a la que un día amó ese estúpido de Bruno Corradini.

Capítulo 51

Todo el camino abrazadas. Así es como se han pasado Meri y Paloma todo el trayecto de vuelta en el coche. Se han inhibido porque están delante los padres de la pelirroja; si no, se habrían comido a besos aquella media hora.

Están en la casa en la que vive María con su madre y su hermana Gadea, que volvió también de Barcelona cuando Ernesto y Mara decidieron unir sus vidas en Madrid. Los cuatro se han sentado en el salón para decidir qué hacer ahora.

—Yo no quiero volver con mis padres —protesta la joven, dándole la mano a Meri—. Me quiero quedar aquí con ustedes. Duermo en el sofá si hace falta.

A Paz aquella jovencita rubia le parece adorable. Desde el primer minuto le ha caído muy bien. Le resulta muy raro cuando se dan un beso en los labios, pero sabe que se acostumbraría rápidamente.

—Me gustaría que te quedaras con las chicas y conmigo, pero tus padres estarán muy preocupados buscándote.

—Me da lo mismo. No quiero ir a Londres.

—Tenemos que llamarlos para avisarles de que estás bien —indica Ernesto.

—Si les avisan, vendrán por mí. Y volverán a llevarme lejos de Meri. ¡No quiero!

Las dos chicas se miran entre sí y se aprietan las manos. María está preocupada por la situación, pero también contenta. Ella creía que nunca más volvería a verla. Y ahora mismo se encuentran sentadas una al lado de la otra, tomadas de la mano. Es mucho más de lo que podía aspirar hace unas horas.

—Ya sé que no quieres, pero no podemos hacer otra cosa. Son tus padres y tú eres menor de edad. Podrían denunciarnos por secuestro.

—Como dice Ernesto, hay que llamar a tus padres —insiste la mujer—. Podríamos intentar hablar con ellos para tratar de arreglar las cosas.

—Mis padres no querrán arreglar nada. Lo único que les importa y que les repugna es que su hija sea lesbiana.

Ninguno de ellos comprende la manera de pensar de esa familia. ¿No es más importante la felicidad de su hija que su tendencia sexual?

—Hay que intentarlo. No nos queda más remedio.

María asiente, mientras Paloma se deja caer sobre ella, apoyando la cabeza en su regazo. Sabe lo que va a pasar y no quiere. ¡Desea quedarse allí con esas personas que la cuidan tanto y la respetan!

Paz se pone de pie y, mientras camina de un lado para otro, marca el número de la madre de la muchacha. Ni tres segundos tarda en contestar.

—¿Sí?

—¿Nieves? Soy Paz, la madre de María.

La mujer da un grito para avisar a su marido. Se oye cómo el hombre acude inmediatamente junto a su esposa. Y prosigue la conversación.

—Sí. Dígame.

—Su hija está con nosotros.

—¿Qué? ¡Gracias a Dios! ¡Ya lo sabía yo! —exclama al otro lado de la línea—. ¿Y qué están esperando para devolvérnosla?

—Ella no quiere volver a casa.

—¡Ella no sabe lo que quiere! —vuelve a gritar, encolerizada—. Dígame su dirección y nosotros pasaremos a recogerla.

—Señora..., deberíamos hablar sobre el tema. Nuestras hijas están saliendo juntas y tengo la impresión de que se quieren mucho.

—¡Eso es lo que su hija le ha hecho creer a la mía! ¡Le ha lavado el cerebro!

Nieves ha elevado tanto el tono de voz, que ni siquiera hace falta que Paz ponga el manos libres para que todos oigan sus palabras.

—A su hija le gustan las chicas, no es nada malo.

—Lo que le guste o no a mi hija es asunto nuestro. De nuestra familia. No de extraños.

—También es asunto mío, porque sale con mi hija.

—Se equivoca. Todo lo que tenga que ver con nuestra hija es exclusivamente asunto de nuestra familia. Ustedes no pertenecen a ella, ni pertenecerán.

—¿No desea que Paloma sea feliz?

—Señora, con todo respeto, no se meta en nuestra vida. Nosotros sólo queremos lo mejor para ella. Y no es precisamente su hija.

—Mi hija es una gran chica. Una persona excepcional y un ejemplo para todos los adolescentes de su edad. Debería conocerla mejor antes de decir algo así.

Pero Nieves no responde. Se escucha un murmullo

ininteligible al otro lado del teléfono. Hasta que habla una voz masculina y profunda.

—Señora, soy Basilio, el padre de Paloma. Buenas tardes.

—Hola, buenas tardes.

—Lo único que quiero saber es si traen ustedes a mi hija a casa o voy yo por ella. No pienso hablar nada más sobre el tema.

Las palabras amenazadoras del hombre acongojan a Paz, que le pregunta a su exmarido por señas qué tiene que contestarle. Ernesto se encoge de hombros.

—Basilio, ¿no es posible que aclaremos las cosas? ¿Por qué no hablamos tranquilamente de la situación de nuestras hijas?

—Oiga, ¿vienen ustedes o vamos nosotros? No pienso repetírselo. La otra opción que les doy es una denuncia por secuestro que mi bufete tardaría en preparar cinco minutos y ustedes recibirían en diez. Elijan.

La mujer resopla y se da por vencida. No quiere más líos de los que ya tienen. Se siente mal por las chicas, pero aquel hombre es peligroso y si no quieren hablar, deberán acatar su decisión. Por mucho que les duela.

—Nosotros la llevamos. No se preocupe. En unos minutos estará con ustedes.

—Muy bien, los esperamos entonces, buenas tardes —se despide Basilio Vidal, antes de colgar el teléfono.

Aquello es un gran golpe moral para todos. Paz contempla a Paloma, que solloza triste en el sillón de salón y sujeta con fuerza el brazo de María. Ésta intenta consolarla, aunque por dentro también está hundida. Deben separarse. No les queda más remedio.

—Ojalá yo hubiera tenido unos padres como ustedes.

—No digas eso. Tus padres están equivocados, pero estoy convencida de que te quieren mucho —le contesta Paz muy apenada—. No existen padres que no quieran a sus hijos.

—Si me quisieran... no me harían esto.

La mujer se acerca hasta ella y le da la mano para ayudarla a levantarse. Se siente como si le estuviera arrebatando la libertad a esa pobre chica. Meri también se incorpora. No quiere que Paloma se vaya, pero comprende a sus padres. Ella está sufriendo mucho también y además, está agotada.

—¿Están preparadas? —pregunta Paz, tomando las llaves del coche.

Ninguna de las dos responde. Es un final que se ha alargado un poco en el tiempo, pero en definitiva, un final. No hay posibilidad alguna de que los padres de ella den marcha atrás o comprendan la situación. Para ellos, la única posibilidad de que su hija esté bien es alejándola de María.

Los cuatro bajan al garaje y entran en el coche. La mujer arranca y salen a la calle.

—Pase lo que pase, te voy a querer —le dice Paloma a Meri, con lágrimas en los ojos—. Nunca olvides lo mucho que te quiero, pelirrojita.

La pelirroja sonríe, también con un río de lágrimas recorriendo su rostro. Le promete lo mismo y le repite una y otra vez lo mucho que la quiere. Siempre se querrán, aunque sea a cientos de kilómetros de distancia.

Capítulo 52

—¿Ya te has enamorado de mí?

—Qué pesadito estás con eso.

—¿Eso quiere decir que sí?

—Eso no quiere decir nada de nada. Déjame en paz. Pareces un periodista del corazón.

—¿Por qué te niegas a responder? No me digas que ya ha pasado. ¿Lo he conseguido? Y eso que aún me quedaban tres días para lograr el reto.

—¡No! ¡No me he enamorado de ti! —exclama Val, roja como un jitomate—. ¿Contento?

—Bueno. No lo creo del todo. Pero está bien. Aunque reconoce, al menos, que tenías ganas de verme.

—¿Por qué no te conformas con tenerme aquí y no haces más preguntas?

—*Touché*. Tienes razón, pequeña. —Y le golpea con el dedo índice la nariz.

—Cómo te gusta hacerme enfadar, ¿eh? Desde el primer día.

Los dos recuerdan lo que pasó en aquella discoteca en noviembre, al tiempo que caminan por la Gran Vía madrileña. Hace casi siete meses. Parece que fue ayer, aunque al mismo tiempo, tienen la impresión de conocerse desde hace siglos.

—La primera que quiso engañarme fuiste tú, haciéndote pasar por universitaria.

—Porque si no, no me permitían entrar en aquel sitio. Yo sólo estaba allí por obligación. Las discotecas no son lo mío.

—Te debería haber bautizado cuando pude hacerlo.

—Si me llegas a bañar con sangría, no te habría hablado nunca más.

—Sí que lo habrías hecho —la contradice, sonriendo—. Desde ese primer encuentro te gusté. Lo que pasa es que había otro que te gustaba más que yo. En ese momento.

Y tiene razón. Raúl era su amor platónico. Llevaba mucho tiempo queriéndolo en secreto. Aquel chico parecía inalcanzable para ella; sin embargo, la eligió por delante de Elísabet. Y ya van para siete meses de noviazgo. Valeria cree que aquel día cambió su vida. Un día en el que también conoció al tipo descarado que ahora camina a su lado.

—Me gustaba y me gusta. En ese momento y en éste —matiza, recalcando bien las palabras—. No hables en pasado como si nada. Sigo queriéndolo, por si no lo sabes.

—Pero también me quieres a mí.

—Tú eres mi amigo y te quiero como tal. Nada más.

—A los amigos no se les besa en la boca.

—¡Uy! ¡Eso es muy normal hoy en día! ¡Hasta las chicas lo hacen entre ellas!

César suelta una carcajada y siguen conversando animadamente. Los dos bromean con frecuencia y hablan de todo lo que les ha ido sucediendo en el tiempo que se conocen. Hasta aparece un secreto muy personal, que el joven se encarga de revelar.

—Yo debo confesarte que en Bristol tuve una vez un sueño erótico contigo.

—No sigas por ahí, que vas mal —le advierte ella, rojísima.

—Somos sólo amigos, ¿no? Los amigos se cuentan estas cosas.

—No sé qué clase de amigos tienes tú. Pero yo no hablo con nadie de mis sueños eróticos. Ni con Raúl.

—¿Así que también tienes sueños eróticos? ¿Muy a menudo? ¿En alguno he aparecido yo?

—¡Olvídame ya! ¡Bestia!

La chica intenta darle un puñetazo, aunque falla. Muy molesta, avanza unos metros acelerando el paso, pero en seguida César se pone a su altura. Aunque no se conforma con eso. Decide adelantarla y camina de espaldas mientras la mira a ella.

—En el sueño —continúa diciéndole—, aparecíamos tú y yo vestidos de época. Como si estuviéramos en una escena de «Gran Hotel».

—¡No quiero saberlo! ¡Cállate!

—Fue un sueño muy curioso porque, aunque ibas vestida de época, tu ropa interior parecía muy actual. Creo que era un tanga celeste repleto de bambis, lo que llevabas.

Valeria, con los cachetes hinchados y colorados como dos fresones gigantes, se para en seco y lo mira muy seria. ¡Acaba de traspasar el límite! Hace un gesto cruzando los brazos para indicar que aquella conversación «se acabó». El joven acepta y los dos caminan de nuevo en paralelo, hablando de otros temas menos delicados.

—¿Es tu celular el que suena? —le pregunta César, llegando a Callao.

—A ver...

Sí, es el suyo. Ni se había dado cuenta. El que llama es su novio. Se alegra y no se alegra de poder hablar con él. Sólo espera que no se entere de que no está sola y que quien la acompaña es su enemigo público número uno.

—¡Hola, cariño! —responde enérgica, intentando disimular—. ¿Ya estás en el teatro para la gala?

—No. Sigo en el hotel. Están a punto de recogernos.

—¿Estás nervioso?

—No demasiado —dice Raúl, al que se le nota muy tranquilo.

—Yo en tu lugar estaría mordiéndome las uñas.

—Tengo las uñas muy cortas para mordérmelas —comenta sonriente.

—En serio, amor. ¿Cómo no estás tenso? ¡Es un festival muy importante y tres mil euros de premio! ¡Dentro de un rato puedes tener tres mil euros en tu cuenta! ¡Tres mil euros!

Los gritos exagerados de Valeria en la plaza de Callao hacen reír tanto a Raúl como a César, que está llamando a alguien desde su celular.

—Te pareces al niño del anuncio de «¡Un palo!» chillando de esa manera.

—Qué tonto.

—¿Dónde estás? Escucho mucho ruido por ahí.

—Eh... Pues... dando una vuelta. En Callao. Me he pasado toda la tarde estudiando y necesitaba desconectar un rato y que me diera el aire en la cara.

—Muy bien. ¿Estás sola?

Observa a César, que está hablando por teléfono desde hace un par de minutos. Debe mentir. Mañana se lo explicará todo detalladamente. Pero ahora no puede decirle lo que ha sucedido esos días en Madrid mientras él estaba en Valencia. No va a fastidiarle su gran noche. No tiene derecho a ello.

—Sí. Estoy sola.

—Ten cuidado y no vuelvas a casa muy tarde.

—No te preocupes.

—¿Sabes? Te extraño mucho.

Le da vergüenza responderle que ella también lo extraña, después de pasar esos días con otro chico y casi darle un beso en la boca. Pero es cierto, extraña mucho a su novio. Y se lo dice.

—Yo también te extraño.

—Bueno, mañana regreso y recuperaremos el tiempo perdido. Tengo ganas de verte.

—Pero ven con tres mil euros en el bolsillo, ¿eh?

—Se hará lo que se pueda —comenta Raúl, con la calma del que ya sabe el resultado final—. Me tengo que marchar. Te llamo o te escribo esta noche, depende de la hora a la que termine todo.

—Muy bien. ¡Mucha suerte!

—Gracias.

Se despiden dándose todos los besos y ánimos posibles y de nuevo Valeria regresa a la realidad del momento. César también ha terminado de hablar por el celular.

—¿Cómo está tu novio? ¿Ha ganado ya el premio?

No sabe si lo ha dicho con ironía o en serio, pero evita responderle. No se encuentra demasiado bien. Lo que está haciendo, aunque sea dejándose llevar por lo que siente, no la satisface.

—César, me voy a casa —le suelta de repente—. Tengo mucho que estudiar.

—Ahora no puedes irte.

—Quiero irme. De verdad.

—¿Es por tu novio?

—No sé por lo que es. Pero...

—Shhh. No me lo cuentes ahora —le indica el joven, tapando su boca con el dedo índice—. No puedes irte porque quiero que conozcas a Marcela, la novia de Nate. He hablado con ellos ahora mismo y hemos quedado de vernos en diez minutos.

—Otro día...

—Sólo será un rato. De verdad. A Nate le caíste muy bien y quiere que conozcas a su novia.

La chica suspira. Desea irse a casa ya, aunque tampoco estaría bien marcharse de esa manera. Sería algo un poco feo. Es cierto que el compromiso es de él, no suyo, y que no han contado con ella. Pero quizá de esa forma se distraiga y no piense en los quebraderos de cabeza que tiene presentes en ese momento.

—Está bien, ¿adónde vamos?

—A un sitio que está aquí cerca.

—Pero poco tiempo. No como ayer.

—Te prometo que será poco. Conocerla, tomarnos algo con ellos y yo mismo te acompañaré a casa.

Los dos bajan por San Martín en dirección a la calle Mayor, cruzando antes Arenal y subiendo Bordadores. Rodean la plaza Mayor y caminan hasta un pequeño bar de la calle Postas. Hay una mesa libre en la terraza, en la que se sientan. Está empezando a oscurecer, aunque todavía queda casi una hora y pico de luz natural. Hace un día primaveral precioso en la capital.

—¿No hemos dado un rodeo muy tonto para llegar hasta aquí? —pregunta Valeria, confusa.

—Es que por Preciados siempre hay mucha gente los viernes por la tarde y quería evitar que me pararan por la calle las fans.

Qué tonto. Aunque la verdad es que, si se lo propusiera, sería uno de esos ídolos de masas y las chicas llevarían su foto en las carpetas. Tiene un gran talento, toca la guitarra fenomenal, tiene una voz característica y es guapísimo. Todas estarían locas por él.

—¿Pedimos algo?

—¿No es mejor esperar a que venga Nate con su novia?

—Da igual. Cuando lleguen que pidan ellos.

César llama al mesero y le pide una cerveza para él y una Coca-Cola Light para Valeria. No tarda en servirles.

Se está bien allí, viendo a la gente pasar, con la brisa fresquita de las últimas horas del día y la plaza Mayor justo enfrente. No quiere pensar en los exámenes, ni en lo que está haciendo. Por unos minutos deja la mente en blanco y ni siquiera está atenta a lo que su amigo le cuenta. Cierra los ojos y por primera vez en muchos días, respira tranquila.

Cómo iba a imaginar en ese instante lo que la esperaba.

Capítulo 53

—¿Eres Valeria Molina?

La joven abre los ojos y se encuentra delante a una chica rubia con el pelo rizado. No la conoce de nada pero, por lo que se ve, ella sí sabe quién es.

—Sí, soy yo.

—Muchas felicidades.

—¿Felicidades? ¿Por qué? —pregunta extrañada.

—Por tu cumpleaños.

El rostro de Val refleja incredulidad absoluta. Mira a César, que abre los brazos.

—Creo que te has confundido. Hoy no es mi cumpleaños.

—Fue el 13 de febrero, ¿no?

—Sí. Exactamente —afirma, todavía más asombrada—. ¿Quién eres? ¿Cómo sabes cuándo es mi cumpleaños?

Pero la chica no dice nada más. Le da dos besos y le entrega un pequeño paquete envuelto en papel de regalo. Luego, se despide y se pierde en el bullicio de la plaza Mayor.

—Esto es lo más raro que me ha pasado en la vida —le dice a César.

—¿Esto? Eso significa que no has vivido cosas muy extrañas, entonces. Un día te daré una vuelta por los interiores del metro. Por cierto, muchas felicidades —le dice, inclinándose sobre ella y dándole dos besos.

—Mi cumpleaños fue hace más de tres meses.

—Sí, pero yo estaba en Bristol y no pude felicitarte. Nunca me lo perdonaré.

—Vamos, no seas tonto. Mi cumpleaños no es algo tan importante.

—Yo creo que es un día importantísimo. Sólo pasa una vez cada trescientos sesenta y cinco días.

La joven chasquea la lengua. Entonces, observa el paquetito que la rubia del pelo rizado le ha dado. ¿Y si todo aquello es una broma?

—¿Qué hago? ¿Lo abro?

—A mí qué me cuentas. El regalo es para ti.

—No sé. ¿Y si es algo malo...?

—No tiene pinta de que sea una bomba.

—¡César! ¡Ni en broma digas esas cosas!

Valeria le da un par de vueltas a aquella cajita y por fin se decide a tirar del lazo. Pero cuando está desenvolviendo el pequeño paquete, un joven negro altísimo con rastas se coloca frente a ella y la saluda.

—Hola. Tú eres Valeria Molina, ¿no es cierto? —Su acento es el de un africano que lleva muchos años en Madrid.

—Eh... sí, soy yo.

—Muchas felicidades, amiga. Espero que estés teniendo un bonito día.

Y, tras felicitarla, le entrega un paquete similar al que la otra chica le ha dado hace unos minutos. Sin más, muy sonriente, se gira y se marcha.

—Esto, ¿qué significa? —le pregunta a César, medio sonriendo—. ¿Es cosa tuya?

Pero el joven no contesta; sólo señala a una niña de siete u ocho años, que va de la mano de su hermano mayor y se ha detenido frente a su mesa. La pequeña sostiene un regalo envuelto en papel de colores, igual que los dos anteriores.

—¿Valeria?

—Sí, dime, cariño.

—¡Muchas felicidades! —exclama alegremente—. Toma, esto es para ti.

—Muchas gracias.

—Muchas de nadas.

Y de la mano de su hermano, se aleja dando saltitos de la terraza en la que César y Val están sentados.

—Es increíble que hayas preparado algo así. ¡Estás peor de lo que pensaba!

No le da tiempo a continuar recriminándole porque una señora mayor, apoyada en su bastón, se ha acercado hasta ellos y le repite la misma pregunta que las anteriores personas.

—¿Eres Valeria Molina?

—Me parece que sí.

—Muchas felicidades y mis bendiciones, jovencita.

—Y le da un paquete semejante a los que ya ha recibido.

Son dieciséis personas en total las que felicitan a Valeria durante la siguiente hora y le obsequian con el mismo regalo. Un ciclista, una pareja de novios, un músico de jazz, una joven china... hasta que llega la última felicitación, de la mano de Nate Robinson.

—Felicidades atrasadas. Espero que no te enfades

mucho con este tipo. Ya te dije que estaba muy loco, pero es buena persona.

—No puedo creer que me hayan hecho esto —dice recogiendo el regalo de su mano.

—Pues queda lo mejor. ¡Mira!

César alcanza de debajo de la mesa su guitarra y entona los acordes del «cumpleaños feliz». Valeria quiere que se la trague la tierra cuando descubre a una treintena de personas cantándoselo al unísono y bailando la misma coreografía a su alrededor. ¡Han organizado una *flashmob* dedicada a ella!

Bailarines de todas las edades se mueven a un lado y a otro de su mesa, perfectamente compenetrados. Uno de ellos incluso le coloca delante una magdalena con una vela encendida, que la chica sopla. Lo hace fenomenal. Es el regalo más original de cumpleaños o no cumpleaños que le han hecho nunca.

Cuando terminan gritan un «¡Felicidades!» y aplauden. Los curiosos que se han parado a observar lo que ocurría también lo hacen.

—Van dos en un día —comenta Val, en voz baja—. Te voy a matar.

Los participantes en la *flashmob* se van marchando y también la gente que se ha unido a la improvisada celebración de cumpleaños.

—Espera un poco para matarme. Te falta abrir los regalos. Pero aquí no tenemos espacio. Ven.

El joven hace una bolsa con sus brazos para llevar todos esos paquetitos encima. Se dirigen hasta el farol central de la plaza Mayor y una vez allí, Valeria se da cuenta de algo.

—César, yo...

—Abre los paquetes, por favor.

—No debería.

—Vamos, llevo todo el mes preparando esto —dice sonriente—. Te gustará.

Los dos se sientan en el suelo, sobre los adoquines de la plaza. Valeria va desenvolviendo uno por uno, muy seria. Cada paquete contiene la pieza de una especie de rompecabezas. Cuando junta todas, las dieciséis, puede leer encima de un fondo rojo:

El destino nos unió, tú me enamoraste y yo quiero estar contigo para siempre. ¿Ya te has enamorado de mí?

—No voy a esperar al día número sesenta, Val. El cincuenta y siete es mi número de la suerte —bromea.

—César...

—No quise que me besaras hasta que no vieras el truco final. No hubiera sido un beso de verdad. Y yo quería enamorarte.

—Llevas mucho tiempo preparando esto, ¿verdad?

—Ni te lo imaginas.

Y casi le sale mal. Hoy ella se le anticipó. Pensaba ir a buscarla más tarde, para prepararle todo aquel espectáculo bajo la luz de la luna y las estrellas. Pero Valeria lo sorprendió cuando fue a verlo a la estación de tren y tuvo que cambiar los planes. Improvisar. Menos mal que Nate se encargó de avisar a todo el mundo mientras él la acompañaba hasta allí.

—Quieres una respuesta definitiva a tu proposición, ¿verdad?

—Sí. Si me dices que no, te dejaré en paz para siempre. Mereces ser feliz y si yo no soy el tipo que quieres que lo intente, no voy a martirizarte más.

La joven echa un vistazo a su alrededor. Y luego mira a César. Es tan guapo, tan brillante. Tan romántico e ingenioso. Sus labios son tan besables...

—Me la has puesto muy difícil.

—No creo. Me parece que sabes lo que quieres.

—¿Se me nota en los ojos?

—Sí, hace varios minutos que lo tienes dibujado en la cara.

—Me alegro de ser tan transparente.

Ambos sonríen. César se acerca de rodillas hasta ella y le aparta un mechón de la cara. Está preciosa. Más bonita que en ningún otro minuto que haya compartido con ella.

—Val, ¿me dejas darte un beso?

Capítulo 54

Estacionan el coche en la calle de detrás de aquella en la que vive Paloma. Las dos chicas permanecen abrazadas en el asiento trasero del vehículo. Paz suspira cada vez que las ve a través del espejo retrovisor. Son encantadoras y hasta hacen buena pareja. Qué cruel es la vida en ocasiones. Te da y te quita constantemente. Y lo hace sin avisar. Aquellas dos niñas han encontrado algo que muy pocos encuentran en la vida: una persona cómplice que te entienda y te quiera de verdad. Qué más da si no llegan ni a los dieciocho. En todo caso, serían ellas las que tendrían que decidir hasta cuándo dura aquello. Esa bonita historia de amor adolescente no debería tener aquel final.

Ellos, por su parte, no pueden hacer nada más. Si fuera por ella o por Ernesto, darían la vuelta ahora mismo. Sin embargo, cualquier paso en falso les supondría un grave problema. La familia de Paloma no se anda con bromas.

—Chicas, hemos llegado —señala Ernesto, que no esperaba tener un día tan movido como aquél—. ¿Quieren que vayamos todos, van ustedes dos...?

—Todos —se adelanta a responder Paloma.

—Muy bien. Vamos entonces.

—¿Puedo despedirme a solas de ella? —le pide Meri a sus padres—. Serán sólo un par de minutos.

—Por supuesto, hija.

Paz y Ernesto salen del vehículo y se alejan lo suficiente para respetar su intimidad. Las muchachas se besan cuando ya nadie las mira. Luego, se quedan unos segundos echadas de lado, apoyando las cabezas la una en la otra.

—¿Sabes manejar? Podríamos darnos a la fuga.

—Hasta dentro de dos años no aprenderé —comenta María, frotándose los ojos. Le arden por los lentes de contacto desde hace horas.

—Qué pena. Yo tampoco sé. En realidad, no sé hacer nada. Me van a expulsar de Inglaterra por tonta. Ni siquiera sé el idioma.

—No digas eso. Sabes hacer muchas cosas bien. Y tendrás mucho tiempo libre para aprender inglés.

Paloma le acaricia la cara y después el pelo. Siempre le encantó su cabellera roja. Meri hace lo mismo. Las dos están agotadas, exhaustas del día frenético que llevan.

—¿Sabes dónde me gustaría estar ahora?

—¿Dónde?

—En una de las habitaciones de gritos —responde, recordando sus primeras citas a solas—. Gritaría muy fuerte que me dejaran vivir en paz. Que quiero estar contigo y que no me quiero ir a ninguna parte.

—Algún día volveremos.

—Lo veo difícil, pelirrojita. Estaré en Londres. No creo que allí tengan habitaciones de gritos. Sólo sé que beben mucho té. Odio el té.

—Intentaré ir a visitarte.

—Mis padres no dejarán que nos veamos más.

Aquello suena a despedida final. A partir de ahora va a ser imposible mantener cualquier tipo de contacto. Estará muy vigilada en Inglaterra, de eso está completamente segura. Espera que por lo menos le permitan utilizar Internet para comunicarse con ella de vez en cuando.

—No quiero que esto se acabe.

—Ni yo, Meri. Pero tú tienes que seguir tu vida —señala la chica, limpiándose una lágrima—. Yo nunca me voy a olvidar de ti. Siempre te voy a querer.

De nuevo esa frase. Ella también la va a querer siempre. Aunque empieza a asumir que las cosas a partir de ahora ya no serán igual. Es imposible que sean lo mismo porque estarán muy lejos. Separadas. Le cuesta hasta respirar cuando lo imagina.

Se vuelven a besar y se abrazan una última vez. María abre la puerta y salen del coche. Dan pasitos cortos, una junto a la otra. Comprendiendo ambas que aquella historia se está acabando.

—¿Están bien? —pregunta Paz en cuanto las ve.

Ninguna contesta. Se limitan a sonreír levemente y a continuar andando hacia el edificio donde vive Paloma. Es una casa enorme, situada en una de las zonas caras de la capital. Cuando llegan a la entrada, las dos chicas se dan la mano. Es la más pequeña la que hace sonar el timbre. Mira a su novia y la besa apasionadamente.

En ese instante se abre la puerta. Tanto Nieves como Basilio presencian la escena. Sus caras traducen la repulsión que sienten en ese momento.

—¡Qué descaradas son! —grita enfadada la mujer,

que ni saluda a los padres de María—. Pero ya nos encargaremos nosotros de que eso cambie. ¡Vamos!

Agarra de la mano a su hija y, prácticamente sin contemplaciones, la arrastra hacia el interior de la casa. Paloma no deja de mirar ni un segundo a Meri hasta que desaparece de su visión. Ambas lloran y sienten como les tiembla todo el cuerpo.

—Muchas gracias por traer a mi hija de vuelta a casa —indica Basilio, que ya se ha permitido el lujo de quitarse la corbata y la chaqueta.

—Esto debería tener otra solución —comenta Paz—. ¿No podemos sentarnos y hablarlo?

—No hay nada de lo que hablar, señora.

—Sí que lo hay. Nuestras hijas...

—Nuestras hijas son diferentes —apunta el hombre, en un tono calmado—. Ustedes eduquen como quieran a la suya, que nosotros intentamos hacer lo mejor para la nuestra.

Ya ha conseguido lo que quería, Basilio Vidal no tiene intención de alterarse más por hoy. Se echa el pelo hacia atrás y sonríe mientras habla.

—Paloma y Meri quieren estar juntas, ¿qué problema hay en que se gusten?

—No es natural.

—Créame. No he visto una relación más natural en mi vida —insiste Paz enfadada.

—Piensen y hagan lo que quieran. Pero lejos de mi hija.

—Cómo puede ser tan inhumano. Tan...

—Señores, no tengo nada más que hablar con ustedes. Buenas noches y gracias de nuevo. —Y cierra la puerta de la casa.

María y sus padres se quedan unos segundos delante de la fachada de aquella preciosa vivienda. Están desconcertados por la poca empatía de aquel hombre. Los tres se dan la vuelta y regresan en silencio al coche.

—Ni siquiera creo que la dejen volver a tener celular —murmura Meri, abrochándose el cinturón.

—Esperemos que algún día se den cuenta del error que están cometiendo con esa niña.

—Son así, no van a cambiar, mamá.

—Lo siento mucho, hija. No sabes cuánto siento que tengas que vivir una experiencia como ésta.

Ernesto estira el brazo hacia la parte de atrás para que María le coja la mano. Ésta lo hace y apoya la cabeza contra el asiento delantero. Se siente sin fuerzas para nada. Tiene mucho sueño. Cierra los ojos derruida y cuando está a punto de dormirse, suena su teléfono. Es de un número que no tiene grabado en la memoria del teléfono.

Descuelga y escucha su voz.

—¡Pelirrojita! ¡Te quiero! ¡Te quiero! ¡Te quiero! ¡Nunca lo olvides! ¡Esté donde esté, siempre te querré!

Los gritos de Paloma se confunden al final con los de su madre, que le pide que suelte el teléfono de su padre. Parece que están forcejeando por el celular.

—¡Yo también te quiero! —exclama Meri, segundos antes de que se corte la llamada—. ¡Y siempre lo haré!

Capítulo 55

¿Qué te parece si nos vemos mañana otra vez?

¿Para estudiar?

Sí, claro. Para estudiar.

Podemos desayunar juntos, si quieres.

Claro que quiero.

¿Quieres venir a mi casa? Estaremos más tranquilos que en cualquier cafetería.

Sale. ¿A las diez?

A las diez.

Hasta mañana a las diez, entonces.

Hasta mañana.

Ése ha sido el final de la conversación por Whats-App que Ester y Félix han mantenido hace unos minutos. El chico la ha invitado a desayunar en su casa antes de ponerse con las matemáticas y ella ha aceptado encantada.

Ha sido una tarde singular. Como él, un tipo muy particular. Al que ha tomado cariño y al que le ha encantado regalar un beso. Un solo y único beso, como premio prometido. No le molestaría que se repitiera más veces. Mira el duendecillo que le regaló y sonríe. Aquel joven le gusta de verdad, pero no quiere adelantar acontecimientos. En el amor, no volverá a dar un paso en falso. Se ha prohibido enamorarse hasta que tenga claros sus sentimientos.

La joven enciende la computadora para revisar su correo electrónico y el Twitter. Tiene que imprimir también unos apuntes que su amigo le ha pasado.

Revisa Skype y ve que Félix no está conectado. Le avisó de que hoy no estaría por allí porque tenía muchísimo que estudiar. El que sí aparece en la lista de contactos conectados es Bruno. Imagina que él también estará muy ocupado estudiando los exámenes de la semana que viene. Así que no le dice nada.

¿O tal vez debería?

Hace mucho que entre los dos se perdió esa química tan especial que tenían. Todo por culpa de aquel día. Pero bueno, se contenta con saber que está bien con Alba. Si ella se hubiera interpuesto entre ambos, no está segura de que alguno de los tres fuera feliz ahora. Y no le daría una oportunidad a Félix.

Imprime los apuntes y vuelve a mirar Skype. Bruno sigue ahí. ¿Le tendría que decir lo que ha pasado por la tarde? Son amigos y pasó lo que pasó entre ellos. Si se entera de otra forma, podría molestarle que no fuese ella quien se lo hubiese contado. Sería como enredarse con otro que no es él por la espalda. Encima, ese otro es Félix Nájera...

—Hola, Bruno —se decide a escribirle por fin—. ¿Puedes hablar?

Durante varios segundos, el mensaje escrito de Ester permanece solitario en el tablón de conversación. Pero son sólo unos cuantos segundos.

—Hola, Ester. Sí. Estaba estudiando. ¿Qué tal?

—Bien. Esperando que mi madre me llame para cenar —teclea, y se peina el flequillo recto—. ¿Quieres que pongamos la *cam*? Es más cómodo hablar que escribir.

—Está bien, aunque ya estoy en piyama.

—No pasa nada. Hay confianza, ¿no?

Es la chica la que hace la petición de videollamada. Bruno acepta y en menos de medio minuto se ven encuadrados en sus respectivas ventanitas.

Ester contiene la risa cuando su amigo aparece con una piyama de manga larga de color grisáceo. Le queda demasiado grande.

—Ya veo que te hace gracia.

—No, no. Perdona.

El joven mueve la cabeza y toma su celular. Le enseña el último tuit que ha recibido hace unos minutos. Es de un tal «ÁngelExterminador».

Veo en ti las lágrimas del perdedor, Bruno Corradini. Eres lo más patético que existe sobre la Tierra, enano tramposo.

—Muy poético —dice Ester cuando lo lee.

—Sigo pensando que es Nájera.

—No es él. Te lo aseguro.

En realidad, ¿lo puede asegurar al cien por cien? No. Pero en un noventa por ciento, sí. No cree que aquel chico al que acaba de besar haya tenido la sangre fría de mentirle después de lo que ha pasado entre ellos esa tarde. Además, continúa sin creer que alguien como él pueda hacer algo así.

—Sigues defendiéndolo. No lo entiendo.

—Lo defiendo porque te estás equivocando de persona. Él no es quien te manda esos estúpidos mensajes.

—Por lo que veo, Nájera te gusta mucho, ¿no?

—Bueno..., me gusta. No sé si mucho. Pero sí, quiero darle una oportunidad.

—Qué fácil.

—¿Cómo que qué fácil?

—Nada, cosas mías.

A Ester aquella respuesta no le ha gustado demasiado. ¿Qué insinúa?

—Explícamelo —le dice molesta.

—Pues que yo he estado enamorado de ti mucho tiempo, sabías que me gustabas y nunca me diste una oportunidad. Ni siquiera en el momento en el que confesaste que yo a ti también te gustaba. Y a este tipo, que encima es un desquiciado, a las primeras de cambio le das lo que a mí me negaste.

—Tú y yo somos amigos. No quería arriesgarme a perder nuestra amistad.

—Pero si ya no es lo mismo, Ester.

—Sé que, a lo mejor, estamos en un bache, pero...

—Alba me ha contado que hablaron dos veces sobre mí el mismo día que nos dimos el beso y me confesaste lo que sentías. Le mentiste diciéndole que no querías nada conmigo. Todo esto ha sido por no meterte entre ella y yo, ¿me equivoco?

—Yo... No es tan sencillo.

—No sé qué pensarías. Algo así como que después de tanto tiempo sabiendo que estaba enamorado de ti, justo vas a pedirme que seamos novios el día que otra chica te dice que le gusto. No querías traicionarla. Ni a ella ni a mí. Ni sentirte mal por entrometerte. Es eso, ¿verdad?

387

Lo ha adivinado. Ha leído perfectamente lo que sintió aquel día. No tenía derecho a dinamitar una posible relación entre Alba y él. Daba la impresión de que se habían gustado y hacían buena pareja. Ella había tenido su tiempo y no lo aprovechó. Era el turno de su amiga.

—Da igual lo que sea, Bruno. Han pasado más de dos meses y ustedes son una pareja consolidada.

—¿Eso crees?

—Se les ve. Alba y tú están hechos el uno para el otro.

—No estoy enamorado de Alba.

Aquella afirmación tan rotunda la desconcierta. Pensaba que no sólo estaba enamorado, sino que la quería mucho más de lo que la quiso a ella.

—Me dejas sin palabras, Bruno. Pobrecita. ¿Y por qué siguen juntos?

—Porque me gusta. Es una chica increíble... y quería olvidarme de ti. De mis sentimientos.

Más sorpresas, más confesiones. Para ser sinceros, ella está haciendo lo mismo con Félix Nájera. Si le da una oportunidad y comienza a salir con él, no es sólo porque le atraiga; también es para dejar atrás de una vez por todas los sentimientos por su amigo.

—Esos sentimientos, ¿siguen existiendo?

—No entiendo por qué me preguntas eso. No es justo. Tú fuiste la que me rechazó después de ilusionarme.

—Lo siento. No quería molestarte.

Se equivoca demasiadas veces. En especial, con él. Desde que lo conoció han sido varios los errores que ha cometido y que han terminado haciéndole daño. No comprende qué le sucede con Bruno y por qué con él, precisamente con él, no da una.

—Quiero enamorarme de Alba. Ella me quiere e intenta todo lo que está en su mano para que yo sea feliz. Se merece que la quiera y que lo nuestro funcione. Pero... no sé si lo lograré.

—Lo lograrás, Bruno. Ya lo verás. Alba es increíble. Ojalá sean muy felices juntos y sientas por ella lo mismo que ella siente por ti.

Aquel deseo es sincero. Los quiere a ambos y espera que les vaya bien juntos en el futuro.

—Siento no decir lo mismo respecto a ti y a Nájera.

—No seas malo.

—Hace un rato he recordado otra cosa de hace unos años, que todavía me hace estar más seguro de que es él quien me envía los anónimos.

—¿Qué cosa?

—Íbamos al mismo psicólogo. El que nos recomendaron en la escuela para casos como el mío de falta de confianza y ciertos complejos.

—¿Félix iba al psicólogo?

—Sí. Al mismo al que fueron Valeria y Eli. Aunque no tengo ni idea de cuál era su problema. Sólo coincidimos un par de veces en la sala de espera. Ni hablamos.

—Pero que fueran al mismo psicólogo no quiere decir nada.

—Quiere decir que tenía algún problema mental. ¿Te parece poco?

—Esa prueba es como las otras, Bruno. Poco convincente.

—Piensa lo que quieras, pero el tipo con el que sales me odia. No confíes en él.

Ester se sopla el flequillo algo nerviosa. Entiende que su amigo esté en guardia y la advierta, porque tiene un pasado raro con ese chico; pero ella, ¿debe temerle? No.

El pitido del WhatsApp interrumpe la conversación. Ester alcanza su teléfono.

—Un momento. Respondo.

—¿Es Nájera? —le pregunta Bruno, que ve como su amiga contesta al mensaje.

—No. Es Eli.

—Otra por el estilo. ¿Qué quiere?

—Saber a qué hora vuelve Raúl de Valencia. Quiere ir a hablar con él y con Valeria a la estación e intentar arreglar su problema con ellos.

—¿Se lo has dicho?

—Claro, ¿por qué no? —responde Ester, soltando el celular—. Cuanto más unidos estemos, mejor. Pienso que, para recuperarse del todo, debe solucionar con ellos lo que sucedió en el pasado. ¿No crees?

Bruno discrepa, pero no la contradice. De lo que no tiene ni idea Ester es de qué forma había decidido Elísabet resolver el conflicto con sus antiguos mejores amigos.

Capítulo 56

Lleva unos minutos esperando en el *hall* del hotel. Se ha puesto elegante: una chamarra negra con pantalones y zapatos del mismo color y una camisa blanca. Raúl va elegantísimo, aunque no termina de sentirse cómodo.

Deben de estar a punto de recogerlos, y Wendy todavía no ha bajado de la habitación. A pesar de que ésta sea una chica distinta a la mayoría de las que conoce, cumple con el tópico universal: una mujer siempre te hará esperar cuando se arregle para salir.

Llega antes Marc Pons. A él le toca llevarlos al Teatro Talía. Está muy serio. Saluda al chico con un apretón de manos y espera junto a él a que aparezca la ganadora del festival.

—Lo he estado pensando —le dice mientras tamborilea con los dedos en el mostrador de recepción— y no creo que tu renuncia sea por la lana.

—¿Otra vez con lo mismo?

—Es que me resulta extraño que un chico como tú haga algo así por dinero.

—No quiero hablar del tema.

—Me parece que todo es mucho más sencillo. Y yo he sido un tonto por no darme cuenta antes.

Raúl no sabe a qué se está refiriendo. Tampoco le importa demasiado. Quiere que pase deprisa todo y volver a Madrid con su novia y su familia. Sin tres mil euros, sin curso cinematográfico y sin premio, pero feliz.

—¿A qué hora tenemos que estar en el teatro?

—Tranquilo, vamos bien de tiempo —indica, mirando su reloj—. Eres un romántico de la vida, ¿verdad? Tu corto lo demuestra.

—Marc, escupe de una vez lo que quieras decirme y cierra ya el asunto. Wendy es una justa ganadora. Ella será feliz, ustedes serán felices y todos comeremos perdices. Final de la historia.

—Esto lo haces por ella, ¿verdad? Te has enamorado de esa chica.

—¿Qué dices? ¿Hablas en serio?

—No trates de ocultarlo más conmigo. Ella te gusta y quieres que gane. Pero no puedes decir nada a nadie porque tienes novia y esto sería como si le pusieras los cuernos.

La teoría de Marc es tan absurda que ni siquiera va a rebatirla. Que piense lo que le dé la gana. Él ya no va a hablar más del asunto. Además, Wendy acaba de salir del ascensor. La joven de Minnesota se ha puesto un vestido largo rojo y ceñido, muy llamativo. Lleva tacones y una pequeña chamarra negra que cubre sus hombros. También se ha recogido el pelo en un moño, dejando libres dos mechones que le caen por ambos lados de la cara. Está maravillosa.

—¡Señorita Smith! —exclama Marc Pons cuando la ve, antes de darle dos sonoros besos—. Estás preciosa. No hay duda, serás la más guapa del certamen.

—No mientas. Sigo siendo la misma chica de Wadena de siempre.

—Es verdad lo que dice, Wendy. Estás guapísima.

La muchacha se ruboriza. Nunca se ha sentido guapa porque no lo es. Aquel vestido y el maquillaje que se ha puesto han influido mucho en que aquellos halagos sean posibles. Gracias a ellos, aunque tiene claro que no va a ganar, va más contenta a la gala.

Los tres se suben a un coche que los está esperando y se dirigen al Teatro Talía. Dentro del vehículo, hablan poco. Hay demasiados nervios. Además, Marc sigue molesto por cómo se han desarrollado los acontecimientos. Él es el encargado de anunciar al ganador amañado, algo que manchará su impecable currículum.

Cuando llegan, una veintena de personas los aguarda en la puerta. Raúl puede distinguir a los miembros del jurado y a Vicente Cebrián entre ellas. El director del festival se aproxima a ellos.

—Enhorabuena, chicos —los saluda mientras una cámara de video y otra fotográfica registran el momento—. Son los finalistas del decimosegundo Festival de Cortos de Valencia para Jóvenes Directores. Espero que pasen una gran noche y... que gane el mejor.

Raúl y Wendy posan un instante frente a algunos fotógrafos de medios locales que se han dado cita en el acontecimiento.

—Esto es una pequeña locura —comenta la chica, entre dientes, sonriendo a las cámaras—. Espero ir bien vestida.

—Vas perfecta. Estás muy guapa.

—El que está muy guapo eres tú —le sale espontáneamente. Pero eso no es ninguna novedad. Es de los chicos más guapos que ha conocido.

—El mérito es de mi madre y mis hermanas, que me obligaron a venir de pingüino. Yo hubiera preferido algo menos clásico y con más color.

Los flashes terminan y los chicos, acompañados de Marc Pons y Vicente Cebrián, entran en el teatro. El director del certamen les recuerda a lo largo de la alfombra roja cómo se va a desarrollar el evento. Hasta que se anuncie el ganador pasará bastante tiempo. Habrá actuaciones musicales y monólogos y se reproducirán ambos cortos para que los asistentes a la gala los vean antes del veredicto del jurado.

A Raúl y a Wendy los acomodan en la primera fila, uno junto al otro.

—Ahora sí que estoy nerviosa de verdad.

—Tranquila —le susurra él, sonriendo.

—¿Por qué no dicen el ganador ya y nos dejan ir al hotel a dormir?

—Porque para eso, nos habrían mandado directamente un email con el fallo del jurado y se habrían ahorrado todos los prolegómenos y la lana que les cuesta organizar todo esto.

Mientras los dos jóvenes conversan en voz baja sobre lo que rodea aquel momento, el público va ocupando las butacas del teatro. En unos minutos, se completa el aforo.

Marc Pons se sienta al lado de Raúl, y el director, junto a Wendy. De repente se apagan las luces y Vicente Cebrián sube al escenario.

—Buenas noches a todos. Muchas gracias por llenar una vez más este precioso Teatro Talía, que da gusto ver así. Hoy celebramos la final de la decimosegunda edición del Festival de Cortos de Valencia para Jóvenes Directores, tras varios meses de intenso trabajo en los que hemos visionado ciento quince cortometrajes. Puedo admitir, con total seguridad, que ha sido el año en el que más nivel y mayor participación hemos registrado. Esto significa que el certamen está consolidado y registra una salud envidiable. Y también, que en nuestro país existen jóvenes con mucho talento. Jóvenes como Wendy Smith y Raúl Besada, finalistas de esta edición y para los que pido un fuerte aplauso.

La gente comienza a aplaudir con gran fervor, obedeciendo a la petición del director del festival. Marc indica a Raúl que se ponga de pie y éste a su vez se lo comunica a la chica. Cuando se levantan, la ovación es aún mayor.

—Gracias, chicos, por su entrega, su talento y su brillante capacidad para dirigir una pieza tan especial como es el corto —continúa Vicente Cebrián, cuando los aplausos cesan—. No me quiero alargar mucho más. Sólo espero que todos los asistentes disfruten de una buena noche y que al final de la gala todos nos marchemos a casa, o a la fiesta que tenemos preparada y a la que están todos invitados, con una enorme sonrisa. ¡Que empiece el espectáculo!

El telón se abre y encima del escenario aparece la cantante valenciana Noelia Zanón, que interpreta en directo su tema *Rosa del viento*.

—¿Cómo te sientes? —le pregunta Raúl a Wendy mientras suenan los primeros acordes.

—Muy mal. Tengo ganas de ir al baño.

—Pues... va a ser complicado.

—Ya lo sé.

A la chica le tiembla la rodilla derecha, que mueve insistentemente. El chico la observa. Le gustaría decirle que se tranquilice, que el premio es suyo, pero no va a hacerlo. Ese secreto lo enterrará para siempre. Aunque no está muy seguro de que todos piensen como él.

Capítulo 57

Ester es una gran chica. Una de las pocas personas que ahora mismo puede considerar como amiga. Le ha informado de lo que quería saber. El tren de Raúl sale mañana de Valencia a las doce y llega a Madrid antes de las dos.

—¿Cómo te fue hoy en la escuela? —le pregunta su madre, mientras ven el informativo de Antena 3 en la televisión. Han cenado los tres juntos, sus padres y ella. Casi no han hablado. Y es que Elísabet tiene la cabeza en otros asuntos.

—Normal.

—¿Y los exámenes? ¿Los llevas bien? —insiste Susana, intentando que su hija se muestre más comunicativa con ellos.

—Hasta que no los haga, no puedo saberlo.

—Es una suerte que el director Olmedo haya permitido que vuelvas y así no pierdas un año. Aunque te tengas que esforzarte mucho ahora, luego lo agradecerás.

—Papá, lo chantajeamos. Pero sí, es una suerte.

La idea partió de ella, aunque sin la ayuda de sus padres no habría podido regresar este año a la escuela. Todo ha salido como esperaba. Excepto lo de Raúl y Valeria. Esos dos siguen empeñados en no hablarle. Hoy lo intentó con ella, pero no quiso ni dirigirle la palabra en todo el día. Y cuando acabaron las clases, esperó a que su madre la recogiera para salir del edificio y no coincidir con ella. Se le ocurren muchos calificativos para definir a su antigua amiga. Y ninguno bueno.

—¿Quieres algo de postre?

—¿Hay uvas?

—Sí. Las he comprado hoy y tienen un aspecto riquísimo —le dice su madre, levantándose y yendo hasta la cocina.

Cuando regresa trae un gran racimo en un cuenco de cristal. Se lo entrega a su hija, que se las va comiendo una a una a gran velocidad. Es verdad, están muy buenas.

—Vas muy deprisa, Elísabet. Ten cuidado no te vayas a atragantar.

—No soy una niña pequeña, papá.

Está cansada de que la traten así. Antes no se preocupaban tanto de ella y le dejaban más libertad. Ahora, hasta para comer unas simples uvas le dan consejos.

—Pobrecita. Que se va a atragantar con una uvita.

Eli mira a su izquierda y ve a Alicia. También ella está comiendo uvas. Sostiene un racimo en una mano y con la otra, las arranca y se las lleva a la boca.

Allí, delante de sus padres, no puede ni debe hacer ningún movimiento o gesto raro. Nada que indique la presencia de aquella chica que no existe. Cierra los ojos y los abre, lentamente. ¿Sigue allí?

—Estooooy aquííííí —canturrea la joven, que danza por el salón a su antojo con el racimo en las manos—. ¿Qué pasa? ¿No vas a hablarme porque están tus papás delante? Diles que te subes a tu habitación y así tendremos más intimidad las dos.

Pero Elísabet ni pestañea. Continúa comiendo uvas muy deprisa, hasta que se traga la última.

—Hip..., hip.

Mierda, le ha dado hipo. En ocasiones le pasa. Sobre todo cuando está muy nerviosa. Aunque en esta oportunidad no sabe si es por eso o porque ha comido demasiado rápido.

—¿Te encuentras bien, hija?

—Sólo es hipo, mamá.

—Bebe agua, ya verás como se te quita.

Eli obedece a su madre y toma un poco de agua de su vaso. Sin embargo, el hipo persiste. Está empezando a desesperarse. Bebe más agua, pero no consigue eliminarlo.

—¿Soy yo la que te pone nerviosa? Normal. Es que como tus padres se enteren de que me vuelves a ver, irás otra vez de cabeza a los loqueros. Y eso significa... adiós clases, adiós exámenes, adiós Incomprendidos..., adiós Angelito.

—Subo a mi cuarto a estudiar —indica Eli, intentando no hacer caso a Alicia.

—Muy bien, hija. ¿Se te ha pasado el hipo?

—Hip... No. Aquí sigue.

Elísabet sube la escalera hasta su dormitorio. Cierra la puerta y enciende la computadora. Es muy desagradable tener hipo.

—¡Uhhhhh! ¿Te he asustado? —le pregunta Alicia, apareciendo de improviso delante de sus ojos.

No va a responderle. Quiere que se vaya para siempre. Que la deje tranquila. Por favor.

—¿Ves? He conseguido que se te quite el hipo. Y tú todavía dudas de que existo...

—No existe. No existe. Eres tú, sólo eres tú la que la ve —dice, buscando en YouTube una canción. La que ha escuchado tantas veces en aquellos días de tristeza y soledad.

Es el tema *Un recuerdo más,* del grupo valenciano Nada que Decir. Pone el vídeo <http://www.youtube. com/watch?v=bfy5NbrN_ec> y le da al *Play.*

—¿Otra vez esta cursilería? ¿No puedes escuchar algo menos ñoño?

Pero Eli ya está entregada a su canción. La música suena a todo volumen y ella grita la letra mientras la canta.

> *Si me dijeras que mi voz se fue,*
> *que todo es distinto esta vez,*
> *que ya no volveremos a vernos.*
> *Y tan dentro.*
> *Y si te digo que quiero saber*
> *qué fue lo que te hizo pensar*
> *que ya me rozaba el final, mi final.*
> *Y si me miras y te vas,*
> *tan lejos que me olvidarás,*
> *pensando que ella será un recuerdo más.*
> *Ayer busqué razones de sentirme bien,*
> *hablar sin tener que llorar,*
> *pensando que aún estás.*
> *Y duele recordar el último beso,*
> *yo sin mirar, la última mano a la que agarrar*

y no soltarla más.
Y si me miras y te vas...

No hay nada mejor que la música para expresar un sentimiento. Eli llora sobre la mesa de su habitación, mientras canta el estribillo del tema de Nada que Decir. Es un momento que se ha repetido tantas y tantas veces en los últimos meses... Cuando termina la pone otra vez. Y una tercera. Y una cuarta...

Para entonces, Alicia ya ha desaparecido. Sabe que sólo se ha marchado por esa noche, o tal vez por unas cuantas horas. O quizá no vuelva hasta la semana que viene. Quién sabe. No lo controla. No es capaz de controlar sus idas y venidas. Sólo está segura de una cosa: siempre que piensa en Valeria, siempre, surge ella de la nada. Esa chica rubia que lleva coletas y que le está haciendo la vida imposible. ¿O es Valeria la que le está haciendo la vida imposible?

Da lo mismo. Las dos son las culpables de todo lo malo que le ha pasado.

Se seca las lágrimas y se sienta sobre la mesa de la habitación. Mira por la ventana. Ya es de noche. Odia a esas dos. A la que existe y a la otra que dicen que no. Con lo bien que podría estar ella dando un paseo por la calle con... ¡Ángel!

¿Es él? Abre la ventana y saca la cabeza para asegurarse. ¡Sí! ¡Es él! Con un gesto de la mano le pide que baje. Pero no puede salir ahora, no la van a dejar.

Se le ocurre un plan. Aunque sólo gane un par de minutos.

Baja corriendo la escalera y entra en la cocina. Cierra la bolsa de la basura y se la lleva.

—Ahora vengo, voy a tirar la basura —les dice a sus padres, enseñándoles la pesada carga—. Tranquilos, no me voy a escapar de casa en piyama. Sólo quiero que me dé un poco el aire.

Sus padres se miran entre sí, pero acceden. Sólo es ir a la esquina. Apenas son cincuenta metros los que tiene que recorrer.

Elísabet camina muy deprisa hacia la puerta de su casa y sale a la calle. La brisilla de la noche le despierta un escalofrío, pero pronto entra en calor al verlo. Casi de puntillas se acerca hasta donde está Ángel. Los dos se abrazan.

—Vamos hacia el contenedor por si mi madre me vigila. Si nos cacha, le diré que nos hemos encontrado por casualidad.

Apenas son tres minutos los que están juntos. Ni siquiera pueden besarse, salvo dos besos en la mejilla, cerca de los labios. Pero son casi tres minutos increíbles. No le hace falta mucho más para ser feliz.

—¿Cuándo te volveré a ver? —le pregunta ansiosa Elísabet cuando se despiden.

—No lo sé. Quizá mañana...

Ángel estaba en lo cierto. Mañana volverán a encontrarse una vez más. En un sábado que marcará sus vidas y sus destinos para siempre.

Capítulo 58

Termina de proyectarse *Sugus* y todos los asistentes en el teatro aplauden durante más de un minuto. Antes, habían hecho lo mismo con *Incomprendida*. Nadie podría asegurar que uno es más favorito que otro. Sin embargo, en el interior de Wendy vuelve a crecer esa enorme pesadumbre. Sigue pareciéndole mucho mejor el cortometraje de Raúl que el suyo. Los entendidos seguro que se darán cuenta de la diferencia. Está convencida.

Marc Pons, que ha sido el conductor de la gala, regresa al escenario y presenta al último grupo que va a actuar esa noche antes de revelar quién será el ganador del certamen. Nueve chicos, que hacen percusión, ocupan todo el espacio en escena con sus tambores, bongós y timbales.

—Creo que me va a dar un infarto —le dice Wendy al oído a Raúl.

—Cálmate, ya no queda nada para saber quién gana.

—No, en serio. Creo que estoy sin aire. No me siento bien.

El joven se pone serio y avisa a Marc Pons, que ha

vuelto a su lado. Éste mira a Wendy y la abanica con las manos, pero la chica cada vez se encuentra peor.

—Ahora venimos, vamos a que le dé un poco el aire —indica Raúl, cogiendo a Wendy de la mano y ayudándola a levantarse.

—Carajo, no. No pueden salir ahora. Lo próximo es la decisión del jurado y el veredicto final —comenta Marc, en voz baja, desesperado—. Llevo preparando este momento un año. No la chinguen.

—Lo siento. Se está mareando. Tiene que salir.

—No es posible. Que aguante un poco.

—Déjalos que salgan, no se vaya a desmayar encima del escenario y nos quedamos sin finalista, en pleno show. Vayan rápido. En diez minutos los quiero aquí de vuelta —ordena Vicente Cebrián, contradiciendo a Marc Pons—. Trataremos de retrasar un poco la elección del ganador.

Los dos chicos abandonan el patio de butacas por la fila lateral, ante la mirada de muchos de asistentes a la gala, que piensan que aquello pertenece al guion del certamen.

—Esto es típico de Wendy Minnesota —apunta ella, tocándose la frente. Está sudando—. Siempre la fastidio de una manera u otra.

—Lo único que te pasa es que estás muy nerviosa. Te ha afectado la presión.

—Para una vez que aspiro a algo y lo echo a perder. Soy una estúpida.

Salen a la calle y se sientan en un banquito que hay justo enfrente. Raúl le sopla en la cara y la abanica con el panfleto que le han dado al entrar en el teatro, en el que aparece el programa del evento.

—¿Te sientes mejor?

—No demasiado.

—Debes relajarte.

—¿Cómo se hace eso en un momento así?

—Mmm. Vamos a jugar a una cosa.

La chica mira a Raúl como si hubiera dicho una locura. No una locura cualquiera; una de esas que sólo se hacen o se prometen cuando eres un niño o has bebido un poco de alcohol.

—No es hora para juegos. No me siento bien.

—Vamos, éste es muy sencillo. Te ayudará a distraerte.

—A ver..., ¿en qué consiste?

—Muy fácil. Sólo tienes que observar a la gente que pasa por delante de nosotros y decidir quién tiene aspecto de famoso y a qué podría dedicarse. Seguro que con esto te relajas un poco y empiezas a sentirte mejor.

Wendy alza la mirada hacia el cielo y suspira. Menuda tontería. A continuación, contempla la sonrisa de Raúl y también sonríe. Qué remedio. Termina aceptando participar en aquel juego tan extraño cinco minutos antes de saber si es la ganadora del concurso de cortos o no.

Los dos chicos estudian a los peatones. Ninguno tiene pinta de famoso, hasta que el joven descubre a uno posible.

—Ése. El del abrigo negro y la gorra roja hacia atrás. Podría ser... uno de estos *youtubers* que están ahora tan de moda. ¿No crees?

—Si tú lo dices.

—Para mí, está claro. Ese chavo tiene pinta de ser famoso. Uno a cero.

—No sabía que competíamos también en esto.

—Ah. No te lo he dicho porque... me lo acabo de inventar. Para darle emoción.

Otra sonrisa en su boca. Lo del marcador hace que Wendy se fije más en la gente. Señala a dos chicas muy bien vestidas y perfectamente maquilladas que podrían pasar por modelos, pero Raúl en seguida la contradice y no le da puntos.

—¿Tú haces también de árbitro?

—Claro. Este juego lo he creado yo, por tanto, nadie más sabe las reglas.

—Tu próximo corto debería tratar sobre esto. Lo veo claro: *El juego de los famosos.*

—Yo no lo veo tan claro. Además, ya tengo la idea para mi próximo corto.

—¿Sí? ¿De qué se va a tratar?

—De... ¡Otro famoso! —grita de repente—. Esa jovencita de allí. La del vestido rosado y pelo largo rubio. Podría ser una estrella de Disney Channel como Ana Mena, Lucía Gil o Paula Dalli.

—No tenía ni idea de que eras aficionado a «My Camp Rock».

—Hay muchas cosas que desconoces de mí —dice con voz interesante—. Dos a cero.

—Tramposo.

Wendy y Raúl se divierten con el juego de los famosos durante varios minutos más. El resultado final: tres a tres. Le ha concedido algún punto dudoso para acabar empatados, pero aquello ha servido para que se relaje. Ése era su único objetivo y ha funcionado.

—Es la hora, tenemos que entrar o el infarto le dará a Marc Pons. ¿Estás preparada?

—Más o menos.

—Vamos, entonces. Mucha suerte, Wendy.

—Igualmente... y muchas gracias.

La pareja regresa al teatro y se dirige a sus butacas por el mismo pasillo por el que salieron. Marc ya está en el escenario con el sobre en la mano. Lleva varios minutos haciendo tiempo, explicando lo que aquel premio significa para él y lo que ha cambiado su vida desde que lo ganó hace tres años. Cuando ve que Wendy y Raúl ocupan de nuevo en sus asientos, respira hondo, aliviado, y abre el sobre con el nombre del vencedor.

—Y el ganador de la decimosegunda edición del Festival de Cortos de Valencia para Jóvenes Directores es... ¡Wendy Smith, por *Incomprendida*! Entrega el premio el director del certamen, don Vicente Cebrián.

No escucha nada a su alrededor. Ni los múltiples aplausos, ni la felicitación de Raúl, ni lo que la gente comenta en el patio de butacas... Nada. Se siente como en aquel capítulo de «Lost» en el que estalla una bomba y la onda expansiva deja sordos a los protagonistas durante unos minutos. Sus oídos no oyen nada más que los latidos de su corazón. Por intuición, se pone de pie y se dirige hacia la escalera que conduce hacia el escenario. Vicente Cebrián le entrega un caballo alado de bronce y un cheque al portador por tres mil euros.

—Enhorabuena, Wendy —le dice. Se aparta y la deja sola delante del micro, con el pegaso de bronce en una mano y el cheque en la otra.

La chica todavía no ha reaccionado. Está en una nube de nervios y tensión. Ha ganado. Wendy Minnesota ha sido la ganadora de algo. Entonces, mira a Raúl en la primera fila. Éste le hace un gesto afirmativo con la cabeza y la señal de OK con el dedo pulgar. Es cuando la joven comprende lo que acaba de conseguir. Se acerca despacio al micrófono y los aplausos se apagan.

—Guau. Muchas gracias. No lo puedo creer. De verdad, muchas gracias —comienza a decir, resistiendo las lágrimas—. Yo no soy de las que la pasan bien frente a un micrófono, delante de tanta gente o siendo el centro de atención de las cámaras de sus teléfonos celulares. Lo mío es estar detrás. Dirigiendo como puedo. Escribiendo un guion. Preparando la cinta... Eso es lo mío. Pero hoy me toca dar la cara. Me toca estar aquí, en el escenario..., hablando..., nerviosa..., intentando comprender este instante en el que soy una persona feliz. Por eso le doy las gracias al jurado, a la organización de este maravilloso festival, a mi compañero de final, Raúl Besada... A todos, por hacer de este día, el día más especial de mi vida. ¡Muchas gracias!

El público vuelve a aplaudir a Wendy, que se retira del escenario y camina hasta su asiento. Cuando llega a él se funde en un gran abrazo con Raúl. Le encantaría besarle en la boca, le gustaría muchísimo. Pero contiene su adrenalina y, simplemente, vuelve a darle las gracias. Él la ha estado ayudando hasta el último minuto.

El director del certamen da las gracias a participantes, jurado y asistentes. Todo el mundo se pone de pie. Las luces del Teatro Talía se apagan y la decimosegunda edición de aquel festival ya tiene ganadora. Desde hace pocos minutos, ganadora oficial.

Capítulo 59

—Enhorabuena, Wendy. Tu corto es impresionante.

—Muchas gracias.

—Gran cortometraje, Wendy.

—Mil gracias, de verdad.

—¡Felicidades, Wendy!

—¡Gracias!

Ha perdido la cuenta de la gente que la ha felicitado ya. Nunca imaginó que triunfar en algo fuera tan agotador. Saluda a otro señor que trabaja en el área cultural de un periódico de Castellón y trata de buscar un sitio más tranquilo en el que refugiarse. Sin embargo, Vicente Cebrián en seguida la localiza. Con él lleva a alguien de la Generalitat y a un productor de cine. Se los presenta y los cuatro empiezan un diálogo.

—Así podrías estar tú —le dice Marc Pons a Raúl, mientras sostiene una copa de vino—. ¿Celos? ¿Envidia?

—No me da ninguna envidia. Y mucho menos, celos. Créeme.

—Tienes razón. Ésta es la peor parte de las celebraciones. Cuando ganas, todo el mundo quiere tomarse la foto contigo, te quieren hablar de sí mismos, de lo que hacen, y se reparten tarjetas personales y sonrisas falsas como el que reparte el periódico gratuito en la puerta del metro. Es una mierda.

—Tú también pasaste por eso.

—Sí. Fue bonito mientras duró. Aunque que contaran conmigo para la organización fue lo mejor de todo.

—Tendrás bonitos recuerdos de aquella noche.

—Lo que recuerdo bien es que ese día me emborraché. Me puse una buena. Además, me enredé con una fulana que resultó ser la novia de un politicucho de aquí. Menos mal que él no se enteró de nada y aquello no salió a la luz.

—Vaya metedura de pata.

—Ya ves. Casi tan grave como la tuya —le dice, arrastrando mucho las palabras cuando habla. El alcohol está empezando a afectarle—. ¿Sabes? Eres un cabrón. Nunca podré olvidar lo que has hecho.

—¿Aún me guardas rencor?

—Siempre te guardaré rencor. No sé qué pintas aquí después de lo que le has hecho a este festival.

—Estoy celebrando con Wendy su merecido premio. De aquí, soy el único que va a ser sincero con ella esta noche.

Marc lo mira de arriba abajo y suelta una carcajada.

—¿Tú sincero? ¡No me jodas! Si fueras sincero, le dirías que te has enamorado de ella y que por eso has renunciado a ganar el concurso.

—No estoy enamorado de ella. Tengo novia. Y a ella sí que la quiero.

Una novia a la que esa noche ha encontrado algo decaída. En cuanto terminó la gala, la llamó por teléfono para informarle del resultado final.

—Ese jurado no tiene ni idea.

—El corto de Wendy era muy bueno. Cualquiera de los dos podía haber ganado.

—No creo que fuera mejor que *Sugus*.

—En gustos se rompen géneros. Ya lo sabes, cariño.

Valeria continúa maldiciendo al jurado y protestando sobre el fallo del premio.

—Y ahora se van de fiesta, ¿no?

—Sí. Han contratado un salón aquí cerca en el que nos darán algo de cenar y luego se transformará en una especie de discoteca con música, bebida, DJ y toda la cosa.

—¿Te quedarás hasta muy tarde?

—No. No tengo ganas. Sólo un rato para apoyar a Wendy y que no parezca que me he enfadado por la decisión del jurado.

—Ah. Bueno. Pues pásala bien.

Raúl nota un tono extraño en su voz. La conoce bien y está seguro de que algo le ocurre.

—Cariño, ¿qué te pasa? —le pregunta sin rodeos.

—Nada, estoy muy cansada. Me voy a ir ya a dormir. Quiero madrugar mañana para estudiar.

—¿Sólo es cansancio?

—Han sido días muy raros. Ya te contaré mañana cuando vuelvas.

—Pero todo bien, ¿no?

—Sí, creo que sí. Ya hablaremos.

—Bueno. ¿Vienes a recogerme a la estación?

—Claro. Al cuarto para las dos estaré ahí esperándote.

A pesar de lo que le diga, está convencido de que

hay alguna cosa que le oculta. Pero no quiere presionarla. Él también está cansado y no vale la pena ponerse a discutir en ese momento. Mañana hablarán con más tranquilidad.

La fiesta, poco a poco, conforme avanza la noche, está llegando a un punto complicado. Ya no hay límites ni jerarquías. El pistoletazo de salida lo dio el propio Vicente Cebrián cuando se quitó la corbata y se la puso en la frente, como si de un guerrero samurái se tratase.

Las copas de vino vuelan, los *gin-tonic* se sirven de dos en dos y muchos se reúnen en torno a una ronda de tragos gratis.

Mientras Raúl observa desde la barra con una Coca-Cola, Wendy está celebrando su gran noche por todo lo alto. Está desinhibida, sexy..., baila con unos y con otros, sacando buen provecho de cada copa espumosa que cae en su mano. También Marc Pons se ha quitado las cadenas y el corsé. En la pista de baile no tiene rival. Lo ve acercarse a la chica del pelo naranja, se coloca detrás de ella y ambos se contonean. Bailan al ritmo de DJ Tiesto. Raúl sonríe. Debería tomarles una foto para que la vieran mañana.

El movimiento sensual de Wendy cautiva a varios chicos que también quieren estar cerca de ella. Pero Marc ha decidido que la ganadora del concurso es sólo para él. La toma de la mano y se la lleva a unos sofás apartados al fondo del local. Raúl los sigue con la mirada. Contempla cómo los dos se hablan al oído y ríen. Están sentados muy juntos. Tanto que, prácticamente, sus cabezas se están rozando. Sin querer o a propósito,

Marc coloca una mano sobre la pierna de Wendy; parece que ella ni se da cuenta. A Raúl aquello no le gusta nada. ¿Debería intervenir?

—¡Muchacho! ¡Enhorabuena, señor finalista! —le grita una voz a su espalda.

El chico se da la vuelta y se encuentra con un Vicente Cebrián muy sonriente y bastante despeinado. Lleva la camisa por fuera y, aunque ya se ha quitado la corbata de la cabeza, su aspecto no deja lugar a dudas de que ha tomado alguna copa de más.

El hombre le da un abrazo y hasta un beso en la mejilla. Raúl se lo quita de encima como puede e intenta largarse de allí. Sin embargo, el director del festival lo agarra del brazo y lo atrae de nuevo hacia él.

—Creo que va siendo hora de marcharse —indica Raúl incómodo—. Mañana tengo que madrugar para tomar el tren de vuelta a Madrid.

—¿Irte? ¡Ni de broma! Tú, aquí. Como buen... aspirante que has sido.

Cuando le habla, recibe el aliento a alcohol de aquel tipo que ha perdido el control.

—Vicente, de verdad. Estoy cansado y quiero irme al hotel a dormir algo.

—No, no y no —protesta el hombre, sin soltarle el brazo—. ¿Quieres que te cuente un secreto?

—A ver... ¿Qué secreto?

—Aunque no hubieras renunciado... no habrías ganado el concurso. Al jurado le había gustado más... el corto de Smith.

Aquella noticia es agridulce para Raúl. Por un lado, le fastidia un poco saber que no habría ganado de todas formas; pero por otro, se alegra de que su decisión no haya influido en el resultado final. Y Wendy es una justa ganadora.

—No pasa nada, otro año será.

—¿Otro año? ¿Bromeas, chico? Tú estás vetado ya por los siglos de los siglos. Aquí no te queremos ver más. Renunciar a un premio como éste... Puag.

Y escupe al suelo. Al hacerlo, Vicente Cebrián casi se cae de bruces, momento que aprovecha Raúl para escabullirse. Cuando lo hace, mira hacia el sofá en el que Wendy y Marc siguen sentados. Él no ha perdido el tiempo. Tiene una mano en el pecho de la chica y le está besando el cuello, aunque en seguida llega a su boca.

No es asunto suyo, pero no le parece bien que ese tipo se esté aprovechando de que ella haya bebido demasiado vino. ¿Qué hace?

Al final, se decide por intervenir. Camina hasta ellos y se sienta entre ambos, echando a Marc casi fuera del sofá.

—¿Qué carajos haces?

—Wendy y yo nos tenemos que ir.

—¿Por qué? —pregunta la chica desconcertada—. Quiero quedarme un poco más.

—Porque mañana por la mañana tenemos que tomar un tren hacia Madrid.

—Déjala que se quede. Ya la llevo yo después al hotel.

—Tú no estás en condiciones de nada.

La mirada de Marc Pons atraviesa a Raúl.

—A ver, escuincle. Ya me has chingado mucho hoy. Deja que la chica haga lo que le dé la gana.

—Wendy se viene conmigo.

—Tú no eres ni su padre ni su novio. Aunque te gustaría.

Pero el joven no quiere caer en la provocación de Marc. Se levanta, agarra de la mano a la chica e intenta que también se ponga de pie. Lo consigue a duras penas.

—¡Raúl! ¿Qué haces? ¿Adónde vamos?

—Al hotel a descansar.

Sin embargo, el otro no va a ponérselo fácil. Se incorpora y acelera para ponerse delante de ellos. Marc corta el paso a los chicos y mira desafiante a Raúl.

—Déjanos pasar, por favor.

—Pero ¿tú quién te has creído que eres? ¿Todo el mundo tiene que rendirse a tus pies? No pude hacer nada para impedir que arruinaras el concurso, pero aquí, tú ya no mandas. Si ella quiere estar conmigo, ¿quién eres tú para impedirlo?

—Te estás aprovechando de ella. Ha bebido mucho.

—Es mayor de edad. Puede hacer lo que le dé la gana. Y yo también.

—No voy a dejarla contigo. Quítate, Marc. Nos vamos al hotel.

Wendy asiste a la discusión entre los dos sin entender mucho. Mira a un lado y a otro, algo confusa. Hasta que cree escuchar algo que no termina de asimilar.

—¿Qué?, ¿te la vas a llevar al hotel para aprovecharte tú? ¿O para contarle que has renunciado al premio para que ella ganara?

—Cállate. No hables más.

—¿Por qué? ¿Tienes miedo de que sepa la verdad? ¿Que ha ganado el concurso porque tú te has retirado?

Como si se hubiera despertado de un sueño, pese al

mareo y las copas de vino, Wendy se endereza como una vela erguida y mira a Raúl.

—Eso que dice, ¿es verdad?

—Verás..., de todas maneras, tú...

—¡Claro que es verdad! ¡Has ganado un certamen amañado! —exclama victorioso Marc Pons, levantando las manos.

—¿Es cierto eso?

Raúl no responde. Agacha la cabeza un instante y luego vuelve a mirarla. Los ojos de Wendy se han encharcado.

—Hubieras ganado tú...

—¡Idiota! ¡No me vuelvas a hablar más en tu vida!

La chica se tambalea, choca con un mesero al que tira la bandeja llena de copas y sale corriendo. Raúl trata de seguirla, pero Marc Pons le pone una zancadilla y cae de bruces al suelo junto a los cristales de las copas rotas. Le duele mucho la rodilla derecha y no consigue levantarse rápidamente.

El organizador del certamen se agacha junto a él y se ríe en su cara.

—Esto, para que aprendas a valorar las cosas y no las menosprecies. Que te sirva de lección, escuincle. Nadie está por encima de la esencia de este festival, ni lo estará.

Capítulo 60

Son más de las cuatro de la mañana y a pesar del cansancio y el sueño, todavía no ha podido pegar ojo. Ha estado estudiando, leyendo, escuchando canciones en su reproductor..., pero lo ha hecho sin ganas. Sin ilusión. Meri está muy desanimada. Triste. No es capaz de ver más allá de lo que ha sucedido aquel día. Ya la extraña. Es imposible no pensar en ella. En la chica a la que ama y a quien quizá no vea en muchísimo tiempo.

Si es que ni siquiera sabe cuándo se marcha a Londres. Espera que sus padres tengan algo de cordura y no sean muy estrictos con ella y por lo menos la dejen usar el celular o Internet de vez en cuando. Aunque tiene sus dudas. Continúa sin conectarse al WhatsApp y tampoco ha escrito nada en las redes sociales. Está aislada del mundo y sin nadie con quien poder hablar. ¿No es eso realmente una especie de secuestro?

Sale de su habitación a estirar las piernas, que le duelen de todo lo que ha andado y corrido hoy, y a beber agua. Hay luz en la cocina. Su hermana Gadea está despierta y se está preparando un café. Es época de exámenes en la universidad.

—¿Qué haces levantada, María?

—No puedo dormir.

—Vaya. Ya me ha contado mamá lo que ha pasado. Lo siento mucho —dice, acariciándole el brazo—. ¿Quieres uno?

—Sí, gracias.

Las dos chicas se sientan en la mesa de la cocina con una taza de café con leche caliente en las manos.

—No hemos hablado del tema. ¿Hay algo que quieras contarme?

—¿Sobre qué? ¿Sobre que soy lesbiana?

—Sobre lo que quieras —señala sonriente—. Me paso tantas horas estudiando que no tengo tiempo ni para respirar. Pero sabes que la puerta de mi habitación siempre está abierta para cuando me necesites.

—Te digo lo mismo.

—Muchas gracias.

Gadea da un sorbo a su café caliente y observa a su hermana. Se da cuenta de lo mucho que ha cambiado en tan poco tiempo. Parece otra persona. Está más guapa, más madura..., menos niña. Los lentes de contacto le quedan genial. Siente por lo que está pasando, pero le servirá como experiencia para el futuro. Los golpes tan duros terminan fortaleciéndote. A ella le pasó cuando su novio la engañó con otra hace unos meses. Parecía que su vida acababa ahí... Sin embargo, lo superó y ahora es feliz.

—Voy a extrañar mucho a Paloma —confiesa Meri, afligida—. No sé cómo voy a poder vivir sin ella.

—Es duro separarse de la persona a la que quieres, y más de la forma en la que a ustedes las han separado. No es justo. Esos padres no tienen cerebro. Pero ya verás como poco a poco te vas animando y quedarán sólo los buenos recuerdos. Recordarás a esa chica y sonreirás.

—No estoy segura de que vuelva a sonreír algún día.

—Lo harás. Ahora mismo tu vida parece que no tiene sentido, ¿verdad?

—Sí. Es lo que pienso.

—Pues dentro de unos días, volverá a tenerlo —indica Gadea convencida—. Mientras, desahógate lo que haga falta, grita, llora, patalea... Habla conmigo o con tus amigos cuando lo necesites. No te quedes en un rincón lamentándote por lo que ha pasado. Porque todo lo que te guardes dentro te hará más daño después.

María no contesta y se bebe el café. No cree que sea tan fácil como le dice su hermana. Paloma ha sido lo mejor que le ha pasado en la vida y perderla supone el mayor contratiempo que ha tenido hasta ahora. Quiere llorar. Desahogarse. Pero no tiene ganas de hablar con nadie. Le cuesta pronunciar cualquier palabra por la angustia que siente en su interior. Aunque sabe dónde puede soltarlo todo.

La pelirroja se levanta de la silla y le da las gracias a su hermana por los consejos. Regresa a su habitación y cierra la puerta. Toma su laptop y la pone sobre su cama. Se tumba y lo enciende. Cuando se inicia la sesión, busca en Internet su blog. Aquel secreto ya no es tal, pero continúa sirviendo como lienzo de sus emociones.

HUIR HACIA LO INFINITO

Conozco lo que siento. Sé lo que soy. Y desde hace un tiempo, vivía feliz, inmersa en mi sueño. Hoy me han despertado a golpes de él. La intolerancia, la injusticia y la insensatez han abierto la puerta sin llamar y se han llevado toda mi ilusión.

No sé si lograré volver a dormir y soñar de nuevo. No sé si conseguiré ilusionarme otra vez. No sé si esto sólo ha sido un puñetazo de realidad en pleno estómago de mi fantasía.

Necesito sentirla cerca. Olerla. Tocar las yemas de sus dedos y buscarme dentro de sus pupilas. Pero sé que la única manera de aproximarme a ella será a través de los recuerdos. Intangibles y espaciados recuerdos. La única verdad que nos queda.

En estos momentos, sólo quiero huir hacia lo infinito. Atraparla en la distancia y llevármela hasta el horizonte más lejano. Escaparnos de todo y de todos. Creernos las únicas supervivientes de un huracán de decisiones.

Sin embargo, estoy sola. Ella se ha ido. Está atada de pies y manos. Encadenada por la sinrazón de quien debe protegerla. Yo la protegería con besos y caricias, pero no tengo poder para atravesar esas barreras.

Buscaré en la melancolía mi pañuelo y me secaré las lágrimas con su sonrisa.

No me queda más remedio que ser paciente y que los días curen mi tristeza.

María lee dos veces el texto y pulsa *Enter*. Subido.

Mientras escribía, no ha parado de llorar. Es tan duro lo que les ha pasado. Tan difícil de comprender. Quieres a una persona, que te quiere a ti, y no puedes estar con ella porque a alguien no le gusta. Y no puedes hacer nada por evitarlo. No sirve luchar, no sirve rogar... Nada. No existe ninguna alternativa. Es eso y se acabó.

Apaga la computadora y la deja en el suelo. Se quita los lentes de contacto y vuelve a acomodarse en su cama. Quizá ahora pueda dormir.

Se equivocaba. Cinco minutos después de cerrar los ojos, llaman a su celular. Es el número de un teléfono fijo de Madrid. Mira el reloj un tanto confusa: son más de las cinco de la mañana. Alarmada, responde.

—¿Sí? ¿Quién es?

—Peli... rrojita. Soy yo.

—¡Paloma! ¿Desde dónde me llamas?

—Fi... jo. Me duele. Mucho. Me... duele mucho.

El corazón de María va a explotar. Se pone de pie y se frota nerviosa la cara hasta casi arañarse.

—¿Qué te pasa? Paloma, ¿qué es lo que te ha pasado?

—La cabeza... me duele.

—¡Paloma, por Dios! ¿Te duele mucho la cabeza? ¿Te has dado con algo? ¿Y tus padres? ¿Dónde están tus padres?

—Lo siento..., lo siento mucho. Te... quiero.

Al otro lado del teléfono no se escucha nada más.

Durante varios minutos, Meri grita en vano el nombre de la chica.

Silencio.

Hoy ha sido un día muy difícil para ella, pero aquel instante de incertidumbre y desolación es el peor que ha pasado en sus dieciséis años de vida.

SÁBADO

Capítulo 61

A las diez en punto llega a su casa. Puntual, como a él le gusta. Exceptuando la de Bruno y la de Rodrigo, nunca había ido a la casa de ningún chico que no pertenezca a su familia. Ester llama al timbre y espera a que le abran. Félix no tarda en hacerlo. Va muy guapo, con una playera negra y unos pantalones de mezclilla azules.

—Qué bien que ya estés aquí —dice, enderezándose los anteojos—. Pasa, por favor.

Se dan dos besos y la chica entra en el departamento. Es bastante amplio, no demasiado recargado y con mucha luz. La pareja camina por un largo pasillo iluminado por focos hasta un salón.

—¿Estás solo?

—Más o menos. Mi padre se ha ido a correr al Retiro y mi madre ha ido al supermercado, pero vendrán dentro de un rato. Nuestra intimidad durará poco.

—No pasa nada. Tengo ganas de conocerla.

—No sabes lo que dices...

La sonrisa de Félix precede a la entrada en el salón, en el que ya está preparado el desayuno.

—¡Pero qué es todo esto!

—No sabía muy bien qué es lo que te gusta, así que he puesto un poco de todo.

—¡Madre mía!

La mesa del salón se ha convertido en un bufé como el que sirven en los hoteles de muchas estrellas: cereales, fruta, cuernitos, pan tostado, pasteles, embutidos y hasta huevos revueltos y salchichas.

—¿Prefieres café, té o leche con chocolate? También puedo preparar chocolate caliente.

—No, no. Leche con chocolate está bien.

—Perfecto. Ahora vengo.

La chica se sienta en el sofá y espera a que Félix regrese. Es admirable lo que ese chico se ha esmerado para hacerle el desayuno. Aunque es exagerado todo lo que hay encima de la mesa. No cree que se coman ni la mitad.

El joven vuelve a los pocos minutos con una bandeja con dos vasos de leche caliente, cucharillas y el bote de Cola Cao. La pone sobre la mesa y se sienta al lado de ella.

—Muchas gracias. No sé ni por dónde empezar.

—Tienes donde elegir.

Ester se prepara el Cola Cao y moja en él un cuernito. Félix coge otro y la imita. Según le explica, están tan ricos porque son recién hechos. Antes de que ella llegara, fue a la panadería que tienen enfrente de su casa a comprar media docena. Luego, cada uno se come un pan tostado con mantequilla. Y acaban compartiendo una manzana.

—No puedo más —comenta la chica, echándose hacia atrás.

—¿Y los huevos y las salchichas?

La joven suelta una carcajada y se inclina sobre él. Le acaricia la cara y le da un beso en los labios. Cuando terminan de besarse, Félix la mira perplejo.

—Es mi forma de agradecerte el gran desayuno que has preparado y la manera de pedirte perdón por no comerme las salchichas y los huevos revueltos. Pero si tomo algo más, reviento.

—Bueno, pues ya me lo como yo.

Ahora la que se queda perpleja es Ester. El chico engulle las cuatro salchichas que ha cocinado y acaba también con los huevos revueltos. Todo en menos de cinco minutos.

—¿Siempre te das estos atracones?

—Necesito proteínas para mantener el cerebro en forma. Además, el desayuno es la comida más importante del día.

—¿Y dónde metes todo esto que comes?

—¿Prefieres la respuesta corta irónica o la respuesta larga técnica?

—Mejor no respondas.

La pareja sigue dialogando un cuarto de hora más mientras digieren el banquete que se acaban de dar. Están muy a gusto, pero tienen que ponerse a estudiar o perderán demasiada mañana. Se levantan del sofá y se dirigen a la habitación de Félix. A Ester le sorprende lo ordenada que está. Todo perfectamente colocado, sin una mota de polvo ni una sola prenda de ropa por medio.

—¿Siempre está así o has limpiado porque venía yo?

—Soy un tipo ordenado. No me gusta buscar algo y no encontrarlo a la primera. Si está colocado en su sitio, pierdes menos tiempo. Sólo se trata de una cuestión práctica.

—Eres muy controlador.

—Lo que puedo controlar, ¿por qué no controlarlo?

—Pero así, dejas poco camino a la improvisación.

—Si hay que improvisar, se improvisa. Aunque me gusta tener un plan A y un plan B. Algunas veces, hasta un plan C.

Y sólo tiene diecisiete años. ¿Cómo será cuando tenga una empresa, sea padre de familia o dirija una escuela? Se lo imagina. Aunque tal vez con los años se relaje un poco. Quizá entienda que en la vida no hay que hacer planes para todo. Si empiezan a salir en serio, ella se encargará de que disfrute más. De momento, sólo es su alumna y una buena amiga.

Sentados en la mesa en la que suele estudiar, Félix le explica cómo representar funciones. Ester no entiende muy bien de qué va eso de las asíntotas verticales y horizontales. Preferiría salir a la calle y dar un paseo juntos. Seguir conociéndolo. Pero sabe que debe quemarse las pestañas hasta que acaben los exámenes finales.

—¿Entiendes lo de la asíntota oblicua?

—¿Qué? ¿Oblicua?

—Te lo acabo de explicar.

—Pues no me he dado cuenta.

El joven suspira y se pone de pie. Se dirige hasta donde tiene la computadora y busca una página en Google. Cuando pincha en el *link* deseado y se abre lo que quería encontrar, llama a Ester.

—Mira. Aquí lo explica muy clarito: «Una función racional tiene asíntotas oblicuas cuando el grado del numerador es una unidad mayor que el grado del denominador». ¿Comprendes?

428

Ester niega con la cabeza, algo avergonzada. Nota que el chico empieza a desesperarse un poco. Sin embargo, salvada por la campana. En este caso por la madre de Félix, que acaba de llegar del supermercado y llama a gritos a su hijo para que vaya.

—Espera aquí un momento, voy a ayudar a mi madre a guardar la compra. Échale un ojo a esos ejemplos hasta que yo venga. No es difícil.

—¿No puedo ir yo también? Quiero conocerla.

—¡No! Vamos mal de tiempo. Luego te la presento.

El joven no dice nada más. Sale de la habitación y cierra la puerta.

Que obsesión con controlarlo todo. Si es ella la que no tiene ni idea de asíntotas. Con la ilusión que le hacía conocer a su madre. Pero le hace caso y mira los ejemplos, no vaya a ser que se enfade.

Lee un par de veces lo que le ha dicho, pero sigue sin comprender nada. ¡Estúpidas asíntotas oblicuas! Tendrá que esperar a que regrese de ayudar a su madre para que se lo vuelva a explicar mejor todo. Mientras, hará tiempo revisando sus redes sociales. Entra primero en Twitter y encuentra algo que jamás hubiera querido descubrir. La cuenta que se abre en la computadora de Félix es la de «Ángel Exterminador», el último usuario que amenazó a Bruno.

Su amigo tenía razón.

¿Quién es esa chica nueva de la caperuza roja? ¡Es preciosa! Nunca había visto a nadie tan perfecto. Le encantan sus ojos verdes, su flequillo en forma de cortinilla y cómo arruga la nariz cuando sonríe. Quiere acercarse a hablar con ella pero está con el estúpido ese de Bruno Corradini. Ese idiota le hizo trampa en el torneo de ajedrez de hace dos años y por su culpa no consiguió el primer lugar.

Sigilosamente, se acerca hasta ellos y escucha su conversación, escondido tras una columna.

—Hola, me llamo Ester. Encantada de conocerte.

—Hola, soy... Corradini. Bruno Corradini.

—¿Corradini? Eso es...

—Sí, como el apellido de Chenoa. Pero no somos familia.

—Ah. No iba a decir eso. No sabía que Chenoa se llamara así. Iba a preguntarte si tu padre era italiano.

Es muy graciosa. Y ha dicho que se llama Ester. La quiere. Está seguro de que la quiere. No le hace falta más tiempo para saberlo. Pero es demasiado para él, un cuatro ojos nerd antisocial.

¿Quién va a salir con alguien así? Una chica como ella seguro que no.

Lo peor de todo es que se ha hecho amiga de Corradini. No lo comprende. Una chica tan perfecta no puede ir con el enano ese. Algún día se dará cuenta de que ese tipo es lo peor que existe. Lo odia.

Casi año y medio después, Félix no ha podido olvidar a Ester. Hasta sueña con ella, aunque normalmente sus sueños terminan siendo pesadillas. La ama. La quiere demasiado. Sin embargo, nunca ha conseguido llamar su atención. Ni siquiera con sus dieces. ¿Algún día se atreverá a hablar con ella?

El destino quiso que un domingo de marzo se la encontrara por la calle. Está tan guapa... Camina muy deprisa y parece nerviosa. ¿Dónde irá?

Decide seguirla, sin que se dé cuenta de su presencia. Llega a un edificio y llama al interfón. Habla con alguien pero no logra escuchar nada. ¿Por qué se pone las manos en la cara y se muerde las uñas?

No puede ser. ¡El que ha abierto la puerta del edificio es Corradini!

El joven se aproxima a la pareja y los vigila más cerca. Tapado por un árbol, de rodillas, puede escuchar mejor lo que dicen.

—¿Estás bien?

—No mucho. Es que... Hay algo que no... Llevo toda la tarde dándole vueltas a... Y es que... no debería, sé que no debería...

—No estoy entendiedno nada de lo que estás diciendo.

—No me extraña. No me entiendo ni yo.

—Pues suéltalo.

—Bruno, me gustas; ¿quieres ser mi novio?

¡No! ¡Novia del estúpido ese, no! Félix se muerde la lengua para no gritar y se contiene para no salir de su escondite y darle una paliza allí mismo. Es lo que desea en ese momento, acabar con él.

Corradini, siempre Corradini. Alguien lo puso en la Tierra para fastidiarle la existencia. Las veces que no ha sacado diez, siempre lo ha logrado él. El único torneo de ajedrez que no ha ganado de entre todos los torneos en los que ha participado en la escuela fue por su culpa. ¡Si hasta han compartido psicólogo!

Y ahora esto. La chica de quien está enamorado desde hace tanto tiempo quiere salir con aquel tipo bajito y desagradable.

¡Odia a muerte a Bruno Corradini!

Pero la conversación entre esos dos no ha terminado todavía.

—¿Me lo estás... diciendo... en serio?

—Sí. Totalmente en serio. Sé que no me he portado demasiado bien contigo...

—No digas eso.

—Es la verdad. Tú me has apoyado siempre. Has estado a mi lado cuando lo he necesitado. Y me he dado cuenta de que me gustas más que como amigo. Quiero que seamos una pareja.

—Esto es una gran sorpresa.

—Lo sé. Y perdona por atreverme a lanzarme de esta manera. Te estoy poniendo en un compromiso. Pero... tenía que decírtelo.

Félix tiene ganas de vomitar. No puede creer lo que está viendo y escuchando. En cambio, la situación empeora. El éxtasis del odio llega cuando Bruno y Ester se abrazan y terminan dándose un beso en los labios. Se acabó. No puede más. Y escapa corriendo de allí. No llora, porque nunca llora. Pero promete que eso no quedará así.

La ira se apodera de él. Quiere hacerlo sufrir. Llevarlo al límite. Por eso empieza a amenazarlo con anónimos a través de Twitter. Algo infantil, impropio de su inteligencia y su capacidad, pero está seguro de que esos mensajes lo inquietan y lo ponen nervioso.

Los días pasan y descubre que algo ha sucedido entre ellos. No salen juntos. Es más, ha visto a Bruno con otra chica, aunque está seguro de que sigue amando a Ester por las miradas furtivas que se dedican en la escuela. Ella sí que parece que no sale con nadie. Es su momento. Su gran oportunidad. Si se ha enamorado de aquel estúpido, ¿por qué no puede enamorarse de él?

Debe intentarlo. Demostrarse a sí mismo que no sólo es inteligente, sino que también puede lograr encantar a una chica. A esa chica que tanto quiere.

Eso sí, si algún día consigue algo con ella, no sólo será porque continúa amándola y la ha deseado día y noche desde hace casi dos años. Si enamora a Ester, será una perfecta venganza y un triunfo enorme sobre su gran enemigo: Bruno Corradini.

Capítulo 62

Tú tenías razón. Félix Nájera es el que te envía los anónimos. Lo acabo de descubrir.

¡Lo sabía! Aquel WhatsApp de Ester confirma sus sospechas. Aunque en realidad, estaba muy claro.

Bruno camina muy nervioso por la habitación de su novia. Está hiperactivo. ¿Cómo se habrá enterado su amiga de aquello?

—Tranquilízate.

—Se los dije. Se los dije. No entiendo como no me di cuenta antes. Ese tipo está loco —le dice a Alba, que está a su lado de pie, observando como llama por teléfono a su amiga.

Han quedado de verse para estudiar juntos en el departamento de la chica. Luego darán un paseo por el Retiro para despejarse, comerán en su casa, volverán a estudiar toda la tarde y cenarán en el Foster's Hollywood de Ópera. Sábado en pareja. Todo lo ha planificado él. Si quiere enamorarse de Alba, necesita hacer muchas cosas con ella.

—No contesta —indica inquieto—. Estoy preocupado. A lo mejor está con él.

—Pues no te preocupes. Ester sabe cuidarse bien solita.

—Ese tipo no me ha dado nunca buena espina. Voy a llamarla otra vez.

Pero mientras marca, recibe otro WhatsApp.

No puedo hablar por el celular, estoy en su casa estudiando. Ahora mismo no está en la habitación pero no tardará en llegar. No sé qué hacer.

—Mierda. Está en su casa.

—No pasa nada. No se trata de un asesino en serie ni de un violador. Sólo es un chico obsesionado contigo.

—¿Sólo? Parece que lo estás defendiendo.

—No lo defiendo, pero exageras —indica Alba—. Ya sabes quién es. Pues el lunes cuando lo veas le preguntas qué se trae contigo.

—No puedo esperar al lunes.

Dame la dirección y te paso a buscar.

Alba se le queda mirando molesta cuando le envía aquel mensaje a Ester. Sigue sin comprender por qué plantea la situación como una tragedia.

—¿Y el Retiro?

—Tendremos que dejarlo para otro día. Esto es importante.

—¿Tan importante como para cambiar nuestros planes?

—Sí.

—¿Por qué es más importante esto que lo que habíamos planeado?

—Porque no sabemos qué intenciones tiene ese loco. Y Ester está con él.

—¿Qué intenciones, Bruno? Es un cuate de nuestra edad. No creo que tenga permiso de armas ni que vaya a atacarla con un hacha.

—No puedo creer que no lo entiendas. Ester también es tu amiga.

—Es mi amiga. Pero ¿qué es para ti?

El pitido de su celular anuncia que tiene un nuevo mensaje. La chica le ha enviado la dirección de Félix Nájera.

—Una buena amiga —termina respondiendo.

—Me parece que no, Bruno. Esto siempre va a ser igual. Cuando no sea por un chico será por otro. Nunca vas a dejar de quererla.

—Ahora no hay tiempo para esto. ¿Vienes conmigo?

—No. Me quedo.

—Como quieras. Me voy.

—No es que no vayas a enamorarte de mí, Bruno —le suelta—. Es que nunca vas a desenamorarte de Ester. Estás enganchado a ella.

—Luego hablamos.

El joven le da un pequeño beso en los labios a su novia y se marcha de su casa.

No sabe si ella está en lo cierto ni si la razón por la que acude al rescate de su amiga es porque sigue queriéndola. Tampoco va a pensarlo ahora. Lo único que desea en ese momento es que se encuentre bien y darle un abrazo. No confía nada en ese insoportable de Félix Nájera.

Siente sus pasos. Guarda rápidamente el teléfono en un bolsillo del pantalón y cierra Twitter. No quiere que se entere de que lo sabe. Por lo menos, no ahora.

Se terminó todo. Ya está segura de que aquel chico no es de confianza. No sólo le ha mentido, sino que se dedica a cosas como amenazar a otros por la espalda. ¿Cómo pudo tener ayer tanta sangre fría como para no decirle la verdad cuando le preguntó si era él el que estaba detrás de los anónimos a Bruno? Si antes le gustaba, ahora lo detesta.

La puerta de la habitación se abre. Félix aparece con un par de vasos llenos de jugo de naranja. Está muy sonriente.

—Te he traído esto para pedirte disculpas por presionarte antes con las asíntotas.

—Muchas gracias —dice Ester, agarrando el vaso que él le entrega.

—Es jugo natural. Mi madre lo ha hecho antes de volver a irse.

—¿Se ha ido?

—Sí. Le faltaba comprar en la pescadería. Hoy quiere hacer salmón a la plancha para comer.

Así que están solos. Eso no tranquiliza mucho a la joven, que intenta mostrarse calmada. No sabe cómo puede reaccionar ese chico, después de lo que ha descubierto. Sólo espera que no intente nada con ella. Lo mejor será seguirle la corriente con las matemáticas.

—No me gusta demasiado el salmón.

—A mí me encanta. Es uno de mis pescados preferidos —comenta, sentándose junto a ella—. ¿Has mirado eso?

—¿Lo de las asíntotas? Sí. No entiendo nada.

—Vaya, con lo sencillo que es.

—Yo soy muy torpe. Ya lo sabes.

A pesar de que trata de que no se le note el nerviosismo, presenta varios síntomas de intranquilidad. Se sopla el flequillo con frecuencia y aparta la mirada de la suya. No es fácil para ella estar allí. Tampoco puede decirle que se va, porque entonces sí que notaría que algo raro está pasando. ¿Y si no la dejara salir de su casa? Ya le sucedió una vez con Rodrigo. Definitivamente, no tiene buen ojo con los chicos. Y lo peor de todo es que tenía al mejor a su alcance.

—A ver, voy a explicártelo todo bien.

El chico se dirige de nuevo a la computadora con el vaso de jugo en la mano. Entra en el historial para ir más rápido y no volver a buscar la página de las funciones en Google y descubre que la última página visitada es Twitter. Pincha en ella y se da cuenta de que no había cerrado la sesión que efectuó con el usuario «ÁngelExterminador». Se maldice a sí mismo y mueve la cabeza lentamente adelante y atrás.

Entonces, con gesto contrariado, mira a Ester, que sigue sentada a la mesa. Ésta también lo mira a él. Se terminaron los secretos. Ambos saben que el otro ya conoce la realidad de la situación.

—No entiendo por qué has hecho algo así —comenta Ester temblorosa—. ¿Qué pretendías con eso? Si Bruno te caía mal, podías haberlo ignorado.

—No lo comprendes.

—Tienes razón. No lo comprendo.

438

El joven aprieta mucho los labios y gesticula en silencio con las manos. Luego, sonríe y se sienta junto a Ester, que se sobresalta al tenerlo tan cerca. Le gustaría salir de allí corriendo, pero prefiere aguardar y conserva la calma. Teme la reacción de Félix.

—Tú no sabes lo que cuesta ser el número uno en algo. En la escuela, en el ajedrez, en todo lo que hago... No me conformo con ser un simple secundario.

—¿Y qué tiene eso que ver con que le mandes anónimos a Bruno?

—Ese estúpido me ha fastidiado tantas veces... Es como si yo fuera Holmes y él Moriarty. O viceversa. Lo más triste es que ni siquiera competía conmigo. No trataba de conseguir más que yo. Pero en ocasiones lo conseguía. Con trampas, con suerte, con acierto o quién sabe por qué... había veces que me superaba. No he soportado a Corradini desde el primer minuto. Y mucho menos desde que comenzó esa historia rara que se traen entre manos.

—¿Qué historia rara?

—Esa relación tan extraña que tienen —dice, encogiéndose en la silla—. Siempre he detestado que él estuviera más cerca de ti que yo. Me ponía enfermo. Juntitos. Felices. Cómo lo odiaba por tener algo que yo soñaba tener.

—¿Todo esto es por mí?

—Todo esto es por él. Y por mí. Tú eras el gran trofeo. La prueba final. Cuando te besé el otro día, gané. Me vengué de ese idiota. Aunque debo reconocer que estoy enamorado de ti desde que te vi por primera vez.

La chica lo oye hablar y siente escalofríos. Su tono de voz le da miedo. Está preparada para largarse corriendo en cuanto pueda, pero debe estar menos cerca de ella por si acaso intenta frenarla.

—A mí me gustabas en serio. Te habría dado una oportunidad.

—Bueno, las cosas no siempre salen como uno quiere.

—Pero salen mejor si no haces cosas como las que has hecho.

—Yo siempre te querré.

—Eso es mentira. Tú sólo te quieres a ti mismo y a tu ego.

—Nunca me he querido a mí mismo —la contradice, introduciendo los dedos bajo sus anteojos y frotándose los ojos—. Al contrario. Me odio. Si me quisiera tanto, no haría lo posible por tratar de ser el mejor.

Aquello suena a locura. Aquel chico no está bien de la cabeza. O al contrario. Quizá sea la persona más lúcida del mundo. En cualquier caso, su historia con él ha finalizado.

—Eras inalcanzable para mí —prosigue Félix—. Pero al ver que te enamoraste de Corradini, me dije... ¿por qué no puede enamorarse de mí? Yo soy mejor que él.

—¿Cómo sabes que estaba enamorada de Bruno?

—Los vi besarse y escuché que se lo decías.

—¿Nos espiaste aquella noche?

—Bueno, en realidad, me encontré contigo por casualidad y decidí seguirte.

—¡Tú no estás bien!

El grito de Ester altera a Félix, que comienza a tener hipo. Se tapa la cara con las manos y a continuación la boca.

—Lo siento... Hip. Yo te quie... Hip.

440

—Me voy, Félix.

—No, no te va... Hip.

Pero la chica no le hace caso. Aprovecha la confusión y corre hasta la puerta de la casa. El joven la persigue pero es demasiado tarde. Ester logra escapar de él y sale a la calle lo más rápido que puede.

Casi tropieza con Bruno, que acaba de bajar de un taxi. Cuando lo ve, se lanza a sus brazos.

—Tranquila, estás conmigo —le susurra el joven al oído—. ¿Te ha hecho algo?

—No. Estoy bien.

—¿Seguro?

—Sí. De verdad, Bruno. Gracias por venir.

Los dos permanecen abrazados unos segundos frente al portal de la casa de su compañero de clase, que se asoma por una de las ventanas y los contempla juntos. Unidos en un gran abrazo.

—¡Te odio, Bruno Corradiniiiiiii! —grita Félix Nájera, totalmente fuera de sí.

Pero ninguno de los dos chicos le hace caso. Se separan y comienzan a caminar hacia el final de la calle.

—Vámonos a casa. Aquí no tenemos nada más que hacer.

La chica asiente. Necesita alejarse de allí. Respirar tranquila y buscar el lado positivo de aquella experiencia. Las cosas, una vez más, no han salido como ella pretendía, pero al menos vuelve a sentirse cerca de la persona a la que más quiere.

Capítulo 63

—¿Cómo está Paloma?

—Adormilada. Le han dado unas pastillas hace un rato y ya no le duele tanto, pero pasará algunos días en observación. Después... empezará a recibir otro tipo de tratamiento.

La madre de la chica les explica a Meri y a Paz lo que los médicos le acaban de informar. Sólo ella y su marido han podido verla en las casi siete horas que lleva internada en el hospital.

—¿Cómo no me di cuenta? —se lamenta la pelirroja.

—Nosotros tampoco nos enteramos de nada. Y vivimos con ella —dice la mujer, sollozando—. Todo esto es por mi culpa.

Nieves se sienta en una de las sillas de la sala de espera y se cubre la cara con las manos, desconsolada. María y Paz se le acercan para tratar de calmarla.

—Lo importante es que ahora se ponga bien —comenta la chica—. Pronto volverá a ser la de antes.

La mujer se quita las manos del rostro y la mira. Aquella jovencita siempre le había caído bien, hasta que se enteró de lo que tenía con su hija. Ahora, después de cómo la ha tratado, es ella la que intenta animarla. Tal vez no sólo ha sido injusta con Paloma, sino también con esa niña pelirroja.

—Gracias por salvarla. Si no llega a ser por ti, a lo mejor ahora...

—Yo sólo hice lo que pude. Menos mal que me llamó.

Y cuando lo hizo, ella llamó inmediatamente a sus padres. Eran más de las cinco de la mañana. Cuando vieron a Paloma tumbada en el suelo inconsciente pensaron que aquello era una pesadilla. Pero no, no era un sueño. Intentaron reanimarla sin éxito y en seguida la llevaron en coche al hospital. Allí, unas horas más tarde y tras algunas pruebas, les desvelaron lo que nunca habrían imaginado.

No se siente bien. ¿Por qué sus padres tienen que presionarla de esa manera? Son demasiado estrictos. Cuando les cuente que es lesbiana... El mundo se les va a venir encima. No quiere ni imaginar lo que pasará.

Sólo espera que no la separen de Meri. Ella es lo único bueno que tiene en la vida. La quiere, la quiere muchísimo.

Esas idiotas de su clase han vuelto a fastidiarla. No comprende cómo puede haber gente tan mala. ¿Creen que no le afecta todo lo que le dicen o le hacen? Es una persona, como ellas, ¿por qué la acosan? ¿Por qué la insultan? ¿Ser lesbiana es un pecado?

Se encierra en el cuarto de baño. Abre la llave del agua al máximo y se sienta en el suelo pegada a la pared. Se da un pequeño golpecito en la nuca contra el azulejo. ¿Por qué la tratan tan mal? ¿Por qué le han dicho hoy que sería mejor si no existiera? El segundo golpe no es tan leve. Lo siente, siente el dolor. ¿Algún día podrá decirles a sus padres lo que es, lo que siente? ¿Algún día podrá revelarles que le gustan las chicas sin miedo a que se enfaden o piensen que está enferma? Una lágrima cae con el tercer golpe. Y llora todavía más con el cuarto. Éste mucho más fuerte. Le ha temblado toda la cabeza. Le duele, le duele mucho. Pero ese dolor no es nada comparado con el que siente cada vez que alguien la menosprecia o trata de impedir que sea lo que realmente es.

Ese dolor es tan intenso que lleva a Paloma, desde hace algunas semanas, a autolesionarse sin darse ni cuenta de lo que está haciendo.

Capítulo 64

Cojea ligeramente después del golpe y el corte que se hizo anoche en la rodilla derecha. Fue mala suerte caer encima de los cristales, pero no es grave. Hojalatería y pintura. Le duele más que Wendy no le haya hablado en el desayuno, ni en el camino hacia la estación Joaquín Sorolla. Le ha pedido disculpas varias veces y ha intentado aclarar las cosas. Sin éxito. La muchacha del pelo naranja no quiere saber nada de él.

Raúl espera sentado en un banco a que su tren salga hacia Madrid. La chica también, pero en otro diferente. Comprende que se sienta mal. No debe de ser fácil asumir que, para una vez que te dan un premio, sea porque el otro se ha retirado. Aunque de todas formas lo habría ganado por iniciativa propia del jurado.

Lo que peor le cae a Wendy es que Raúl le haya mentido de esa manera. En esos días, ha llegado a admirarlo. En todos los sentidos. Pero después de aquello, lo que predomina en sus sentimientos es la decepción y el enfado.

Los altavoces y los paneles electrónicos anuncian que el tren con destino a la estación de Atocha de Madrid está situado en la línea uno. Los dos chicos, cada uno por su lado, arrastran sus maletas hasta el control de seguridad y cuando lo pasan, se dirigen al vagón número ocho. Es el mismo que en la ida. También los asientos, pero en esta ocasión, cambiados: Raúl lleva el 7A y Wendy, el 7B.

La chica llega primero y, tras colocar su equipaje, se sienta en su lugar. Lleva los audífonos puestos: escucha a su querida Taylor Swift. Un par de minutos después, aparece él. Sube su maleta a la bandeja de arriba y le hace un gesto para que le deje pasar. Ella prefiere cambiar de asiento, como hizo en el viaje de ida. Se acomoda al lado de la ventanilla y mira a través del cristal. Raúl ocupa el sitio que ha dejado libre Wendy y examina su celular.

No se hablan.

Cariño. Ya estoy en el tren. En dos horas nos vemos. Tengo muchas ganas de abrazarte y de darte un beso. Te quiamo.

Valeria recibe un WhatsApp de su novio. Lo lee y suspira. Pronto lo tendrá delante de nuevo. No hay nadie mejor que él, pero tienen que hablar. Los sentimientos son los que son y contra eso no ha podido luchar esos días. César le ha hecho comprender muchas cosas.

Esa noche no ha dormido bien. Se siente culpable. Ha dado mil y una vueltas en la cama, recordando los últimos acontecimientos. Pensando que las cosas ya no serán como antes. Aquel joven con el pelo largo, ojos penetrantes y sonrisa carismática ha conseguido que se replantee todo. Él le ha hecho dudar hasta un punto inimaginable.

—Me lo has puesto muy difícil.

    —No creo. Me parece que sabes lo que quieres.

    —¿Se me nota en los ojos?

    —Sí, hace varios minutos que lo tienes dibujado en la cara.

    —Me alegro de ser tan transparente.

    Ella es transparente. No puede engañar a nadie. Sus ojos siempre dicen la verdad. Y si no, ya están sus mejillas para encenderse si miente. En estos días le ha ocultado muchas cosas a Raúl y no se siente bien por ello. Cuando llegue a Madrid, se sentarán y hablarán tranquilos. No puede borrar lo que su corazón le dice. Y si se ha dejado llevar en algunos momentos, ha sido porque lo necesitaba.

    Como hace un rato. Necesitaba ver a César. Ahora lo tiene a su lado, sentados uno junto a otro en uno de los lugares más bonitos de Madrid.

    —Val, ¿me dejas darte un beso?

    La noche está cayendo. Ya se han encendido las luces de la plaza. Éstas iluminan las ciento catorce columnas, en las que siguen escritas aquellas palabras. La declaración de amor más bonita de la historia. Esa que nadie, ni siquiera César, podrá superar.

    —En la mejilla, sí.

    —Sí, claro, sólo quiero darte un beso de despedida en la mejilla.

    La chica sonríe y deja que su amigo la bese en la cara. Luego ella hace lo mismo. Él se pone de pie y la ayuda a levantarse.

    —Me entiendes, ¿verdad?

—Quieres a Raúl. Y no he conseguido enamorarte. Creo que ni en cincuenta y siete, ni en sesenta, ni en mil días, lo habría conseguido. No hay mucho más que entender.

—Dicho así, parece sencillo.

—Es sencillo —comenta, agarrando de nuevo su guitarra y colgándosela a la espalda—. Aunque el destino nos ha unido muchas veces, tú lo has desafiado. Eso indica que las personas eligen su propio camino.

—Pero no eligen de quién se enamoran.

—No me habrías elegido a mí de todas formas.

—Nunca se sabe. Me gusta estar contigo y te doy las gracias por todo lo que has hecho para hacerme reír. ¡Y por hacerme enojar todo el tiempo! Pero... estoy enamorada de otro. Eso no ha cambiado. Aunque ahora te quiera un poquito más que hace dos meses.

—¿Sólo un poquito más?

—Dejémoslo en un poquito más.

El joven sonríe amargamente. Sabe que aquello es el final. El final de un juego que ha sido divertido, emocionante, pero que no ha logrado ganar. Desconoce si lo ha tenido tan cerca como pareció o todo fue un espejismo. En cualquier caso, Val se alegra de que ayer no se besaran. Habría sido un error. No era el momento, ni era a él a quien debía darle aquel beso. Mañana lo recibirá quien en realidad lo merece. Porque a su novio es al único que ella ama de verdad. Lo ha visto y lo ha comprobado hoy y todos los días en los que César ha intentado conquistarla.

—Te escribiré un WhatsApp de vez en cuando o te enviaré una carta, que es más romántico. Creo que me iré una temporada a alguna lejana ciudad del mundo.

—¿Te marcharás de Madrid?

—Sí. Haré los exámenes en la universidad y me marcharé unos meses fuera.

—¿Nos veremos?

—Por supuesto. Cuando regrese. Siempre que me encuentres tocando en alguna línea del metro.

Valeria ya está preparada para ir a recoger a Raúl a la estación. Sale de su casa y se dirige a la estación de metro de Tirso de Molina.

Lo que ha vivido en esos dos meses con César la ha ayudado a replantearse muchas cosas y comprender que realmente ama a su novio. Ayer, cuando vio las columnas de la plaza Mayor y recordó las sensaciones de aquel día de marzo, se moría de amor.

Tienen que hablar seriamente de lo que ha pasado, no quiere ocultarle nada, ni que se entere por un tercero. Pero cuando terminen de hablar y le pida disculpas por todo, le dará un beso tan grande que luego le tendrá que hacer respiración de boca a boca para reanimarlo. Lo imagina y siente una felicidad indescriptible.

Mientras camina, reflexiona sobre cómo le va a contar lo de César. Con sinceridad. No hay otra forma. Siente la imperiosa necesidad de verlo ya, de besarlo. Es esa ansiedad de tener que hacer algo y no poder. Necesita decirle ahora mismo que le quiere, que su corazón es suyo. Y que ningún otro, haga lo que haga, se invente lo que se invente, ni con rosas, ni con canciones, ni con regalos de no-cumpleaños, podrá arrebatárselo ni competir con él.

—¿No vas a hablarme en todo el camino?

Pero Wendy no escucha nada. La música está muy alta y no oye lo que Raúl le acaba de preguntar. De todas formas, aunque lo hubiese oído, no piensa responderle. Él se lo ha buscado por hacer lo que hizo y ocultárselo.

—¿En serio que prefieres irte con este recuerdo de la mejor experiencia de tu vida? —insiste, alzando la voz y acercándose a su oído.

Esta vez, Wendy sí que lo oye. Quizá tenga razón, pero no va a dar su brazo a torcer. No quiere hablar con él nunca más. O por lo menos hasta que se le pase el enfado. Así que finge que no lo ha escuchado y sigue mirando por la ventanilla del tren.

Es una testaruda. Como Valeria. Raúl ya no sabe qué hacer para que le preste atención y lo perdone. Entonces, recuerda algo que vio en una película. Saca su computadora y entra en el Paint. Agranda la pantalla blanca que le aparece y selecciona un pincel de color rojo. Con letras mayúsculas, enormes y deformadas escribe:

LO SIENTO.

Gira la laptop y se la enseña, tras golpearle el brazo. La chica lo mira y mueve la cabeza en señal de negación. Continúa en el mundo de Taylor y no le habla.

Raúl no se rinde. Borra lo de antes y escribe una nueva frase que le muestra:

MERECÍAS GANAR.

Tampoco consigue nada con eso. Prueba con una tercera:

¿POR QUÉ NO PODEMOS SER AMIGOS?

Y canturrea el tema de War, *Why can't we be friends?*, contoneándose a un lado y a otro, sobre el asiento.

Hay esperanza. A Wendy se le dibuja una media sonrisa y tiene que taparse la boca con la mano para no reírse. Raúl lo ve claro en ese momento y escribe con el pincel rojo una cuarta frase para rematar la jugada. Está seguro de que con aquellas palabras, la guerra con ella habrá terminado:

SOFIA COPPOLA ES LA MEJOR.

Ahora sí. La chica no puede parar de reír cuando lee lo que ha escrito. Se miran y él dibuja en sus labios la primera frase que escribió en su computadora. Un «lo siento», éste sin sonido.

Wendy se quita los auriculares y chasquea la lengua.

—No tenías que haber renunciado al premio.

—Da lo mismo. Hubieras ganado igual. Al jurado le gustó más tu corto.

—Eso no lo sabes.

—Me lo dijo Vicente.

—Cuando estaba borracho y con una corbata en la cabeza.

—No, ya no llevaba la corbata.

Ambos sonríen al recordar la imagen del director del festival bailando el *Gangnam style* con la corbata atada a la frente.

—Yo quería ganar, pero quería ganar bien.

—Has ganado bien, Wendy. Tu corto era muy bueno.

—El tuyo era mejor, Raúl. Y lo sabes.

—Bueno, has ganado un curso de dirección de un año. En el próximo podrás superarme.

Se lo dice en broma y así lo interpreta ella. Su objetivo no será superarlo sino aprender todo lo que pueda. Es una gran oportunidad para empezar a construir un futuro con una buena base e intentar cumplir su sueño con mayor optimismo.

—Entonces, ¿podemos ser amigos?

—Claro. Amigos.

—Y, como dice el clásico: éste puede ser el comienzo de una bonita amistad.

No se abrazan, aunque ella se muere por pegarse a él. No se besan, aunque ella se muere por probar su boca. Simplemente, se sonríen. Aunque ella se muere por decirle que tal vez sienta algo más que esa bonita amistad que ha empezado en esos días en Valencia que nunca olvidará.

Se acercan a Madrid. Raúl y Wendy dialogan sobre todo lo que sucedió anoche. Ésta le da las gracias por ponerse en medio entre Marc y ella. Le fastidia que su primer beso fuera con aquel tipo y con una copa de más.

El pitido en el celular de Raúl interrumpe la charla. El joven saca el teléfono y descubre que tiene dos mensajes de Valeria en WhatsApp.

En el primero hay un icono muy divertido: es un corazón rojo saliendo de una caja sobre un fondo naranja. ¿De dónde habrá sacado la imagen?

En el segundo, Val ha escrito una frase que le emociona y le llega directamente al alma:

Mi corazón siempre será tuyo. Es el mejor regalo que jamás podré hacerte. Y yo, ¿puedo soñar contigo?

Capítulo 65

Mi corazón también será tuyo para siempre. Gracias por hacerme sentir tan bien. Ahora te veo, guapa.

Valeria lee el WhatsApp de vuelta que le ha enviado Raúl con una gran sonrisa en la cara. ¡Qué ganas tiene de besarlo!

Entra en la estación de Tirso de Molina y espera a que llegue el tren. Se queda en uno de los extremos de los andenes y se sienta en un banco, nerviosa. Va a ver a su chico después de tres días ausente. Es una pena que no haya ganado el concurso de cortos, pero ya tendrá más oportunidades. De eso está segura.

El metro todavía tardará en llegar tres minutos, según indica el panel que ve a lo lejos. Sin embargo, no sólo se fija en aquel cartel luminoso que anuncia los tiempos de espera. En el otro extremo del mismo andén, observa como una chica morena y delgada entra y se sienta en el último de los banquitos que hay junto a las vías. Debe de ser una alucinación... ¡Es Elísabet!

Maldita sea. Qué oportuna. No quiere que la vea. Pero no hay nada tras lo que poder esconderse. Así que se tapa la cara con el bolso y espera tener suerte.

¿Qué hará allí? Valeria no sabe que se ha vuelto a escapar de casa y que su destino también es la estación de Atocha. Quiere hablar con ella y con Raúl. Y quizás algo más.

La chica consigue su propósito, el tren llega y Eli no la ha visto. Espera a que ella entre en el vagón para hacerlo después. Una en cada lado, en extremos diferentes, pero con el mismo destino.

Son sólo tres paradas hasta Atocha Renfe. Está inquieta porque se encuentra en el mismo tren que Eli y no tiene ninguna intención de hablar con ella. No está enfadada ni le guarda rencor, pero no la quiere en su vida de nuevo. Se la hizo pasar muy mal y le dio varias oportunidades de arreglar la relación, que ella despreció en su día. Hasta intentó pegarle aquella vez que fue a verla a su casa y tuvo que salir corriendo.

Con un poco de fortuna irá a otra parada y no se la encontrará cuando salga. Aunque tiene una corazonada, ¿y si va también a la estación? Es muy extraño y demasiada casualidad que coincidan en ese tren, a esa hora.

Todo son especulaciones y paranoias. No quiere pensar más. Ya se ha roto la cabeza durante los días en que Raúl no ha estado. Seguro que su novio se enfada un poquito cuando le cuente lo que ha sucedido con César, pero sabe cómo arreglarlo. Aunque seguro que lo que más le alegra es cuando le cuente que su amigo se marchará fuera de Madrid una temporada y no volverá a tirarle la onda. Es una buena solución, a pesar de que, en el fondo, también lo extrañará.

La voz de los altavoces anuncia que la próxima parada es la suya. Se levanta y se coloca frente a la puerta. El movimiento del vagón, la presencia de Eli y los nervios por ver a Raúl de nuevo le provocan un cosquilleo incesante en la boca del estómago.

El tren se detiene, pulsa el botón y la puerta se abre. Sale y mira hacia su derecha. Elísabet también se ha bajado y está mirando a su izquierda. Y ahora sí que se da cuenta de la presencia de Valeria.

—¿Qué vas a hacer? ¿La vas a quitar de en medio?

Elísabet baja las escaleras de Tirso de Molina sin prestar atención a la chica rubia con trenzas que está a su lado.

—No puedes hacer eso. Es delito. Matar a una persona también es un pecado. Lo dicen los mandamientos. ¿Crees que de esa manera yo desapareceré?

Pero la joven no tiene intención de escuchar las protestas de aquella estúpida que le está amargando la existencia. Desde esa mañana, cuando se despertó, no ha dejado de hablarle y de perseguirla. Nadie imagina lo que está sufriendo. Lo que tiene que disimular para que sus padres no se den cuenta de que sigue con ella. Eso se va a terminar hoy. Ese primer sábado de junio, Alicia será historia.

Entra en el vagón y se sienta. Ve a la chica rubia enfrente, apoyada en la puerta de salida. ¿Cómo es posible que no sea real? Es increíble lo que la mente puede llegar a hacer. No nota ninguna diferencia entre ella y el resto de las personas que viajan en ese vagón.

—Sé lo que estás pensando. Todavía tienes dudas de que yo no exista, ¿verdad? Es comprensible. Y si quieres, te doy la respuesta: soy real.

No, no lo es. No es real. Ella es sólo un producto de su imaginación. No existe. Sin embargo, hasta la ve reflejada en el cristal del tren. Es una locura. ¿Debería volver a la planta psiquiátrica del hospital? ¡No! Se niega. No volverá a aquella cárcel. Su vida está fuera de allí, con Ángel.

Cuando se levantó esa mañana tuvo la inmensa necesidad de hablarle, de decirle que se había enamorado de él. ¡Mucho más de lo que se enamoró de Raúl! Pero ni siquiera tiene su celular. ¿Por qué no se lo ha dado? Cuando lo vuelva a ver será lo primero que le diga.

Anuncian Atocha Renfe como la próxima parada.

—¿Estás segura de lo que vas a hacer? Todavía puedes dar marcha atrás. Piénsalo bien, Eli. Soy tu amiga y sé qué es bueno y qué es malo para ti.

Una vez más, la ignora. Le duele la cabeza de escucharla, pero ya le queda poco. Alicia está a punto de irse para siempre.

El tren se detiene, la puerta se abre y Eli baja. En cuanto pisa el suelo de la estación, mira a su izquierda buscando la escalera que la lleve hasta arriba. Y entonces, la ve. Valeria está en el otro extremo y también se ha dado cuenta de su presencia.

Es el destino. Allí tiene que ser.

—No lo hagas, por favor. Elísabet, no cometas el mayor error de tu vida.

A Val no le queda más remedio que ir hacia ella. Justo delante de Eli se encuentra la escalera que conduce a la estación de Atocha. Trata de caminar deprisa para subir antes, pero es imposible porque la otra chica está mucho más cerca.

Su antigua amiga la espera al pie de la escalera. El metro se marcha y sólo quedan ellas dos en las vías. En tres minutos pasará el siguiente tren.

Eli y Valeria se miran, frente a frente.

—¡Hola, nena! ¡Qué casualidad encontrarnos aquí!

—Sí, el mundo es muy pequeño.

—¡Ya lo creo! Como una mandarina.

Valeria hace el intento de pasar, pero la otra chica se lo impide. Trata de esquivarla, sin embargo Elísabet no está dispuesta a que se marche. Resopla y se resigna. No le va a quedar más remedio que escuchar lo que le tenga que decir.

—¿Qué quieres, Eli?

—Hablar contigo. Creo que nos quedan temas pendientes.

—Habla. Pero rápido. Tengo prisa.

—¿Por qué no quieres volver a ser mi amiga?

—Eso lo hablamos el otro día y ya te dije lo que pensaba.

Elísabet se peina nerviosa. Mientras habla con Valeria, Alicia le está haciendo gestos y le ruega que no haga lo que tiene intención de hacer.

—¿Sigues pensando que estoy loca?

—No sé si estás loca o no. Simplemente es que ni Raúl ni yo queremos que vuelvas a nuestras vidas. Nos hiciste mucho daño.

—Pero eso es pasado. Creo que merezco otra oportunidad.

—Ya tuviste otra oportunidad. Intenté acercarme a ti y Raúl también, y tú no quisiste. A él, hasta lo utilizaste.

—Porque lo quería. Perdí la cabeza. Se me fue de

458

las manos. Pero ahora todo ha cambiado. Quiero a otro chico.

Aquella confesión deja boquiabierta a Valeria. ¿Otro chico? ¿Qué otro chico? Seguro que se lo está inventando. En ese instante, el tren en sentido opuesto llega y recoge a los pasajeros del otro lado de la vía. Las dos se quedan a solas en la estación de metro de Atocha Renfe.

—Me alegro por ti, Eli. Espero que seas muy feliz con ese chico. Aunque eso no cambia nada.

—Eres una testaruda.

—Tal vez lo sea. Pero la he pasado muy mal por tu culpa y no quiero que se repita.

—¿No me das otra oportunidad, entonces? ¿No me la merezco?

Alicia le hace aspavientos con los brazos, desesperada. Se coloca a su lado y le pide por favor que no lo haga. Que cambie de opinión.

—No. Lo siento.

—Está bien. Yo también lo siento.

Todo ocurre muy deprisa. Elísabet da un grito y como si de un jugador de futbol americano se tratase, embiste a Valeria con todas sus fuerzas llevándola hasta el andén. Las dos se quedan al borde de la vía.

—¿Qué haces? ¡Estás loca! —grita Val—. ¡Suéltame!

—¡No lo hagas, Eli!

Ni las palabras de Alicia ni los gritos de Val para que la deje sirven para frenar a la chica. Con el odio desatado, reuniendo todas sus fuerzas, empuja a su antigua amiga al andén, un minuto antes de que el tren llegue. Valeria cae de espaldas y se golpea la cabeza con el hierro de la vía. La joven yace inconsciente, mientras la sangre empieza a teñir de rojo la brecha.

—Pero ¿qué has hecho, insensata? ¡Sácala de ahí!

—¡No! Cuando ella desaparezca, tú también lo harás.

—Te equivocas. Si yo existo, es por ti, no por Valeria. Ayúdala o te pasarás el resto de tu vida en la cárcel.

Sin embargo, Elísabet no tiene ninguna intención de salvar a la chica que continúa sangrando, tirada sobre las vías. De fondo, se escucha el ruido del tren que viene de camino.

—¿En serio quieres que muera?

Esa voz no es la de Alicia. Es una voz masculina y conocida. Eli contempla la figura de Ángel al otro lado del andén. No puede ser... Él no puede estar ahí.

—¿Qué haces tú aquí?

—He venido a verte.

—No lo comprendo. ¿Cómo sabías que estaba en esta estación? ¿Cómo me has encontrado? ¿Cómo eres capaz de aparecer de la nada sin que me haya dado cuenta?

—¡Ya te dije que no existía! —exclama Alicia, saltando como una loca—. ¡Ese tipo no existe! ¡Date prisa y salva a tu amiga!

No entiende nada, pero al mismo tiempo lo comprende todo. ¿Ángel también es fruto de su imaginación? ¡No puede ser! ¡No es posible! ¡No es posible que él no exista! Lo ve, lo siente. Hasta le ha dado un beso. ¿Cómo puede ser tan real?

Si él no existe, su vida no tiene sentido. Ya nada lo tiene. Nunca se curará. Nunca se pondrá bien. ¡Su locura será eterna!

Se lleva las manos a la cabeza y mira hacia abajo, donde Valeria permanece inconsciente. El metro no tardará ni treinta segundos en llegar.

—Te has equivocado de persona. La que debería estar ahí eres tú, no esa pobre chica —le dice Ángel con voz dulce.

Aquel chico tiene razón. Ahora lo ve todo claro. No existe Alicia ni existe Ángel. Todo es por culpa de su cabeza. Algo no funciona bien en su mente. No es por culpa de Valeria, ni de Raúl ni de sus padres... Ella es la que está mal y siempre será así.

Siempre. Será. Así.

No tiene cura. Lo ha fastidiado todo. No sólo está loca, sino que también se va a convertir en una criminal.

—Vamos, salta por ella. No te conviertas en una asesina.

—Eres tú la que debe estar ahí, no Valeria —repite Ángel.

Aún puede arreglar algo su destrozo. Da un salto y aterriza de pie en las vías. Debe darse prisa porque no tiene mucho tiempo. Esforzándose al máximo, mueve a Valeria a la otra vía, apartándola del peligro. La luz del tren ya se ve al otro lado. Algunas personas que acaban de llegar a la estación observan la escena y gritan despavoridas para que el convoy se detenga. Pero es tarde. Elísabet tiene la locomotora frente a ella.

Sólo es un segundo...

¿Merecía la pena seguir viviendo?

Epílogo

Han pasado más de dos meses desde aquel día de junio. El verano ya ha llegado con fuerza a la capital, y el sol luce con todo su esplendor. El calor se ha instalado en Madrid y no tiene intención de marcharse hasta dentro de un tiempo.

Seis chicos están reunidos en una mesa de la cafetería Constanza tomando un refresco bien frío. Respiran vacaciones. La pesadilla de los exámenes finales quedó atrás, aunque algunos no se librarán de pisar la escuela en septiembre para salvar el año. Ester reprobó Matemáticas; Meri, Filosofía e Historia; y Raúl apenas logró aprobar cuatro. Pero la más perjudicada fue Valeria, que sólo pudo presentarse a dos exámenes y no los pasó. Lo que sucedió aquella mañana la dejó muy afectada física y mentalmente, aunque poco a poco se ha ido recuperando con la ayuda de sus amigos y sobre todo de su novio. Tras la pesadilla de la estación de Atocha, ahora pasan por un momento dulce y están más unidos que nunca.

No fue un final de año sencillo para el Club de los Incomprendidos y el cúmulo de circunstancias negativas que les tocó vivir se tradujo en malas calificaciones. Aun así, desde hace unas semanas intentan volver a la normalidad, rehacer sus vidas y dejar atrás el cruel pasado.

—Un día tienes que traer a Paloma a una de las reuniones —le dice Alba a Meri.

—Seguro que se apunta.

—¿Cómo se encuentra?

—Bien. Tiene sus momentos malos, aunque desde que salió del hospital no ha vuelto a recaer en lo suyo.

Y finalmente, su familia no se la llevó a Londres. Nieves y Basilio continúan sin ver muy clara su relación con ella. Siguen sin entender que a su hija le gusten las chicas, pero poco a poco van progresando. Que María haya estado apoyándolos en todo momento ha servido para que los padres de Paloma la vean de otra forma. Eso sí, ni se besan ni se abrazan delante de ellos.

—Está yendo al psicólogo, ¿no?

—Sí. Ella y sus padres. Las cosas han mejorado en su casa, aunque todavía tienen mucho en lo que trabajar y mejorar.

—No entiendo cómo unos padres no pueden aceptar la condición sexual de su hija.

—Es una cuestión de educación, Val. Pero ya me dejan estar con ella, que es lo más importante.

La pelirroja sonríe. Paloma y ella han salvado un punto de partido. Ahora se necesitan más que nunca y piensa hacer todo lo que esté en su mano para que el amor de su vida sea feliz. Incluso ha convencido a sus padres para que la cambien de escuela. No irá al que va ella, pero sí a uno cercano. De esa manera, en el año que viene, hasta se podrán ver más a menudo.

—Chicos, tenemos que irnos o llegaremos tarde al cine —comenta Raúl, abrazando a Valeria.

—¿Has quedado de verte allí con Wendy?

—Sí. Nos espera en la puerta.

Wendy Smith, alias Wendy Minnesota, no se ha ido de la vida de Raúl. Incluso ha conocido a Valeria y al resto de los chicos. Ella estaba con su amigo en el momento que llegó a Madrid desde Valencia y le informaron de que su novia se encontraba mal por un accidente en el metro. Fueron momentos muy críticos y la presencia de Wendy resultó muy importante para tranquilizarlo cuando Raúl perdió la calma e incluso los papeles. No es una más del club, pero sí se ha unido a ellos en tres o cuatro ocasiones para tomar algo o salir a dar una vuelta en el comienzo del verano. No por no pertenecer directamente a aquel grupo de amigos ha dejado de ser una incomprendida.

—Nosotros vamos luego —indica Ester, refiriéndose a ella y a Bruno—. Tenemos que ir por algo primero.

—¿Y eso? —le pregunta Alba.

—No podemos decir nada. Es secreto.

Los dos toman sus cosas y salen de la cafetería. Alba los observa atentamente. Lo suyo con Bruno se terminó. Cuando supo que él no estaba enamorado de ella, llegó a la conclusión de que aquello no iría muy lejos. Lo intentaron, pero fue la propia Alba la que dio por finalizada la relación. Unos días malos, muchos pañuelos y botes de helado, y otra vez a luchar por encontrarse a sí misma y a alguien con quien compartir su enorme corazón. Han quedado como amigos y poco a poco la situación se ha ido estabilizando. Ya no le duele tanto verlo y no besarlo en la boca o no sentarse sobre sus rodillas como cuando eran pareja. Aun así, el hormigueo que siente cuando hablan o la mira no ha desaparecido.

—¿Qué podemos comprarle? —le pregunta Ester a Bruno. Los dos caminan por el centro de Madrid.

—No lo sé.

—Vamos, tú la conoces mejor. ¡Has salido con ella!

—Soy muy malo para hacer regalos de cumpleaños.

—Pues ya te puedes esforzar en el mío.

—¡Pero si queda mucho todavía! No me agobies.

—¿Mucho? ¡Tres meses me quedan para los diecisiete!

—Creo que les tocará a Meri y a Valeria comprarlo. Yo me lavo las manos.

La chica del flequillo en forma de cortinilla sonríe y mira a los ojos a aquel muchacho bajito y testarudo.

—Qué tacaño eres.

Se acerca a él y le da un beso. Bruno se limpia la mejilla con la mano y continúan caminando juntos. Su relación pasa por un buen momento. Quizá por el mejor momento desde que se conocen. Hay confianza, amistad, complicidad...

—¿Te das cuenta de todas las cosas que nos han pasado en los últimos meses? —le dice Ester, deteniéndose frente al escaparate de una tienda de regalos curiosos.

—Es verdad. Muchas.

—Nos servirá de experiencia para el futuro.

—Seguro.

—Tal vez, dentro de diez años, tú y yo estemos juntos.

—¿Me vas a hacer esperar diez años?

La chica se pone roja. Se acerca a él y lo envuelve en sus brazos, agarrándolo por detrás del cuello.

—A lo mejor... se queda en diez días. —Y le da un

beso en la nariz. Luego lo suelta y se queda embobada mirando un aeroplano que vuela en círculos, en el escaparate—. ¡Me encanta ese avión de juguete! ¿Se lo compramos?

Bruno sonríe. Le encanta verla feliz y que sonría arrugando la nariz. Quizá en diez días...

Faltan seis horas para que el avión aterrice en el Aeropuerto Intercontinental George Bush, en Houston. Según les han dicho a ella y a su familia, allí puede estar la solución a su problema.

—¿Quiere algo de beber, señorita?

—Un poco de agua, por favor.

La azafata sonríe, le sirve un vaso con agua mineral y le pregunta a otro pasajero. En esta ocasión es una niña rubia con coletas y un vestido blanco que tiene en el asiento de al lado.

—Quiero también agua, como esta chica morena tan guapa —le indica la pequeña a la azafata, mientras coloca seis muñecos en fila sobre la mesita del asiento—. ¿Y puedes traer también agua para ellos?

—Le preguntaré a mi jefe, a ver qué me dice —le responde la joven, sirviéndole un vaso de agua.

—Gracias. Es que Valeria se muere de sed. Y Ester también.

La chica morena observa con curiosidad a esa niña. Se parece mucho a ella cuando tenía su edad. Si no fuera porque se apartó en el último segundo y evitó que aquel tren la aplastara, pensaría que ha muerto y se ha reencarnado en ella. Sólo hay una clara diferencia, el color del pelo.

—¿Tienen mucha sed tus muñecos? —le pregunta, curiosa.

—Sí. Es que hace mucho calor.

—¿Cómo has dicho que se llaman?

—Éste es Raúl. Y ésta... no tiene nombre. ¿Cómo la llamo?

—¿Quieres llamarla como yo? Soy Eli.

—Me gusta mucho ese nombre. Pues se llamará Eli —dice, mirando a la muñeca y peinándole su largo cabello negro—. Yo me llamo Alicia, encantada de conocerte.

Agradecimientos

Este libro ha sido muy especial. Por todo lo que significa, por las circunstancias en las que lo he escrito y porque durante el proceso de creación he sentido que subía otro peldaño en mi deseo de convertirme en escritor. Aún me queda mucho que aprender y que mejorar, lo tengo claro. Pero estaré siempre agradecido a los Incomprendidos y a quienes han hecho posible que esta trilogía marque un antes y un después en mi vida.

Mis padres son las personas más importantes de mi vida, junto a mi hermana y mi chica. Si ustedes están bien, yo estaré bien. Si ustedes están mal, yo estaré mal. Nunca olviden que los quiero y que estoy para cualquier cosa. En las buenas, en las malas, en los momentos difíciles y cuando todos estemos riéndonos. Les doy las gracias por la educación, los valores y las posibilidades que me han dado, y por la paciencia que han tenido conmigo. Espero que el 2014 sea un buen año para todos. Lo merecemos.

Le doy las gracias a mi hermana María por existir. Siempre te enojas cuando lees los agradecimientos de mis libros, así que no seré malo. Sólo quiero decirte desde aquí que es hora de ser feliz. Creo que estamos más unidos que nunca y eso me alegra. Piensa en las pequeñas cosas que te dan alegrías y aleja de ti los malos momentos. Tú eres la psicóloga…

Te has hecho un hueco enorme en mi corazón y creo que en el de todas las personas que vas encontrándote en esta aventura. Es fácil quererte, aunque seas una testaruda. Ya no necesito soñar contigo porque te tengo a mi lado las veinticuatro horas del día. Yo sí creo en los «para siempre» y en los «infinitos». Nos quedan cientos de historias que compartir, miles de «te quiamos» que decirnos y millones de besos que darnos. Este libro, y por supuesto el título, que es tuyo, también te lo debo a ti. Te amo @Estersinh3.

Muchas gracias a todos mis amigos, tíos y primos por seguir apoyándome un libro más. Merchi, ese niño será un genio si sale a ustedes. Alfonso y Gema, espero que les vaya genial en Madrid, estamos para lo que necesiten. Tita Mari, a veces, se me va la cabeza. Gracias por todo. Tito Mario, cada día te admiro más.

Una de las claves por las que he conseguido terminar esta novela has sido tú, Míriam. Gracias por ayudarme, comprenderme, aconsejarme y mimarme como lo has hecho. A toda la Editorial Planeta, a la que considero mi familia, le debo mucho. Ángeles, Puri, Sergi, Anna, Josep, Laura, Marc, Dani, María… y todas las personas que trabajan para el grupo, muchas gracias. No puedo estar en un sitio mejor y con mejores personas. Ojalá que esto sólo sea el principio. Gracias también a Atresmedia Cine y a la productora Bambú por interesarse en llevar *¡Buenos días, princesa!* al cine. Estoy seguro de que la película será un bombazo.

Este año ha sido más especial porque recibí el premio Cervantes Chico. Le doy las gracias de corazón a toda la ciudad de Alcalá de Henares, a la Asociación de Libreros y al gran escritor Santiago García-Clairac por pensar en mí y concederme este reconocimiento que guardaré siempre en mi corazón.

Durante 2013, me ha encantado conocer a muchos escritores personalmente y seguir descubriendo más a los que ya conocía. Carlos García Miranda, vamos a luchar por ese proyecto juntos y así seguir pasando mañanas enteras en las franquicias de la capital. Te hemos tomado cariño y somos un poco más distópicos gracias a ti. Mil gracias por sus consejos, reflexiones, ideas, conversaciones interesantes, risas, descubrimientos, lecciones… a Martín-Marcel Piñol, Inma Chacón, Antonio Martín Morales, Anabel Botella, Elena Martínez Blanco, José Luis Molinero, Javier Sierra, Megan Maxwell, Sofía Rhei, Javier Martínez, Javier Ruescas, Francesc Miralles, David Lozano, Sandra Andrés, Víctor Blázquez, Juande Garduño… y todos esos grandes escritores con los que he coincidido en ferias del libro, eventos y festivales este año. Sé lo que cuesta rellenar una hoja en blanco, por eso admiro a todos los que lo consiguen.

Muchas gracias también a Dani Ojeda, Rocío Muñoz, Eva Rubio, Iria G. Parente, las Alicias de Valencia… y a todos los blogueros que tan buen e importante trabajo hacen en Internet. Muchas gracias también a Paula Dalli y Alba Rico por prestarse siempre a echar una mano en todo. Gracias a María Villalón, Edu Ruiz y Sonia Gómez, son fantásticos. A Clara Masterchef por su simpatía y su libro *El Club del Cupcake*, y a Chenoa por su gran apoyo y sus palabras siempre de cariño.

También muchas gracias a Flipi y David Troncoso por pensar en mí, vamos por todas el año que viene.

En este sexto libro, quiero acordarme de una persona muy importante para mí, a quien le deseo lo mejor y a la que no sólo me une lo profesional. Con Nuria Mayoral tengo una amistad muy especial. Como autor, deseo que estés a mi lado siempre, me da igual dónde y cómo. Y como persona, no me vas a perder de vista. Formas parte de la familia.

Un año más, un libro más, repito y no me cansaré de repetir que la parte más importante de esta historia son ustedes, los lectores. Sin ustedes, Blue Jeans no existiría. Se habría cansado de escribir en el Fotolog. Muchas gracias a las Bluecitas de Madrid (incluidas Lourdes, la madre de Gema, Dani e Irene Contenta. Nunca olvidaré el momento trompeta de mi cumpleaños), a todas las que se sienten incomprendidas, a las chicas que van a las firmas y hacen colas para verme (y también a sus padres, abuelos, hermanos o novios por acompañarlas). Gracias a la gente de Tuenti, a mis amigos de Facebook, a los del Club de Lectura Blue Jeans y especialmente a mis *followers* de Twitter @fraciscodPaula. En representación de los 42 000…, mi agradecimiento a Blanca Castellví, Estefanía Campos, Paula Romero, Lucía I. Peña, Grecia VandenBerg, Laura Sánchez, Susana Polo, Aida López, Mar Monroig, Begoña Baena, Paula Sebastián, Pilar Ureña, Marta Mármol, Victoria Vidal, María Vizcaya, Míriam Vacas, María Moreno, Lorena Cobos, Montse Sirvant, Estrella Vicedo, Victoria Morato, Paula González, Alba Miguel, Natalia Campello, Ainhoa Latasa, Lucía Gago, Sara Macías, Paula Corrales (Paterna), Lucía Moya, Sabrina Figueroa, Victoria Bravo, Marina Casanova, Gema Carrascosa, Sol Cervera, Nahia Cantalapiedra, Paula Castro, Bárbara Guillén, Cristina Mendoza, Nadia Mishell Ibadongo, Ángela Cored, Laura Herrera, María Arjones, Alba Campos, Natalia Sánchez, Carla López, Sandra Mora, Iraultza Astarloa, Lucía Méndez, Sara González (Granada), Sara Jeanne, María del Mar Roda, Jennifer Capdevilla, Esther de la Fuente, Esther Aguareles, Ainara Peña, María Parejo, Paula Corrales (Barbate), Rocío Barrantes, María Uruen, Nerea Fortes, Gabriela Cabana, Mónica Núñez, Ayla Kervarec, Gloria García, Claudia Ramírez, Raisa Martín, Tamara Esparza, Stephanie Padilla, Ana Fernández, Silvia Martínez, Reme Román, Lucía González, Nuria Muñoz, Sofía Wainsztein, Clara María Remolina, Mireia Delgado, Silvia Lyubomirova, Paula Torres, Leila Lorente, Albita Sanmartín, Rebeca López, Loreto Montes, Marina Figueras, Esther Illueca, Irene Pilar Cano, Paula del Carmen Quiles, Paula López, Sonia Pastor, Claudia Mariano, María Morenilla, Elena González, Noe Aldao, Sara González (Pontevedra), Daniel Sánchez, Silvia Cubel, BlueJeaners con Arte, Rocío Parrado, Irene Bejarano, Ana María Torres, Míriam Díaz, Ángela López, Esperanza Muñoz, Laura Gómez (Azuqueca de Henares), Laura Calvo, Paula Sobreroca, Blanca Ruiz, María Mateo, Sabela Mosteiro, Tania Abeleira, Andrea García, Cristina Ruiz, Natalia Solís, Andrea Enache, June Sánchez, Dayana Solorzano, Paloma Nieto, Pilar Utrillas, Celia Abellán, Andrea Doménech, Julia Sarmiento, Irene Benítez, Carla Ramírez, Marcela Rodríguez, Natalia García, Isabel Correa, Montse Nicolau, Pamela Sophia Chaves, Laura Gómez (Coín), Paula Dueñas, Irene Vidal, Claudia Córdova, Kenia de Antonio, Silvia Gómez, María

Santos, Esther Pérez, María Candel, Karla Barraza, Jessica Iglesias, Aitana Devis, Judith Domínguez, Marta Franco, Judit Santamaría, Victoria Combarros, Andrea Sánchez, Leticia Quintana, Lucía Vidal, María Aguirre, Piedad Mercader, Paula Santos, Carolina Ruiz, Adriana Calvo, Carolina Maqueda, Clara Rivero, Celia Muro, Rosario Rivero, Mila Dobarro, Sara Sanchís, María Pesqueira, Patri López, Chicho Cortés, Virginia Ayllón, Andrea Belmonte, Almudena Agudo y Carolina Marenco.

Son muchos los que han venido a muchas firmas y ya los considero amigos, no solamente lectores. Nombrarlos a todos es imposible y no quiero excluir a nadie. Saben quiénes son, saben lo que pienso de ustedes. Y saben lo afortunado que me siento por tener amigos que, además, leen mis libros. Nos seguimos viendo en las librerías de España y en las diferentes redes sociales.

Ha sido divertido escribir gran parte de esta novela en Starbucks Callao. Gracias a Deis, las dos Lauras, Dani, Cristina, Paola, Allende y a todos los chicos y chicas que trabajan allí y que tan bien me tratan. Como me dijo un señor el día que estaba escribiendo estas líneas, éste es como mi despacho.

Muchas gracias a todos los libreros y a los trabajadores de las secciones de libros de los centros comerciales. Y gracias también a los lectores latinoamericanos, polacos, franceses, italianos, húngaros, portugueses, rusos y holandeses por probar mis historias. Esta experiencia se ha hecho internacional y yo estoy encantado de que las novelas viajen a otros países.

Pongo el punto final a esta historia. Publicar un libro era un sueño. Éste es ya el sexto. Yo no soy ejemplo de nada, pero lo que me ha pasado a mí sí lo es. Esfuérzate al máximo, ponle ilusión, no te creas más que nadie, jamás te des por vencido, lucha por lo que crees y sé flexible con lo que te digan los demás... Los sueños se cumplen, tal vez de esta manera los tuyos también se hagan realidad. A mí me pasó.

Espero que hayas disfrutado con la trilogía del Club de los Incomprendidos. Nos vemos en las redes sociales.